J. Kenner

Dir verfallen

Roman

Aus dem Amerikanischen
von Christiane Burkhardt

Weltbild

Die amerikanische Originalausgabe erschien 2013 unter dem Titel *Release me* bei Bantam Books, New York.

Besuchen Sie uns im Internet:
www.weltbild.de

Genehmigte Lizenzausgabe für Weltbild GmbH & Co. KG,
Werner-von-Siemens-Straße 1, 86159 Augsburg
Copyright der Originalausgabe © 2013 by J. Kenner
Copyright der deutschsprachigen Ausgabe © 2013 by Diana Verlag, München,
in der Verlagsgruppe Random House GmbH
Übersetzung: Christiane Burkhardt
Umschlaggestaltung: *zeichenpool, München
Umschlagmotiv: www.shutterstock.com (© 123dartist; © arleksey)
Satz: Datagroup int. SRL, Timisoara
Druck und Bindung: GGP Media GmbH, Pößneck
Printed in the EU
ISBN 978-3-95973-303-8

2020 2019 2018 2017
Die letzte Jahreszahl gibt die aktuelle Lizenzausgabe an.

Für Shauna und Gina ... ihr wisst schon, warum.

Mein besonderer Dank gilt Stefani, Kelly Jo und Kathleen fürs erste Gegenlesen, für ihre Kommentare und ihre Begeisterung.

Bedanken möchte ich mich auch bei Learjet, *bei der Bundesluftfahrtbehörde der Vereinigten Staaten* (FAA) *und bei* Stars in Your Eyes, *die meine Fragen so sorgfältig beantwortet haben. Sollten sich doch noch Fehler eingeschlichen haben, gehen sie ausnahmslos auf meine Kappe.*

1

Eine kühle Ozeanbrise streichelt meine nackten Schultern, und ich fröstle. Hätte ich doch nur auf den Rat meiner Mitbewohnerin gehört und eine Stola mitgenommen. Ich bin erst vor vier Tagen in Los Angeles angekommen und noch nicht daran gewöhnt, dass die hiesigen Sommertemperaturen vom Sonnenstand abhängen. In Dallas ist der Juni heiß, der Juli heißer und der August die Hölle.

Nicht so in Kalifornien, zumindest nicht am Strand. L. A.-Lektion Nummer eins: Immer einen Pulli dabeihaben, wenn man nach Einbruch der Dunkelheit noch draußen sein will.

Natürlich könnte ich den Balkon verlassen und wieder auf die Party zurückkehren. Mich unter die Millionäre mischen. Mit den Promis plaudern. Mir pflichtbewusst die Bilder anschauen. Schließlich ist das hier eine Vernissage, und mein Chef hat mich mitgenommen, damit ich Charme versprühe und Kontakte knüpfe – und nicht, damit ich mich an der Aussicht berausche: blutrote Wolken, die vor einem blassorangen Himmel explodieren. Blaugraue Wellen, die golden glitzern.

Ich umfasse das Balkongeländer und beuge mich vor, fühle mich von der gewaltigen, unerreichbaren Schönheit der untergehenden Sonne wie magisch angezogen. Zu schade, dass ich meine alte Nikon nicht dabeihabe, die ich seit Highschool-Zeiten besitze. Aber sie hätte nicht in mein perlenbesetztes Abendhandtäschchen gepasst, und eine Rie-

7

senkameratasche zu einem kleinen Schwarzen geht nun gar nicht.

Aber das ist mein erster Sonnenuntergang am Pazifik, und ich will diesen Moment unbedingt festhalten. Ich zücke mein iPhone und knipse ein Bild.

»Da werden die Gemälde da drin fast überflüssig, nicht wahr?« Ich erkenne die heisere Frauenstimme und drehe mich zu Evelyn Dodge um, einer ehemaligen Schauspielerin und Agentin, die sich jetzt als Kunstmäzenin betätigt und die Gastgeberin des heutigen Abends ist.

»Entschuldigen Sie, ich benehme mich wie eine Touristin, aber bei uns in Dallas gibt es keine solchen Sonnenuntergänge.«

»Sie brauchen sich nicht zu entschuldigen«, sagt sie. »Ich zahle jeden Monat eine stolze Summe für diese Aussicht, und da sollte sie verdammt noch mal echt spektakulär sein!«

Ich lache und fühle mich sofort wohler.

»Verstecken Sie sich?«

»Wie bitte?«

»Sie sind Carls neue Assistentin, nicht wahr?« Sie zeigt auf den Mann, der seit drei Tagen mein Chef ist.

»Nikki Fairchild.«

»Ah, jetzt weiß ich es wieder: Nikki aus Texas.« Sie mustert mich von Kopf und Fuß, und ich frage mich, ob sie enttäuscht ist, weil ich weder auftoupierte Haare habe noch Cowboystiefel trage. »Und, wen sollen Sie bezirzen?«

»Bezirzen?«, wiederhole ich, weil ich nicht genau weiß, was sie damit meint.

Sie zieht eine Braue hoch. »Schätzchen, der Mann läuft lieber über glühende Kohlen, als sich Kunst anzusehen. Er sucht nach Investoren, und Sie sind der Köder.« Sie stößt einen heiseren, kehligen Laut aus. »Keine Sorge. Ich werde Sie nicht weiter aushorchen. Und ich kann es Ihnen auch nicht verübeln, dass Sie sich hier verstecken. Carl ist brillant, aber er kann auch ein ziemliches Arschloch sein.«

»Ich habe eigentlich bei dem brillanten Carl unterschrieben«, sage ich, und sie stößt ein bellendes Gelächter aus.

Aber sie hat recht, ich bin tatsächlich ein Köder. »Ziehen Sie ein Cocktailkleid an«, hatte Carl gesagt. »Etwas Verführerisches.«

Tragen Sie Ihr blödes Cocktailkleid doch selbst!, hätte ich sagen sollen. Habe ich aber nicht. Weil ich diesen Job unbedingt will. Ich habe hart dafür gekämpft. Carls Firma, C-Squared-Technologies, hat in den letzten anderthalb Jahren erfolgreich drei webbasierte Produkte lanciert. Eine Leistung, die in der Branche nicht unbemerkt blieb, und alle sind schon gespannt, was er als Nächstes vorhat.

Für mich hieß das vor allem, dass ich viel von ihm lernen kann, und so hatte ich mich mit einer fast krankhaften Besessenheit auf das Vorstellungsgespräch vorbereitet. Dass ich die Stelle dann bekommen habe, war ein Riesenerfolg für mich. Was ist also schon dabei, wenn er will, dass ich was Verführerisches anziehe? Diesen unbedeutenden Preis zahle ich doch gerne.

Mist.

»Ich muss wieder rein und den Köder spielen«, sage ich.

»Oje, jetzt habe ich Ihnen entweder ein schlechtes Gewissen gemacht oder Sie in Verlegenheit gebracht. Dabei war das gar nicht meine Absicht. Warten Sie lieber, bis die sich da drin einen angetrunken haben. Mit Alkohol fängt man mehr Fliegen – glauben Sie mir, damit kenne ich mich aus!«

Sie hat ein Päckchen Zigaretten in der Hand, klopft eine heraus und hält mir die Schachtel hin. Ich schüttle den Kopf. Ich liebe Tabakgeruch – er erinnert mich an meinen Großvater, aber den Rauch inhalieren? Das ist nichts für mich.

»Ich bin zu alt, um es mir abzugewöhnen, und außerdem ein viel zu großes Gewohnheitstier. Aber in meinem eigenen Haus rauchen? Da würden die mich glatt kreuzigen! Sie halten mir doch jetzt hoffentlich keinen Vortrag über das Passivrauchen, oder?«

»Nein«, verspreche ich.

»Wie wär's dann mit Feuer?«

Ich halte das winzige Täschchen hoch. »Ein Lippenstift, eine Kreditkarte, mein Führerschein und mein Handy.«

»Kein Kondom?«

»Ich hatte ja keine Ahnung, dass das so eine Party ist«, erwidere ich trocken.

»Wusste ich doch gleich, dass Sie mir gefallen.« Evelyn sieht sich auf dem Balkon um. »Was für eine Party ist das eigentlich, wenn nicht eine einzige Kerze auf einem gottverdammten Tisch steht? Na ja, was soll's.« Sie steckt sich die unangezündete Zigarette in den Mund, inhaliert selbstvergessen und mit geschlossenen Augen. Man muss sie einfach mögen. Anders als die meisten Frauen hier – mich eingeschlossen – ist sie kaum geschminkt, und ihr Kleid ist eher eine Art Kaftan. Das Batikmuster ist genauso interessant wie die Frau, die es trägt.

Meine Mutter würde sie als vulgär bezeichnen, denn sie ist laut, groß, rechthaberisch und selbstbewusst. Meine Mutter würde sie hassen. Aber ich finde sie fantastisch.

Sie lässt die unangezündete Zigarette auf die Bodenfliesen

10

fallen und tritt mit ihrer Schuhspitze darauf. Dann gibt sie einer ganz in Schwarz gekleideten jungen Kellnerin mit einem Tablett voller Champagnergläser ein Zeichen.

Die Frau kämpft kurz mit der Balkonschiebetür, und ich sehe vor meinem geistigen Auge, wie die Champagnerflöten auf den harten Fliesen zerschellen und ihre Scherben glitzern wie Diamanten.

Ich stelle mir vor, wie ich mich vorbeuge und nach einem zerborstenen Stiel greife, wie die spitze Kante in das weiche Fleisch meines Daumens schneidet, während ich zudrücke. Ich beobachte mich dabei, wie ich den Druck noch erhöhe und der Schmerz mir Kraft verleiht wie anderen Leuten eine Hasenpfote Glück.

Diese Fantasie verschwimmt mit meinen Erinnerungen und überfällt mich so plötzlich und mit einer Heftigkeit, dass ich ganz verstört bin. Zum einen, weil ich schon seit Langem keinen Schmerz mehr gebraucht habe, zum anderen, weil ich nicht weiß, warum ich ausgerechnet jetzt daran denke, wo ich mich doch ausgeglichen und der Situation gewachsen fühle.

Es geht mir gut, denke ich. *Es geht mir gut, es geht mir gut, es geht mir gut.*

»Nehmen Sie sich ein Glas, meine Liebe«, sagt Evelyn und reicht mir eine Champagnerflöte.

Ich zögere, suche in ihrem Gesicht nach einem Zeichen dafür, dass meine Maske verrutscht ist und sie einen Blick auf mein wahres Ich erhaschen konnte. Aber ihre Miene ist offen und freundlich.

»Nein, keine Widerrede«, fügt sie hinzu. Offensichtlich hat sie mein Zögern missverstanden. »Ich habe ein Dutzend Kisten gekauft und fände es schrecklich, den guten Tropfen umkommen zu lassen. Um Gottes willen, nein!«, sagt sie, als das Mädchen versucht, ihr ein Glas zu reichen. »Ich hasse das Zeug. Bringen Sie mir einen Wodka pur. Eisgekühlt und mit vier Oliven. Und jetzt beeilen Sie sich bitte, oder soll ich hier draußen verdursten?« Die junge Frau schüttelt den Kopf. Sie erinnert mich an ein nervöses, verängstigtes Häschen. Wahrscheinlich eines, das seine Pfote für das Glück eines anderen opfern musste.

Evelyn wendet sich erneut an mich. »Und, wie gefällt Ihnen L. A.? Was haben Sie schon gesehen? Wo sind Sie gewesen? Haben Sie schon einen Stadtplan gekauft, in dem die Häuser der Stars verzeichnet sind? Und jetzt erzählen Sie mir bitte nicht, dass Sie immun gegen den ganzen Touristenscheiß sind!«

»Ich habe bisher vor allem den Freeway und meine eigenen vier Wände gesehen.«

»Oh, das ist aber schade. Umso besser, dass Carl Ihren dürren Hintern heute Abend hierhergeschleift hat.«

Ich habe acht hochwillkommene Kilos zugelegt, seit meine Mutter nicht mehr wie früher jeden winzigen Bissen, den ich mir in den Mund stecke, überwacht. Mit Größe 36 bin ich sehr zufrieden, und meinen Hintern würde ich nicht gerade als dürr bezeichnen. Aber weil ich weiß, dass Evelyn das als Kompliment gemeint hat, lächle ich. »Ich freue mich auch darüber. Die Bilder sind wirklich fantastisch!«

»Ach, hören Sie doch mit dem Small Talk auf! Nein, nein«, sagt sie, noch bevor ich protestieren kann. »Ich weiß, das war ernst gemeint. Heilige Scheiße – die Bilder sind wirklich überwältigend. Aber Sie hatten gerade diesen leeren Blick einer wohlerzogenen jungen Dame, und das darf ich auf keinen Fall zulassen. Nicht jetzt, wo ich gerade dabei war, Ihr wahres Ich kennenzulernen.«

»Tut mir leid«, sage ich. »Aber ich verstelle mich nicht, das schwöre ich!«

Weil ich sie wirklich mag, sage ich ihr nicht, dass Sie sich täuscht – dass Sie die eigentliche Nikki Fairchild noch kein bisschen kennengelernt hat. Sondern nur ihre perfekte Fassade, die es wie ein Barbie-Accessoire mit dazu gibt. Wobei es sich in meinem Fall eben nicht um einen Bikini oder ein Cabrio handelt, sondern um die *Elizabeth-Fairchild-Benimmregeln für geselliges Beisammensein.*

Meine Mutter legt großen Wert auf Benimm, angeblich liegt das an ihrer Südstaatenerziehung. In meinen schwächeren Momenten pflichte ich ihr bei. Doch in der Regel halte ich sie für einen durchgeknallten Kontrollfreak. Seit sie mich als Dreijährige zum ersten Mal ins Rosewood Mansion in Turtle Creek – das beste Hotel von ganz Dallas – mitgenommen hat, wurde mir eingebläut, wie ich mich zu benehmen habe: Wie ich gehen, wie ich reden, wie ich mich anziehen soll. Was ich esse, wie viel ich trinke und welche Witze ich erzählen darf.

Jetzt beherrsche ich jeden Trick und jeden Kniff. Ich hülle mich in mein einstudiertes Schönheitsköniginnenlächeln wie in einen Schutzpanzer. Mit dem Ergebnis, dass ich auf keiner Party mehr ich selbst sein kann – selbst wenn mein Leben davon abhinge.

Aber all das muss Evelyn gar nicht wissen.

»Wo genau wohnen Sie?«, fragt sie.

»In Studio City. Ich teile mir die Wohnung mit meiner besten Freundin von der Highschool.«

»Dann müssen Sie auf Ihrem Arbeitsweg die 101 immer nur geradeaus fahren. Kein Wunder, dass Sie bisher nur Beton zu Gesicht bekommen haben! Hat Ihnen denn niemand gesagt, dass Sie sich eine Wohnung an der Westside nehmen müssen?«

»Für mich allein ist das zu teuer«, gestehe ich, was sie offenbar überrascht. Wenn ich die perfekte Fassade aufrechterhalte, wirkt es automatisch so, als käme ich aus einer reichen Familie. Vermutlich, weil dem auch so ist. Aber das heißt noch lange nicht, dass ich selbst reich bin.

»Wie alt sind Sie?«

»Vierundzwanzig.«

Evelyn nickt weise, so als hätte ich ihr mit meinem Alter ein Geheimnis über mich verraten. »Sie werden schon bald allein wohnen wollen. Wenn es so weit ist, rufen Sie mich bitte an, dann suchen wir etwas mit einer schönen Aussicht für Sie. Es wird natürlich nicht ganz so spektakulär sein wie das hier, aber etwas Besseres als eine Bude am Freeway finden wir allemal.«

»So schlimm ist es auch wieder nicht, wirklich nicht!«

»Natürlich nicht«, sagt sie in einem Ton, der das genaue Gegenteil bedeutet. »Apropos schöne Aussicht«, fährt sie fort und zeigt auf den inzwischen dunklen Ozean und den sternenübersäten Nachthimmel. »Sie sind hier jederzeit willkommen, um die meine zu genießen.«

»Passen Sie auf, was Sie da sagen, sonst nehme ich Sie noch beim Wort! Ich würde gern mal mit meiner Kamera hierherkommen und ein, zwei Schnappschüsse machen.«

»Die Einladung gilt. Ich sorge für Wein und Sie für gute Unterhaltung. Eine junge Frau, die allein auf diese Stadt losgelassen wird: Ist das Stoff für ein Drama oder für eine romantische Komödie? Hoffentlich nicht für eine Tragödie! Ich vergieße ja auch gern mal ein paar Tränchen, aber ich mag Sie. Sie haben ein Happy End verdient!«

Ich verkrampfe mich. Evelyn weiß natürlich nicht, dass sie damit einen wunden Punkt getroffen hat. Deshalb bin ich tatsächlich nach L. A. gezogen: Um ein neues Leben anzufangen, ein neues Kapitel aufzuschlagen. Mich neu zu erfinden.

Ich setze mein einstudiertes Lächeln auf und proste ihr mit meinem Champagnerglas zu. »Auf ein Happy End! Und auf diese fantastische Party. Ich glaube, ich habe mich jetzt lange genug hier draußen versteckt.«

»Quatsch!«, sagt sie. »Ich habe Sie hier festgehalten, und das wissen Sie ganz genau.«

Wir schlüpfen wieder ins Haus. Alkoholbeschwingte Gespräche ersetzen das leise Ozeanrauschen.

»In Wahrheit bin ich eine entsetzliche Gastgeberin. Ich tue, was ich will, rede, mit wem ich will, und wenn das meinen Gästen nicht passt, müssen sie eben woandershin gehen.«

Ich starre sie an. Ich kann den Entsetzensschrei meiner Mutter beinahe von Dallas bis hierher hören.

»Andererseits geht es auf dieser Party gar nicht um mich«, fährt sie fort. »Ich habe diese kleine Feier nur organisiert, um Blaine und seine Kunst bekannt zu machen. Er ist derjenige, der die Honneurs machen muss, nicht ich. Ich gehe zwar mit ihm ins Bett, muss ihn aber deswegen noch lange nicht bemuttern.«

Evelyn ist wirklich das Gegenteil einer klassischen Gastgeberin. Und dafür könnte ich ihr glatt um den Hals fallen.

15

»Ich habe Blaine noch gar nicht kennengelernt. Das ist er, nicht wahr?« Ich zeige auf einen langen Lulatsch mit Glatze und einem roten Ziegenbart. Ich bin mir ziemlich sicher, dass das nicht seine natürliche Haarfarbe ist. Diverse Leute umschwirren ihn wie Bienen, die Nektar aus einer Blüte saugen wollen. Sein Outfit ist jedenfalls entsprechend farbenfroh.

»Ja, das ist mein kleiner Publikumsmagnet«, sagt Evelyn. »Der Mann der Stunde. Er ist sehr talentiert, nicht wahr?« Sie macht eine weit ausholende Geste, die ihr gesamtes Wohnzimmer einschließt. Jede Wand ist mit Gemälden bedeckt. Bis auf ein paar Bänke wurden sämtliche Möbel weggeräumt und durch Staffeleien ersetzt, die mit weiteren Bildern bestückt sind.

Man könnte sie wohl als Porträts bezeichnen. Oder Aktbilder, aber nicht im klassischen Sinne. Sie sind äußerst gewagt. Ich kann sehen, dass sie gekonnt gemalt sind, und trotzdem verstören sie mich, so als sagten sie mehr über den Betrachter aus als über Maler und Modell.

Soweit ich das beurteilen kann, bin ich mit dieser Meinung die Einzige. Die Menge, die sich um Blaine schart, strahlt. Ich kann die Lobeshymnen bis zu mir herüber hören.

»Da habe ich mir wohl einen echten Siegertypen ausgesucht«, sagt Evelyn. »Hm, mal sehen – wen möchten Sie kennenlernen? Rip Carrington und Lyle Tarpin? Die beiden sorgen immer für Aufregung, und Ihre Mitbewohnerin wird bestimmt grün vor Neid, wenn sie hört, dass Sie mit ihnen gesprochen haben.«

»Tatsächlich?«

Evelyn zieht die Brauen hoch. »Rip und Lyle? Die kabbeln

sich schon seit Wochen.« Sie sieht mich mit zusammengekniffenen Augen an. »Die neue Staffel ihrer Sitcom war ein Fiasko, haben Sie das denn nicht mitbekommen? Das steht doch überall im Internet. Sie kennen die beiden wirklich nicht?«

»Tut mir leid«, sage ich aus dem Bedürfnis heraus, mich zu entschuldigen. »Mein Studium war ziemlich zeitintensiv. Und Sie können sich sicherlich vorstellen, wie es ist, für Carl zu arbeiten.«

Wenn man vom Teufel spricht ...

Ich sehe mich um, kann meinen Chef aber nirgendwo entdecken.

»Das ist eine schwere Bildungslücke«, sagt Evelyn. »Kultur – und dazu gehört auch die Popkultur, meine Liebe – ist genauso wichtig wie ... was, sagten Sie, haben Sie gleich wieder studiert?«

»Ich glaube, das habe ich noch gar nicht erwähnt. Aber ich habe einen Abschluss in Elektrotechnik und einen in Informatik.«

»Sie sind also schlau und schön. Sehen Sie? Das haben wir schon mal gemeinsam. Aber bei so einer Ausbildung verstehe ich ehrlich gesagt nicht ganz, warum Sie als Sekretärin für Carl arbeiten.«

Ich lache. »Das tue ich auch gar nicht, wirklich! Carl hat nach jemandem mit Informatik-Erfahrung gesucht, der sich gemeinsam mit ihm um die geschäftliche Seite der Firma kümmert. Und ich habe nach einer Stelle Ausschau gehalten, in der ich etwas über die wirtschaftlichen Aspekte lernen und praktische Erfahrungen sammeln kann. Ich glaube, er hat kurz gezögert, bevor er mich eingestellt hat, denn meine

Kenntnisse liegen eindeutig mehr auf technischem Gebiet. Aber ich konnte ihn davon überzeugen, dass ich eine schnelle Auffassungsgabe habe.«

Sie sieht mich an. »Das klingt ganz so, als wollten Sie Karriere machen.«

Ich zucke die Achseln. »Wir sind hier in Los Angeles. Geht es in dieser Stadt nicht genau darum?«

»Ha! Carl kann von Glück sagen, dass er Sie hat. Mal sehen, wie lange er Sie behält. Trotzdem ... welche Gäste hier könnten Sie interessieren?«

Sie sieht sich im Raum um und zeigt schließlich auf einen Mann über fünfzig, der in einer Ecke Hof hält. »Das ist Charles Maynard«, sagt sie. »Ich kenne Charlie schon seit Jahren. Er kann einen ziemlich einschüchtern, bis man ihn näher kennenlernt. Und das lohnt sich. Seine Kunden sind entweder Promis oder Broker mit mehr Geld als Gott. Wie dem auch sei, er hat die besten Geschichten auf Lager.«

»Ist er Anwalt?«

»Ja, bei Bender, Twain & McGuire. Eine sehr angesehene Kanzlei.«

»Ich weiß«, sage ich erfreut. Endlich kann ich zeigen, dass ich nicht vollkommen ahnungslos bin, obwohl ich weder Rip noch Lyle kenne. »Ein guter Freund arbeitet für sie. Er hat hier angefangen, ist aber jetzt in der Niederlassung in New York.«

»Nun, Texas, kommen Sie, ich stelle Sie vor.« Wir machen einen Schritt in seine Richtung, als Evelyn mich plötzlich zurückhält. Maynard hat sein Handy herausgezogen und brüllt Anweisungen hinein. Ich bekomme ein paar deftige Flüche mit und schaue Evelyn verstohlen an. Sie bleibt unbeein-

18

druckt. »Er hat einen weichen Kern. Glauben Sie mir, ich habe schon öfter mit ihm gearbeitet. Damals, als ich noch Agentin war, haben wir unzählige Biopic-Deals für unsere Kunden an Land gezogen. Und darum gekämpft, so einige verräterische Details geheim zu halten.« Sie schüttelt bei der Erinnerung an diese glorreichen Zeiten den Kopf und tätschelt dann meinen Arm. »Trotzdem, warten wir lieber, bis er sich ein wenig beruhigt hat. Und in der Zwischenzeit ...«

Sie verstummt, und ihre Mundwinkel zeigen immer weiter nach unten, als sie sich erneut im Raum umsieht. »Ich glaube nicht, dass er schon da ist, aber – o ja! *Das* ist jemand, den Sie kennenlernen sollten. Und apropos schöne Aussichten: Im Vergleich zu dem Haus, das er gerade bauen lässt, nimmt sich meine Aussicht aus wie ... na ja, die Ihre.« Sie zeigt in den Flur, aber ich kann nur wackelnde Köpfe und Haute Couture erkennen. »Er nimmt nur selten Einladungen an, aber wir kennen uns schon eine Ewigkeit«, sagt sie.

Ich weiß immer noch nicht, von wem sie spricht, aber dann teilt sich die Menge, und ich sehe den Mann im Profil. Ich bekomme Gänsehaut, ohne zu frieren – im Gegenteil, mir ist auf einmal wahnsinnig warm.

Er ist groß und so gut aussehend, dass diese Beschreibung fast eine Beleidigung ist. Aber er ist so viel mehr als nur attraktiv: er hat *Präsenz*. Er beherrscht den Raum, indem er sich einfach nur darin aufhält, und mir fällt auf, dass Evelyn und ich nicht die Einzigen sind, die ihn anstarren. Sämtliche Gäste haben sein Eintreffen bemerkt. Er muss die Blicke spüren, die auf ihn gerichtet sind, doch die allgemeine Aufmerksamkeit schüchtert ihn nicht im Geringsten ein. Er lächelt die junge Serviererin mit dem Champagnertablett an, nimmt sich ein Glas und beginnt mit einer Frau zu plaudern, die dümmlich lächelnd auf ihn zukommt.

»Dumme Nuss!«, beschwert sich Evelyn. »Mir hat sie immer noch keinen Wodka gebracht.«

Aber ich bekomme kaum mit, was sie redet. »Damien Stark«, sage ich. Erstaunlicherweise bringe ich kaum mehr als ein Flüstern zustande.

Evelyn zieht die Brauen so weit hoch, dass ich es selbst aus den Augenwinkeln bemerke. »Nun, wie wär's mit ihm?«, sagt sie wissend. »Da scheine ich wohl einen Treffer gelandet zu haben.«

»O ja«, gebe ich zu. »Mr. Stark ist genau der Mann, den ich kennenlernen möchte.«

2

»Damien Stark ist der Heilige Gral«. Das hat Carl vor der
Party zu mir gesagt. Dicht gefolgt von »Hey, Nikki, Sie sehen
aber verdammt heiß aus.«

Vermutlich dachte er, ich werde rot, lächle und bedanke
mich für das Kompliment. Aber nachdem ich das nicht tat,
räusperte er sich und kam wieder auf den Punkt. »Sie wissen,
wer Stark ist, oder?«

»Sie kennen doch meinen Lebenslauf«, rief ich ihm wieder
in Erinnerung. »Das Stipendium.« Während vier von fünf
Jahren, die ich an der University of Texas studiert habe, er-
hielt ich ein Stipendium von Stark International Science –
Geld, das mir damals unendlich viel bedeutet hat. Aber selbst
ohne dieses Stipendium müsste ich schon hinter dem Mond
leben, um den Mann nicht zu kennen. Mit gerade mal dreißig hat sich der zurückgezogen lebende frühere Tennisstar
mithilfe seiner Preisgelder und Werbemillionen komplett
neu erfunden. Inzwischen ist er als Unternehmer bekannter
als als Sportler: Mit seinem riesigen Firmenimperium verdient er jedes Jahr Milliarden.

»Ach, stimmt ja«, sagte Carl zerstreut. »Team April hat am
Dienstag eine Präsentation bei Stark Applied Technology.«
Bei C-Squared ist jedes Entwicklerteam nach einem Monat
benannt. Bei nur dreiundzwanzig Angestellten muss es die
Firma jedoch erst noch schaffen, bis zum Herbst oder gar
Winter vorzudringen.

»Das ist ja fantastisch!«, sagte ich aufrichtig begeistert. Jeder Erfinder, Softwareentwickler und ehrgeizige Firmengründer würde alles darum geben, einen Termin bei Damien Stark zu bekommen. Dass Carl das gelungen war, bewies nur, dass sich meine Anstrengungen, diesen Job zu bekommen, wirklich gelohnt hatten.

»Und ob!«, sagte Carl. »Wir werden die Beta-Version der 3-D-Trainingssoftware vorführen. Brian und Dave sind auch dabei«, fügte er noch hinzu und meinte damit die beiden Softwareentwickler, die das Projekt hauptsächlich programmiert haben. Angesichts seiner Anwendungsmöglichkeiten im Sportsegment und der Tatsache, dass der inhaltliche Schwerpunkt von Stark Applied Technology auf Sportmedizin und Training liegt, ging ich fest davon aus, dass Carl einen weiteren Sieg landen würde. »Ich will, dass Sie uns zu dem Termin begleiten«, fügte er noch hinzu, und ich konnte es mir gerade noch verkneifen, begeistert die Faust in die Luft zu recken. »Allerdings werden wir uns nur mit Preston Rhodes treffen. Wissen Sie, wer das ist?«

»Nein.«

»Das weiß niemand. Weil Rhodes ein Niemand ist.«

Carl hatte also doch kein Meeting mit Stark, und ich ahnte so langsam, worauf unser Gespräch hinauslief.

»Und jetzt die Millionenfrage, Nikki: Wie kommt ein aufstrebendes Genie wie ich zu einem persönlichen Termin mit einem so hohen Tier wie Damien Stark?«

»Networking«, sagte ich. Schließlich habe ich mein Studium nicht umsonst mit Auszeichnung absolviert.

»Und genau dafür habe ich Sie eingestellt.« Er hob den Zeigefinger, als hätte er einen Geistesblitz, und ließ den Blick über mein Kleid schweifen, bis er an meinem Ausschnitt kleben blieb. Zumindest konnte er sich gerade noch verkneifen, seiner Hoffnung lautstark Ausdruck zu verleihen, meine Titten – und weniger sein Produkt – könnten Stark dazu bringen, persönlich an dem Treffen teilzunehmen. Aber ehrlich gesagt war ich mir gar nicht so sicher, ob die beiden dem Auftrag überhaupt gewachsen waren. Ich sehe zwar nicht schlecht aus, bin aber eher der Typ Mädchen von nebenan. Und zufällig weiß ich, dass Stark auf Supermodels steht.

Das erfuhr ich vor sechs Jahren, als er noch Tennis spielte und ich Schönheitsköniginnen-Diademen nachjagte. Er hatte beim Schönheitswettbewerb zur Miss Tri-County Texas zu den Promi-Juroren gehört, und obwohl wir bei dem Empfang nur wenige Worte wechselten, hat sich mir die Erinnerung an diese Begegnung unauslöschlich ins Gedächtnis eingebrannt.

Ich stand gerade am Buffet und überlegte, ob meine Mutter es wohl an meinem Atem riechen konnte, wenn ich mir eines der winzigen Käsekuchenstückchen nahm. Und da kam er auf mich zu – mit einem so ungetrübten Selbstbewusstsein, dass man es leicht mit Arroganz verwechseln konnte. An Damien Stark wirkte es allerdings einfach nur sexy. Er sah zuerst mich an und dann die Käsekuchenstücke. Anschließend nahm er zwei davon und steckte sie sich auf einmal in den Mund. Er kaute, schluckte und grinste mich an. Seine ungewöhnlichen Augen – eines bernsteinfarben, das andere fast schwarz – funkelten verschmitzt.

Ich suchte verzweifelt nach einer intelligenten Bemerkung und scheiterte kläglich. Also stand ich bloß da, ein höfliches Lächeln im Gesicht, und fragte mich, ob sein Kuss genauso gut schmecken würde wie der Kuchen – mit dem Vorteil, auch noch kalorienfrei zu sein.

Schließlich beugte er sich vor, und ich hielt die Luft an, während er immer näher kam. »Ich glaube, wir sind so was wie Seelenverwandte, Miss Fairchild.«

»Wie bitte?« Redete er über den Käsekuchen? Gütiger Gott, ich hatte ihn doch hoffentlich nicht neidisch angesehen, als er die beiden Stücke auf einmal gegessen hatte? Eine grauenhafte Vorstellung.

»Wir wollen beide nicht hier sein«, erklärte er und wies dann verstohlen mit dem Kinn auf den nächstgelegenen Notausgang. Plötzlich stellte ich mir vor, wie er meine Hand packt und mit mir davonrennt. Ich sah es so deutlich vor mir, dass ich erschrak. Aber die Gewissheit, dass ich mit ihm gehen würde, erschreckte mich kein bisschen.

»Ich – oh«, murmelte ich.

Lachfältchen bildeten sich um seine Augen, als er grinste und noch etwas sagen wollte. Was das war, sollte ich allerdings nie erfahren, da Carmela D'Amato zu uns stieß und sich bei ihm einhakte. »Damien, Liebling.« Ihr italienischer Akzent war genauso auffällig wie ihr dunkles, gewelltes Haar. »Komm, wir sollten gehen, *si?*« Ich war noch nie eine große Leserin von Klatschzeitschriften, aber es fällt schwer, Klatsch zu meiden, wenn man an Schönheitswettbewerben teilnimmt. Deshalb kannte ich die Schlagzeilen und Artikel, die über eine Beziehung des atemberaubenden Tennisstars mit dem italienischen Supermodel spekulierten.

»Miss Fairchild«, sagte er und nickte zum Abschied. Dann drehte er sich um und führte Carmela durch die Menschenmenge nach draußen. Ich sah ihnen nach und tröstete mich damit, dass ich beim Abschied so etwas wie Bedauern in seinem Blick gesehen hatte. Bedauern und Resignation.

Aber dem war natürlich nicht so – warum auch? Zumindest half mir dieser kleine Tagtraum, den Rest des Schönheitswettbewerbs durchzustehen.

Eine Begegnung, die ich Carl gegenüber mit keinem Wort erwähnte. Manche Dinge behält man eben lieber für sich, und dazu gehörte auch, dass ich mich freue, Damien Stark wiederzusehen.

»Kommen Sie, Texas«, sagt Evelyn und reißt mich aus meinen Gedanken. »Sagen wir Hallo.«

Ich spüre, wie mir jemand auf die Schulter klopft, wirbele herum und sehe Carl vor mir. Er grinst, als hätte er soeben einen geblasen bekommen. Ich weiß es besser: Er kann es kaum erwarten, Damien Stark vorgestellt zu werden.

Nun, mir geht es genauso.

Die Lücke hat sich wieder geschlossen, und Stark ist außer Sichtweite. Ich habe noch nicht mal sein Gesicht gesehen, nur sein Profil, und jetzt nicht mal mehr das. Evelyn geht voran und schiebt sich durch die Menge, wobei sie ein paarmal stehen bleibt und mit Gästen plaudert. Wir setzen unseren Weg fort, als ein breitschultriger Riese im karierten Anzug nach links tritt und den Blick auf Damien Stark freigibt.

Er sieht sogar noch besser aus als damals vor sechs Jahren. Die Unverfrorenheit der Jugend ist reifem Selbstvertrauen gewichen. Er ist Jason, Herkules und Perseus in einer Person – er hat einen so durchtrainierten, perfekten Heldenkörper, dass Götterblut in seinen Adern fließen muss. Seine markanten Züge wirken wie von Licht und Schatten gemeißelt. Das verleiht ihm eine klassische Schönheit, macht ihn aber auch unverwechselbar. Sein rabenschwarzes Haar schluckt sämtliches Licht, wirkt dabei aber so zerzaust, als hätte er den ganzen Tag an einem windigen Strand verbracht. Die Frisur bildet einen deutlichen Kontrast zu seinem schwarzen Maßanzug und dem weißen gestärkten Hemd, das ihm eine lässige Eleganz verleiht. Man kann sich gut vorstellen, dass dieser Mann auf dem Tennisplatz ebenso zu Hause ist wie im Konferenzraum.

Seine berühmten Augen ziehen mich in ihren Bann. Sein Blick ist intensiv, gefährlich und voller Versprechungen und folgt mir, als ich auf ihn zugehe.

Ich habe ein seltsames Déjà-vu-Erlebnis, als ich auf ihn zuschreite und mir meines Körpers, meiner Haltung und der Art, wie ich die Füße voreinandersetze, nur allzu bewusst bin. Idiotischerweise fühle ich mich, als würde ich erneut an einem Schönheitswettbewerb teilnehmen.

Ich schaue geradeaus und meide sein Gesicht. Mir gefällt die Nervosität nicht, die von mir Besitz ergriffen hat – das Gefühl, er könnte durch meinen Schutzpanzer hindurchsehen, den ich zusammen mit meinem kleinen Schwarzen angelegt habe.

Ein Schritt, dann noch einer.

Ich kann einfach nicht anders, ich muss ihn direkt ansehen. Unsere Blicke treffen sich, und sämtlicher Sauerstoff scheint aus dem Raum zu weichen. Mein Tagtraum von einst ist Wirklichkeit geworden, ich bin hin und weg. Das Gefühl, ein Déjà-vu zu erleben, legt sich, und es gibt nur noch diesen elektrisierenden, sinnlichen Moment.

Ich habe das Gefühl zu schweben, aber nein, ich habe nach wie vor festen Boden unter den Füßen, und Damien sieht mir in die Augen. Ich entdecke Leidenschaft und Entschlossenheit darin und dann nichts als ungebremstes, instinktives Begehren. Es ist so intensiv, dass ich Angst habe, unter seinem Blick zusammenzubrechen.

Carl nimmt meinen Ellenbogen und stützt mich. Erst jetzt merke ich, dass ich fast gestolpert wäre. »Alles in Ordnung?«

»Neue Schuhe. Danke.« Ich sehe erneut zu Stark hinüber, aber das Feuer in seinem Blick ist erloschen, sein Mund nur noch ein dünner Strich. Egal, was das war – und was zum Teufel war das? –, der Moment ist unwiederbringlich dahin.

Als wir Stark erreichen, habe ich mir fast erfolgreich eingeredet, dass es bloß Einbildung war.

Ich bekomme kaum mit, wie Evelyn Carl vorstellt. Dann komme ich an die Reihe, und Carl legt seine Hand schwer auf meine Schulter, schubst mich ein Stück nach vorn. Seine Hand ist feucht und klebt auf meiner nackten Haut. Ich muss mich dazu zwingen, sie nicht abzuschütteln.

»Nikki ist Carls neue Assistentin«, sagt Evelyn.

Ich gebe ihm die Hand. »Nikki Fairchild, es ist mir ein Vergnügen.« Ich erwähne nicht, dass wir uns schon mal begegnet sind. Das ist nicht der richtige Moment, um ihn daran zu erinnern, dass ich einmal im Badeanzug vor ihm auf und ab gelaufen bin.

»Miss Fairchild«, sagt er und ignoriert meine Hand. Mein Magen verknotet sich, aber ich weiß nicht, ob es an meiner Nervosität, meiner Enttäuschung oder an meiner Wut liegt. Er sieht zwischen Carl und Evelyn hin und her, meidet bewusst meinen Blick. »Sie müssen mich leider entschuldigen. Ich habe etwas Wichtiges zu erledigen.« Und schon ist er weg. Er verschwindet so schnell in der Menge wie ein Zauberer in einer Rauchwolke.

»Was zum Teufel ...?«, sagt Carl, was auch meine Gefühle in etwa zusammenfasst.

Evelyn ist ungewöhnlich schweigsam. Mit offenem Mund starrt sie mich an.

Aber ich muss nicht lange raten, was sie denkt. Es ist offensichtlich, dass sie sich dasselbe fragt wie ich: Was war denn das gerade?

Aber vor allem: Was zum Teufel habe ich falsch gemacht?

3

Meine Demütigung scheint eine Ewigkeit über uns dreien zu hängen. Dann nimmt Carl mich am Arm und führt mich von Evelyn weg.

»Nikki?« Sie sieht besorgt aus.

»Das – das ist schon in Ordnung«, sage ich. Ich fühle mich völlig benommen und äußerst verwirrt. Darauf habe ich mich so lange gefreut?

»Mal ganz im Ernst, Nikki«, sagt Carl, nachdem er etwas Abstand zwischen uns und die Gastgeberin gebracht hat. »Was zum Teufel war das denn?«

»Keine Ahnung.«

»Quatsch!«, fährt er mich an. »Sind Sie ihm schon mal irgendwo begegnet? Haben Sie ihn verärgert? Haben Sie sich vorher bei ihm beworben? Was zum Teufel haben Sie getan, Nicole?«

Ich zucke zusammen, als ich meinen Taufnamen höre. »Es liegt nicht an mir«, sage ich und wünsche mir, es wäre auch so. »Er ist berühmt. Er ist exzentrisch. Er war unverschämt, aber das hatte nichts mit mir zu tun. Wie auch?« Ich merke, dass ich laut werde, und zwinge mich, meine Stimme zu dämpfen. Zu atmen.

Ich balle die linke Hand zur Faust, so fest, dass sich meine Fingernägel in den Handballen bohren. Ich konzentriere mich auf den Schmerz, auf meine Atmung. Ich muss cool bleiben, gelassen bleiben. Ich darf nicht zulassen, dass meine Fassade zusammenbricht.

Carl fährt sich neben mir durchs Haar und zieht scharf die Luft ein »Ich brauche einen Drink. Kommen Sie!«

»Mir geht's gut, danke.« Das Gegenteil ist der Fall, aber im Moment möchte ich bloß alleine sein – insofern das in einem Raum voller Menschen überhaupt möglich ist.

Ich sehe, dass er widersprechen will, aber auch, dass er nicht weiß, was er jetzt machen soll. Noch einmal an Stark herantreten? Die Party verlassen und so tun, als wäre das niemals passiert? »Gut«, knurrt er. Er marschiert davon, und ich höre, wie er »Scheiße!« murmelt, bevor er in der Menschenmenge verschwindet.

Ich atme tief aus, und meine verkrampften Schultern entspannen sich. Ich gehe auf den Balkon zu, halte aber inne, als ich merke, dass mein persönlicher Rückzugsort bereits besetzt ist. Mindestens acht Personen tummeln sich dort, plaudern und lächeln. Ich bin nicht in der Stimmung zu plaudern, geschweige denn zu lächeln.

Ich gehe auf eine der Staffeleien zu und starre das Bild an. Es zeigt eine nackte Frau, die auf einem harten Fliesenboden kniet. Ihre Arme sind über den Kopf gehoben, ihre Handgelenke mit einem roten Band gefesselt.

Das Band ist an einer Kette befestigt, die quer durchs Bild verläuft. Der Arm der Frau ist angespannt, als zerrte sie an der Kette, um sich zu befreien. Ihr Bauch ist glatt, ihr Rücken durchgebogen, sodass man ihre Rippen deutlich sehen kann. Ihre Brüste sind klein, und der Künstler hat die erigierten Brustwarzen und braunen Warzenhöfe geschickt zum Leuchten gebracht.

Ihr Gesicht ist weniger gut zu erkennen. Es ist abgewandt, in graue Schatten gehüllt. Ich habe den Eindruck, dass sich das Modell seiner Erregung schämt. Dass die Frau am liebsten fliehen würde – aber sie kann nicht.

Sie sitzt in der Falle, und ihre Lust und ihre Scham sind für alle Welt sichtbar.

Ich spüre ein Prickeln auf meiner Haut. Diese junge Frau und ich haben etwas gemeinsam. Auch ich wurde von einer sinnlichen Macht überwältigt und habe es genossen.

Dann hat Stark alles kaputt gemacht – einfach so, als hätte er einen Schalter umgelegt. Und wie dieses Modell hier war ich anschließend verlegen und beschämt.

Nun, er kann mich mal! Dieser Leinwandtussi mag das peinlich sein, aber ich schäme mich nicht! Ich habe die Begierde in seinen Augen gesehen, und sie hat mich erregt. Schluss, aus, vorbei! Höchste Zeit, nach vorn zu schauen.

Ich mustere die Frau auf der Leinwand. Sie ist schwach. Sie gefällt mir nicht, das ganze Gemälde gefällt mir nicht.

Ich will mich schon abwenden, habe mein altes Selbstvertrauen wiedergewonnen – als ich mit niemand anderem als Damien Stark zusammenstoße.

Mist!

Seine Hand stützt mich auf Taillenhöhe. Ich weiche rasch zurück, habe aber deutlich gespürt, wie er sich anfühlt. Er ist schlank und durchtrainiert, und ich bin mir der Körperstellen, die mit ihm in Kontakt gekommen sind, unangenehm bewusst. Meine Hand. Meine Brüste. Meine Taille. Alles prickelt, so schockiert bin ich noch über seine Berührung.

»Miss Fairchild.« Er sieht mich direkt an, sein Blick ist weder ausdruckslos noch kalt. Mir wird bewusst, dass ich aufgehört habe zu atmen.

Ich räuspere mich und setze ein höfliches Lächeln auf. Eines, das unterschwellig bedeutet: »Verpiss dich!«

»Ich muss mich bei Ihnen entschuldigen.«

Oh.

»Ja«, sage ich überrascht. »Allerdings.«

Ich warte, aber er schweigt. Stattdessen wendet er sich wieder dem Gemälde zu. »Ein interessantes Motiv. Aber Sie würden ein deutlich besseres Modell abgeben.«

Was zum ...?

»Das ist die schlechteste Entschuldigung, die ich je gehört habe.«

Er zeigt auf das Gesicht des Modells. »Sie ist schwach«, sagt er, und ich vergesse die Entschuldigung sofort, so fasziniert bin ich davon, dass er meinen Gedanken von gerade eben laut ausspricht. »Vermutlich fühlen sich viele von dem Gegensatz angezogen: Begierde und Scham. Aber ich mag es direkter. Ich bevorzuge eine selbstbewusstere Sexualität.«

Bei Letzterem sieht er mich an, und ich weiß nicht recht, ob er er sich dafür entschuldigen will, mich so brüsk abgefertigt zu haben, oder einfach nur völlig unverschämt ist. Ich beschließe, seine Worte fürs Erste als Kompliment zu betrachten. Das mag nicht die sicherste Herangehensweise sein, ist aber die schmeichelhafteste.

»Schön, dass Sie das so sehen«, sage ich. »Aber ich bin kein Model-Typ.«

Er tritt einen Schritt zurück und mustert mich ausgiebig. Seine Inspektion scheint Stunden zu dauern, obwohl sie höchstens Sekunden in Anspruch nehmen kann. Die Luft zwischen uns knistert, und ich möchte auf ihn zugehen, die Lücke zwischen uns erneut schließen. Aber ich bleibe, wo ich bin.

Sein Blick bleibt kurz an meinem Mund hängen, bevor er schließlich den Kopf hebt, um mir in die Augen zu schauen, und genau in diesem Moment setze ich mich in Bewegung. Ich kann einfach nicht anders. Der Sturm, der sich in diesen faszinierenden Augen zusammenbraut, zieht mich wie magisch an.

»Nein«, sagt er nur.

Zunächst bin ich verwirrt und denke, dass er sich gegen meine Nähe wehrt. Dann merke ich, dass das die Antwort auf meinen Kommentar war, ich sei kein Model-Typ.

»Eigentlich sind Sie durchaus der Model-Typ«, fährt er fort. »Aber nicht so wie diese Frau – für alle Welt sichtbar auf die Leinwand gebannt, niemandem zugehörig, aber für jeden verfügbar.« Er neigt den Kopf leicht nach links, so als wollte er mich aus einer anderen Perspektive betrachten. »Nein«, murmelt er erneut, aber diesmal führt er seine Gedanken nicht weiter aus.

Ich werde normalerweise nicht schnell rot, und ich bin entsetzt, als ich bemerke, dass meine Wangen jetzt brennen. Für jemanden, der diesem Mann noch vor wenigen Minuten schweigend signalisiert hat, er solle sich verpissen, scheitere ich kläglich bei dem Versuch, die Oberhand zu behalten. »Ich hatte gehofft, heute Abend mit Ihnen sprechen zu können«, sage ich.

Er zieht unmerklich die Brauen hoch, in seiner Miene liegt eine höfliche Belustigung. »Ach ja?«

»Ich bin eine Ihrer Stipendiatinnen. Ich wollte mich bei Ihnen bedanken.«

Er sagt kein Wort.

Ich stammle weiter: »Ich musste mir mein Studium selbst

verdienen, insofern hat mir das Stipendium sehr geholfen. Ohne Ihre finanzielle Unterstützung hätte ich bestimmt nicht zwei Abschlüsse gleichzeitig machen können. Also vielen Dank dafür.« Den Schönheitswettbewerb erwähne ich nach wie vor nicht. Mir wäre es lieber, wenn Damien Stark und ich noch einmal bei null anfangen.

»Und was machen Sie jetzt, wo Sie die geweihten Hallen der Hochschule verlassen haben?«

Ich weiß, dass er mich mit seiner überförmlichen Art ärgern will, doch ich gehe nicht weiter darauf ein und gebe ihm eine ernsthafte Antwort. »Ich bin jetzt bei C-Squared«, sage ich. »Als Carl Rosenfelds neue Assistentin.« Evelyn hat ihm das vorhin bereits gesagt, aber ich glaube nicht, dass er zugehört hat.

»Verstehe.«

Doch sein Tonfall straft ihn eindeutig Lügen. »Ist das ein Problem?«

»Zwei Abschlüsse, jeweils mit der Note eins Komma null. Glühende Empfehlungsschreiben all Ihrer Professoren. Das Angebot, sowohl am MIT als auch an der Cal Tech zu promovieren.«

Ich starre ihn sprachlos an. Das Stark International Fellowship-Komitee vergibt dreißig Stipendien pro Jahr. Wie kommt es, dass er so viel über meine akademische Laufbahn weiß?

»Da finde ich es doch interessant, dass Sie kein Entwicklungsteam leiten, sondern Sekretärinnenarbeit erledigen.«

»Ich ...« Ich weiß nicht, was ich sagen soll. Mir ist immer noch schwindelig von dieser surrealen Inquisition.

»Schlafen Sie mit Ihrem Chef, Miss Fairchild?«

»*Wie bitte?*«

»Entschuldigen Sie. Habe ich mich nicht klar genug ausgedrückt? Ich habe gefragt, ob Sie mit Carl Rosenfeld ficken.«

»Ich – *nein!*« Ich werde laut, weil ich diese Vorstellung keine Sekunde ertrage. Nur um es gleich darauf zu bereuen. Stattdessen hätte ich ihm eine scheuern müssen. Was ist denn das für eine Frage?

»Gut«, sagt er so knapp und entschieden, dass der Gedanke, ihm auch nur verbal eine Ohrfeige zu verpassen, wie weggeblasen ist. Stattdessen bin ich dummerweise eindeutig erregt. Ich starre die Frau auf dem Bild an und hasse sie noch mehr. Ich bin alles andere als angetan von Damien Stark, geschweige denn von mir. Und trotzdem scheinen wir etwas gemeinsam zu haben: In diesem Moment stellen wir uns wohl beide gleichzeitig vor, wie ich ohne das kleine Schwarze aussehe.

Mist.

Er versucht nicht mal, seine Belustigung zu verbergen. »Ich scheine Sie schockiert zu haben, Miss Fairchild.«

»Natürlich, was dachten Sie denn?«

Er antwortet nicht, legt nur seinen Kopf in den Nacken und lacht. Es ist, als wäre seine Maske verrutscht, sodass ich einen Blick auf den echten Damien Stark erhaschen kann. Ich lächle und freue mich, dass wir beide nur eine Rolle spielen – zumindest eine kleine Gemeinsamkeit.

»Darf man mitlachen?« Es ist Carl, und ich würde am liebsten Nein sagen.

»Wie schön, Sie wiederzusehen, Mr. Rosenfeld«, sagt Stark. Die Maske sitzt wieder an Ort und Stelle. Carl sieht mich an, und ich sehe die Frage in seinen Augen. »Entschuldigen Sie«, sage ich. »Ich muss mich mal kurz frisch machen.«

Ich flüchte mich in die kühle Eleganz von Evelyns Bad. Sie war so aufmerksam, dort Mundwasser, Haarspray, ja sogar Einweg-Mascara-Bürstchen zur Verfügung zu stellen. Auf dem Marmorsims steht ein nach Lavendel duftendes Peeling-Salz, und ich nehme etwas davon, schließe die Augen und reibe mir die Hände damit ein, als könnte ich so meine Hülle abrubbeln, um strahlend neu daraus hervorzugehen.

Ich spüle meine Hände mit warmem Wasser ab und fahre mir mit den Fingerkuppen über die Haut, die jetzt ganz weich, glatt und sinnlich ist.

Im Spiegel sehe ich mir in die Augen. »Nein«, flüstere ich, aber mein Blick wandert nach unten und streift den Saum meines Kleides, das knapp über dem Knie endet. Das Oberteil liegt eng an, aber der Rock ist ausgestellt, sodass er verführerisch flattert, wenn ich mich bewege.

Meine Finger tanzen spielerisch über mein Knie und wandern dann träge die Innenseite meines Schenkels hinauf. Ich blicke mir wieder in die Augen und schließe sie dann. Es ist Starks Gesicht, das ich jetzt vor mir sehen will. Ich stelle mir vor, dass mir seine Augen aus diesem Spiegel entgegenschauen.

Sinnlich liebkosen die Finger meine Haut. Eine verhaltene Erotik, die sich in einer anderen Situation bis zur Explosion steigern ließe.

Bei mir bewirkt die Berührung jedoch das genaue Gegenteil: Meine Finger erstarren, als ich es fühle – das unregelmäßige, wulstige Gewebe einer fünf Jahre alten Narbe, die die einst so perfekte Haut meines Schenkels verunstaltet. Ich drücke darauf, rufe mir den Schmerz dieser Wunde wieder ins Gedächtnis. Ich habe sie mir an dem Wochenende beigebracht, an dem meine Schwester Ashley starb und ich fast unter der Last meiner Trauer zusammengebrochen wäre.

Aber das gehört der Vergangenheit an. Ich kneife die Augen zusammen. Mein Körper ist erhitzt, und die Narbe unter meiner Hand pocht.

Als ich diesmal die Augen öffne, sehe ich nur mich: Nikki Fairchild, die ihre Selbstbeherrschung zurückgewonnen hat.

Ich hülle mich in mein wiedergewonnenes Selbstvertrauen wie in eine Decke und kehre auf die Party zurück. Beide Männer sehen mich an, als ich näher komme. Starks Miene ist undurchschaubar, aber Carl versucht nicht einmal, seine Begeisterung zu verbergen. Er sieht aus wie ein Sechsjähriger bei der Bescherung unterm Weihnachtsbaum. »Verabschieden Sie sich, Nikki. Wir müssen gehen. Es gibt viel zu tun. *Sehr viel.*«

»Was, jetzt?« Ich bemühe mich nicht, meine Verwirrung zu verbergen.

»Anscheinend muss Mr. Stark am Dienstag verreisen, deshalb haben wir das Treffen auf morgen verlegt.«

»Auf einen Samstag?«

»Ist das ein Problem?«, schaltet sich Stark ein.

»Nein, natürlich nicht, aber ...«

»Er wird persönlich anwesend sein«, sagt Carl. »Persönlich«, wiederholt er, als wäre mir das beim ersten Mal entgangen.

»Gut. Ich verabschiede mich nur kurz von Evelyn.« Ich will gerade gehen, als Starks Stimme mich innehalten lässt.

»Mir wäre es lieber, wenn Miss Fairchild noch bleibt.«

»Wie bitte?«, sagt Carl und nimmt mir die Worte aus dem Mund.

»Das Haus, das ich gerade baue, ist beinahe fertig. Ich bin hier, um nach einem Gemälde für ein bestimmtes Zimmer Ausschau zu halten. Ich brauche weiblichen Rat. Natürlich bringe ich sie anschließend heil nach Hause.«

»Oh.« Carl sieht aus, als würde er gern widersprechen, überlegt es sich jedoch anders. »Sie wird Ihnen gern dabei behilflich sein.«

Sie wird einen Teufel tun! So ein Kleid tragen ist eine Sache, aber die Präsentationsvorbereitungen schwänzen, nur weil ein egozentrischer Supermilliardär mit den Fingern schnippt ... nein, das geht nicht, so heiß dieser Supermilliardär auch sein mag.

Aber Carl kommt mir zuvor. »Wir sprechen uns morgen früh«, sagt er. »Der Termin ist um zwei.« Anschließend ist er verschwunden, und ich bleibe mit einem höchst selbstgefälligen Damien Stark zurück.

»Was glauben Sie eigentlich, wer Sie sind?«

»Ich weiß genau, wer ich bin, Miss Fairchild. Und Sie?«

»Vielleicht sollte ich lieber fragen, für wen Sie *mich* halten?«

»Fühlen Sie sich zu mir hingezogen?«

»Ich – wie bitte?«, stottere ich. Seine Worte werfen mich völlig aus der Bahn, und ich versuche verzweifelt, Haltung zu bewahren. »Darum geht es hier überhaupt nicht.«

Seine Mundwinkel zucken, und ich merke, dass ich zu viel verraten habe.

»Ich bin Carls Assistentin«, sage ich langsam, aber deutlich.

»Und nicht die Ihre. In meiner Stellenbeschreibung steht nicht, dass ich Ihr gottverdammtes Haus einrichten soll.« Ich schreie nicht, aber meine Stimme ist angespannt, und mein Körper erst recht.

Dieser verfluchte Stark scheint sich nicht nur absolut wohl in seiner Haut zu fühlen, sondern sich auch noch königlich zu amüsieren. »Wenn es zu Ihrem Job gehört, Kapital für Ihren Chef aufzutreiben, sollten Sie Ihre Haltung vielleicht noch einmal überdenken. Potenzielle Investoren zu brüskieren ist da vielleicht nicht die intelligenteste Herangehensweise.«

Die Angst, ich könnte alles versaut haben, durchfährt mich. »Gut möglich«, sage ich. »Aber wenn Sie Ihr Geld zurückhalten, nur weil ich nicht den Rock für Sie hebe, sind Sie nicht der Mann, von dem ich so viel gehört habe. Der Damien Stark, von dem ich gelesen habe, investiert in Qualität und nicht in Freundschaften oder Beziehungen. Er handelt auch nicht aus Mitleid, um einem armen kleinen Softwareentwickler zu helfen. Der Damien Stark, den ich bewundere, ist ausschließlich an Kompetenz interessiert. Oder ist das alles nur PR?«

Ich straffe mich, wappne mich gegen die verbalen Peitschenschläge, die gleich auf mich niedersausen werden. Aber auf die Reaktion, die jetzt kommt, bin ich nicht vorbereitet.

Stark lacht.

»Sie haben recht«, sagt er. »Ich werde nicht in C-Squared investieren, weil ich Carl auf einer Party getroffen habe. Und auch nicht, weil Sie mit mir ins Bett hüpfen.«

»Oh.« Wieder einmal brennen meine Wangen. Wieder einmal hat er mich aus der Fassung gebracht.

»Aber ich will Sie trotzdem.«

Mein Mund ist staubtrocken. Ich muss schlucken, bevor ich etwas sagen kann. »Damit ich Ihnen helfe, ein Bild auszusuchen?«

»Ja«, bestätigt er. »Zumindest vorläufig.«

Und später? Ich zwinge mich, nicht daran zu denken. »Warum?«

»Weil ich eine ehrliche Meinung brauche. Die meisten Frauen an meiner Seite sagen, was ich hören will, aber nicht, was sie wirklich denken.«

»Aber ich bin nicht die Frau an Ihrer Seite, Mr. Stark.« Ich lasse die Worte einen Moment im Raum stehen. Dann drehe ich mich um und gehe. Ich spüre, wie er mir nachschaut, doch weder bleibe ich stehen noch sehe ich mich um.

Ich lächle langsam, und mein Gang wird wiegender. Das ist mein Triumph, und ich will ihn so richtig auskosten.

Nur dass er sich längst nicht so gut anfühlt wie gedacht. Ehrlich gesagt hat er einen bitteren Nachgeschmack. Denn insgeheim würde es mich natürlich brennend interessieren, wie es wohl wäre, die Frau an Damien Starks Seite zu sein.

4

Ich laufe quer durch den ganzen Raum, bevor ich stehen bleibe, mein Herz schlägt wild in meiner Brust. Fünfundfünfzig Schritte. Ich habe sie gezählt. Jetzt, wo ich nicht mehr weiterkann, bleibe ich einfach stehen und starre auf eines von Blaines Gemälden. Noch ein Akt, diesmal liegt das Modell auf der Seite, auf einem Bett mit weißer, gestärkter Bettwäsche, nur der Vordergrund ist scharf zu sehen. Der restliche Raum – Wände und Möbel – besteht nur aus angedeuteten, grau-verschwommenen Formen.

Die Haut der Frau ist so blass, als hätte sie noch nie die Sonne gesehen. In ihrem Gesicht dagegen spiegelt sich so viel Ekstase, dass es zu glühen scheint.

Auf dem ganzen Bild gibt es nur einen einzigen Farbfleck – ein langes rotes Band. Es liegt um den Hals der Frau, verläuft dann zwischen ihren schweren Brüsten nach unten. Es führt zwischen ihren Beinen hindurch, bevor es mit dem Hintergrund verschwimmt und vom Bildrand begrenzt wird. Das Band ist gespannt, und es ist klar, was der Künstler damit sagen will: Der Liebhaber der Frau ist anwesend, gleich außerhalb des Bildrands. Er hält das Band, lässt es über sie gleiten, erlaubt, dass sie sich in dem verzweifelten Wunsch, die von ihm entfachte Lust zu befriedigen, daran reibt.

Ich schlucke, stelle mir vor, wie das kühle, glatte Satinband mich zwischen den Beinen liebkost. Mich erregt, zum Höhepunkt bringt ...

Und in meiner Fantasie ist es Damien Stark, der dieses Band hält.

Das macht mir Angst.

Ich löse mich von dem Bild und gehe zur Bar, dem einzigen Ort hier, an dem man nicht mit erotischen Bildern bombardiert wird. Ehrlich gesagt brauche ich eine Verschnaufpause. Erotische Kunst lässt mich normalerweise nicht gerade dahinschmelzen. Andererseits ist es momentan ja nicht die Kunst, die mich erregt.

Aber ich will Sie trotzdem.

Was hat er bloß damit gemeint?

Besser gesagt: Was wünsche ich mir, dass er damit gemeint hat? Natürlich ist das eine überflüssige Frage. Ich weiß genau, was ich mir wünsche, nämlich dasselbe wie schon vor sechs Jahren. Aber ich weiß, dass es nie dazu kommen wird. Allein schon davon zu träumen, ist keine gute Idee.

Ich überfliege den Raum. Rede mir ein, nur die Kunst wahrzunehmen. Heute Abend ist anscheinend Selbstbetrug angesagt. Ich suche nach Stark, aber als ich ihn entdecke, wünsche ich mir, nicht nach ihm Ausschau gehalten zu haben. Er steht neben einer großen, geschmeidigen Frau mit kurzen dunklen Haaren. Sie ist so lebhaft und schön wie Audrey Hepburn in *Sabrina*. Ihr feines Gesicht strahlt vor Freude, und als sie lacht, berührt sie ihn wie zufällig mit einer vertrauten Geste. Mein Magen krampft sich zusammen, als ich das sehe. Meine Güte, ich kenne diesen Mann nicht mal! Bin ich tatsächlich eifersüchtig?

Ich gehe in mich und mache mir zum x-ten Mal an diesem Abend etwas vor: Ich bin nicht eifersüchtig, sondern wütend. Ich bin sauer, dass Stark dermaßen offen mit mir geflirtet hat, obwohl er anscheinend mit einer anderen liiert ist –, mit einer überaus schönen, charmanten Frau.

»Noch etwas Champagner?« Der Barkeeper hält mir ein Glas hin. Das ist verführerisch, äußerst verführerisch, aber ich schüttle den Kopf. Ich will mich nicht betrinken. Ich muss hier raus.

Weitere Gäste treffen ein, und das Gedränge wird immer größer. Ich halte erneut nach Stark Ausschau, aber er ist in der Menge verschwunden. Audrey Hepburn ist auch nirgendwo zu entdecken. Wo sie auch sein mögen – sie amüsieren sich bestimmt prächtig.

Ich stelle mich vor einen mit einer Samtkordel abgesperrten Flur, der offensichtlich zu Evelyns übrigen Räumlichkeiten führt. Mehr Privatsphäre steht mir im Moment nicht zur Verfügung.

Ich hole mein Handy heraus, drücke die Kurzwahltaste und warte darauf, dass Jamie drangeht.

»Du wirst es nicht glauben!«, sagt sie ohne jede Vorrede. »Ich hab es gerade mit Douglas getrieben!«

»Ach du meine Güte, Jamie! Warum denn das?« Das ist mir einfach so rausgerutscht, und obwohl das mit Douglas keine gute Nachricht ist, bin ich dankbar, dass mich Jamie so urplötzlich mit ihren Problemen überfällt: Meine eigenen können warten.

Douglas ist unser Nachbar, und sein Schlafzimmer grenzt direkt an meines. Obwohl ich erst seit vier Tagen in Los Angeles wohne, weiß ich schon in etwa, wie oft er Sex hat. Die Vorstellung, dass meine beste Freundin nur eine weitere Kerbe in seinem Bettpfosten ist, gefällt mir gar nicht.

Doch aus Jamies Sicht ist er natürlich eine weitere Kerbe in *ihrem* Bettpfosten.

»Wir saßen beide am Pool und haben Wein getrunken. Dann sind wir in den Whirlpool und anschließend ...« Sie verstummt, denn den Rest kann ich mir denken.

»Ist er noch da? Oder bist du bei ihm?«

»Um Gottes willen, nein! Ich habe ihn vor einer Stunde nach Hause geschickt.«

»Jamie ...«

»Was ist denn? Ich musste mich bloß ein bisschen abreagieren. Glaub mir, das ist schon okay so. Ich bin dermaßen gut drauf, das kannst du dir gar nicht vorstellen!«

Ich runzle die Stirn. So wie sich andere Leute um herrenlose Hundewelpen kümmern, gabelt Jamie jede Menge Männer auf. Sie behält sie allerdings nicht, noch nicht mal bis zum nächsten Morgen. Als ihre Mitbewohnerin finde ich das sehr praktisch. Es ist nun mal nicht besonders prickelnd, einen unrasierten, ungeduschten, halb nackten Mann um drei Uhr morgens dabei zu ertappen, wie er in meinen Kühlschrank starrt. Aber als ihre Freundin mache ich mir Sorgen.

Sie wiederum macht sich um mich Sorgen, jedoch aus völlig entgegengesetzten Gründen. Ich habe noch nie einen Mann mit nach Hause genommen, geschweige denn ihn wieder rausgeworfen. In Jamies Augen bin ich deswegen nicht ganz normal.

Jetzt ist nicht der richtige Zeitpunkt, um dieses Thema mit meiner besten Freundin zu vertiefen. Aber Douglas? Musste sie ausgerechnet Douglas abschleppen? »Und jetzt muss ich jedes Mal wegsehen, wenn ich ihm im Haus begegne?«

»Er sieht das ganz locker«, sagt sie. »Das ist keine große Sache, wirklich nicht.«

Ich schließe die Augen und schüttle den Kopf. Eine solche körperliche wie seelische Freizügigkeit ist mir fremd. Keine große Sache? Von wegen!

»Und was ist mit dir? Hast du es diesmal geschafft, ein paar Worte mit ihm zu wechseln?«

Ich runzle die Stirn. Als meine beste Freundin weiß Jamie sehr viel von mir – zu viel? Ich habe ihr alles über den Schönheitswettbewerb und meine seltsame Begegnung mit dem supertollen Damien Stark erzählt. Ihre Reaktion war mal wieder typisch Jamie: »Hättest du den Mund aufgemacht und etwas gesagt, hätte er Carmela bestimmt verlassen und sich mit dir amüsiert.« Ich habe ihr daraufhin gesagt, dass sie spinnt, aber ihre Worte haben meine Fantasie erst recht erregt.

»Ich habe mit ihm geredet«, gestehe ich.

»Ach ja?« Sie ist ganz Ohr.

»Und er kommt zur Präsentation.«

»Und ...?«

Ich muss lachen. »Nichts und, Jamie! Das ist alles.«

»Oh, na gut. Nein im Ernst, das ist toll, Nik. Du hast das super hingekriegt.«

Wenn sie das so sagt, will ich ihr nicht widersprechen.

»Und wie ist er inzwischen so?«

Ich denke nach. Diese Frage lässt sich nicht so leicht beantworten. »Er ist ... kompromisslos.« *Scharf. Sexy. Überraschend. Verstörend.* Nein, eigentlich ist nicht Stark verstörend, sondern meine Reaktion auf ihn.

»Kompromisslos?«, echot Jamie. »Und das erstaunt dich? Ich meine, dem Kerl gehört die halbe Welt! Da wird er kaum nett und kuschelig sein, eher düster und gefährlich.«

45

Ich runzle die Stirn. Damit hat Jamie Damien Stark perfekt beschrieben.

»Gibt es sonst noch irgendwelche Neuigkeiten? Wie sind die Bilder? Ich frage dich lieber erst gar nicht, ob du Promis getroffen hast. Promis, die jünger sind als Cary Grant, kennst du ja ohnehin nicht. Wahrscheinlich brächtest du es fertig, über Bradley Cooper zu stolpern und ihn nicht mal zu erkennen.«

»Nun, Rip und Lyle sind hier, und sie sind sehr höflich zueinander, trotz ihres Streits. Ich bin gespannt, ob sie noch eine weitere Staffel drehen werden.«

Das Schweigen am anderen Ende sagt mir, dass ich mitten ins Schwarze getroffen habe, und ich bedanke mich im Stillen bei Evelyn. Es ist nämlich nicht leicht, meine Mitbewohnerin zu beeindrucken.

»Du Miststück!«, sagt sie schließlich. »Wenn du ohne Rip Carringtons Autogramm zurückkommst, suche ich mir eine neue beste Freundin.«

»Ich werd mir Mühe geben«, verspreche ich. »Du könntest eigentlich auch vorbeikommen. Ich brauche nämlich eine Mitfahrgelegenheit.«

»Weil Carl tot umgefallen ist vor Schreck, als Stark sich auf das Treffen eingelassen hat?«

»So was in der Art. Er ist schon gegangen, um sich vorzubereiten. Das Treffen wurde auf morgen vorverlegt.«

»Und du bist immer noch auf der Party? Warum denn?«

»Stark wollte, dass ich bleibe.«

»Oh.«

»Nicht das, was du denkst! Er will ein Bild kaufen und braucht weiblichen Rat.«

»Und da du die einzige Frau auf der Party bist ...«

Mir fällt Audrey Hepburn wieder ein, und ich bin verwirrt. Ich bin definitiv nicht die einzige Frau auf der Party. Was hat Stark vor?

»Ich brauche nur eine Mitfahrgelegenheit«, sage ich gereizt, wobei es nicht ganz fair ist, meine Verwirrung an Jamie auszulassen. »Kannst du mich abholen?«

»Ist das dein Ernst? Carl hat dich in Malibu sitzen lassen? Das ist ungefähr eine Stunde mit dem Auto! Er hat dir nicht mal angeboten, das Taxi zu bezahlen?«

Ich zögere eine Sekunde zu lange.

»Was ist?«, fragt sie.

»Es ist nur so, dass – na ja, Stark hat gesagt, dass er mich nach Hause bringt.«

»Ja und? Ist dir sein Ferrari nicht gut genug? Möchtest du lieber in meinem zehn Jahre alten Corolla mitfahren?«

Wo sie recht hat, hat sie recht. Es ist Starks Schuld, dass ich immer noch hier bin. Warum sollte ich eine Freundin belästigen – oder haufenweise Geld für ein Taxi ausgeben –, wenn er versprochen hat, mich nach Hause zu bringen? Habe ich wirklich Angst davor, mit ihm allein zu sein?

Ja, das habe ich. Aber das ist natürlich lächerlich. Elizabeth Fairchilds Tochter wird in Gegenwart von Männern nicht nervös. Elizabeth Fairchilds Tochter wickelt Männer um den kleinen Finger. Ich mag zwar mein Leben lang versucht haben, der Kontrolle meiner Mutter zu entkommen, aber das heißt nicht, dass sie mir nichts beigebracht hätte.

»Du hast recht«, sage ich, obwohl mir bei der Vorstellung, Damien Stark um meinen kleinen Finger zu wickeln, leicht schwindelig wird. »Wir sehen uns dann zu Hause.«

47

»Wenn ich schlafen sollte, weck mich bitte, du musst mir alles brühwarm erzählen.«

»Da gibt es nicht viel zu erzählen«, sage ich.

»Lügnerin!« Sie legt auf.

Ich stecke das Handy wieder in mein Täschchen und gehe zurück zur Bar – jetzt brauche ich unbedingt einen Champagner. Ich stehe mit meinem Getränk da und sehe mich um. Diesmal entdecke ich Stark sofort. Ihn und Audrey Hepburn. Er lächelt, sie lacht, und meine Wut wächst: Er ist schuld, dass ich hier festsitze, und trotzdem hat er nicht einmal versucht, noch einmal mit mir zu reden, geschweige denn sich dafür entschuldigt, dass ich seine Einrichtungsberaterin spielen soll, oder mir ein Taxi gerufen. Wenn ich mir selbst eines nehmen muss, werde ich Stark International die Rechnung schicken.

Evelyn kommt vorbei, Arm in Arm mit einem Mann, dessen Haar so weiß ist, dass er mich an Colonel Sanders, den Gründer von Kentucky Fried Chicken, erinnert. Sie tätschelt seinen Arm, murmelt etwas und löst sich von ihm. Der Colonel marschiert weiter, während sich Evelyn neben mich stellt. »Amüsieren Sie sich?«

»Natürlich«, sage ich.

Sie schnaubt verächtlich.

»Ich weiß, ich bin eine furchtbare Lügnerin«, sage ich.

»Meine Güte, Schätzchen, Sie haben sich nicht mal Mühe gegeben!«

»Tut mir leid. Ich bin nur ...« Ich verstumme und streiche mir eine Haarsträhne hinters Ohr. Ich habe das Haar zu einem Chignon hochgesteckt, und ein paar lose Strähnen sollen mein Gesicht einrahmen. Aber jetzt nerven sie mich.

»Er ist undurchschaubar«, sagt Evelyn.

»Wer?«

Sie nickt zu Damien hinüber, und ich sehe mich nach ihm um. Er unterhält sich nach wie vor mit Audrey Hepburn. Plötzlich habe ich die Gewissheit, dass er mich noch Sekunden zuvor beobachtet hat. Was natürlich reine Spekulation ist – entweder Wunschdenken oder Paranoia. Ich bin zunehmend frustriert..

»Undurchschaubar?«, wiederhole ich.

»Er ist schwer einzuschätzen«, sagt Evelyn. »Ich kenne ihn, seit er ein kleiner Junge war – sein Vater bat mich, ihn als Agentin zu vertreten, als er Werbespots für irgendeine dämliche Frühstücksflockenfirma machen sollte. Als ob wir Damien Stark für dieses klebrige Zuckerzeug werben lassen würden! Nein, stattdessen habe ich dem Jungen einige verdammt gute Verträge verschafft und ihm dabei geholfen, landesweit bekannt zu werden. Trotzdem habe ich fast immer das Gefühl, ihn so gut wie gar nicht zu kennen.«

»Warum nicht?«

»Wie gesagt, Texas – er ist undurchschaubar.« Sie betont jede Silbe einzeln und schüttelt anschließend den Kopf. »Natürlich kann man ihm das schlecht vorwerfen, nicht nach all dem Mist, den er als Kind durchmachen musste. Wer würde da nicht die eine oder andere Narbe davontragen?«

»Sie meinen den Ruhm? Das muss schwierig gewesen sein. Er war noch so jung.« Stark gewann mit fünfzehn den Junior Grand Slam, und daraufhin war seine Karriere nicht mehr zu stoppen. Aber die Journaille saß ihm schon lange vorher im Nacken. Wegen seines guten Aussehens und seiner bescheidenen Herkunft war er unter zahlreichen Hoffnungsträgern

49

als der neue Goldjunge des Tennissports herausgepickt worden.

»Nein, nein.« Evelyn winkt ab. »Damien weiß, wie er mit der Presse umzugehen hat. Er ist verdammt gut darin, seine Geheimnisse zu wahren, das konnte er schon immer.« Sie sieht mich an und lacht dann, tut so, als hätte sie nur einen Scherz gemacht, was ich ihr natürlich nicht abkaufe. »Ach, Schätzchen, was für einen Unsinn ich wieder rede! Nein, Damien Stark ist eben ein ruhiger, unnahbarer Typ. Er ist wie ein Eisberg, Texas. Das meiste versteckt sich unter Wasser, und was man sieht, ist knallhart und manchmal ziemlich frostig.«

Sie amüsiert sich über ihren Witz und winkt jemandem zu. Ich werfe einen Blick auf Damien, suche nach dem verletzten Kind, das Evelyn noch in Erinnerung hat, sehe aber nichts als strotzendes Selbstbewusstsein. Ist das nur Fassade? Oder ist der Mann wirklich so?

»Was ich damit sagen will: Nehmen Sie es nicht persönlich«, fährt Evelyn fort. »Sein Verhalten von vorhin, meine ich. Er wollte bestimmt nicht unhöflich sein. Wahrscheinlich war er nur in Gedanken und hat gar nicht gemerkt, was er angerichtet hat.«

Ich bin natürlich längst über unsere erste Begegnung, bei der ich so schnöde übergangen wurde, hinweg, aber Evelyn kann das nicht wissen. Im Moment habe ich ganz andere, viel weitreichendere Probleme mit Damien Stark – angefangen von der simplen Frage, wie ich nach Hause kommen soll, bis hin zu deutlich komplizierteren Gefühlen, mit denen ich mich jetzt nicht näher befassen will.

»Sie hatten recht, was Rip und Lyle angeht«, sage ich, weil

sie weiterhin zu Stark hinüberschaut und ich vermeiden will, dass sie auf die Idee kommt, sich zu ihm zu gesellen. »Meine Mitbewohnerin ist vor Ehrfurcht erstarrt, als sie hörte, dass ich mit ihnen im selben Raum bin.«

»Nun, dann kommen Sie mit! Ich stelle Sie vor.«

Die beiden herausgeputzten Stars sind sehr, sehr höflich und sehr, sehr langweilig. Ich habe ihnen nichts zu sagen. Ich weiß nicht mal, wovon ihre Serie handelt. Evelyn kann sich bestimmt nicht vorstellen, dass sich jemand nicht brennend für alles interessiert, was aus Hollywood kommt. Sie scheint mich nur für schüchtern zu halten und will mich mit den beiden allein lassen.

Die gesellschaftlich versierte Nikki würde jetzt lächeln und höflich Small Talk machen. Aber die ist ein bisschen erschöpft. Stattdessen halte ich Evelyn am Ärmel fest, bevor sie sich zu weit entfernen kann. Sie sieht mich fragend an. Ich weiß nicht, was ich sagen soll. Panik wallt in mir auf, meine Fassade droht in sich zusammenzufallen.

Und dann sehe ich sie – meine Ausrede. Meine Rettung! Sie kommt so unerwartet, dass ich erst an eine Halluzination denke. »Da!«, sage ich und zeige auf einen schlanken Mann von Ende zwanzig mit langem, gewelltem Haar und Nickelbrille. Er sieht aus, als gehörte er nach Woodstock und nicht auf diese Vernissage. Ich halte die Luft an, als könnte sich diese Fata Morgana jeden Augenblick in Luft auflösen. »Ist das nicht Orlando McKee?«

»Kennen Sie Orlando?«, fragt Evelyn, um ihre Frage gleich darauf selbst zu beantworten. »Natürlich, Ihr Freund, der für Charles arbeitet! Woher kennen Sie sich?« Sie verabschiedet sich mit einem Nicken von Rip und Lyle, denen unser Ab-

51

gang gar nicht gleichgültiger sein könnte. Sie streiten wieder miteinander und strahlen die Frauen an, die für einen Schnappschuss mit ihnen posieren.

»Wir sind zusammen aufgewachsen«, erkläre ich Evelyn, die mich hinter sich her durch die Menschenmenge zieht.

In Wahrheit waren wir Nachbarn, bis Ollie aufs College ging. Und obwohl er zwei Jahre älter ist als ich, waren wir unzertrennlich, bis Ollie zwölf wurde und nach Austin aufs Internat kam. Damals war ich krank vor Neid.

Ich habe Ollie seit Jahren nicht mehr gesehen, aber er gehört zu der Sorte von Freund, mit denen man nicht täglich Kontakt haben muss. Monate vergehen, und dann ruft er mich aus heiterem Himmel an, und wir reden, als hätten wir uns erst neulich gesprochen. Jamie und er sind meine besten Freunde, und ich freue mich unbändig, dass er hier ist – ausgerechnet jetzt, wo ich ihn so dringend brauche.

Wir sind fast bei ihm, aber er hat uns noch nicht bemerkt. Er unterhält sich über irgendeine Fernsehshow. Sein Gesprächspartner trägt Jeans und ein Sportjackett über dem blassrosa Buttondown-Hemd. Sehr kalifornisch. Wie immer gestikuliert Ollie heftig, und als er eine Hand in meine Richtung streckt, wendet er sich mir reflexartig zu, und in diesem Augenblick erkennt er mich. Er dreht sich zu mir um und breitet die Arme aus.

»Nikki? Meine Güte, du siehst fantastisch aus!« Er zieht mich in eine innige Ollie-Umarmung, dann hält er mich auf Armeslänge vor sich und mustert mich gründlich.

»Und, habe ich den Test bestanden?«

»Wie immer.«

»Warum bist du nicht in New York?«

»Die Kanzlei hat mich letzte Woche nach L. A. zurückversetzt. Ich wollte dich noch dieses Wochenende anrufen. Ich wusste nicht mehr genau, wann du hierherziehst.« Eine zweite spontane Umarmung folgt, und ich grinse so breit, dass es wehtut. »Mann, ist das schön, dich zu sehen!«

»Ich nehme an, Sie kennen sich«, sagt der Jeanstyp überflüssigerweise.

»Entschuldigung«, sagt Ollie. »Nikki, das ist Jeff. Wir arbeiten gemeinsam bei Bender, Twain & McGuire.«

»Besser gesagt, ich arbeite für ihn«, erklärt Jeff. »Ich bin Praktikant. Orlando ist schon das dritte Jahr dabei, und die Leute sind begeistert von ihm. Ich glaube, Maynard steht kurz davor, ihn zum Partner zu machen.«

»Sehr witzig!«, sagt Ollie, scheint sich aber zu freuen.

»Sieh an, sieh an!«, sage ich. »Mein kleiner Goldfisch hat sich in einen ausgewachsenen Hai verwandelt.«

»Hey, du kennst die Regeln: Für jeden Anwaltswitz reiße ich zwei Blondinenwitze.«

»Ich nehme alles zurück.«

»Los, kommen Sie mit, Jeff«, sagt Evelyn. »Lassen wir die beiden doch kurz allein. Wir können uns sicher auch allein in Schwierigkeiten bringen.«

Es wäre nur höflich zu widersprechen, aber keiner von uns tut es. Wir sind viel zu sehr damit beschäftigt, in Erinnerungen zu schwelgen, und ich freue mich, Ollie bei mir zu haben.

Wir reden über alles Mögliche, während wir zur Balkontür gehen, um unser Gespräch draußen fortzusetzen. Ich tröste mich mit alten Erinnerungen und Ollies vertrautem Gesicht. Als wir die Tür erreichen, drehe ich mich um. Ich weiß nicht genau, warum. Vielleicht ist es nur ein Reflex, aber ich fürchte, es steckt mehr dahinter. Vermutlich suche ich nach jemandem. *Nach ihm.*

Natürlich entdecke ich Damien Stark sofort. Er ist jetzt nicht mehr mit Audrey Hepburn zusammen, sondern unterhält sich aufmerksam und konzentriert mit einem kleinen Mann mit schütterem Haar. Als er den Kopf hebt, fällt sein Blick auf mich.

Und in diesem Moment wird mir klar, dass ich, sollte er mich bitten, Ollie loszuwerden und bei ihm zu bleiben, ohne zu zögern Ja sagen würde.

Ich verwünsche ihn und mich, und trotzdem: Ich würde bei Damien Stark bleiben.

5

Ich trage Ollies Jackett und habe meine Riemchensandaletten in der Hand, während wir den Privatstrand hinter Evelyns Haus entlanglaufen. Eigentlich dürften wir gar nicht hier sein, aber das ist mir egal. Ich ziehe meinen Fuß so beschwingt durchs Wasser, dass es spritzt. Es fühlt sich herrlich verboten an.

»Wie geht es Courtney?«, frage ich. »Freut sie sich, dass du wieder da bist?« Das ist eine heikle Frage: Courtney ist Ollies Mal-ja/mal-nein-Freundin. Mal ja, weil sie bezaubernd ist und Ollie dumm wäre, es sich mit ihr zu versauen. Mal nein, weil Ollie sich mehr als einmal danebenbenommen hat.

»Sie ist verlobt«, sagt er.

»Oh.« Ich kann meine Enttäuschung nicht verbergen. Ich sollte Ollie trösten, ihm sagen, dass er eine andere tolle Frau kennenlernen wird, aber ich bin mir sicher, dass er es vermasselt hat.

Plötzlich bricht er in lautes Gelächter aus. »Mit mir, du dummes Huhn!«

»Oh, Gott sei Dank!« Ich gebe ihm einen Stups. »Und ich dachte schon, du hättest es versaut!«

Seine Miene wird ernst. »Hätte ich auch beinahe. Die Zeit in New York war hart: Ich war von ihr getrennt und ständig in Versuchung. Aber damit ist es jetzt vorbei. Für mich kommt keine andere mehr infrage. Meine Güte, Nikki, womit habe ich sie nur verdient?«

»Du bist ein toller Kerl.«

»Ich bin gestört, und das weißt du auch.«

»Wir sind alle ein bisschen gestört. Aber Courtney sieht den Mann hinter der Maske. Und sie liebt dich.«

»Ja, das tut sie«, sagt er grinsend. »Das verwundert mich zwar jeden Tag aufs Neue, aber es ist die Wahrheit.« Er schaut mich verstohlen an. »Apropos gestört: Wie geht es dir eigentlich?«

Ich ziehe sein Jackett enger um mich. »Bestens, das sagte ich doch bereits.« Ich bleibe stehen und vergrabe meine Zehen im Sand. Die Wellen rollen auf mich zu, schwappen über meine nackten Füße, bevor sie sich wieder zurückziehen, sodass ich jedes Mal etwas tiefer einsinke.

Ollie sieht mich nur auf seine ganz bestimmte Art an. So als wüsste er alle meine Geheimnisse. Was ja auch der Fall ist. Ich runzle die Stirn.

Ich zucke mit den Achseln. »Es geht mir wieder einigermaßen. Auf dem College war es anfangs ziemlich scheiße, wurde dann aber immer besser. Und jetzt? Keine Ahnung. Aber es tut gut, aus Texas weg zu sein. Mir geht's prima. Wirklich.« Ich zucke erneut mit den Achseln. Ich will im Moment nicht darüber reden.

»Wir sollten umkehren.« Ich drehe mich um und gehe zurück.

Er nickt und schlendert neben mir her. Wir laufen eine Weile schweigend auf die Lichter von Evelyns Haus zu. Das Rauschen des Ozeans durchbricht die Stille zwischen uns. Es ist ein tiefes, rhythmisches Raunen, in dem ich mich regelrecht verlieren könnte. Vielleicht habe ich das sogar bereits.

Wir legen noch etwa fünfzig Meter zurück, dann bleibt Ollie stehen. »Wie findest du Fracks?«, fragt er, als sei das die normalste Frage der Welt.

»Finde ich gut«, sage ich. »Fracks haben eine lange Tradition, was offizielle Anlässe anbelangt. Andererseits sind sie nicht unbedingt praktisch. Surfen im Frack? Schwer vorstellbar. Machbar, aber schwer vorstellbar.«

Er lacht. »Ich möchte, dass du mein Trauzeuge wirst«, sagt er, und ich bekomme einen kleinen Kloß im Hals. »Courtney hat kein Problem damit«, fährt er fort, »aber sie findet, auf dem Hochzeitsfoto würde dir ein Frack ganz gut stehen. Du weißt schon: Auf der Männerseite alle im Pinguin-Look, und die Frauenseite in Seide und Satin. Was sagst du dazu?«

Ich lege die Arme um meinen Oberkörper und blinzle die Tränen zurück. »Ich liebe dich. Das weißt du doch, oder?«

»Deshalb frage ich dich ja: Entweder das, oder ich heirate dich, und ich glaube, Letzteres würde Courtney ganz und gar nicht gefallen.« Er sieht mich an, erwartet offensichtlich, dass ich über seinen Vorschlag lache. Als ich das nicht tue, entspannt sich seine Miene. »Danke!«

»Wofür?«

»Dafür, dass du dich für mich freust.«

»Natürlich freue ich mich!«, sage ich, doch mein Lächeln ist künstlich. Alles ändert sich, und ich will nicht, dass Ollie sich auch ändert. Er ist schon so lange mein Fels in der Brandung. Was soll nur aus mir werden, wenn dieser Fels plötzlich nicht mehr da ist?

Aber das ist nicht fair von mir, und das weiß ich auch.

Ich gehe weiter.

»Nik?«

Ich wische mir eine Träne aus dem Auge. »Ach, nichts. Ich reagiere bloß äußerst emotional und seltsam. Frauen und Hochzeiten, du weißt schon.«

»Nichts wird sich ändern, Nik«, sagt er, weil er mein Hormonargument sofort als Unsinn entlarvt hat. »Ich bin immer für dich da, zu jeder Tages- und Nachtzeit. Courtney hat nichts dagegen.«

Angst steigt in mir auf. »Weiß sie das mit ...«

»Natürlich nicht! Ich meine, sie weiß das mit Ashley«, sagt er, aber das ist in Ordnung. Courtney und er waren bereits zusammen, als der unerwartete Selbstmord meiner Schwester mich in ein tiefes Loch fallen ließ. Sie war mehr als nur eine Schwester für mich – sie war meine Fluchtmöglichkeit aus dem Leben, das meine Mutter für mich vorgesehen hatte. Und obwohl sie bereits verheiratet und weggezogen war, geriet ich nach ihrem Tod in eine echte Abwärtsspirale. Jamie und Ollie waren meine Rettungsanker – logisch, dass er mit Courtney darüber gesprochen hat.

»Ich habe Courtney nur gesagt, dass sie gestorben ist und du um sie getrauert hast«, sagt Ollie eindringlich. »Du weißt, dass ich deine Geheimnisse niemals weitererzählen würde.«

Meine Erleichterung ist so enorm, dass sich nicht mal mein schlechtes Gewissen meldet, weil ich Ollie zugetraut habe, mein Vertrauen zu missbrauchen.

»Wir scheinen nicht die Einzigen zu sein, die dem Tumult entfliehen wollten.« Er schaut zu Evelyns Haus hinüber. Die Leute drängen sich auf dem Balkon und werden von dem erhellten Fenster indirekt beleuchtet. Aber die meint Ollie gar nicht, und ich brauche einen Moment, bis ich begreife, wen er erspäht hat. Und dann stockt mir der Atem.

Eine dunkle Wendeltreppe führt vom Balkon zum verwitterten Bürgersteig hinunter, und ein Mann sitzt auf der untersten Stufe. Ich kann sein Gesicht nicht erkennen, sondern nur seine dunkle Silhouette. Aber aus irgendeinem Grund weiß ich ganz genau, wer das ist.

Wir kommen näher, und er steht auf. Ich habe mich nicht getäuscht.

»Miss Fairchild«, sagt Stark und kommt uns entgegen. Ollie würdigt er keines Blickes. Seine Augen ruhen nur auf mir – eines glüht bernsteinfarben, das andere ist gefährlich tiefschwarz. »Ich habe Sie gesucht.«

»Ach ja?« Ich versuche, gelassen zu klingen, auch wenn ich mich kein bisschen so fühle.

»Warum?«

»Ich bin für Sie verantwortlich.«

Ich lache laut auf. »Ich wüsste nicht, wieso. Ich kenne Sie doch kaum, Mr. Stark.«

»Ich habe Ihrem Chef versprochen, Sie heil nach Hause zu bringen.«

Ollie kommt näher und legt schützend die Hand auf meine Schulter. Seine Finger üben so viel Druck aus, dass ich sie noch durch den dicken Stoff seines Jacketts spüren kann. »Ich werde bald aufbrechen und nehme Nikki gerne mit. Sie sind also von Ihrer Verantwortung entbunden.«

Wortlos streckt Stark den Arm aus und nimmt das Revers von Ollies Jackett zwischen zwei Finger, so als wollte er die Stoffqualität prüfen. Seine Hand verharrt kurz über der Wölbung meiner Brust. Plötzlich wird mir bewusst, wie vertraut das alles auf ihn wirken muss: Ollie und ich gehen allein am Strand spazieren, ich trage sein Jackett ...

Ich habe das seltsame Bedürfnis, ihm zu erklären, dass Ollie und mich weder romantische Gefühle noch etwas Sexuelles verbinden, und muss mich schwer zusammenreißen, den

Mund zu halten. Ich lege den Kopf schief und sehe zu Ollie auf.

»Das wäre toll. Macht dir das wirklich keine Umstände?«

»Das ist gar kein Problem«, sagt er. Seine Hand liegt immer noch auf meiner Schulter, und er verstärkt den Druck, als wollte er mich dadurch zum Weitergehen auffordern. Aber wohin? Stark steht überlebensgroß vor mir, und die Luft zwischen uns knistert. Wenn ich auch nur einen Schritt weitergehe, denke ich idiotischerweise, werde ich mich in seinem Netz verfangen. Ein Gedanke, der nicht unbedingt unangenehm ist.

»Ich brauche niemanden, der mich von meiner Verantwortung entbindet«, sagt Stark zu Ollie. »Aber ich muss darauf bestehen, dass Miss Fairchild noch bleibt. Wir haben ein paar geschäftliche Dinge zu bereden.«

Ich will schon widersprechen, als mir sein Kommentar von vorhin wieder einfällt – nämlich dass ich mich nicht gerade geschickt dabei anstelle, Investoren für Carl zu finden. Ich nicke Ollie zu. »Das ist schon in Ordnung.«

»Bist du sicher?« Seine Stimme klingt angespannt. Sehr besorgt.

»Natürlich«, erwidere ich. »Fahr nach Hause.«

Er zögert und nickt dann. »Ich ruf dich morgen an«, sagt er, sieht aber Stark dabei an. Er tut so, als wäre er mein großer Bruder, und ich höre die versteckte Botschaft in seinen Worten: *Und dann sollte sie gefälligst wohlauf sein, denn sonst gibt es Ärger.*

Offenbar geht meine Fantasie mit mir durch.

Ollie küsst mich auf die Wange und nimmt die Wendeltreppe.

»Warten Sie!«, ruft Stark, und Ollie hält inne.

Ich frage mich, ob ich gleich Zeugin eines testosterongeschwängerten Rituals werde. Aber Stark greift nur nach den Schuhen, die ich noch in meiner rechten Hand halte. Verwirrt reiche ich sie ihm, bis er näher kommt und mich vorsichtig aus Ollies Jackett schält.

»Ist schon in Ordnung«, sagt Ollie. »Ich hole es ein andermal ab.«

Aber ich bin bereits aus dem Jackett geschlüpft und habe rasch den Abstand zwischen Stark und mir verkleinert.

»Das wird nicht nötig sein«, sagt Stark, und sein Lächeln ist offen und freundlich, als er Ollie das Jackett reicht.

Ollie zögert eine Nanosekunde und nimmt es ihm ab. Er schlüpft hinein, ohne mich dabei aus den Augen zu lassen. »Pass auf dich auf!«, sagt er und verschwindet dann die dunkle Wendeltreppe hinauf.

Ich soll auf mich aufpassen? Wieso denn das?

Ich sehe zu Stark hinüber, will wissen, ob er genauso amüsiert ist wie ich, aber er verschwendet offensichtlich keinen weiteren Gedanken an Ollie. Nein, er konzentriert sich ausschließlich auf mich.

Ich schnappe mir wieder meine Schuhe. »Müssen wir wirklich noch etwas Geschäftliches besprechen? Ich sollte nämlich in diesem Moment downtown bei Carl sein und mich auf das Meeting vorbereiten, an dem ich in ungefähr sechzehn Stunden teilnehmen werde.«

»Die Bilder«, sagt er unbekümmert. »Ich dachte, Sie wollten mir bei der Auswahl helfen?«

»Ich fürchte, da haben Sie falsch gedacht. Soweit ich weiß, habe ich Ihre Bitte unmissverständlich ausgeschlagen.«

»Da habe ich mich wohl geirrt: Ich dachte, Sie hätten Ihre Meinung geändert, nachdem ich deutlich gemacht habe, wie viel mir an Ihrem Urteil liegt.«

»Sie dachten, ich hätte meine Meinung geändert?«, wiederhole ich. »Wie, bitte schön, kommen Sie denn darauf? Weil ich Sie stehen gelassen habe? Weil ich Sie ignoriert habe?«

Er hebt nur kurz eine Braue, um mir damit zu signalisieren, dass meine verstohlenen Blicke auf ihn und Audrey Hepburn so verstohlen auch wieder nicht waren.

Er mustert mich, scheint auf eine schnippische Bemerkung zu warten, aber diesen Gefallen werde ich ihm nicht tun. Im Moment scheint mir Schweigen die beste Option.

Ich hebe das Kinn, sehe ihn direkt an. Die spärliche Beleuchtung auf Evelyns Balkon hüllt sein Gesicht in Schatten. Seine Augen dagegen scheinen das Licht aufzusaugen. Das bernsteinfarbene ist feurig und heiß. Das schwarze erinnert an geschmolzene Lava und ist so tiefdunkel, dass ich Angst habe, hineinzustürzen und mich darin zu verlieren. *Die Fenster zur Seele*, denke ich und zittere.

»Sie frieren«, sagt er und fährt mit einem Finger über meinen nackten Arm. »Sie haben ja eine Gänsehaut.«

Nun, spätestens jetzt habe ich eine ...

»Vorhin habe ich noch nicht gefroren«, sage ich, woraufhin er laut loslacht. Das gefällt mir. Sein Lachen ist so gelöst und befreit und kommt stets unerwartet.

Er schlüpft aus seinem Jackett und legt es mir über die Schultern, wobei er meinen Protest ignoriert.

»Gehen wir wieder hinein«, sage ich, schüttle es ab und halte es ihm hin. »Es geht schon, wirklich!«

Er nimmt mir die Schuhe ab, ignoriert aber das Jackett. »Ziehen Sie es an! Ich möchte nicht, dass Sie sich erkälten.«

»Meine Güte!«, sage ich genervt und schlüpfe in die Ärmel. »Kriegen Sie immer, was Sie wollen?«

Seine Augen weiten sich, und ich merke, dass ich diesmal ihn überrascht habe. »Ja«, sagt er.

Nun, eines muss man ihm lassen: Der Kerl ist zumindest ehrlich. »Gut. Gehen wir hinein und schauen wir uns ein paar Bilder an. Ich sage Ihnen, welche mir gefallen, und dann machen Sie, was Sie wollen.«

Er sieht mich verwirrt an. »Wie bitte?«

»Sie scheinen nicht der Typ Mann zu sein, der auf fremden Rat hört.«

»Da täuschen Sie sich, Nikki«, sagt er. Mein Name schmilzt auf seiner Zunge wie Milchschokolade. »Ich berücksichtige jede Meinung, die mir etwas bedeutet.«

Die Hitze, die von ihm ausgeht, ist mit Händen zu greifen. Ich brauche das Jackett nicht mehr, jetzt drohe ich darin zu ersticken.

Ich schaue weg, hinüber zum Strand, zum Ozean und zum Himmel. Überallhin, nur nicht zu diesem Mann. Ich bin völlig durcheinander, aber das ist nicht das Problem. Das Problem ist, dass ich mich so gut dabei fühle.

»Nikki«, sagt er sanft. »Sehen Sie mich an!«

Ich gehorche ohne nachzudenken, habe jegliche Fassade fallen lassen. Ich bin nackt – ganz so, als hätte er mir das Kleid ausgezogen.

»Der Mann vorhin: Was bedeutet er Ihnen?«

Peng! Jetzt ist wieder eine perfekte Fassade gefragt. Ich spüre, wie sich meine Züge verhärten und mein Blick erkaltet. Damien Stark ist wie eine Spinne, und ich bin das dämliche Insekt, das er als Nächstes verschlingen wird.

Ich wende den Kopf ab, aber nur ganz kurz. Als ich mich wieder umdrehe, habe ich dasselbe künstliche Lächeln aufgesetzt, das er vor sechs Jahren auf der Bühne gesehen hat. Ich sollte es noch heller erstrahlen lassen und ihm sagen, dass Ollie ihn nicht das Geringste angeht.

Aber ich kann nicht.

Ich weiß nicht recht, warum ich mich auf meinen Instinkt verlasse, als ich antworte, aber genau das tue ich, und sobald ich es ausgesprochen habe, kehre ich ihm den Rücken zu und gehe die Treppe hinauf, während meine Worte in der Luft hängen bleiben.

»Der Mann vorhin? Das ist Orlando McKee. Wir haben ein paarmal miteinander geschlafen.«

6

Das stimmt zwar nicht ganz, aber fast. Es ist eine Geschichte, die ich weiterspinnen kann, ohne den Bezug zur Realität zu verlieren.

Sie dient mir als weitere Schutzschicht, und in Bezug auf Damien Stark kann mein Panzer gar nicht dick genug sein.

Er geht direkt hinter mir die Treppe hinauf, denn sie ist zu schmal, als dass wir nebeneinanderher laufen könnten.

»Nikki«, sagt er, und es klingt wie ein Befehl.

Ich bleibe stehen und drehe mich zu ihm um, sehe von meiner erhöhten Position aus auf ihn herab. Eine interessante Perspektive. Ich glaube nicht, dass viele Menschen die Gelegenheit hatten, auf Damien Stark herabzuschauen.

»Und was bedeutet Ihnen Mr. McKee jetzt?«

Ich bilde mir das bestimmt nur ein, glaube aber so etwas wie Verletzlichkeit in Starks Augen zu sehen.

»Er ist ein Freund«, sage ich »Ein sehr guter Freund.«

Erleichterung scheint sich auf seinem Gesicht abzuzeichnen, und der Kontrast zwischen den beiden Emotionen – Erleichterung und Verletzlichkeit – verschlägt mir den Atem.

Doch bald ist sein Gesicht wieder ausdruckslos, und sein »Schlafen Sie immer noch mit ihm?« klingt ziemlich frostig.

Ich presse meine Finger gegen meine Schläfe. Dieses Wechselbad der Gefühle macht mich ganz schwindelig. »Bin ich hier in einer Art Quiz-Sendung? Haben Sie Ihre Millionen in eine neue Version von *Versteckte Kamera* investiert?«

»Was meinen Sie?«

»Erst sind Sie nett und dann kalt wie Eis.«

»Tatsächlich?«

»Tun Sie nicht so, als wüssten Sie nicht, wovon ich rede! Erst sind Sie so unverschämt, dass ich Sie am liebsten ohrfeigen würde ...«

»Aber Sie haben es nicht getan.«

Ich sehe ihn finster an, ignoriere seinen Einwand jedoch. »Und dann gehen Sie auf einmal auf Kuschelkurs.«

Er zieht die Brauen hoch. »Auf Kuschelkurs?«

»Ja genau. Wobei das Wort kuschelig nicht besonders gut zu Ihnen passt. Vergessen Sie das mit dem Kuschelkurs! Sagen wir lieber: heiß, intensiv.«

»Intensiv.« Er flüstert das Wort, lässt es sinnlicher klingen, als von mir beabsichtigt. »Das klingt gut.«

Das sehe ich genauso.

Ich schlucke, habe auf einmal einen ganz trockenen Mund. »Sie sind einfach schwindelerregend.«

Er sieht mich mit unverhohlener Belustigung an. »Das klingt auch gut.«

»Schwindelerregend. Nervtötend. Und impertinent.«

»Impertinent?«, wiederholt er. Er lächelt nicht mal, aber ich könnte schwören, dass er sich insgeheim kaputtlacht.

»Sie stellen Fragen über Dinge, die Sie überhaupt nichts angehen.«

»Und Sie haben höchst elegant vom Thema abgelenkt. Ohne meine impertinente Frage beantwortet zu haben.«

»Ich dachte eigentlich, ein so intelligenter Mann wie Sie würde merken, dass ich darauf nicht antworten *will*.«

»Niemand erreicht, was ich erreicht habe, wenn er wichtige Details vernachlässigt. Ich bin sowohl gewissenhaft als auch hartnäckig, Miss Fairchild.«

Er hat mich in die Enge getrieben, er hat gewonnen. »Wenn ich etwas in meinen Besitz bringen möchte, informiere ich mich im Vorfeld darüber, und anschließend verfolge ich mit ganzem Herzen mein Ziel.«

Ich brauche eine Weile, bis ich wieder ein Wort herausbringe. »Ach ja?«

»Ich glaube, im *Forbes Magazine* vom letzten Monat war ein Interview mit mir. Soweit ich weiß, hat der Reporter meine Hartnäckigkeit betont.«

»Ich werde mir ein Exemplar zulegen.«

»Ich werde Ihnen eines zuschicken lassen. Vielleicht begreifen Sie dann, wie hartnäckig ich sein kann.«

»Das ist mir bereits bewusst. Ich verstehe nur nicht, warum Sie sich so dafür interessieren, mit wem ich schlafe. Was ist so spannend daran?« Ich betrete ein Minenfeld, und plötzlich begreife ich, was die Redewendung »mit dem Feuer spielen« wirklich bedeutet.

Er nimmt eine weitere Stufe, nähert sich mir. »Es gibt so einiges an Ihnen, das mich fasziniert.«

Oje! Ich nehme vorsichtig die nächste Stufe. »In mir kann man lesen wie in einem offenen Buch, Mr. Stark.« Ich gehe noch eine Stufe weiter.

»Wir wissen beide, dass das nicht stimmt, Miss Fairchild. Aber eines Tages ...«

Er verstummt, und wider besseres Wissen hake ich nach: »Eines Tages ist was?«

»Eines Tages werden Sie sich mir öffnen, Miss Fairchild. Und zwar in jeglicher Hinsicht.«

Ich möchte etwas erwidern, aber es hat mir die Sprache verschlagen. Damien Stark will mich, ja mehr als nur das: Er möchte hinter die Fassade schauen, meine Geheimnisse lüften.

Die Vorstellung ist beängstigend, aber gleichzeitig seltsam faszinierend. Verlegen gehe ich rückwärts noch eine Stufe in Richtung Balkon hinauf und verziehe vor Schmerzen das Gesicht. Sofort ist Stark an meiner Seite. »Was ist?«

»Nichts. Da war etwas Spitzes auf den Stufen.«

Er wirft einen Blick auf meine nach wie vor nackten Füße.

Verlegen halte ich meine Riemchensandaletten mit den knapp neun Zentimeter hohen Absätzen hoch.

»Sehr hübsch« sagt er. »Vielleicht hätten Sie sie anziehen sollen.«

»*Hübsch?*«, echoe ich. »Die sind nicht hübsch! Die sind atemberaubend. Sie umschließen perfekt meinen Fuß, bringen meine Pediküre zur Geltung, lassen mein Bein schlanker wirken und heben meinen Hintern gerade so weit an, dass ich in diesem Kleid verdammt scharf aussehe.«

Seine Mundwinkel zucken belustigt. »Ich werd's mir merken. Das sind wirklich atemberaubende Schuhe.«

»Zufällig sind sie auch mein erster und einziger Einkauf bei einer frivolen Shoppingtour durch Los Angeles.«

»Nun, ich bin mir sicher, sie waren den Angriff auf Ihr Bankkonto wert.«

»Unbedingt. Aber man kann leider sehr schlecht darin laufen. Und jetzt, wo ich sie ausgezogen habe, weiß ich wirklich nicht, ob ich sie noch mal anbekomme – und darin laufen kann.«

»Ich verstehe Ihr Problem. Zum Glück beruht meine Karriere darauf, Lösungen für solch komplizierte Probleme zu finden.«

»Ach ja? Dann klären Sie mich doch bitte auf.«

»Sie können hier auf der Treppe bleiben. Sie können barfuß hineingehen. Sie können die Schuhe wieder anziehen und leiden.«

»Irgendwie hatte ich mir mehr vom berühmten Damien Stark erwartet. Wenn man nicht mehr wissen muss, um ein Firmenimperium zu leiten, müsste ich längst selbst eines besitzen.«

»Tut mir leid, Sie enttäuschen zu müssen.«

»Hierbleiben kann ich nicht«, sage ich. »Zunächst einmal ist mir kalt. Außerdem möchte ich mich noch von Evelyn verabschieden.«

»Hm.« Er nickt stirnrunzelnd. »Sie haben recht. Ich habe das Problem nicht zu Ende gedacht.«

»Deshalb ist es ja auch ein unlösbares Problem«, sage ich. »Und was das Barfußlaufen betrifft: Elizabeth Fairchilds Tochter geht nicht barfuß auf eine gesellschaftliche Veranstaltung, selbst wenn es ihr sehnsüchtigster Wunsch wäre. Ich gehe mal davon aus, dass das erblich bedingt ist.«

»Ihre Entscheidung steht also fest: Sie werden die Schuhe wieder anziehen.«

»Und leiden? Nein danke. Ich stehe nicht auf Schmerzen.«

Das war eine voreilige und auch nicht ganz zutreffende Bemerkung. Er starrt mich lange an, und aus irgendeinem Grund fallen mir Ollies Abschiedsworte wieder ein: *Pass auf dich auf!* Doch dann erhellt sich seine Miene, und er sieht mich erneut belustigt an. Ich bin unendlich erleichtert.

»Es gibt noch eine weitere Option.«

»Aha! Wusst' ich's doch, dass Sie noch etwas in petto haben!«

»Ich kann Sie auf die Party zurücktragen.«

»Aber natürlich!«, sage ich. »Da schlüpfe ich doch lieber wieder in diese süßen Dinger und leide.« Ich setze mich auf die Stufen und ziehe mir meine Sandaletten an. Gut fühlt sich das nicht an: Die Schuhe sind noch nicht eingelaufen, und meine Füße protestieren heftig. Ich habe den Strandspaziergang genossen, hätte aber wissen müssen, dass alles seinen Preis hat.

Ich stehe auf, zucke kurz zusammen und gehe dann weiter die Treppe hoch. Stark ist direkt hinter mir, und als wir den Balkon erreichen, tritt er neben mich und nimmt meinen Arm. Anschließend beugt er sich so weit vor, dass ich seinen Atem an meinem Ohr spüren kann. »Es gibt Dinge, die den Schmerz wert sind. Ich bin froh, dass Sie das begreifen.«

Ich drehe mich abrupt um und sehe ihn an. »Wie bitte?«

»Ich sage nur, dass ich froh bin, dass Sie die Schuhe wieder angezogen haben.«

»Obwohl ich Ihr Angebot ausgeschlagen habe, mich neandertalermäßig über die Schulter zu legen und herumzutragen?«

»Ich kann mich nicht daran erinnern, etwas von einer Neandertaler-Tragetechnik erwähnt zu haben, obwohl die Vorstellung sicherlich reizvoll ist.« Er zieht sein iPhone hervor und tippt etwas ein.

»Was machen Sie da?«

»Ich mache mir Notizen«, sagt er.

Ich lache kopfschüttelnd. »Ich muss schon sagen, Mr. Stark, Sie sind immer für eine Überraschung gut.« Ich mustere ihn von Kopf bis Fuß. »Sie haben nicht zufällig irgendwo ein Paar schwarze Flipflops versteckt? Wenn ja, wäre das eine Überraschung, die ich jetzt gut gebrauchen könnte.«

»Ich fürchte nicht«, sagt er. »Aber ich werde in Zukunft welche mitnehmen, um für alle Fälle gewappnet zu sein. Mir war gar nicht klar, welch wertvolle Währung ein bequemes Paar Schuhe sein kann.«

Ich merke, dass ich schamlos mit Damien Stark flirte. Mit dem Mann, der mich schon den ganzen Abend lang in ein Wechselbad der Gefühle taucht. Mit dem Mann, der vor Macht nur so strotzt und über ein Imperium befiehlt. Der nur mit den Fingern zu schnippen braucht und jede Frau bekommt, die er haben will. Und im Moment bin ich diese Frau.

Es ist eine seltsame Erkenntnis, aber sie schmeichelt mir auch, erregt mich sogar.

»Ehrlich gesagt weiß ich genau, wie Sie sich fühlen«, bemerkt er.

Ich starre ihn mit offenem Mund an und frage mich, ob er Gedanken lesen kann.

»Ich habe meine Tennisschuhe stets gehasst. Ich habe barfuß trainiert. Das hat meinen Trainer wahnsinnig gemacht.«

»Tatsächlich?« Ich finde dieses Detail aus Starks Privatleben faszinierend. »Haben Sie denn nicht für eine bestimmte Marke geworben?«

»Für die einzige, die ich einigermaßen ertragen konnte.«

»Kein schlechter Werbespruch.«

»Zu schade, dass Sie nicht zur Werbeabteilung dieser Firma gehört haben.«

Er streckt den Arm aus und fährt mit dem Daumen die

71

Konturen meines Kinns nach. Mein Magen flattert, und ein leises Stöhnen entweicht mir. Sein Blick eilt zu meinem Mund, und ich erwarte, dass er mich küsst. Ich will auf keinen Fall, dass er mich küsst – aber verdammt noch mal, warum küsst er mich nicht?

Dann geht die Balkontür auf, und ein Paar erscheint Arm in Arm. Damien zieht seine Hand zurück, und der Bann ist gebrochen. Ich würde die Neuankömmlinge am liebsten anschreien – und zwar nicht nur, weil ich erregt und gierig zurückbleibe. Nein, etwas ist unwiederbringlich dahin. Ich mag den Damien Stark, der im Dunkeln lacht und mich ärgert. Der so sanft und gleichzeitig so intensiv flirtet. Der mich auf eine Art anschaut, die mich in seine Seele blicken lässt.

Aber der Moment ist vorbei. Wenn wir hineingehen, wird er seine Maske wieder aufsetzen. Und ich werde dasselbe tun.

Ich will schon vorschlagen, wieder hinunter zum Strand zu gehen, aber er hält mir die Tür auf, und seine markanten Züge haben sich erneut verhärtet. Ich schlüpfe an ihm vorbei in den Raum, und mein Magen zieht sich schmerzhaft zusammen.

Die Party ist nach wie vor in vollem Gange, ja sie tobt heftiger denn je – jetzt, wo die Gäste bei ihrem zweiten, dritten oder vierten Drink sind. Der Raum ist stickig und eng. Ich schlüpfe aus Starks Jackett und gebe es ihm zurück. Er fährt mit der Hand über das Seidenfutter. »Sie sind sehr warm«, sagt er und schlüpft mit einer ganz gewöhnlichen, aber gleichzeitig unheimlich erotischen Bewegung hinein.

Eine Kellnerin tritt neben mich, ein Tablett mit Champagnergläsern in der Hand. Ich bediene mich und leere das Glas in einem Zug. Bevor die Kellnerin verschwindet, stelle ich mein leeres Glas ab und nehme mir ein neues.

»Aus rein medizinischen Gründen«, sage ich zu Stark, der sich ebenfalls ein Glas genommen hat, aber erst noch daran nippen muss. Ich bin nicht so zögerlich und kippe die Hälfte auf einmal hinunter. Die perlenden Luftbläschen steigen mir sofort zu Kopf und machen mich schwindelig. Es ist ein angenehmes Gefühl, an das ich nicht gewöhnt bin. Natürlich trinke ich Alkohol, aber nicht sehr oft und schon gar keinen Champagner. Aber heute Abend fühle ich mich verletzlich. Verletzlich und gierig. Mit etwas Glück wird der Alkohol mein Verlangen dämpfen. Oder mir den Mut verleihen, mich meiner Begierde entsprechend zu verhalten.

Bloß nicht!

Beinahe hätte ich meinen Champagner verschüttet. Luftbläschen hin oder her – das darf nicht passieren.

Als ich den Kopf neige, um noch einen Schluck zu nehmen, spüre ich Starks Blick. Seine Augen sind so dunkel und wissend wie die eines Raubtiers, und ich würde am liebsten einen Schritt zurückweichen. Ich umklammere mein Glas und bleibe, wo ich bin.

Seine Mundwinkel kräuseln sich belustigt, als er sich zu mir vorbeugt. Ich atme den sauberen, frischen Duft seines Aftershaves ein. Wie frische Waldluft nach einem Regen. Er streicht mir eine Strähne aus dem Gesicht, und überrascht stelle ich fest, dass ich nicht auf der Stelle dahinschmelze.

Mein Körper ist überempfindlich. Meine Haut, mein Puls: Alles prickelt, und jedes Härchen an Armen und Nacken richtet sich auf, als hätte mich gerade der Blitz getroffen. Das liegt an der Energie, die von ihm ausgeht, und die ich am stärksten zwischen meinen Beinen wahrnehme.

»Denken Sie an etwas Bestimmtes, Miss Fairchild?« Ich höre den provozierenden Unterton in seiner Stimme, und ich ärgere mich, dass ich so leicht zu durchschauen bin.

Dieser leichte Anflug von Wut hilft mir, er reißt mich aus meinen Tagträumen. Weil mir der Champagner Mut einflößt, sehe ich ihm direkt in die Augen und sage: »An Sie, Mr. Stark.«

Seine Lippen öffnen sich überrascht, aber er fängt sich sofort wieder. »Das freut mich zu hören.« Ich bekomme kaum mit, was er sagt. Ich konzentriere mich viel zu sehr auf seinen Mund. Er ist fantastisch, breit und sinnlich.

Er kommt einen Schritt näher, und es knistert noch heftiger zwischen uns, die Luft ist wie elektrisiert, und ich sehe fast die Funken fliegen.

»Sie sollten wissen, Miss Fairchild, dass ich Sie noch heute Abend küssen werde.«

»Oh.« Ich weiß nicht, ob ich damit meinem Erstaunen Ausdruck verleihen oder meine Zustimmung signalisieren will. Ich frage mich, wie sich seine Lippen wohl anfühlen werden. Seine Zunge, die meinen Mund aufzwingt. Das hitzige gegenseitige Erkunden, tastende Hände, aneinanderdrängende Körper.

»Schön, dass Sie sich darauf freuen.« Seine Worte reißen mich aus meinen Träumen, und diesmal weiche ich zurück. Ein Schritt, dann noch einer, bis sich der Sturm zwischen uns gelegt hat und ich wieder einen klaren Gedanken fassen kann.

»Ich weiß nicht, ob das eine so gute Idee ist«, sage ich,

denn Träume sind ja gut und schön, aber bestimmte Grenzen sollte man nicht überschreiten. Das darf ich auf keinen Fall vergessen.

»Im Gegenteil. Ich finde, es ist eine meiner besten.«

Ich schlucke. Um ehrlich zu sein, hätte ich es am liebsten, wenn er gleich loslegen würde, aber Stark bewahrt mich vor diesem unvernünftigen Wunsch. Er muss schließlich seinen guten Ruf wahren. Carl scheint nicht der Einzige zu sein, der an die Macht des Networking glaubt, denn einige Leute gesellen sich zu uns, um sich in seinem Glanz zu sonnen. Investoren, Tennisfans, Singlefrauen: Sie alle kommen und sprechen ihn an, woraufhin Stark jeden höflich wegschickt. Ich bin die einzige Konstante an seiner Seite. Ich und ein nie versiegender Strom an Kellnern mit noch mehr Champagner, mit eisgekühltem Champagner, der die Glut etwas kühlt, die er in mir entfacht.

Langsam beginnt der Raum ein wenig zu schwanken, und ich tippe auf Starks Arm, unterbreche sein Gespräch mit einem Robotikingenieur, der ihm unbedingt etwas verkaufen will. »Entschuldigen Sie«, sage ich und gehe dann auf eine kleine Bank an der Wand zu.

Stark holt mich so schnell ein, dass der Ingenieur bestimmt noch weiterredet, ohne zu merken, dass seine potenzielle Geldquelle längst verschwunden ist.

»Sie sollten es etwas langsamer angehen lassen«, sagt er in einem Ton, als wäre ich seine Angestellte.

Aber ich bin nicht seine Angestellte. »Mir geht's gut«, sage ich. »Ich habe einen Plan.« Ich erwähne nicht, dass dieser Plan darin besteht, mich hinzusetzen und nie wieder aufzustehen.

»Wenn Sie sich dermaßen betrinken wollen, dass Sie nicht mehr stehen können, machen Sie gute Fortschritte.«

»Seien Sie nicht so bevormundend!« Ich bleibe mitten im Raum stehen und betrachte der Reihe nach die Gemälde. Dann drehe ich mich um und sehe ihm direkt in die Augen. »Ich nehme an, Sie wollen ein Aktbild?«

Ich merke, wie Hitze in ihm aufsteigt und ein Loch in seine Maske zu brennen droht. Ich kann mir gerade noch ein triumphierendes Lächeln verkneifen.

Er hebt eine Braue. »Ich dachte, Sie wollten mir nicht helfen?«

»Ich habe gerade einen Anfall von Großzügigkeit«, sage ich. »Also, was wollen Sie? Einen Akt? Ein Landschaftsbild? Ein Stillleben mit Obst? Da wir hier auf Evelyns Ausstellung sind, gehe ich davon aus, dass Sie an einem Akt interessiert sind.«

»Ich spiele tatsächlich mit diesem Gedanken.«

»Sehen Sie hier irgendetwas, das Ihnen zusagt?«

»Ja, allerdings.«

Er sieht mich an, und mir schwant, dass ich vielleicht ein bisschen zu heftig geflirtet habe. Ich weiß, dass ich damit aufhören sollte, aber ich kann nicht. Vielleicht sind es die perlenden Luftbläschen, die aus mir sprechen, aber mir gefällt die Begierde, die ich an ihm wahrnehme. Nein, das stimmt nicht: Mir gefällt, dass er mich begehrt.

Das ist eine ebenso einfache wie erstaunliche Erkenntnis.

Ich räuspere mich. »Zeigen Sie es mir.«

»Wie bitte?«

Ich muss mich zwingen, gelassen zu bleiben. »Zeigen Sie mir, was Ihnen gefällt.«

»Glauben Sie mir, Miss Fairchild, es gibt nichts, was ich lieber täte.«

Die Doppeldeutigkeit seiner Worte ist nicht schwer zu erkennen, und ich schlucke. Ich habe das Spiel begonnen, und jetzt muss ich auch mitspielen. Ich trete nervös von einem Fuß auf den anderen und gerate ins Taumeln.

Er stützt mich, und es verschlägt mir den Atem, als er so plötzlich meine nackte Haut berührt.

»Sie sollten Ihre Schuhe ausziehen, bevor Sie sich noch verletzen.«

»Auf keinen Fall. Ich werde nicht barfuß auf dieser Party herumlaufen.«

»Gut.« Er nimmt meine Hand und führt mich zum Flur mit der samtenen Absperrkordel. Er geht langsam, nimmt Rücksicht auf meine schmerzenden Füße, grinst mich dann aber breit an. »Oder sollte ich doch lieber auf die Neandertaler-Taktik zurückgreifen?«

Ich reiße meine ohnehin schon weit geöffneten Augen noch ein Stück weiter auf, als er die Kordel löst und den dunklen, privaten Flur dahinter betritt. Ich zögere erst, dann folge ich ihm. Er befestigt die Kordel wieder und setzt sich dann auf eine samtbezogene Bank. Er sieht schamlos zu mir auf, so als gehörte ihm die Welt und alles, was darin ist. Dann klopft er auf die Bank neben sich, und weil meine Füße wehtun und sich alles dreht, nehme ich widerspruchslos Platz.

»Und jetzt ziehen Sie Ihre Schuhe aus«, sagt er, noch bevor ich protestieren kann. »Wir sind hinter der Absperrkordel und damit nicht mehr offiziell auf der Party. Sie verstoßen gegen keinerlei Benimmregeln.«

77

Letzteres sagt er mit einem Grinsen, das ich erwidere, ohne nachzudenken.

»Rutschen Sie zur Seite«, befiehlt er. »Legen Sie Ihre Füße auf meinen Schoß.«

Die wohlerzogene Nikki würde protestieren, aber ich lege meine Füße auf seine Hosenbeine.

»Schließen Sie die Augen. Entspannen Sie sich.«

Ich gehorche, und einen Moment lang passiert gar nichts. Ich habe schon Angst, er könnte sich über mich lustig machen, doch dann fahren seine Fingerkuppen über meine Fußsohle. Ich drücke ebenso überrascht wie entzückt den Rücken durch. Die Berührung ist hauchzart und kitzelt sanft. Als er sie wiederholt, atme ich zitternd aus. Alle meine Muskeln spannen sich an, während ich mich auf diese Berührung konzentriere. Ein Kribbeln durchfährt mich, und ich merke, dass ich erregt bin.

Ich klammere mich an der Bank fest, lasse meinen Kopf nach hinten fallen. Ein paar Haarspitzen gleiten über meinen Nacken. Die Kombination der Empfindungen – seine Berührung, mein Haar, das mich sanft streichelt – ist überwältigend. Jetzt wird mir erst recht schwindelig, aber das liegt nicht am Champagner.

Er verstärkt den Druck, knetet mit dem Daumen die Schmerzen aus meinem Fuß und streicht dann sanft über die empfindlichen, von den Schuhen wund gescheuerten Stellen. Ganz langsam. Das ist so unheimlich intim, dass ich fast den Verstand verliere.

Ich atme schwer und kann den kleinen Anflug von Panik, der in mir aufsteigt, nicht länger ignorieren. Ich habe nicht aufgepasst, habe den Dingen ihren Lauf gelassen. Ich stehe kurz davor, einen Schritt zu weit zu gehen – aber habe ich die Kraft, dem einen Riegel vorzuschieben?

»Jetzt«, sagt er.

Ich öffne verwirrt die Augen, und sein verzücktes Gesicht lässt mir beinahe die Sinne schwinden.

»Jetzt werde ich Sie küssen«, sagt er, und ehe ich mich's versehe, ist auch schon seine Hand auf meinem Hinterkopf. Irgendwie liegen jetzt nicht nur meine Füße, sondern auch meine Schenkel auf seinem Schoß. Wir sind uns ganz nahe, und er beugt sich über mich, presst seine Lippen auf die meinen. Ich staune, wie sanft und gleichzeitig fest sein Mund ist. Er hat ganz eindeutig das Kommando. Fordernd nimmt er sich genau das, was er will – und was ich ihm nur zu gerne gebe.

Ich höre mich stöhnen, und er nutzt den Moment, um seine Zunge zwischen meine geöffneten Lippen zu schieben.

Er kann ausgezeichnet küssen, und ich gehe ganz darin auf. Irgendwann merke ich, dass ich mich mit einer Hand an sein Hemd kralle und mit der anderen in seinem Haar wühle. Es ist dick und weich, ich vergrabe meine Finger darin, ziehe seinen Kopf zu mir, um seine Lippen noch fester auf den meinen zu spüren. Ich möchte mich ganz in seinem Kuss verlieren. Ich möchte das Feuer, das sich in meinem ganzen Körper lichterloh ausbreitet, noch weiter entfachen. Vielleicht wird es mich vollkommen verzehren. Vielleicht werde ich wie Phönix aufsteigen, nachdem ich unter Damien Starks Berührungen zu Asche zerfallen bin.

Seine Zunge streichelt die meine, bis erotisch die Funken fliegen. Meine Haut, die allein schon aufgrund seiner Nähe überempfindlich war, wird jetzt zum reinsten Folterinstru-

79

ment: Die Erwartung seiner nächsten Berührung ist mehr, als ich ertragen kann. Eine fordernde Leidenschaft lodert zwischen meinen Schenkeln auf, und ich presse die Beine zusammen – zum einen, um mich zu schützen, zum anderen, um mir eine leichte Befriedigung zu verschaffen.

Er stößt ein leises Knurren aus und dreht mich in seinen Armen herum. Plötzlich liegt seine Hand auf meiner Hüfte, und der dünne Stoff meines Rocks liebkost meine Haut, als er darüberfährt, immer weiter in Richtung meiner Vagina. Ich verkrampfe mich vor Erregung und Nervosität, stoße ihn aber nicht weg. Mein Körper pulsiert, meine Klitoris pocht, und ich will Befriedigung. Ich will Damien.

Ich spüre seine harten Muskeln. Er zieht mich an sich, intensiviert seinen Kuss, und seine Hand wandert zwischen meine Beine, langsam genug, um mir die Sinne zu rauben. Ich nehme ein Bein von seinen Schenkeln, aber das ist unbequem, und mein anderes Bein rutscht ebenfalls herunter. Ich stütze mich mit dem Fußballen ab und spüre, wie sich ein kühler Luftzug einen Weg unter meinen Rock bahnt und mein feuchtes Höschen umspielt.

In dieser Haltung bin ich weit geöffnet und sehr verletzlich. Stark wölbt seine Hand über meiner Vulva und stöhnt in meinen Mund. Noch durch den Stoff meines Rocks und meines Satinhöschens spüre ich seine Hitze. Er liebkost mich durch die Kleidung hindurch, seine Finger stimulieren meine Klitoris, machen mich so feucht, dass ich beinahe dahinschmelze.

Mein Rock ist hochgeschoben, bedeckt aber nach wie vor meine Schenkel. Trotzdem steht er kurz davor, die Geheimnisse zu enthüllen, die ich niemandem enthüllen will. Sollte er den Innenseiten meiner Schenkel zu nahe kommen, werde ich auf und davon rennen, so viel steht fest. Ich bin nervös, habe Angst. Aber die Angst und die Gefahr steigern meine Erregung noch. Ich glaube, ich war in meinem ganzen Leben noch nicht so geil.

Seine Finger reizen mich, und mir wird heiß und kalt. Ich stehe kurz davor zu kommen, nur noch ein bisschen, und dann ...

Dann ist seine Hand verschwunden. Ich öffne die Augen, und einen Moment lang blicke ich in sein warmes und liebevolles Gesicht. Ich habe das Gefühl, dass er nur Augen für mich hat. Doch dann verändert sich seine Miene, und er setzt seine Maske wieder auf. Er ändert erneut meine Position, zieht mich hoch, sodass ich halb auf seinem Schoß sitze.

»Damien, was ...«

Da höre ich die Stimme hinter mir, eine helle, fröhliche Frauenstimme: »Ich habe dich schon überall gesucht. Bist du so weit?«

O Gott. Hat sie uns etwa überrascht? Wie lange ist sie schon hier?

Ich sehe Damien hilflos an, aber er bemerkt es nicht. Er sieht über meine Schulter. »Ich muss Miss Fairchild nach Hause bringen«, sagt er. Ich drehe mich auf der Bank um – und entdecke Audrey Hepburn.

Sie nickt mir zu, lächelt Damien an, macht kehrt und geht.

Sanft schiebt er mich von seinem Schoß. Er steht auf und reicht mir die Hand. »Gehen wir!«

Ich bin ganz wackelig auf den Beinen – mein ganzer Kör-

81

per ist wie gelähmt von seiner Berührung. Aber ich schlüpfe wieder in meine Schuhe und folge ihm bereitwillig. Ich bin verwirrt und verlegen, weiß nicht, was ich denken soll.

Wir bahnen uns einen Weg durch die sich lichtende Gästeschar und verabschieden uns von Evelyn. Sie umarmt mich, und ich verspreche ihr, sie in den nächsten Tagen anzurufen: ein Versprechen, das ich auch halten will.

An der Tür legt mir Damien sein Jackett um die Schultern. In der Auffahrt wartet eine Limousine. Ein livrierter Fahrer hält mir die Wagentür auf, und Damien bedeutet mir einzusteigen. Ich habe nicht mehr in einer Limousine gesessen, seit ich ein Kind war, und ich nehme mir die Zeit, mich ausgiebig umzusehen. Gegenüber der schwarzen Ledersitze befindet sich eine perfekt ausgestattete Bar, eine Kristallkaraffe samt Gläsern funkelt mir in der indirekten Beleuchtung entgegen. Der Boden ist mit Teppich ausgelegt. Alles um mich herum strahlt Luxus, Geld und Eleganz aus.

Ich nehme auf der Rückbank Platz, sodass ich nach vorn schauen kann. Das Leder ist weich und warm und scheint mich zu umarmen. Ich blicke zur Tür, warte darauf, dass Damien ebenfalls einsteigt.

Aber er steigt nicht ein.

»Gute Nacht, Nikki«, sagt er in dem offiziellen Tonfall, den ich schon zu Beginn des Abends zu hören bekam. »Ich freue mich schon auf die Präsentation morgen.«

Und dann schlägt er die Tür zu und geht zurück zu Evelyns Haus und zu Audrey Hepburn, deren Silhouette ich in der Tür erkenne. Sie reicht ihm die Hand, heißt ihn willkommen.

7

Ich bin allein. Ich bin wütend, gedemütigt und verlegen. Noch dazu bin ich erregt, daher die Verlegenheit.

Das Ganze ist natürlich allein meine Schuld. Ich habe mit dem Feuer gespielt – und mich verbrannt.

Damien Stark ist einfach eine Nummer zu groß für mich. Und er ist gefährlich. Warum hat Ollie das sofort gemerkt, ich aber nicht?

Doch, ich habe es bemerkt.

Die Kälte in seinem Blick. Die Maske, die er trägt. Meine erste Reaktion war, Damien in die Wüste zu schicken. Warum zum Teufel habe ich es bloß nicht getan?

Weil ich mehr in ihm gesehen habe, als tatsächlich vorhanden ist?

Weil ich ebenfalls eine Maske trage und glaubte, so etwas wie einen Seelenverwandten gefunden zu haben?

Weil er sexy ist und mich so eindeutig begehrt hat?

Weil ein Teil von mir die Gefahr sucht?

Ich schließe die Augen und schlucke. Wäre das ein Multiple-Choice-Test, müsste ich sämtliche Kästchen ankreuzen.

Ich rede mir ein, dass das keine Rolle mehr spielt. Im schlimmsten Fall will Damien Stark mich einfach nur erobern, so wie er mit seiner Firma auch alles andere erobert hat. Selbst wenn ich mich nach seiner Berührung sehne, weiß ich jetzt besser als je zuvor, dass ich das niemals zulassen darf. Ich werde mich keinem Mann ausliefern, der nur einen schnellen Fick will – mal ganz davon abgesehen, dass ich mich eigentlich niemandem ausliefern will.

Bestimmte Fragen will ich nicht hören, bestimmte Erklärungen will ich nicht abgeben. Ich will meine Geheimnisse für mich behalten.

Ich trete die Schuhe von meinen Füßen, lege den Kopf zurück und lasse die Augen geschlossen. Ich bin froh, dass die Limousine förmlich über die Straße gleitet, denn mir ist auch so schon schwindelig genug.

Der Champagner, den ich vorhin für eine so gute Idee hielt, kommt mir jetzt wie eine Riesendummheit vor.

Ich bin kurz davor einzudösen, als mich das Klingeln meines Handys weckt. Ich fahre hoch und wühle in meinem winzigen Täschchen. Die Nummer kenne ich nicht, aber da ich meine neue kalifornische Nummer nur Jamie und Carl gegeben habe, braucht man kein Statistiker sein, um zu wissen, dass mich einer von beiden von außerhalb anruft. Oder aber es ist irgendein Typ aus einem Callcenter, der mir was verkaufen will.

Ich nehme den Anruf entgegen, erwarte, Jamies Stimme zu hören, da Carl mich in diesem Moment bestimmt nicht stören würde – nicht wenn er denkt, dass Stark gern mit mir allein wäre.

»Ich bin total fertig«, sage ich, denn wenn es ein Marketingfritze ist, geschieht ihm das nur recht.

»Das wundert mich nicht«, antwortet eine vertraute Stimme, die allerdings nicht meiner Mitbewohnerin gehört. »Habe ich Ihnen nicht gesagt, Sie sollen es langsam angehen?«

»Mr. Stark? Woher haben Sie diese Nummer?« Ich setze mich zu rasch auf.

»Ich wollte Ihre Stimme hören.« Seine eigene Stimme ist tief und sinnlich, und trotz meiner guten Vorsätze von vorhin geht sie mir durch Mark und Bein.

»Oh.«

»Und ich würde Sie gerne wiedersehen.«

Ich zwinge mich zu atmen. »Das werden Sie auch«, sage ich kurz angebunden, wohl wissend, dass ich diese Unterhaltung im Keim ersticken muss. »Und zwar morgen beim Meeting.«

»Darauf freue ich mich schon sehr. Vielleicht wäre es vernünftiger von mir gewesen, bis dahin zu warten. Aber bei der Vorstellung, dass Sie sich entspannt und leicht beschwipst auf den Ledersitzen meiner Limousine zurücklehnen ... Nun, dieses Bild wollte mir einfach nicht mehr aus dem Kopf.«

Meine Gedanken überschlagen sich. Wo ist der Mann geblieben, der mich so kühl in seinen Wagen gesetzt hat?

»Ich will Sie wiedersehen«, wiederholt er, diesmal entschiedener.

Ich tue gar nicht erst so, als würde ich ihn falsch verstehen. Hier geht es nicht ums Geschäft. »Bekommen Sie immer, was Sie wollen?«

»Jawohl«, sagt er nur. »Vor allem, wenn der Wunsch auf Gegenseitigkeit beruht.«

»Aber das tut er nicht«, lüge ich.

»Ach ja?« Ich höre so etwas wie Neugier in seiner Stimme. Das Ganze ist nur ein Spiel für ihn, und ich bin nur sein Spielzeug. Der Gedanke ärgert mich, und dafür bin ich dankbar: Die wütende Nikki besitzt nämlich deutlich mehr Selbstbeherrschung als die beschwipste.

»Ja.«

»Was haben Sie empfunden, als ich Sie in die Limousine gesetzt habe?«

Ich rutsche recht nervös hin und her. Ich weiß nicht genau, worauf er hinauswill, aber es wird mir bestimmt nicht gefallen.

»Nicole?«

»Nennen Sie mich nicht so!«, herrsche ich ihn an.

Schweigen am anderen Ende. Jetzt habe ich Angst, dass er gleich auflegt.

»Nun gut, Nikki«, sagt er, als wüsste er, dass er den Schmerz einer sehr tiefen Demütigung lindern muss. »Was haben Sie empfunden, als ich Sie in die Limousine gesetzt habe?«

»Ich war stinksauer. Das wissen Sie ganz genau.«

»Weil ich Sie allein in einer Limousine nach Hause geschickt habe? Oder weil ich Sie allein in einer Limousine nach Hause geschickt habe, weil ich mit einer schönen Frau verabredet war?«

»Falls Sie es nicht bemerkt haben sollten: Wir kennen uns kaum. Sie haben also alles Recht der Welt auszugehen, mit wem Sie wollen. Und wann Sie es wollen.«

»Und Sie haben das Recht, eifersüchtig zu sein.«

»Ich bin nicht eifersüchtig. Und nein, ich habe kein Recht darauf. Lassen Sie mich den entscheidenden Punkt noch einmal klarstellen: Wir kennen uns kaum.«

»Verstehe. Und dass wir einander begehren, spielt keine Rolle? Genauso wenig wie die Tatsache, dass ich Sie ganz feucht gemacht habe? Dass ich Ihnen an die Muschi gefasst und Sie zum Stöhnen gebracht habe?«

Er ist drauf und dran, mich erneut zum Stöhnen zu bringen, aber ich schaffe es, mich zu beherrschen.

»Dann sagen Sie mir bitte, ab welcher Intimitätsstufe man Ihrer Meinung nach eifersüchtig sein darf?«

»Ich – ich habe heute so viel Champagner getrunken, dass man eine ganze Badewanne damit füllen könnte. Deshalb werde ich Ihnen Ihre Frage nicht beantworten.«

Er lacht, laut und unverstellt. Mir gefällt dieses Lachen, und mir gefällt Damien Stark. Er ist ganz anders, als ich erwartet hätte. Er hat etwas Unwiderstehliches an sich, das über seine Attraktivität und die Tatsache, dass er mich ganz wuschig gemacht hat, hinausgeht. Er scheint sich pudelwohl in seiner Haut zu fühlen. Ich muss an Evelyn denken. Daran, dass sie gesagt hat, wenn ihre Art ihren Gästen nicht passe, müssten sie eben woanders hingehen. Schon das war ein Schock für mich – meine Mutter hätte bei diesen Worten auf der Stelle einen Herzinfarkt erlitten. Aber ich war auch beeindruckt.

Soweit ich das beurteilen kann, treibt Damien Stark diese Einstellung auf die Spitze. »Sie heißt Giselle«, sagt er leise. »Ihr gehört die Galerie, die Blaines Arbeiten ausstellt.«

»Ich dachte, Evelyn stellt seine Arbeiten aus?«

»Evelyn war die Gastgeberin. Sie ist so etwas wie Blaines Mäzenin. Morgen kehren die Bilder wieder in Giselles Galerie zurück. Diese Verabredung zu Cocktails mit Giselle und ihrem Mann habe ich schon vor einer Woche vereinbart. Es ist rein geschäftlich und ließ sich nicht absagen. Aber ich habe mich kurz davongestohlen, um Sie anzurufen.«

»Oh.« *Ihr Mann.* »Oh.«

Einerseits ärgere ich mich, dass ich so leicht zu durchschauen bin. Andererseits ruft er extra an, um mich zu trösten, und diese rührende Geste lässt mich nicht kalt. Natürlich dürfte ich das gar nicht zulassen. Ich sollte stark bleiben, ihm sagen, das sei doch nicht nötig gewesen. Denn egal, was da zwischen uns geschieht – es muss bereits im Keim erstickt werden.

»Wo sind Sie gerade?«, frage ich, womit ich alle guten Vorsätze über Bord werfe.

»Im *Sur la Mer*«, sagt er – ein Restaurant mit Bar in Malibu, das so chic ist, dass sogar ich davon gehört habe.

»Es soll hervorragend sein.«

»Das Essen ist köstlich«, sagt er. »Aber es ist die Einrichtung, die das Lokal zu etwas ganz Besonderem macht. Es ist charmant, aber intim – der ideale Ort, um über Geschäfte zu reden, wenn man nicht belauscht werden will. Oder um Privates zu besprechen.«

In seiner Stimme schwingt wieder dieser verführerische Klang mit, und ich zucke kurz zusammen. »Und Sie sind wegen einer geschäftlichen Besprechung dort?«

Sein tiefes Kichern geht mir durch Mark und Bein. »Ich kann Ihnen versichern, dass ein flotter Dreier mit Giselle und ihrem Mann nicht zur Debatte steht. Ich interessiere mich weder für Männer noch für verheiratete Frauen.«

Ich schweige.

»Ich möchte Sie wiedersehen, Nikki. Und ich glaube, Sie würden das Essen hier sehr genießen.«

»Nur das Essen?« In meinem Kopf klingen diese Worte doppeldeutig und verführerisch. Laut ausgesprochen kommen sie mir platt und provozierend vor. Ich schließe die Augen und versuche, mich wieder in den Griff zu kriegen, bevor das Eis zu dünn wird.

»Na ja, der Kaffee ist auch nicht zu verachten.«

»Ich – ich mag Kaffee«, gebe ich zu. Ich hole tief Luft. »Aber ich glaube nicht, dass das eine gute Idee ist.«

»Tausende von Kaffeebauern auf der ganzen Welt würden Ihnen da heftig widersprechen.«

»Ein Abendessen. Kaffee. Eine Verabredung. Mit Ihnen. Ich glaube nicht, dass *das* eine gute Idee ist.«

»Tatsächlich? Ich finde sie außerordentlich reizvoll.«

»Mr. Stark ...«

»Miss Fairchild«, sagt er, und ich höre das Lächeln in seiner Stimme.

»Sie sind wirklich impertinent!«

»Das sagten Sie bereits. Aber ich bevorzuge den Begriff ›hartnäckig‹. Eine abschlägige Antwort kann ich bedauerlicherweise nicht akzeptieren.«

»Manchmal gibt es leider keine andere.«

»Vielleicht. Aber nicht in diesem Fall.«

Ich muss einfach grinsen, während ich mich in die weichen Lederpolster sinken lasse. »Ach, nein? Sie vergessen, dass ich diejenige bin, die einwilligen oder ablehnen muss. Und ich habe Ihnen meine Antwort bereits genannt. Ich habe auch nicht vor, sie zu ändern.«

»Nein?«

»Nein, tut mir leid. Ich fürchte, Sie haben einen ebenbürtigen Gegner gefunden, Mr. Stark.«

»Das will ich doch hoffen, Miss Fairchild!«

Ich runzle die Stirn und versuche zu ergründen, worauf er das Gespräch als Nächstes lenken wird. Denn ich weiß genau, dass er nicht lockerlassen wird. Ehrlich gesagt wäre ich auch enttäuscht, wenn er es täte.

89

»Ich habe Sie das schon einmal gefragt, aber Sie sind meiner Frage ausgewichen. Erlauben Sie, dass ich es noch mal versuche – fühlen Sie sich zu mir hingezogen?«

»Ich – wie bitte?«

Sein Lachen ist tief und leise. »Sie haben mich sehr wohl verstanden, aber der Fairness halber werde ich die Frage noch einmal langsam und deutlich wiederholen. Fühlen Sie sich zu mir hingezogen?«

Ich mache den Mund auf und schließe ihn wieder, weil ich keine Ahnung habe, was ich darauf antworten soll.

»Das ist keine Fangfrage«, sagt er, obwohl natürlich das Gegenteil der Fall ist.

»Ja, das tue ich«, sage ich schließlich, weil es die Wahrheit ist und er es ohnehin schon weiß. »Aber was heißt das schon? Welche heterosexuelle Frau auf diesem Planeten fühlt sich nicht zu Ihnen hingezogen? Ich gehe trotzdem nicht mit Ihnen aus.«

»Ich bekomme immer, was ich will, Nikki. Das sollten Sie von Anfang an über mich wissen.«

»Und Ihr Wunsch ist es, mich zum Abendessen auszuführen? Ich dachte, ein Mann Ihres Kalibers hätte ehrgeizigere Ziele. Den Mars zu besiedeln zum Beispiel.«

»Das Abendessen ist erst der Anfang. Ich will Sie berühren«, sagt er fordernd. »Ich will jeden Millimeter von Ihnen erkunden. Ich will, dass Sie feucht werden. Ich will zu Ende bringen, was wir angefangen haben, Miss Fairchild. Ich will, dass Sie kommen.«

8

Auf einmal ist es unglaublich heiß in der Limousine, und ich scheine vergessen zu haben, wie man atmet.

Ich glaube nicht ...

Ich merke, dass ich die Worte nur denke, und versuche es noch einmal. »Ich glaube nicht, dass das eine gute Idee ist.«

»Es ist eine extrem gute Idee. Meine Güte, ich kann an nichts anderes mehr denken, seit ich Sie in die Limousine gesetzt habe. Ich will Sie noch einmal berühren. Sie streicheln. Sie küssen.«

Ich winde mich, bin fest entschlossen, die Fassung zu bewahren. Aber ich bin schwach und ziemlich beschwipst, und mein Widerstand schmilzt dahin.

»Und jetzt erzählen Sie mir nicht, Sie hätten nicht auch schon daran gedacht.«

»Das habe ich nicht«, sage ich.

»Lügen Sie mich nicht an, Nikki. Das ist die Regel Nummer eins: Lügen Sie mich nie an.«

Regeln?

»Ist das ein Spiel?«, frage ich.

»Ist nicht alles ein Spiel?«

Darauf antworte ich nicht.

»Haben Sie noch nie gespielt, Nikki?« Seine sanfte Stimme ist wie eine Liebkosung.

»Doch.«

»Ist die Trennwand geschlossen?«

Ich schaue auf. Ich sitze im Fond einer sehr langen Limousine. Ich kann den Fahrer vor mir sehen, seine Schultern im schwarzen Jackett, seinen gestärkten weißen Hemdkragen. Er hat rötliches Haar, trägt eine schwarze Kappe und scheint meilenweit entfernt zu sein. Aber das stimmt nicht, er ist hier und bekommt vermutlich jedes Wort mit.

»Er ist sehr diskret«, sagt Damien, so als könnte er Gedanken lesen. »Aber warum den Mann unnötig quälen? Mit dem silbernen Knopf in der Konsole hinter Ihnen lässt sich die Trennwand bedienen. Sehen Sie ihn?«

Ich drehe mich um und sehe mehrere Knöpfe, die in die Vertäfelung hinter mir eingelassen sind. »Ja.«

»Drücken Sie darauf.«

»Warum sollte ich?«

»Wollen Sie damit sagen, dass Sie sie lieber unten lassen? Denken Sie gut nach, bevor Sie antworten, Nikki! Denn bei dem, was ich jetzt mit Ihnen vorhabe, wären die meisten Frauen lieber ungestört.«

Ich lecke mir über die Lippen. Wenn ich auf diesen Knopf drücke, setze ich wesentlich mehr in Bewegung als nur eine Trennwand.

Möchte ich das wirklich? Er will mich nackt sehen, mich berühren, mich küssen, über meine Haut streichen.

Ich lege den Finger vorsichtig auf den Knopf, denke daran, wie sich seine Hände angefühlt haben. Wie ich beinahe zugelassen hätte, dass er mir zu nahekommt. Wie ich fast zu viel enthüllt hätte.

Aber er ist nicht hier im Wagen. Ich kann es also tun. Ich kann mich dem Champagner, der Dunkelheit und Damien Stark hingeben.

Aber verspreche ich ihm damit nicht zu viel? Wird er dann nicht glauben, dass aus Fantasie bald Realität werden wird?

92

Ich schlucke erneut. Das ist mir egal. Ich will mich gehen lassen, will, dass die Stimme dieses Mannes mich ganz ausfüllt. Ich will seine Hände auf meinem Körper spüren. Er stellt Regeln auf? Scheiß drauf! Im Moment bin ich diejenige, die die Regeln vorgibt.

Ich drücke auf den Knopf.

Langsam fährt die Trennwand hoch, und ich bin allein in der luxuriösen, bequemen Fahrgastkabine von Damien Starks Stretchlimousine. »Sie ist oben«, sage ich, aber meine Stimme ist so leise, dass ich nicht weiß, ob er mich überhaupt hört.

»Ziehen Sie Ihr Höschen aus.«

Anscheinend hat er mich doch gehört.

»Was, wenn ich Ihnen sage, dass ich es bereits ausgezogen habe?«

»Ich befinde mich in der Öffentlichkeit, Miss Fairchild. Quälen Sie mich nicht unnötig.«

»Sie quälen mich!«, erwidere ich.

»Gut. Und jetzt ziehen Sie es aus.«

Ich hebe den Rock und ziehe mein Höschen hinunter. Die Schuhe habe ich bereits abgestreift, es geht also ganz leicht. Ich lasse es neben mir auf dem Sitz liegen.

»Jetzt habe ich es ausgezogen«, sage ich. Und dann, weil ich diese Fantasie mitgestalten möchte: »Ich bin schon ganz feucht.«

Sein tiefes Stöhnen verschafft mir große Genugtuung. »Nicht sprechen!«, sagt er. »Und berühren Sie sich nicht, bis ich es Ihnen gestatte. So lauten die Regeln, Nikki. Sie tun, was ich Ihnen sage, und nur wenn ich es Ihnen sage – habe ich mich klar ausgedrückt?«

»Ja«, murmele ich.

»Ja, Sir«, verbessert er mich. Seine Stimme ist sanft, aber bestimmt.

Sir?

Ich schweige.

»Ich kann auch einfach auflegen.« Seine Stimme ist kühl, aber ich glaube, ein Triumphieren herauszuhören. Ich runzle die Stirn, denn ich gönne ihm diesen Sieg nicht. Andererseits will ich nicht, dass dieses Spiel aufhört. Und Mr. Heißkalt meint, was er sagt.

Ich schlucke meinen Stolz hinunter. »Ja, Sir.«

»Braves Mädchen! Sie begehren mich, nicht wahr?«

»Ja, Sir.«

»Ich begehre Sie auch. Macht Sie das feucht?«

»Ja ...«, sage ich mit erstickter Stimme. Ehrlich gesagt kann ich es kaum erwarten. Ich bin scharf, feucht und unglaublich erregt. Keine Ahnung, was er noch mit mir vorhat, aber ich weiß, dass ich zu allem bereit bin – Hauptsache, er macht endlich weiter. Bitte, weiter!

»Stellen Sie Ihr Handy auf Lautsprecher und legen Sie es auf den Sitz neben sich. Dann schieben Sie den Rock hoch und lehnen sich zurück. Ich möchte, dass Sie mit dem nackten Hintern auf dem Polster sitzen. Ich möchte, dass Sie feucht darauf herumrutschen. Ich will Ihren Duft genießen können, wenn ich später einsteige.«

»Ja, Sir«, flüstere ich und gehorche. Es ist schon unheimlich erotisch, wie mein Rock über meine nackten Schenkel gleitet, aber als ich das warme Leder an meinem nackten Hintern spüre, muss ich laut aufstöhnen.

»Spreizen Sie die Beine und schieben Sie den Rock bis zur

Hüfte hoch.« Seine Stimme lullt mich vollkommen ein. Sie ist leise, fordernd und so sinnlich, dass es schmerzt. »Lehnen Sie sich zurück und schließen Sie die Augen. Jetzt legen Sie eine Hand auf den Sitz und die andere auf Ihren Oberschenkel.«

Ich gehorche. Meine Haut ist glühend heiß.

»Bewegen Sie Ihren Daumen«, sagt er. »Ganz langsam, vor und zurück. Sanft, ganz sanft! Tun Sie das?«

»Ja, Sir.«

»Sind Ihre Augen geschlossen?«

»Ja, Sir.«

»Das bin ich, den Sie da spüren: Das ist meine Hand auf Ihrem Bein. Und meine Finger, die darüberstreichen. Ihre Haut ist weich. Sie sind wunderschön, so wie Sie sich für mich geöffnet haben. Wollen Sie mich, Nikki?«

»Ja.«

»Ja, was?«

Meine Vagina zieht sich bei seinem fordernden Ton zusammen. Es ist ein herrliches Gefühl, mich ihm derart hinzugeben.

»Ja, Sir.«

»Ich will, dass Sie Ihre Brüste berühren, Nikki. Ich will, dass Sie Ihre Brustwarzen berühren. Ich will mit meinem Mund darüberwandern und Sie lecken, bis Sie kommen, ohne Ihre Klitoris überhaupt zu berühren. Wollen Sie das auch, Nikki?«

Guter Gott, ja! »Nur, wenn Sie mich dort später tatsächlich berühren, Sir.«

Sein Lachen beschert mir eine Gänsehaut.

Meine Klitoris pulsiert. Ich möchte mich unbedingt berühren, aber das verstößt gegen die Spielregeln. Noch nicht.

»Ich bin steif, Nikki. Sie spannen mich auf die Folter, wissen Sie das?«

»Das will ich doch hoffen, Sir, denn Sie spannen mich auch auf die Folter.«

»Öffnen Sie den Reißverschluss Ihres Kleides«, befiehlt er. »Dann nehmen Sie die Hand, die auf dem Sitz liegt, und führen Sie sie an Ihre Lippen. Lutschen Sie an Ihrem Zeigefinger. Ja genau, so ist es gut«, fährt er fort, als ich ein wenig stöhne, die Augen schließe und an meinem Finger sauge. »Gut so! Nehmen Sie Ihre Zunge zu Hilfe und saugen Sie ganz fest daran.« Ich höre die Erregung in seiner Stimme, und ein Beben geht durch meinen Körper. Ich bin ganz feucht, und das Leder unter mir wird rutschig.

»Schieben Sie Ihre Hand unter Ihr Oberteil und berühren Sie Ihre Brustwarze. Ist sie steif?«

»Ja.«

»Streicheln Sie sich«, sagt er. »Nur ganz leicht, so leicht wie der Kuss eines Schmetterlings. Spüren Sie das? Macht Sie das noch feuchter?«

»Ja«, flüstere ich.

»Jetzt lassen Sie Ihre Hand zu Ihrem Bein wandern. Langsam! Das Gefühl soll sich ganz langsam steigern. Spüren Sie das? Dieses sanfte Streicheln?«

»Ja.« Ich stelle mir vor, dass meine Finger die seinen sind. Dass er eine glühend heiße Spur auf meinem vor Erregung bebenden Körper hinterlässt.

»Ich bin es: meine Hände. Ich bin bei Ihnen, berühre Sie, berühre Ihre Beine. Spüren Sie, wie ich die Innenseiten Ihrer Schenkel streichle, wie Sie immer erregter und feuchter werden?«

Ich löse die Hand von meiner Brust und lege sie auf mein

anderes Bein. Langsam und sinnlich streiche ich über die Innenseite meiner Schenkel, mit sanften, vorsichtigen Bewegungen. Das ist gefährliches Terrain – hier liegen meine Geheimnisse verborgen. *Aber nicht jetzt.* Jetzt gibt es keine Grenzen, denn ich bin in Sicherheit.

Ich kann mich ganz seiner Stimme überlassen. Ich kann die Augen schließen und mir vorstellen, dass Damien vor mir kniet. Dass Damien mich anschaut. Mich überall anfasst. »O Gott, ja.«

»Spreizen Sie die Beine noch ein Stück weiter«, befiehlt er. »Ich möchte, dass Sie sich ganz weit öffnen, dass Ihre Vagina ganz heiß und nass wird vor Vorfreude. Möchten Sie sich berühren, Nikki?«

»Ja«, flüstere ich und spüre, wie meine Wangen bei diesem Geständnis anfangen zu glühen – auch wenn es mir ein Rätsel ist, wie ich das noch spüren kann, wo doch mein ganzer Körper längst lichterloh in Flammen steht.

»Noch nicht!«, sagt er. Ich höre die Belustigung in seiner Stimme. Er weiß, dass er mich auf die Folter spannt, und er genießt es.

»Sie sind ein Sadist, Mr. Stark!«

»Und Sie unterwerfen sich mir bereitwillig, Miss Fairchild. Wozu macht Sie das?«

Zu einer Masochistin. Ein Zittern geht durch meinen Körper, verbindet sich mit meinen wohligen, sinnlichen Berührungen. »Es erregt mich«, gebe ich zu.

»Wir passen wunderbar zusammen.«

»Am Telefon zumindest«, sage ich ohne nachzudenken.

»*Immer.* Widersprechen Sie mir nicht, Miss Fairchild, oder das Spiel ist sofort beendet. Und das wäre wirklich schade.«

Ich schweige.

»Gut«, sagt er. »Ihr Gehorsam gefällt mir. Es gefällt mir, dass Sie die Beine gespreizt haben und bereit für mich sind. Dass Sie ganz feucht sind. Meinetwegen«, fügt er hinzu, während ich fast schon mit dem Polster verschmelze. »Legen Sie beide Hände neben Ihre Hüften auf den Sitz. Sind Sie so weit?«

»Ja.«

Bedrohliches Schweigen.

»Ich meine, ja, Sir.«

Meine Hände stemmen sich gegen das Leder. Meine Klitoris pulsiert, verlangt nach mehr. Ich winde mich auf dem Sitz, aber das macht es nur noch schlimmer.

Meine Finger zucken. Ich kann es kaum erwarten zu kommen. Wenn ich mich nicht endlich selbst berühren darf, dann ...

Warum eigentlich nicht? Er muss es nicht mal bemerken.

»Keine Berührungen, Nikki. Noch nicht.«

»Woher wissen Sie – o Gott, haben Sie hier Kameras installiert?« Die Vorstellung ist beschämend ... und erstaunlich erregend.

»Nein«, sagt er mit fester Stimme. »Auch wenn ich mir gerade wünsche, es wäre so. Sagen wir mal: Ich habe richtig geraten.«

Verdammt, wieder schießt mir das Blut in die Wangen, und ich rutsche noch heftiger herum, versuche, Befriedigung zu erlangen, die jedoch immer wieder qualvoll hinausgeschoben wird.

»Vergessen Sie nicht, dass Sie mich von einem köstlichen Scotch und einer sehr schmackhaften Vorspeise abhalten.«

»Das tut mir kein bisschen leid«, erwidere ich. »Aber wenn Sie es eilig haben, weiß ich, wie wir das hier sehr schnell zu Ende bringen können.«

»Möchten Sie das? Dass es vorbei ist?«

»Ich – nein«, gebe ich zu. Es ist die reinste Folter, aber eine verdammt lustvolle.

»Haben Sie die Bar bemerkt, als Sie eingestiegen sind?«

»Ja.«

»Ich möchte, dass Sie sich gerade so weit bewegen, dass Sie den Eimer mit den Eiswürfeln erreichen und sich einen herausnehmen. Dann kehren Sie in Ihre ursprüngliche Position zurück und spreizen für mich die Beine.«

»Ja, Sir.«

Ich löse mich vom Sitz und schummle ein bisschen, da ich die Schenkel zusammenpresse. Der Druck ist herrlich, erregt mich noch ein klitzekleines bisschen mehr. Aber er ist auch frustrierend, weil ich nach wie vor keine Befriedigung finde. Was mich wohl als Nächstes erwartet? Eiswürfel ...

Ich lächle, weil mir bewusst wird, dass ich von Damien Stark mindestens eine interessante Erfahrung für mich erwarte.

»Haben Sie Ihren Platz wieder eingenommen?«

»Ja.«

»In welcher Hand halten Sie den Eiswürfel?«

»In der rechten.«

»Ziehen Sie den linken Träger Ihres Kleides zur Seite, bis Ihre Brust entblößt ist. Schließen Sie die Augen, und beschreiben Sie mit dem Eiswürfel kleine Kreise um Ihre Brustwarze. Berühren Sie sie nicht, noch nicht! Ja, so ist es gut! Ich kann mir Ihre zarte, makellose Haut vorstellen, wie sie sich

99

vor Kälte zusammenzieht. Ich bin steif, ich will Sie berühren.«

»Sie berühren mich«, flüstere ich.

»Ja.« Die Begierde in seiner Stimme ist so groß wie meine eigene.

»Führen Sie Ihre linke Hand zu Ihrem Schenkel«, sagt er, und ich lächle in mich hinein. Hatte er das schon die ganze Zeit vor? Oder habe ich mir bei diesem Spiel ein paar Extrapunkte verdient? Ich lege meinen Kopf in den Nacken, meine glühend heißen Finger streichen über meine Schenkelinnenseite, wandern weiter nach oben, dorthin, wo die Haut nicht so glatt ist, wie Damien sich das wohl vorstellt, sondern mit den Narben meines Geheimnisses bedeckt ist.

An meiner Brust schmilzt der Eiswürfel auf meiner brennenden Haut »Ich stelle mir vor, dass Sie die Tropfen auflecken«, sage ich. »Ihre Zunge gleitet über meine steife Brustwarze. So lange, bis ich es nicht mehr aushalte, und dann saugen Sie daran, Sie streifen sie mit Ihren Zähnen, bevor Sie wild drauflossaugen, so fest, dass, dass ein glühender Draht von dort direkt bis zu meiner Klitoris führt.«

»Meine Güte!«, sagt er atemlos. »Wessen Spiel ist das eigentlich?«

»Ich gewinne gerne«, sage ich, habe aber Mühe zu sprechen. Meine Hand ist weiter hinaufgewandert, sanft liebkosen meine Finger die empfindliche Haut zwischen meinen Beinen. »Damien«, sage ich. »Bitte!« Der Eiswürfel ist vollständig geschmolzen.

»Ein Finger. Ich nehme einen Finger und fahre damit über Ihre feuchte, nasse Vagina. Sie pulsiert, so sehr wollen Sie mich.«

»Ja«, flüstere ich.

»Sind Sie feucht?«

»Ich bin klatschnass.«

»Ich will in Sie eindringen«, sagt er, und bevor er mir die Erlaubnis dazu gibt, lasse ich zwei Finger tief in mich hineingleiten. Sofort zieht sich mein Körper um sie herum zusammen, saugt sie noch tiefer hinein. Ich bin feucht und erregt, trunken vor Lust. Mein Handballen reibt an meiner Klitoris, und ich stöhne auf – ich kann nicht anders. Was Stark nicht verborgen bleibt.

»Sie haben gegen die Regeln verstoßen«, sagt er.

Ich biege den Rücken durch, bin so kurz davor, wage es allerdings nicht, mich weiter zu streicheln. Der Befehlston in seiner Stimme hält mich davon ab. »Regeln sind dazu da, um gebrochen zu werden.« Ich bringe die Worte nur mühsam heraus.

»Natürlich. Vorausgesetzt, Sie sind bereit, Ihre Strafe entgegenzunehmen. Soll ich Sie bestrafen, Nikki? Soll ich Sie übers Knie legen und Ihren Hintern versohlen?«

»Ich ...« Ich zittere, seine Worte erregen mich noch mehr. Ich habe noch nie solche Spielchen gespielt, aber im Moment entfacht die Vorstellung, Damien so ausgeliefert zu sein, meine Leidenschaft erst recht.

»Vielleicht sollte ich Ihnen befehlen, die Hände wegzunehmen. Sie ausgehungert und unbefriedigt zurücklassen.«

»Bitte nicht!«, sage ich.

»Das sollte ich aber«, erwidert er. »Ich sollte Sie hängen lassen.«

Ohne es zu wollen, wimmere ich ein wenig. *Warum? Ich will kommen, stehe so kurz davor. Meine Finger wissen, was sie tun, und ich stehe so kurz davor. So kurz davor ...*

101

Aber nein. Das ist ein Spiel, und ich habe einen Mitspieler. Ich möchte nicht einfach so kommen: Ich möchte kommen, weil Damien mich so weit gebracht hat.

Er gluckst und weiß genau, wie sehr er mich damit auf die Folter spannt. »Flehen Sie mich an!«, sagt er.

»Bitte.«

»Bitte und was noch?«

»Bitte, Sir.«

»Mehr bringen Sie nicht zustande?«

»Ich möchte kommen, Damien. Ich möchte kommen, und Ihre Stimme soll mich zum Höhepunkt bringen. Ich stehe jetzt so kurz davor. Wenn wir über ein Schlagloch fahren, explodiere ich.« Ich habe jegliches Schamgefühl verloren, jegliche Selbstbeherrschung. Und es ist mir vollkommen egal. Alles, was ich will, ist zum Orgasmus kommen, wohl wissend, dass Damien meine Schreie am anderen Ende der Leitung hören wird.

»Berühren Sie sich?« Seine Stimme klingt nach wie vor fest, aber auch heiser. Gierig.

»Ja.«

»Ich will, dass Sie sich schmecken. Lecken Sie sich die Finger ab«, befiehlt er, und ich gehorche, stelle mir vor, dass meine glänzend nassen Finger seine Lippen sind. »Und?«

»Glitschig«, sage ich. »Süß. Aber Damien, ich will …«

»Psst, ich weiß. Und ich berühre Sie jetzt. Ich knie direkt vor Ihnen, und Sie sind weit geöffnet für mich. Sie sind feucht und köstlich, und meine Zunge ist überall, kitzelt und kostet. Spüren Sie, wie meine Zunge über Ihre erigierte Klitoris leckt?«

»Ja«, sage ich, während meine Finger über meine pralle, pulsierende Klitoris streichen.

»Sie schmecken so gut, und ich bin so steif. Ich möchte in Sie eindringen, kann aber nicht genug von Ihrem betörenden Geschmack bekommen.«

»Nicht aufhören!« Ich biege den Rücken durch, während sich meine Erregung unaufhaltsam steigert wie die Orchesterklänge einer Opernouvertüre.

»Wie könnte ich!«, sagt er. »Ich will jetzt, dass Sie für mich kommen. Wir sind fast am Ziel, es ist Zeit. Ich berühre Sie, ich übernehme. Los, Nikki, komm jetzt, mir zuliebe!«

Ich gehorche.

Es ist, als brächte mich seine Stimme zum Höhepunkt, ich zittere wie ein Stern am schwarzen Samt des Firmaments. Lichtblitze durchzucken mich, heftig, intensiv und glühend heiß.

»O ja, meine Liebe«, sagt er mit gepresster Stimme und beruhigt mich. »Gut gemacht.«

Keuchend ringe ich nach Luft, und mein Schluchzen weicht einem leisen, lustvollen Wimmern, gepaart mit Wehmut. Es ist vorbei, und ich sitze allein im Fond einer Limousine. Der Mann, der mich zum Höhepunkt gebracht hat, befindet sich irgendwo am anderen Ende der Leitung.

Eine lose Haarsträhne klebt mir im Gesicht, und ich streiche sie zurück. Ich bin schweißnass und erschöpft. Glücklich.

Ich fühle mich gut.

Ich fühle mich sorglos, frei von jeder Verantwortung.

»Wir sind am Ziel«, sagt Damien, und ich drehe mich um, damit ich durch die getönten Scheiben nach draußen schauen kann. Tatsächlich hält die Limousine gerade vor meinem Wohnblock. Da merke ich, dass er nicht meinen

Höhepunkt gemeint hat, als er sagte, wir seien fast am Ziel. Sondern mein Zuhause.

Stirnrunzelnd fällt mir ein, dass ich dem Fahrer meine Adresse nicht genannt habe. Hat Damien das getan? Das muss er wohl, aber woher weiß er, wo ich wohne?

Ich richte mich auf und bringe mein Kleid in Ordnung, ein verzweifelter Versuch, anständig zu wirken. Ich will ihn gerade fragen, woher er meine Adresse hat, als er mir zuvorkommt.

»Wir sehen uns morgen, Miss Fairchild«, sagt er in offiziellem Ton, aber ich höre so etwas wie ein Lächeln in seiner Stimme.

»Ich freue mich schon darauf, Mr. Stark«, sage ich ebenso formvollendet, obwohl mir das Blut noch in den Ohren rauscht.

Schweigen tritt ein, aber ich weiß, dass er noch dran ist. Nach einer Weile höre ich ihn lachen. »Legen Sie auf, Miss Fairchild«, befiehlt er.

»Ja, Sir«, sage ich und drücke auf die entsprechende Taste. *Morgen.*

Die Wirklichkeit bricht über mich herein wie eine mächtige Woge. Was habe ich mir nur dabei gedacht, Telefonsex mit einem Kerl zu haben, dem ich in wenigen Stunden persönlich gegenübertreten muss? Und nicht nur das, ich muss ihm auch etwas verkaufen, ein Produkt präsentieren.

Bin ich denn vollkommen übergeschnappt?

Ja, das bin ich wohl.

Übergeschnappt. Verrückt. Bescheuert.

Sorglos.

Ich zittere.

Ja, aber diese Sorglosigkeit hat sich verdammt gut angefühlt.

Die Limousine ist vollständig zum Stehen gekommen, und ich sehe, wie der Fahrer um den Wagen herumläuft, um mir die Tür zu öffnen. Ich greife nach meinem Höschen, will es in meine Handtasche stecken, als ich eine bessere Idee habe.

Apropos Sorglosigkeit ...

Ich schiebe das Höschen unter die Armlehne, und zwar so, dass ein Stück weiße Spitze hervorschaut. Dann schließe ich rasch den Reißverschluss meines Kleides, kontrolliere noch einmal, ob ich einigermaßen anständig verhüllt bin, und rutsche zur Tür, die mir der Fahrer bereits aufhält.

Ich verlasse die Limousine und sehe zum Himmel empor. Ich stelle mir vor, dass mir eine Milliarde Sterne zuzwinkern, und grinse zurück. Am nächsten Morgen werde ich wahrscheinlich im Boden versinken vor Scham, aber noch genieße ich den Moment. Es war schließlich ein außergewöhnlich schöner Abend,

9

Ich stecke den Schlüssel so leise wie möglich ins Schloss, drehe vorsichtig den Knauf und drücke die Tür auf. Ich möchte nur noch ins Bett, aber Jamie hat einen unglaublich leichten Schlaf, sodass mir das vermutlich verwehrt bleiben wird.

In der Wohnung ist es still und ziemlich dunkel, nur das schwache Licht einer kleinen Lampe vor dem Badezimmer erlaubt es einem, sich einigermaßen zurechtzufinden.

Die Stille und die Dunkelheit sind ein gutes Zeichen. Vielleicht ist Jamie in die kleine Eckkneipe direkt neben dem Supermarkt gegangen. Sowohl in der Kneipe als auch im Supermarkt riecht es schwach nach Schweiß und Abwasser, aber das kann Jamie nicht aufhalten, wenn sie Lust auf Alkohol oder Schokolade hat. Ich wohne noch keine Woche hier, und wir waren schon zweimal im Supermarkt (um uns mit Cola Light und Chips einzudecken) und einmal in der Bar (wo wir Whisky pur bestellt haben – einen anständigen Martini bringen die dort bestimmt nicht zustande).

Ich schließe sorgfältig die Tür und lege nur den Riegel, aber nicht die Kette vor, sollte Jamie tatsächlich außer Haus sein. Dann gehe ich auf Zehenspitzen in mein Zimmer – nur für den Fall, dass ich mich geirrt habe.

Auch in der schwach beleuchteten Wohnung kann ich mich gut orientieren. Sie ist klein, misst gerade mal 74 m². Der größte Raum dient gleichzeitig als Wohn- und Esszimmer. Darüber hinaus gibt es noch eine Küche, ein Bad und zwei Schlafzimmer. Der Wohnbereich ist mit einem Sessel und einem Sofa gemütlich eingerichtet. An der langen Wand befinden sich ein unbenutzter Kamin und ein großer Flachbildfernseher.

Gleich hinter der Tür – neben dem halben Quadratmeter, den man als Flur bezeichnen kann –, stehen ein potthässlicher orangefarbener Resopaltisch und vier zusammengewürfelte Holzstühle. Jamie hat die Wohnung während der Finanzkrise günstig erworben – obwohl sie alles andere als reich ist. Daher hat sie sie ihrem Geldbeutel entsprechend und nicht nach ästhetischen Erwägungen eingerichtet. Mir ist das egal, aber ich habe Jamie bereits gesagt, dass ich die Wohnung, sobald ich es mir leisten kann, neu streichen und ein paar IKEA-Möbel kaufen will. Etwas Exklusiveres kommt für uns sowieso nicht infrage.

Die Küche liegt links vom Essbereich. In die dicke Wand, die sie vom Wohnzimmer trennt, würde ich gerne irgendwann einmal eine Durchreiche machen lassen. Aber bis es so weit ist, kann derjenige, der kocht, nicht nur nicht fernsehen, sondern bekommt in dem kombüsenartigen Raum fast schon Platzangst. Zwischen dem Essbereich und der Küche führen zwei Stufen zu den sich gegenüberliegenden Schlafzimmern sowie zum Bad dazwischen.

Ich stehe mitten in der Wohnung, als zu meiner Linken ein Licht angeht. Ich drehe mich um und sehe Jamie. Sie hat sich auf dem alten Sessel zusammengeringelt, den Lady Miau-Miau als Kratzbaum benutzt.

»Alles in Ordnung?«, frage ich, denn wenn Jamie allein im Dunkeln sitzt, ist das kein gutes Zeichen.

Sie reckt gähnend die Arme und scheucht dabei Lady Miau-

Miau auf, die wie ein großer weißer Fellpuschel auf ihrem Schoß liegt. »Alles in Ordnung. Ich bin wohl eingeschlafen.« Sie setzt sich auf und lässt den Kopf kreisen. Ich weiß nicht, ob sie mir etwas vormacht, bin aber im Moment sowieso nicht in der Lage, die Probleme anderer zu lösen.

»Und?«, fragt sie, während die Katze hinunterspringt und sich auf Futtersuche in die Küche begibt.

Ich zucke die Achseln. Nach wie vor trage ich mein kurzes Kleid und lasse meine Schuhe vom Zeigefinger baumeln, während ich einen Luftzug auf der nackten Haut unter meinem Rock spüre. »Ich bin müde«, sage ich, weil ich mich erst noch sammeln muss. Jamie kann mich mühelos durchschauen, und ich möchte nicht unausgeschlafen mit ihr reden. »Wie wär's, wenn wir morgen bei Du-Par's frühstücken? Dann erzähle ich dir alles ganz ausführlich. Aber wir müssen früh aufstehen.« Ich zeige mit dem Daumen auf mein Zimmer. »Ich muss mich jetzt dringend hinlegen.«·

»Du willst mir gar nichts erzählen? Wozu bin ich dann so lange aufgeblieben?«

»Du bist nicht aufgeblieben. Du hast geschlafen.«

Wie immer setzt sie sich mit einer wegwerfenden Handbewegung über meine logischen Argumente hinweg.

»Morgen!«, sage ich, und bevor sie protestieren kann, drehe ich mich um und gehe in mein Zimmer. Ich warte eine Sekunde ab, nur für den Fall, dass sie mir folgt. Dann schlüpfe ich aus meinem Kleid und bleibe einen Moment nackt stehen, genieße den kühlen Luftzug aus der Klimaanlage auf meiner nach wie vor erhitzten Haut. Meine Lieblingspyjamahose liegt zusammengefaltet auf meinem Kissen, und ich schlüpfe hinein. Ich mache mir gar nicht erst die

Mühe, Unterwäsche anzuziehen. Der grobe Stoff auf meiner nach wie vor empfindlichen Klitoris fühlt sich fantastisch an.

Ich denke an Damien und streiche sanft über meine nackten Brüste. Meine Brustwarzen werden steif, und ich bin versucht, mein Handy hervorzuholen und ihn anzurufen.

Meine Güte, Nikki, reiß dich zusammen!

Ich weiß nicht, was Damien von mir will, aber im Grunde ist mir das auch egal. Aus uns wird sowieso nichts. Ich werde bestimmt nicht mit Damien Stark ins Bett steigen. Aber das heißt nicht, dass ich die erotische Fantasie nicht zu schätzen weiß, die er mir geschenkt hat – hübsch verpackt in Silberpapier und mit einem Orgasmus als Dreingabe.

Ich schlüpfe ins Bett und lasse eine Hand in meine Pyjamahose gleiten. Ich bin nicht mehr betrunken, nur ein bisschen angeheitert. Die ideale Methode, um sanft einzudösen.

Das schrille Läuten der Türklingel durchkreuzt diese Pläne, und ich reiße die Hand aus meiner Schlafanzughose wie ein schuldbewusster Teenager, der von seinen Eltern ertappt wird.

»Ist das Douglas?«, rufe ich Jamie zu.

»Auf keinen Fall!«, sagt sie. »Meine Männer sind besser erzogen!«

»Wer dann?«

»Ach du Scheiße!«, sagt sie weder wütend noch verängstigt, sondern einfach nur erstaunt. »Nikki, Schätzchen, beweg deinen Arsch!«

Ich ziehe mir schnell ein Tanktop über und eile ins Wohnzimmer. Wer kann das sein, zu dieser späten Stunde?

Niemand, wie sich herausstellt. Stattdessen liegt ein Riesenblumenstrauß vor der Tür. Jede Menge Wildblumen –

109

Margeriten, Sonnenblumen, Castillejas und andere Blumen, die ich nicht kenne. Sie sind sehr schön: bunt, farbenfroh und wild.

Sie sind perfekt.

Damien, denke ich und strahle übers ganze Gesicht. *Die müssen von Damien sein.*

Jamie bückt sich nach der Karte und hat sie bereits aus dem Umschlag gezogen, bevor ich sie daran hindern kann. Insgeheim schäume ich vor Wut, bis sie aufsieht und sich ihre Mundwinkel zu einem Grinsen verzerren.

Ich strecke die Hand nach der Karte aus, die sie mir mit funkelnden Augen überreicht.

Es steht nur ein Wort darauf: *Köstlich*. Darunter befinden sich die Initialen *D.S.*

Und ich, die Frau, die nie errötet, erröte zum millionsten Mal in dieser Nacht.

Jamie greift nach dem Strauß und trägt ihn zum Esstisch. Ich strecke den Kopf aus der Haustür, aber es ist niemand zu sehen.

»Anscheinend hast du dich auf der Party ganz gut amüsiert, oder?«, fragt Jamie.

»Auf der Party gar nicht mal so sehr«, erwidere ich, weil wir den Punkt erreicht haben, an dem ich Jamie einweihen oder mir eine neue beste Freundin suchen muss. »Aber auf der Heimfahrt.« Ich lasse mich aufs Sofa an der Wand zwischen Wohnzimmer und Küche fallen, ziehe die Füße hoch und decke mich mit meiner lila Lieblingswolldecke zu. Plötzlich bin ich müde. Es war ein langer, aufregender Tag.

»Das ist doch nicht dein Ernst, oder?«, fragt Jamie und nimmt auf dem antiken Couchtisch aus Kirschholz Platz, den ich aus Texas mitgebracht habe. Sie sitzt mir jetzt direkt gegenüber und beugt sich neugierig vor. »Wehe, wenn du jetzt einschläfst! Du kannst doch nicht einfach so eine Bombe platzen lassen und mir dann nichts erklären. Auf der Heimfahrt? Wie das? Heißt das, ihr seid den Mulholland Drive runtergefahren und habt auf einen Quickie in einer Parkbucht gehalten?«

»Er hat mich in seiner Limousine nach Hause geschickt«, sage ich ohne Umschweife, weil ich ihre Reaktion sehen will. »Allein.«

»Du lügst mich doch an! Im Ernst?«, fügt sie hinzu, als sie mein Gesicht sieht.

Ich nicke und muss dann leider doch kichern. »Es war eine ziemlich turbulente Fahrt.«

»Oh, mein Gott!« Sie hat die Augen weit aufgerissen. »Los, red schon! Und erzähl mir jetzt bitte nicht, das ist privat oder eine Dame genießt und schweigt oder so einen Quatsch. Du bist schließlich nicht deine Mutter. Ich will jedes schmutzige Detail hören!«

Ich gehorche. Gut, ich erzähle ihr vielleicht nicht alles, aber das Wichtigste schon, angefangen bei der bizarr-unterkühlten Begrüßung bei Evelyn bis hin zum testosterongeschwängerten Wortwechsel zwischen Stark und Ollie.

»Ich habe Ollie seit Jahren nicht gesehen!«, unterbricht mich Jamie. »Was für ein Mistkerl, warum ruft er nie an?«

Aber sie wartet meine Antwort gar nicht erst ab, sie will mehr hören. Ich tue ihr den Gefallen. Meine Erschöpfung hat sich ebenso gelegt wie meine Zurückhaltung. Jamie ist meine beste Freundin, und es tut gut, sich ihr anzuvertrauen, auch wenn ich mich dabei ertappe, wie ich immer leiser werde und mich in Umschreibungen verliere, als ich zu dem Teil komme, in dem es um mich, mein Handy, Starks Befehlston und die Rückbank einer Limousine geht.

»Ach du Scheiße!«, sagt sie, als ich geendet habe, und das bestimmt schon zum dritten Mal.

»Außerdem habe ich das Höschen im Wagen gelassen«, füge ich hinzu. Es bereitet mir ein teuflisches Vergnügen zu sehen, wie sich Jamies Augen weiten und sie sich vor Lachen schüttelt.

»Ach du Scheiße!«, wiederholt sie nachdrücklich. »Und er war die ganze Zeit über in einem Restaurant? Meine Güte, muss der blaue Eier gehabt haben!«

Ich empfinde eine tiefe weibliche Befriedigung bei dieser Vorstellung, bis mir etwas anderes einfällt. »Wie konnte er mir die Blumen so schnell liefern lassen? Ich war vielleicht höchstens zehn Minuten zu Hause, als sie gekommen sind.« Das ist seltsam, und auch dass er meine Adresse kennt, ist verdächtig.

»Ist doch egal, oder?«

Wo sie recht hat, hat sie recht. Ich drehe mich zum Küchentisch mit den Blumen um. Wieder muss ich breit grinsen.

»Du hättest ein paar Kondome mitnehmen sollen«, sagt Jamie.

»Ich hätte *was?*«

»Ich habe eine Packung im Bad. Nimm dir ein paar! Telefonsex ist der einzig sichere Safer Sex, den es gibt, Süße. Und Damien mag so scharf sein, wie er will: Man weiß schließlich nie, was der Kerl sonst noch so treibt.« Sie verkneift sich ein Grinsen. »Beziehungsweise mit wem er es treibt.«

Der Gedanke ist aus mehreren Gründen verstörend. Die

Vorstellung, Damien Stark könnte mit einer anderen ins Bett gehen, versetzt mir einen schmerzhaften Stich. Ich konzentriere mich lieber auf pragmatischere Dinge. »Ich brauche keine Kondome, weil ich nicht mit ihm schlafen werde.«

»Nikki«, erwidert Jamie, und obwohl sie meine beste Freundin ist, weiß ich nicht, ob ihr Ton flehend oder eher mitleidig gemeint ist.

»Ich will nichts davon hören!«, sage ich. »Ich bin schließlich nicht du.«

»Zum Glück, denn noch so ein Prachtweib wie mich würde die Welt nicht vertragen.« Sie grinst mich an, aber ich bin nicht in Stimmung. Ihr Grinsen erlischt, und sie lässt die Schultern ein wenig hängen. »Jetzt hör mal zu: Du weißt genau, wie sehr ich dich mag, und ich werde immer zu dir halten, egal was passiert.«

»Aber?«

»Aber überleg doch mal, warum du nach Los Angeles gekommen bist!«

»Um Karriere zu machen.« Das ist nicht gelogen. Ich möchte bei Carl etwas lernen, möchte Investoren für die webbasierte App finden, die ich entwickle. Und wenn ich genug gelernt habe, um mich selbstständig machen zu können, möchte ich bei den ganz Großen mitmischen.

»Ja, ja, aber ich rede von Damien Stark. Du hättest dir einen weitaus schlechteren Kandidaten für eine neue Beziehung aussuchen können.«

Ich schüttle den Kopf. Wenn ich ein neues Leben anfangen, mich neu erfinden will, darf ich auf keinen Fall mit Damien Stark ins Bett gehen. »Vergiss es!«, sage ich mit Nachdruck. »Das in der Limousine war fantastisch, aber da war auch eine

113

gewisse Distanz zwischen uns. Live und in Farbe wäre ich nur eine weitere Kerbe in seinem Bettpfosten – und das ist deine Spezialität und nicht meine.«

»Ha, ertappt! Aber der Rest ist kompletter Unsinn!«

»Wie bitte?«

»Wenn du nicht willst, dass er dich überall anfasst, kann ich dich verstehen.« Ich zucke zusammen, weil sie meine schlimmsten Ängste ausgesprochen hat. »Aber eines musst du zugeben, Nikki: Ich war zwar nicht auf dieser Party, bin mir aber ziemlich sicher, dass er mehr in dir sieht als einen schnellen Fick.« Sie zeigt auf die Blumen. »Beweisstück A.«

»Dann ist er eben ein höflicher Multimilliardär. Diese Blumen haben ihn nur einen Anruf gekostet. Bestimmt ist er wegen seiner vielen Affären schon Stammkunde beim Lieferservice. Deshalb kamen die auch so schnell.« Ich will nur lästern, doch dann wird mir klar, dass es sich wahrscheinlich genau so verhält. Kein schöner Gedanke.

»Quatsch! Er will dich. Deine Widerborstigkeit, dein Selbstbewusstsein. Er hat dir schließlich selbst gesagt, dass du anders bist als die anderen Frauen an seiner Seite. Ich habe ihn nämlich gegoogelt, musst du wissen.«

Ich blinzele überrascht. »Im Ernst? Wann denn?«

»Nachdem du mir gesagt hast, dass er dich nach Hause fährt. Er lebt ziemlich zurückgezogen – ich habe nicht viel über ihn herausfinden können. Na ja, ehrlich gesagt habe ich mir auch keine große Mühe gegeben. Aber es sieht nicht so aus, als ob er viele Freundinnen gehabt hätte. Er ist von jeder Menge Frauen umgeben, das schon, aber eine richtige Beziehung hat er nicht. Vor ein paar Monaten war er mit einer reichen Erbin zusammen. Aber die ist tot.«

114

»Tot? O Gott, wie das denn?«

»Ja, traurig, nicht wahr? Irgendein Unfall. Aber darum geht es jetzt gar nicht.«

Ich bin verwirrt. »Worum denn *dann?*«

»Um dich«, sagt sie. »Und was wäre eigentlich so schlimm daran, eine Kerbe in seinem Bettpfosten zu sein? Du bist schließlich keine Nonne.«

Ich möchte sie schon fragen, ob sie mir überhaupt zugehört hat, als ich ihr von dem Telefonsex in der Limousine erzählt habe, halte aber lieber den Mund.

»Außerdem denke ich nicht, dass du nur eine Kerbe in seinem Bettpfosten sein wirst. Ich glaube, er mag dich wirklich.«

Ich runzle die Stirn. »Und zu diesem Schluss bist du gelangt, nachdem du diesen Mann gerade mal fünf Minuten lang gegoogelt hast?«

»Nein, das schließe ich aus dem, was du mir erzählt hast«, sagt Jamie. »Er wollte sich von dir beim Bilderkauf beraten lassen. Er hat sich Ollie gegenüber aufgeführt wie ein Alphamännchen. Außerdem hat er dich zum Höhepunkt gebracht, verdammt noch mal! Und vergiss die Fußmassage nicht. Meine Güte, Süße – ich würde mit jedem Kerl ins Bett steigen, der mir die Füße massiert. Wahrscheinlich würde ich ihn sogar heiraten!«

Ich muss lachen. Nur – Jamie meint das vermutlich todernst.

»Nicht jeder ist so ein Arschloch wie Kurt«, sagt sie auf einmal ungewöhnlich sanft. »Also tu nicht ständig so, als würdest du einen Keuschheitsgürtel tragen.«

Ich zucke zusammen. »Hör auf damit, bitte!«

Sie sieht mich an, stößt einen lauten Fluch aus und seufzt vernehmlich. Bedauern liegt in ihrem Blick – sie weiß, dass sie zu weit gegangen ist.

Jamie steht auf und geht zum Kamin hinüber. Da ein Kamin im San Fernando Valley so überflüssig wie ein Kropf ist, hat Jamie ihn zu einer Bar umfunktioniert: Flaschen statt Holzscheite und Gläser auf dem Kaminsims. Sie greift nach einer Flasche Knob Creek. »Willst du auch einen Schluck?«

Wollen schon, aber ich schüttle den Kopf. Ich habe für heute genug. »Ich bin müde«, sage ich und stehe auf.

»Es tut mir wirklich leid. Du weißt, dass ich nie ...«

»Ich weiß«, sage ich. »Schon in Ordnung. Ich bin einfach nur müde.«

Ein winziges Lächeln umspielt ihre Mundwinkel, und ich weiß, dass wir uns wieder vertragen. »Das kann ich mir denken. Du hast morgen eine Besprechung, nicht wahr? Mit wem war die gleich wieder?«

»Jetzt reicht's aber, Jamie!«, sage ich, muss aber grinsen, als ich auf mein Zimmer gehe. Sie hat recht. Ich habe eine wichtige Besprechung. Mit Stark. In seinem Büro. Und mit meinem Chef, der die ganze Zeit dabei sein wird.

Ich lasse den Abend noch einmal Revue passieren.

Ich denke an das Höschen, das ich in der Limousine gelassen habe.

Und als ich mich bäuchlings aufs Bett fallen lasse, kreisen meine Gedanken um eine einzige Frage: *Was zum Teufel habe ich getan?*

10

Meine Arme sind über den Kopf gestreckt, meine Handgelenke mit einem weichen, aber unnachgiebigen Stoff gefesselt. Mein nackter Körper liegt auf kühler Seide. Ich kann meine Beine nicht bewegen. Meine Augen sind geschlossen, und trotzdem weiß ich, womit ich gefesselt bin: Ein rotes Band ist um meine Handgelenke geschlungen und fest um meine Knöchel gewickelt. Ich zerre daran, kann mich aber nicht befreien. Aber das will ich auch gar nicht.

Etwas Kühles streicht über meine erigierte Brustwarze, und ich biege überrascht und lustvoll den Rücken durch.

»Pst.« Seine Stimme kitzelt mich wie eine Liebkosung.

»Bitte!«, flüstere ich.

Er antwortet nicht, doch wieder durchzuckt mich köstliche Kälte. Diesmal zieht er seine Hand nicht wieder zurück. Es ist ein Eiswürfel, mit dem er über meine Brustwarze und dann über die Wölbung meines Busens fährt. Ich spüre, wie Tropfen zwischen meinen Brüsten nach unten rinnen, als das Eis schmilzt. Er zeichnet mir damit ein Muster auf die Haut. Seine Hände berühren mich nicht, nur der kühle Quader, der auf meiner Haut zergeht.

»Bitte«, flüstere ich erneut. Ich bäume mich auf, sehne mich nach mehr, werde aber von meinen Fesseln daran gehindert.

»Du gehörst mir«, sagt er.

Ich öffne die Augen, möchte unbedingt sein Gesicht sehen, aber alles um mich herum ist grau und verschwommen. Ich bin die Gefangene meiner eigenen Traumwelt.

Ich bin das Mädchen auf dem Bild. Erregt und für alle Welt sichtbar.

»Du gehörst mir«, wiederholt er, sein Körper nichts als eine graue verschwommene Silhouette über mir.

Seine Hände auf meinen Brüsten sind rau und kräftig und trotzdem so zärtlich, dass mir die Tränen kommen. Er lässt sie nach unten gleiten, liebkost jeden Zentimeter meiner Haut, fährt über meine Brüste, meine Rippen, meinen Bauch. Ich zucke zusammen, als er meine Scham erreicht, bekomme es plötzlich mit der Angst. Dann nimmt er die Hände wieder weg und legt sie auf die Außenseiten meiner Schenkel. Seine Berührungen versetzen mich ins Paradies. Ich verliere mich, lasse mich treiben, tanze in einem Nebel aus Lust.

Seine Hände wandern langsam weiter. Er packt meine Knie und drückt meine Beine sanft auseinander. Langsam, ganz langsam gleiten seine Handflächen über die Innenseiten meiner Schenkel.

Ich verkrampfe mich, und jetzt ist es kein lustvoller Tanz mehr, sondern eine beängstigende Strömung. Ich versuche, mich loszureißen, aber ich bin gefangen, und er kommt meinem Geheimnis immer näher. *Meinen Narben.*

Ich zerre heftiger an meinen Fesseln. Ich muss hier weg, sämtliche Alarmglocken schrillen, hallen durch den Raum wie laute Sirenen ...

Weg,

weg,

weg,

»... wach?«

Jamies Stimme reißt mich aus meinen Träumen. »Wie bitte? Was?«

Neben mir auf dem Nachttisch klingelt das Telefon. Draußen vor der Tür ruft Jamie nach mir.

»Bist du wach?, habe ich gefragt. Denn wenn ja, solltest du endlich an dein verdammtes Telefon gehen.«

Erschöpft greife ich danach und sehe Carls Namen auf dem Display. Ich nehme den Anruf entgegen, aber er wurde bereits an meine Mailbox weitergeleitet.

Stöhnend schwinge ich meine Beine aus dem Bett und strecke mich, dann werfe ich erneut einen Blick auf das Handy, um zu sehen, wie spät es ist. Halb sieben, verdammte Scheiße!

Tatsächlich? Ist die Sonne überhaupt schon aufgegangen?

Ich will ihn gerade zurückrufen, als das Telefon erneut klingelt und Carls Name grell aufblinkt.

»Ich bin zu Hause«, sage ich. »Ich wollte Sie gerade zurückrufen.«

»Meine Güte, Miss Fairchild. Wo waren Sie?«

»Es wird gerade erst hell. Ich habe noch geschlafen.«

»Nun, dann beeilen Sie sich. Wir haben jede Menge zu tun. Ich komme mit der blöden PowerPoint-Präsentation nicht zurecht, und wir müssen noch PDFs mit den technischen Details ausdrucken und binden lassen, damit Stark und seine Leute was zu lesen haben. Ich brauche Sie, und zwar sofort! Es sei denn, Sie haben ihn schon gestern Abend dazu gebracht, den Vertrag zu unterschreiben. Oder hat er Sie gestern Abend etwa aus privaten Gründen noch so spät angerufen?« In seiner Stimme schwingt ein lasziver Ton mit, der mir ganz und gar nicht gefällt. Aber wenigstens weiß ich jetzt, wie Damien an meine Telefonnummer und meine Adresse gekommen ist.

»Er hat angerufen, um sich davon zu überzeugen, dass ich heil nach Hause gekommen bin«, lüge ich. »Aber beim nächsten Mal wüsste ich es durchaus zu schätzen, wenn Sie meine Handynummer nicht einfach so herausgeben, ohne mich vorher zu fragen.«

»Ja, ja, wie Sie meinen. Ziehen Sie sich an, und sehen Sie zu, dass Sie herkommen. Wir werden gegen halb zwei aufbrechen und zu Stark rübergehen.«

Ich runzle die Stirn. C-Squared nimmt eine Ecke des achtzehnten Stockwerks des Logan Bank Buildings ein. Der Stark Tower steht doch direkt daneben. Die Gebäude teilen sich sogar einen Innenhof und eine Tiefgarage. »Ist die Besprechung nicht erst um zwei?« Selbst eine Schnecke könnte die Strecke in einer halben Stunde zurücklegen. Wir dürften es in fünf Minuten schaffen.

»Ich möchte nichts dem Zufall überlassen«, sagt Carl.

Ich bin schlau genug, ihm da nicht zu widersprechen. »Ich werde spätestens in einer Stunde da sein.«

Jamie sieht auf, als ich in die Küche eile, um einen Bagel in den Toaster zu stecken. »Macht dein Chef Ärger?«

»Allerdings!« Ich bücke mich und streichle Lady Miau-Miau, die mir um die Beine streicht. »Außerdem hat er ein paar ziemlich blöde Bemerkungen gemacht – nur weil Damien mich gestern gebeten hat, noch zu bleiben.«

»Hallo? Du hattest in der Limousine von Mr. Geldscheißer einen Orgasmus!«

Ich werfe ihr einen bösen Blick zu und gehe dann ins Bad, während mein Bagel vor sich hin toastet. Dabei komme ich an dem Blumenstrauß vorbei. Ich seufze. Jamie hat natürlich recht. Ich lasse das Wasser so kochend heiß werden, dass meine Haut schon vom Dampf ganz rot wird. Dann stelle ich mich darunter und zucke zunächst zusammen, als die ersten heißen Tropfen auf meinen Körper prasseln. Während mich die Hitze durchflutet, entspanne ich mich. Ich schließe die Augen und lasse das Wasser über mich strömen. Eigentlich müsste ich ein schlechtes Gewissen haben, weil ich gestern derart die Kontrolle verloren habe. Habe ich aber nicht. Was ich gestern getan habe, war bestimmt nicht sehr schlau. Aber ich bin schließlich erwachsen, und dasselbe gilt für Stark. Wir haben uns zueinander hingezogen gefühlt und aus freien Stücken gehandelt. Und das geht Carl nicht das Geringste an.

Im Grunde ist alles in bester Ordnung – vorausgesetzt, ich müsste den Mann heute nicht sehen – beziehungsweise die beiden Männer. Von denen einer ein Arschloch ist und der andere mich dermaßen ablenken könnte, dass ich die ganze Präsentation ruiniere.

Was, wenn er mir heimlich mein Höschen zeigt?

Stopp, das reicht!

Ich darf nicht mehr daran denken, sonst werde ich noch verrückt. Also konzentriere ich mich aufs Duschen und Anziehen. Ich entscheide mich für einen schwarzen Rock, eine weiße Bluse und ein passendes Jackett und bewusst gegen ein Kostüm, denn heute ist Samstag. Außerdem arbeite ich im Informatikbereich, und da ist modisch gesehen eine saubere Jeans bereits das höchste der Gefühle. Aber ich bringe es einfach nicht über mich, in Jeans zur Besprechung zu gehen. Die Schuhe sind ein kleines Problem, da meine Füße noch schmerzen. Trotzdem zwänge ich sie in meine schwarzen Lieblingspumps. Ich schminke mich dezent, binde die Haare zum Pferdeschwanz und bin in einer Viertelstunde fertig. Ich glaube, das ist mein persönlicher Rekord.

Ich greife nach meiner Handtasche und meinem Bagel, mache mir allerdings gar nicht erst die Mühe, ihn mit Frischkäse zu bestreichen – geschickt wie ich bin, lasse ich ihn noch fallen und muss dann den ganzen Tag mit einem weißen Fleck auf dem schwarzen Rock herumlaufen. Dann verabschiede ich mich von Jamie und gehe zur Tür.

Ich erstarre abrupt, als ich merke, dass ich auf einen großen gelben Umschlag getreten bin, der auf dem Fußabstreifer liegt.

Ich hebe ihn auf. Er ist leicht und nicht sehr dick. Vermutlich nur ein paar Unterlagen. Ich drehe ihn um und sehe, dass mein Name daraufsteht, außerdem erkenne ich den Aufkleber einer hiesigen Kurierfirma. Ich verdrehe die Augen. *Carl.*

Mit dem Umschlag unter dem Arm eile ich zum Wagen. Wenn ich pünktlich sein will, werde ich die Unterlagen an den Ampeln lesen müssen.

Normalerweise höre ich auf dem Weg zur Arbeit Nachrichten, aber die würden mich nur noch mehr verwirren. Auf dem Ventura Boulevard schalte ich zwischen christlichen Sendern, Talkshows und lauter Rap-Musik hin und her. Ich muss mir unbedingt ein neues Autoradio anschaffen – eines, in das man seinen iPod einstöpseln kann. Endlich lande ich bei einem Oldie-Sender, und als ich auf den Freeway 101 einbiege, trommle ich zu Mick und den Stones aufs Lenkrad und singe lauthals »*I can't get no Satisfaction*«. Ich muss grinsen. Gestern Abend jedenfalls hatte ich Jagger so einiges voraus.

Ich stelle den Wagen auf meinem Parkplatz ab, der in der hintersten Ecke der Tiefgarage liegt. Seit Carls Anruf sind genau siebenundvierzig Minuten vergangen, womit ich in Los Angeles vermutlich den einen oder anderen Geschwindigkeitsrekord gebrochen habe. Ich steige nicht gleich aus, da ich noch keinen einzigen Blick in den Umschlag geworfen habe. Wenn er etwas mit der Präsentation zu tun hat, wird Carl erwarten, dass ich die Details in- und auswendig kenne. Ich schiebe meinen Finger unter die Lasche und reiße sie auf, drehe den Umschlag quer. Ein Exemplar von *Forbes* fällt mir in den Schoß, und ich muss grinsen. Mit einer Büroklammer ist ein Kärtchen daran befestigt. *Ich habe Ihnen doch gesagt, dass ich hartnäckig bin. Für Ihre Weiterbildung!* Das Kärtchen ist nicht unterschrieben, aber das Logo von Damien J. Stark sagt alles.

Als ich die Zeitschrift in meiner großen Handtasche verstaue, grinse ich immer noch. Er ist also hartnäckig? Nun, das glaube ich gern. Aber mein Entschluss steht fest. Wie ich Jamie bereits gesagt habe: Ich muss dem einen Riegel vorschieben.

Aber das heißt nicht, dass ich seine Geste nicht zu schätzen wüsste. Nicht genug, dass er sich an meine beiläufige Bemerkung auf der Vernissage erinnert hat: Er hat mir die Zeitschrift tatsächlich nach Hause geschickt.

»Was gibt es da zu grinsen?«, fragt Carl, als ich die Glastür aufdrücke und den aquariumartigen Besprechungsraum betrete, der das Zentrum der C-Squared-Büros bildet.

Er wartet meine Antwort gar nicht erst ab. Stattdessen mustert er mich von Kopf bis Fuß und nickt anerkennend. »Gut. Sehr gut. Sie sehen professionell und businessmäßig aus. Ja, Sie sind Ihr Geld wert. Vorausgesetzt, Sie ruinieren die Präsentation nicht.«

»Selbstverständlich nicht«, sage ich und bin dankbar, dass er weder den gestrigen Abend noch Damien noch irgendwelche nächtlichen Telefonate erwähnt.

Carl bereitet sich mit der Verbissenheit eines Strafverteidigers, der einen Jahrhundertprozess gewinnen will, auf die Besprechung vor. Er ist wirklich perfekt organisiert, und wenn man bedenkt, wie wenig Zeit er hatte, staune ich, dass er unsere Präsentation komplett umgekrempelt hat.

Ich stelle ihm jede Menge Fragen und mache mindestens so viele Vorschläge. Anstatt das Arschloch raushängen zu lassen, reagiert Carl sehr überlegt, antwortet geduldig, zieht meine Ideen in Erwägung, übernimmt sie, wo es sinnvoll ist, und erklärt mir ausführlich, warum er die eine oder andere verwirft.

Ich bin begeistert. Ich habe mir den Code der 3-D-Modellierungssoftware so genau angesehen, dass ich ein nützliches Mitglied des Programmierteams, vielleicht sogar Teamleiterin sein könnte. Aber ich will nicht Teamleiterin oder Managerin werden. Ich möchte wie Carl sein oder am liebsten wie Damien Stark. Und um das zu schaffen, muss ich wissen, wie man eine Präsentation auf die Beine stellt, die so fantastisch ist, dass sie potenzielle Investoren auf Anhieb überzeugt. Heute werde ich gleich zwei Unternehmer in Aktion erleben: Carl, der es fast immer schafft, seine Projekte finanziert zu bekommen. Und Damien Stark, der sich noch nie für ein Projekt entschieden hat, das nicht sämtliche Erwartungen übertrifft und sowohl ihm als auch seinem Erfinder ein Vermögen einbringt.

Der Tisch im Konferenzraum ist mit Unterlagen, Tablets und Notebooks übersät. Während der Rest des Teams überall herumwuselt, hacken Brian und Dave, die beiden Programmierer, die mit Carl an der Software gearbeitet haben, auf ihre Notebooks ein. Sie perfektionieren die PowerPoint-Präsentation und testen die Software anhand einer schwindelerregenden Anzahl von Parametern.

Carl läuft nervös auf und ab, behält alle im Blick. »Wir schaffen das!«, sagt er. »Da darf nichts schiefgehen. Wir sind ein eingespieltes Team.« Er sieht Dave mit zusammengekniffenen Augen an. »Los, bestellen Sie uns ein paar Sandwiches zum Mittagessen. Aber eines schwöre ich Ihnen: Wenn hier jemand mit Senfflecken zu dieser Besprechung geht, wird er sofort gefeuert.«

Um halb zwei sammeln Carl, Brian und ich unsere Sachen ein und marschieren ohne einen Senffleck zum Aufzug. Während wir die achtzehn Stockwerke nach unten fahren, zappelt Carl nervös herum. Er sieht so oft in den Spiegel, dass ich ihm am liebsten sagen würde, was für eine schöne Braut er abgibt. Doch ich bin klug genug, das für mich zu behalten.

Kaum haben wir den Innenhof durchquert und den hypermodernen Stark Tower betreten, bin ich diejenige, die nervös ist. Ich bin so dermaßen durch den Wind, dass ich keinen klaren Gedanken mehr fassen kann. Allein beim Gedanken, Stark wiederzusehen, wird mir ganz flau. Und dann ist da noch die Angst, dass er während der Besprechung etwas sagen könnte – etwas, das nicht unbedingt positiv ist. Hauptsache, er nimmt das Wort »Handy« nicht in den Mund – oder das Wort »Eis«, denn das würde mich völlig aus dem Konzept bringen.

Ich schaffe es, mein Gedankenkarussell gerade so lange anzuhalten, dass ich mich am Empfang eintragen kann. Hinter dem nüchternen, eleganten Tresen sitzen zwei Wachleute. Einer tippt etwas in eine Konsole, der andere nimmt unsere Führerscheine entgegen und scannt sie ein.

»Alles klar«, sagt der Wachmann, auf dessen Namensschild *Joe* steht. »Fahren Sie direkt ins Penthouse«, sagt er und reicht uns Besucherausweise.

»Ins Penthouse?«, wiederholt Carl. »Unsere Besprechung findet doch bei Stark Applied Technology statt.« Diese Firma ist nur eine von vielen, die in diesem Gebäude untergebracht sind: Softwareunternehmen, gemeinnützige Stiftungen, Firmen, die Dinge tun, von denen ich nicht die geringste Ahnung habe. Ich überfliege ihre Namen auf der von hinten beleuchteten Rezeptionswand. Ich sehe, dass alle auf die eine oder andere Weise mit Stark International verbunden sind. Mit anderen Worten, sie gehören Damien Stark. Wie es aussieht, hatte ich nicht die geringste Ahnung von der Macht und dem Reichtum, über die Mr. Damien Stark verfügt.

»Genau, ganz oben«, sagt Joe zu Carl. »Samstags hält Mr. Stark seine Besprechungen im Konferenzraum des Penthouse ab. Bitte nehmen Sie den letzten Aufzug am Ende des Flurs. Hier ist die Schlüsselkarte für das Penthouse.«

Im Aufzug werde ich schlagartig wieder nervös. Und zwar nicht nur, weil ich Damien gleich gegenübertreten werde, sondern auch wegen der Präsentation. Und auf die konzentriere ich mich jetzt ganz besonders: Arbeitsnervosität ist besser als erotische Spannung.

Wie Joe uns prophezeit hat, erreichen wir rasch und problemlos das Penthouse. Carl und ich stehen vor der sich öffnenden Aufzugtür, Brian und Dave bewachen hinter uns die Rollkoffer mit dem Präsentationsmaterial. Zunächst stehe ich einfach nur mit offenem Mund da. Ich starre auf einen atemberaubenden und doch einladenden Empfangsbereich.

Eine Wand besteht ausschließlich aus Glas. Von hier aus hat man einen fantastischen Ausblick über die Hügel von Pasadena. Mindestens ein Dutzend impressionistische Gemälde schmücken die anderen Wände. Sie sind schlicht gerahmt, damit man sich allein auf die Kunst konzentrieren kann. Jedes Bild wird individuell beleuchtet, alle zeigen sie verschiedene Landschaftsmotive. Grüne Felder. Funkelnde Seen. Sonnenuntergänge. Eindrucksvolle Gebirgszüge.

Die Bilder verleihen dem kühlen Empfangsbereich eine warme Note. Dasselbe gilt für die Kaffeebar am anderen Ende des Raumes, die dazu einlädt, sich selbst zu bedienen und anschließend auf dem schwarzen Ledersofa Platz zu nehmen. Auf einem Couchtisch stapeln sich Zeitschriften, die Themen reichen von Wirtschaft über Wissenschaft bis hin zu Sport und Klatsch und Tratsch. Daneben sorgt ein Kickertisch für eine lockere Atmosphäre.

Ein Empfangstisch beherrscht den Raum. Bis auf einen Terminkalender und ein Telefon ist er vollkommen leer und momentan auch nicht besetzt. Gerade als ich mich frage, ob Damien auch am Samstag eine Empfangsdame beschäftigt, taucht eine große, schlanke Brünette im Flur auf. Sie lächelt uns an und entblößt dabei blendend weiße Zähne. »Mr. Rosenfeld«, sagt sie und gibt uns die Hand. »Ich bin Miss Peters, Mr. Starks Wochenendassistentin. Ich heiße Sie und Ihr Team herzlich hier im Penthouse willkommen. Mr. Stark freut sich schon sehr auf Ihre Präsentation.«

»Danke«, sagt Carl. Er sieht ein wenig eingeschüchtert aus. Hinter mir scharren Brian und Dave schwer beeindruckt mit den Füßen.

Miss Peters führt uns nach rechts durch einen breiten Flur in einen Konferenzraum, der so groß ist, dass eine ganze Basketballmannschaft darin trainieren könnte. Erst jetzt fällt mir auf, dass das Penthouse-Büro eine komplette Hälfte des oberen Stockwerks einnimmt. Der Liftschacht befindet sich in der Gebäudemitte, und der Gebäudeteil, in dem wir uns jetzt befinden, besitzt einen rechteckigen Grundriss, wobei sich der Empfangsbereich in der Mitte befindet, der Konferenzraum auf der einen und Starks Büro auf der anderen Seite.

Was bedeutet, dass auf der anderen Seite noch ein halbes Stockwerk liegt. Ob dort weitere Büros sind? Ob sie irgendein anderer Geschäftsführer von Stark gemietet hat?

Keine Ahnung, warum ich so neugierig bin, aber ich nutze die Gelegenheit, um Miss Peters über die Räumlichkeiten auszufragen.

»Sie haben recht«, sagt sie. »Der Bürobereich des Penthouse nimmt nur eine Hälfte des Stockwerks ein. In der anderen befindet sich eine von Mr. Starks Wohnungen, das sogenannte Tower Apartment.«

»Oh«, sage ich und frage mich, wie viele Wohnungen Damien Stark wohl hat. Aber nicht Miss Peters: Ich war bereits neugierig genug.

Miss Peters zeigt auf die in einer Nische untergebrachte Bar. »Bitte bedienen Sie sich. Wir haben Orangensaft, Kaffee, Mineralwasser. Oder gerne auch etwas Stärkeres gegen die Nervosität – nur zu!« Das ist natürlich ironisch gemeint, aber wenn ich ehrlich bin, könnte ich im Moment durchaus einen doppelten Bourbon gebrauchen.

»Ich lasse Sie jetzt allein, damit Sie alles vorbereiten können«, sagt Miss Peters. »Wenn Sie etwas brauchen, rufen Sie mich bitte. Mr. Stark telefoniert noch. Er wird in ungefähr zehn Minuten zu Ihnen stoßen.«

Wie sich herausstellt, braucht er zwölf Minuten. Zwölf lange Minuten, in denen ich nicht weiß, ob ich mich fieberhaft auf unsere Präsentation vorbereiten oder aus Angst vor unserem Wiedersehen im Boden versinken soll. Dann sind die zwölf Minuten um, und Damien betritt mit großen Schritten den Konferenzraum. Kaum ist er da, herrscht eine ganz andere Atmosphäre. Das hier ist sein Revier, und obwohl er kein Wort sagt, strahlt er Macht und Autorität aus. Die beiden Männer, die hinter ihm hereinkommen, sind dagegen so gut wie unsichtbar. Jede seiner Bewegungen sitzt, jeder Blick ist kalkuliert. Damien Stark lässt keinen Zweifel daran, wer hier das Sagen hat, und so etwas wie Stolz wallt in mir auf, weil dieser außergewöhnliche Mann mich nicht nur begehrt, sondern auch sehr intim berührt hat.

Er trägt Jeans und ein beiges Jackett über einem hellblauen Hemd. Der oberste Knopf steht offen, und sein Outfit lässt ihn ebenso lässig wie sympathisch wirken. Ich frage mich, ob er sich extra so angezogen hat, damit sich seine Gäste wohler fühlen. Ganz bestimmt: Ich kann mir nicht vorstellen, dass Damien Stark auch nur das kleinste Detail dem Zufall überlässt.

»Danke, dass Sie vorbeigekommen sind. An den Wochenenden arbeite ich gern vom Penthouse aus. Damit ich nicht vergesse, mich zwischendurch etwas zu entspannen.« Er

129

wendet sich seinen zwei Begleitern zu und stellt sie als Preston Rhodes, seinen neuen Vertriebsleiter, und Mac Talbot, Mitglied der Einkaufsabteilung, vor. Dann gibt Stark Brian und Dave die Hand und nimmt sich die Zeit, mit jedem ein paar Worte zu wechseln. Die beiden wirken immer noch nervös. Zumindest kann er sie so weit beruhigen, dass keiner von ihnen die Präsentation ruinieren wird, indem er mit zitternden Fingern die falsche Taste drückt.

Als Nächstes begrüßt er mich, höflich und professionell. Aber als er mir seine Hand wieder entzieht, krümmt er seine Finger, sodass sie sanft über meine Handfläche streichen. Vielleicht bilde ich mir das auch nur ein, aber ich nehme es als Zeichen, dass er sich an gestern Nacht tatsächlich erinnert, dass sich jetzt allerdings alles ausschließlich um die Präsentation dreht.

Und all das mit einer einzigen Berührung! Ich lächle, und als ich meinen Platz am Tisch einnehme, merke ich, dass ich längst nicht mehr so nervös bin. Ob er das nun beabsichtigt hat oder nicht – Starks Berührung hat mich beruhigt.

Zuletzt gibt er Carl die Hand und begrüßt ihn, als wären sie gute Freunde. Sie plaudern über alte Schallplatten – Carl ist offenbar ein Sammler –, über das Wetter und den Verkehr auf der 405. Damit sorgt er dafür, dass Carl sich wohlfühlt, und er macht es so geschickt, dass ich ihn nur dafür bewundern kann. Stark nimmt nicht am Kopfende des Konferenztischs Platz, sondern direkt gegenüber von mir. Er streckt seine langen Beine aus und sagt zu Carl, er könne loslegen, wenn er so weit sei.

Ich habe die Präsentation schon so oft gesehen, dass ich sie ausblenden und mich stattdessen auf Starks Reaktion konzentrieren kann. Die Software ist wirklich erstaunlich: Videomaterial von Sportlern wird mithilfe einer Reihe patentgeschützter Algorithmen analysiert, die die Bewegungen in räumliche Daten umrechnen. Diese werden dann mit den Statistiken des Sportlers abgeglichen. Je nach Statur und Trainingsstand macht das Programm konkrete Vorschläge, wie sich seine Leistung verbessern lässt. Das wirklich Revolutionäre daran ist, dass diese Vorschläge holografisch dargestellt werden, sodass die Sportler und ihre Trainer die notwendigen Haltungsveränderungen, die zur Leistungssteigerung führen, bildlich vor Augen haben.

So gut wie jeder Artikel, den ich über Stark gelesen habe, hebt seine Intelligenz hervor. Heute kann ich das live miterleben: Er stellt die richtigen Fragen, angefangen von der Programmierung über das Marketing bis hin zum Vertrieb. Als Carl anfängt zu schwafeln, statt das Produkt für sich selbst sprechen zu lassen, bringt Stark ihn so geschickt zum Schweigen, dass Carl es noch nicht mal bemerkt. Stark bringt die Dinge sofort auf den Punkt, ist effizient, ohne unhöflich zu sein, bestimmt, ohne zu bevormunden. Der Mann mag sein erstes Vermögen auf dem Tennisplatz verdient haben, aber als ich ihn so beobachte, wird mir klar, dass ihm Wirtschaft und Technik ebenso im Blut liegen. Stark stellt uns allen Fragen, auch Brian und Dave, die dumm aus der Wäsche gucken, es aber trotzdem irgendwie schaffen, verständliche Antworten zu murmeln – so gut weiß Stark das Gespräch zu leiten.

Als Nächstes wendet er sich mir zu und stellt mir eine konkrete Frage zu einer wichtigen Gleichung, die Teil des zentralen Algorithmus ist. Ich mustere Carl aus den Augenwinkeln. Er sieht aus, als würde er gleich einen Herzinfarkt bekommen. Diese Frage hat eindeutig nichts mit meinem Tätigkeitsfeld zu tun. Aber ich habe meine Hausaufgaben gemacht und benutze das virtuelle Whiteboard, um Stark die mathematischen Grundlagen der Gleichung zu erklären. Ich gehe sogar so weit, die möglichen Konsequenzen einiger Verbesserungen zu erörtern, die Stark vorschlägt. Am Kopfende des Tisches atmet Carl erleichtert auf.

Ich habe meinen Chef eindeutig beeindruckt. Noch befriedigender finde ich allerdings, dass ich Stark beeindruckt habe. Was zwar immer noch nicht so befriedigend ist wie die gestrige Nacht, aber fast.

Die Besprechung ist so gut wie vorbei, und Carl gibt etwas bemüht den abgeklärten Profi, weil er ganz genau weiß, wie fantastisch alles gelaufen ist! Stark hat Interesse an dem Produkt und ist beeindruckt von unserem Team. Es hätte gar nicht besser über die Bühne gehen können!

Wir wollen uns gerade per Handschlag verabschieden, als Miss Peters hereinkommt. »Entschuldigen Sie, dass ich störe, Mr. Stark«, sagt sie mit professioneller, nüchterner Miene. »Ich sollte Ihnen doch Bescheid geben, wenn Mr. Padgett erneut das Gebäude betritt.«

»Ist er jetzt hier?« Ich sehe, wie sich Starks entspannte Züge plötzlich verhärten.

»Ich habe die Wachleute bereits informiert. Ich nehme an, Sie wollen selbst mit ihnen reden?«

Stark nickt und wendet sich dann an uns. »Es tut mir leid, aber Sie müssen mich jetzt entschuldigen. Ich werde anderweitig gebraucht. Ich melde mich dann nächste Woche.« Er schaut zu Miss Peters hinüber. »Würden Sie meine Gäste hinausbegleiten?«

»Aber natürlich, Sir.«

Unsere Blicke begegnen sich, aber der seine ist unergründlich. Dann verlässt er den Konferenzraum und verschwindet im Flur. Dass ich so unter seiner plötzlichen Abwesenheit leide, überrascht mich. Ich verabschiede mich von seinen Kollegen und helfe dann Brian, alles wieder einzupacken. Gleichzeitig befürchte ich insgeheim, dass alle Anwesenden meine Gedanken lesen können.

Nachdem uns Miss Peters zum Aufzug begleitet hat und sich die Türen geschlossen haben, führt Carl einen kleinen Freudentanz auf. Ich muss lachen. »Das war toll!«, sage ich. »Vielen Dank, dass ich dabei sein durfte.«

Carl breitet die Arme aus. »Hey, wir sind schließlich ein Team! Und wir haben eine tolle Präsentation abgeliefert.« Die Lifttüren öffnen sich, und Carl legt jovial die Arme um Brians und Daves Schultern. Sie versuchen, mit ihrem Chef Schritt zu halten und gleichzeitig die Rollkoffer hinter sich her zu ziehen. Ich beobachte sie mitleidig, als ich meinen Namen höre.

Ich sehe auf. Joe, der Wachmann, winkt mich zu sich. »Miss Fairchild? Haben Sie noch einen Moment Zeit?« Er hält sich einen Telefonhörer ans Ohr.

»Ja?«, sage ich und eile zum Empfang.

Joe hebt den Zeigefinger, um mich noch kurz um Geduld zu bitten. Ich schiele zu Carl hinüber, dessen Blick unmissverständlich *Was soll das?* bedeutet. Ich zucke die Achseln, denn ich bin genauso ahnungslos wie mein Chef.

Joe sagt etwas, das ich nicht hören kann, und legt dann auf. »Sie werden oben erwartet, Ma'am.«

»Oben?«

»Im Penthouse«, sagt er. »Mr. Stark möchte Sie gern noch einmal sprechen.«

Ich bekomme mit, wie Dave und Brian sich hinter mir anrempeln. *Na ganz toll!* Anscheinend hat Carl mit seinen Angestellten über mich getratscht. Wahrscheinlich wird man morgen den neuesten Klatsch im Intranet lesen können.

»Das ist gerade etwas unpassend«, sage ich zum Wachmann. »Ich muss zu einer dringenden Teambesprechung.«

»Mr. Stark besteht darauf.«

Das kann ich mir denken. Eine schwere Last legt sich auf meine Schultern. Ich habe mein Leben lang gesagt bekommen, wo ich hinzugehen, wie ich mich hinzustellen, was ich zu tun und wie ich es zu tun habe. Ich balle die Rechte zur Faust und zwinge mich, Joe zuzulächeln. »Ich bin mir sicher, er kann sich heute Nachmittag auch anderweitig beschäftigen. Aber wenn er mich im Büro anruft, kann ich gerne für nächste Woche einen Termin mit ihm vereinbaren.«

Joe hat die Augen weit aufgerissen, und ihm steht der Mund offen. So etwas ist anscheinend noch nie vorgekommen: Damien Stark schlägt man nichts ab.

Ich straffe die Schultern. Die neue Nikki gefällt mir. »Sollen wir?«, sage ich zu Carl und den Jungs.

Carl runzelt die Stirn. »Vielleicht sollten Sie ...«

»Nein!«, sage ich. »Wenn er über das Projekt reden will, sollten wir alle dabei sein.« In der Ferne höre ich das *Ping!* eines Lifts, was mich in meinem Entschluss nur bestärkt.

»Und wenn es nicht um das Projekt geht?«, fragt Carl und starrt mich an.

Ich starre genauso kühl zurück. »Dann hat er auch keinen Grund, mich zu sprechen, oder?« Ich bleibe bei meinem Entschluss, warte, ob Carl es wagt, mich hochzuschicken. Er hat mich schon einmal vorgeschoben, gestern auf der Party. Wenn er es noch mal hier in der Lobby von Starks Bürogebäude versuchen sollte, könnte das ziemlich unangenehm werden.

Nach einer Weile nickt er. »Kommen Sie, der Champagner wartet schon.«

Joe lässt uns nicht aus den Augen. Als wir auf den Ausgang zugehen, setzt er sich ebenfalls in Bewegung. »Ich werde kurz in Mr. Starks Büro anrufen müssen«, sagt er. »Er wartet oben auf Sie.«

»Keine Umstände, Joe.«

Ich erkenne die Stimme, noch bevor ich ihren Besitzer sehe – es ist natürlich Stark. Er verlässt ebenso gelassen wie gefasst den Aufzug. Schon bei seinem Anblick zucke ich zusammen. Flucht oder Angriff? Bei Stark muss man auf beides vorbereitet sein.

Er geht zum Empfang und gibt meinem neuen Kumpel Joe sowie dem zweiten Wachmann die Hand, bevor er auf mich, Carl und die Jungs zukommt. »Miss Fairchild?«, sagt er. Aus seinem Mund hört sich mein Name sehr sanft und sinnlich an. »Mein Innenarchitekt hat mir ein paar Mappen von hiesigen Künstlern zukommen lassen. Ich hatte gehofft, dass Sie mich diesbezüglich ein bisschen beraten könnten.«

»Haben Sie denn gestern Abend nichts gesehen, das Ihnen gefallen hat?«, fragt Carl.

»So kann man das nicht sagen«, erwidert Stark, wobei er mich nicht aus den Augen lässt. »Aber ich bin immer noch nicht völlig zufriedengestellt.«

Zum Glück sieht Carl Stark an. Denn sonst würde er bemerken, dass ich um einige Schattierungen röter geworden bin.

»Entschuldigen Sie, dass ich so kurzfristig darum bitte. Sie haben bestimmt eine Teambesprechung angesetzt. Trotzdem, ich möchte die Angelegenheit wirklich nicht allzu lange hinausschieben.«

Bei seinen Worten bekomme ich einen ganz trockenen Mund.

»Nein, nein«, lügt Carl und winkt lässig ab. »Es ist Samstag, ich wollte gerade allen ein schönes Wochenende wünschen und ihnen zu ihrer Arbeit gratulieren.«

»Dann haben Sie bestimmt nichts dagegen, dass ich Ihnen Miss Fairchild erneut entführe.« Er kommt einen Schritt näher. Wie immer, wenn ich Damien Stark begegne, spüre ich das Knistern zwischen uns.

»Aber nicht im Geringsten«, sagt Carl. »Sie wird Ihnen bestimmt gern behilflich sein.« Letzteres sagt er in einem Ton, der mir ganz und gar nicht gefällt. Aber da ich Starks Einladung annehmen und nicht mit meinen Kollegen zurückgehen werde, kann ich mich schlecht bei ihm beschweren.

Und so fahre ich trotz meiner guten Vorsätze mit Stark nach oben ins Penthouse.

Warum? Weil es zwischen uns knistert.

Weil schon seine bloße Anwesenheit genügt, um meinen Körper zum Kribbeln zu bringen.

Weil er nach unten gekommen und mich persönlich darum gebeten hat.

Und weil sich Stark, selbst wenn er nur auf meinen Körper scharf sein sollte, heute mit meinen inneren Werten zufriedengeben muss.

11

Stark nimmt mich am Arm und führt mich zurück zu den Aufzügen. Ich reagiere sehr empfindlich auf seine Berührung, versuche aber, sie zu ignorieren und weiterhin die Gereizte zu spielen.

Wir bleiben vor einem Lift stehen, der sich neben dem Aufzug befindet, mit dem ich mit meinen Kollegen nach oben gefahren bin. Die Türen öffnen sich, nachdem Stark seine Schlüsselkarte in ein Lesegerät steckt, das geschickt im Granit verborgen ist.

Sobald wir den Lift betreten haben, reiße ich mich los. »Was bilden Sie sich eigentlich ein?«, frage ich.

»Vorsicht!«, sagt Stark, als sich die Türen hinter uns schließen.

»Nein, von wegen! Sie können nicht einfach mit den Fingern schnippen und erwarten, dass ich ...« Wir sausen nach oben, und ich kippe vornüber und halte mich an Stark fest, um nicht das Gleichgewicht zu verlieren. Er legt den Arm um meine Taille und zieht mich an sich. Ich bekomme Herzrasen, was sicher nicht an der Geschwindigkeit des Aufzugs liegt.

»Vorsicht, festhalten!, wollte ich sagen. Das ist mein Privatlift«, erklärt Stark. »Er fährt direkt zum Penthouse, und zwar schnell.«

»Oh«, sage ich verblüfft. Meine Wut lässt nach, wird von dem unglaublichen Knistern zwischen uns verdrängt. Ich fühle mich von ihm wie magnetisch angezogen. Und wie ein

Magnet besitzt er die Fähigkeit zu löschen: Bedenken. Erinnerungen. Gefühle.

Vorsicht ...

Ich stütze mich an seiner Brust ab, um mich wieder aufzurichten. Anschließend packe ich das Geländer des Lifts und umklammere es für alle Fälle ganz fest.

»Er weiß Bescheid«, sage ich nachdrücklich und ohne jede weitere Erklärung. »Verdammt, Stark, Sie können nicht einfach so in die Lobby spazieren und mich pflücken wie eine Blume.«

»Apropos Blumen: Ich hoffe, die Blumen haben Ihnen gefallen. Ich hatte zunächst an etwas Exotischeres gedacht, aber Sie erinnern mich an Margeriten und Wildblumen.«

»Darum geht es nicht.«

»Wie bitte?« Er zieht in gespielter Belustigung die Brauen hoch. »Miss Fairchild, ich bin überrascht. So eine wohlerzogene junge Dame, und dann bedanken Sie sich nicht mal?«

»Danke«, sage ich kühl.

»Und nur zu Ihrer Information: Ich habe Sie nicht gepflückt. Obwohl ich dieses Versäumnis nur zu gern nachholen möchte, sobald Sie dazu bereit sind.«

Ich bemühe mich, zornig zu bleiben, obwohl ich mich langsam amüsiere. »Ich werde nicht gern wie ein Hund behandelt, der auf Befehl apportiert!«, erwidere ich.

Sofort wird sein Blick ernst. »Ist es das, was Sie denken?«

»Ich ...« *Mist.* Ich schließe die Augen und hole tief Luft. Ich mag es nicht, herumkommandiert zu werden. Andererseits: Stark ist nicht meine Mutter, und vielleicht tue ich ihm unrecht. »Nein«, sage ich und dann: »Keine Ahnung, aber verdammt noch mal, Damien ... Überlegen Sie doch mal, wie das aussieht! Er weiß Bescheid.«

»Das sagten Sie bereits. Sie meinen Carl? Was genau weiß Ihr Chef denn? Ich kann Ihnen versichern, dass ich ihm nichts erzählt habe.« Er mustert mich, das bernsteinfarbene Auge funkelt amüsiert, das dunkle schaut mich unverwandt an. »Haben Sie irgendwas erzählt?«

»Tun Sie nicht so begriffsstutzig!«, sage ich. »Er weiß, dass da was zwischen uns läuft.«

»Es freut mich zu hören, dass da was zwischen uns läuft.«

»*Gelaufen ist*«, verbessere ich ihn rasch. »Dass zwischen uns was *gelaufen ist.*«

Er schweigt. Eine clevere Strategie. Doch dafür habe ich nicht die Nerven.

Ich räuspere mich. »Nun, es hat Spaß gemacht«, gestehe ich, presse dann aber die Lippen zusammen, als er in lautes Gelächter ausbricht.

»Es hat Spaß gemacht?«

Ich spüre, wie meine Wangen heiß werden. Wieder werde ich in seiner Anwesenheit rot, und das gefällt mir ganz und gar nicht. »Ja«, sage ich kühl. »Es hat Spaß gemacht. Sehr viel Spaß sogar. Ich habe mich königlich amüsiert und werde noch oft an diesen Abend zurückdenken, wenn ich allein im Bett liege und mich berühre, bis ich komme.« Ich lasse ihn nicht aus den Augen und habe einen ganz sachlichen Tonfall angeschlagen. Jedes Wort ist ein Peitschenknall.

Jegliche Belustigung ist aus seinem Gesicht verschwunden, Leidenschaft und Verlangen sind an ihre Stelle getreten. Sofort möchte ich meine Worte zurücknehmen. Mein Temperament ist mal wieder mit mir durchgegangen.

»Es hat Spaß gemacht«, wiederhole ich und straffe mich. »Aber es wird nicht wieder vorkommen.«

»Ach nein?« Er geht einen Schritt auf mich zu – und der Lift macht *Ping!*, als die Kabine anhält.

»Nein«, sage ich und hole scharf Luft, als er sich vorbeugt. Ich erwarte, dass er mich berührt, und bin enttäuscht, dass das nicht geschieht. Er wollte nur einen Knopf auf dem Bedienfeld drücken. Die Türen hinter uns öffnen sich. Ich drehe mich um und schaue ins Foyer von Damien Starks Tower Apartment.

»Nein«, wiederhole ich und weiß nicht, ob ich das Apartment, eine Wiederholung unserer gestrigen Aktivitäten oder beides meine. Wenn man bedenkt, wie durcheinander ich gerade bin, wahrscheinlich eher Letzteres.

»Warum nicht?« Er richtet sich wieder auf, ist mir aber deutlich näher als vorher.

Ich bekomme kaum noch Luft, plötzlich wird mir so heiß, dass sich kleine Schweißperlen im Nacken bilden. Ich kann kaum noch einen klaren Gedanken fassen.

»Das ist keine gute Idee«, sage ich, als er meine Hand nimmt und mich ins Apartment zieht. Der Flur ist elegant möbliert und ebenso einladend und gemütlich wie die Büros auf der anderen Seite des Lifts. Die Wand direkt gegenüber vom Aufzug nimmt mir den Blick auf die übrige Wohnung.

Ein Riesenblumenstrauß auf einem niedrigen Glastisch beherrscht das Foyer. Davor stehen Sofas mit geschwungenen Beinen, und ich stelle mir vor, wie Starks Freundinnen darauf Platz nehmen, um den Sitz ihrer Schuhe oder den Inhalt ihrer Handtaschen zu kontrollieren. Kein besonders schöner Gedanke.

Die Wand selbst wird fast vollständig von einem Riesengemälde eingenommen. Diesmal zeigt es eine dermaßen naturgetreue Blumenwiese, dass man den Eindruck hat, man könnte die Leinwand betreten und sich darin verlieren.

»Sie haben eine wunderschöne Wohnung«, bemerke ich. »Sie sagt viel über den Menschen aus, der hier lebt.«

»Tatsächlich?«

»Er mag Blumen.«

Stark lächelt. »Er mag Schönheit.«

»Haben Sie den Blumenstrauß ausgesucht?«

»Nein«, sagt er. »Aber Gregory kennt meinen Geschmack.«

»Gregory?«

»Mein Butler.«

Butler? Selbst meine Familie, die einer nicht gerade armen texanischen Öldynastie entstammt, hatte niemals einen Butler.

»Das Gemälde ist wunderschön. Aber ich bin erstaunt, dass Sie ausgerechnet ein Landschaftsbild zu Hause hängen haben.«

»Tatsächlich?« Er klingt aufrichtig überrascht. »Warum?«

»Weil Sie für Ihr neues Zuhause doch unbedingt einen Akt haben wollten.« Ich zucke die Achseln. »Deshalb hätte ich nicht gedacht, dass Sie auf Blumen und Bäume und so was stehen.«

»Ich bin ein Mann mit vielen Geheimnissen«, sagt er. »Ehrlich gesagt ist die Entscheidung, mir einen Akt in mein Haus in Malibu zu hängen, noch relativ frisch. Man könnte sagen, dass mich Blaines Ausstellung dazu inspiriert hat. Aber wenn ich nicht das finde, was mir vorschwebt, muss die Wand leider nackt bleiben.«

Er mustert mich eindringlich, und obwohl er einen ganz normalen Plauderton anschlägt, jagen mir seine Worte heiß-kalte Schauer den Rücken hinunter.

141

»Haben Sie die Mappen da, die Sie mir zeigen wollen?«, frage ich und bemühe mich, kühl und geschäftsmäßig zu klingen. »Wenn nicht, sollte ich jetzt lieber gehen. Ich würde gern meinen freien Samstag genießen.«

»Ich hätte durchaus den ein oder anderen Vorschlag zur Freizeitgestaltung zu machen ...«, sagt er.

Ich presse die Lippen zusammen, und Damien lacht. »Miss Fairchild. Was Sie wieder denken ...«

Ich werde rot und muss mich beherrschen, um nicht laut zu fluchen.

»Treten Sie ein«, sagt er nach wie vor belustigt und geht in den Flur, der tiefer in die Wohnung hineinführt. »Ich werde Ihnen als Erstes einen Drink machen, und danach unterhalten wir uns.«

Ich zögere, möchte sagen, dass wir auch hier auf dem Sofa Platz nehmen und über die Bilder reden können. Aber ich bin neugierig. Ich möchte seine Wohnung sehen – zumindest *eine* seiner Wohnungen. Und deshalb lasse ich zu, dass er mich in einen fantastischen Wohnbereich führt, der ganz zeitgenössisch mit viel Stahl und Leder eingerichtet ist. Gleichzeitig setzen Kissen, Lampen und Vasen warme Akzente.

Das Tollste sind die Fenster, hinter denen sich das Stadtpanorama auftut.

Damien nickt zu einer Bar hinüber, die eine Ecke des Raums einnimmt. Ich folge ihm und setze mich auf einen der Barhocker. Weil der Hocker so nah am Fenster steht, habe ich das Gefühl zu schweben. Es ist atemberaubend, auch wenn ich mir vorstellen kann, dass das nach ein paar Drinks unangenehm werden könnte.

»Ihr Lächeln gefällt mir«, sagt Damien, während er hinter die Bar tritt. »Woran denken Sie gerade?«

Ich sage es ihm, und er lacht.

»Darüber habe ich noch gar nicht nachgedacht«, gesteht er. »Aber ich verspreche Ihnen, dass ich Sie gut festhalten werde. Sie werden mir schon nicht abheben.« Sein Grinsen wird dreckiger. »Außer, ich will es so.«

Ach du meine Güte! Ich winde mich ein wenig auf meinem Hocker. Wären wir doch nur im Foyer geblieben!

»Wein?«, fragt er.

Ich lege den Kopf schräg. »Ich bevorzuge Bourbon.«

»Tatsächlich?«

Ich zucke lässig die Achseln. »Meine Mutter hat mir eingebläut, dass eine Dame nur Wein oder leichte Cocktails trinkt und keine harten Sachen. Mein Großvater dagegen war ein großer Whiskyfreund.«

»Verstehe«, sagt er, und ich habe das dumpfe Gefühl, dass ich ihm damit ein bisschen zu viel verraten habe. »Ich glaube, da habe ich das Richtige für Sie.« Er beugt sich nach unten und verschwindet hinter der Bar. Kurz darauf taucht er wieder auf, stellt die Flasche auf den Tresen, nimmt einen Tumbler aus dem Regal und schenkt mir wortlos zwei Fingerbreit ein.

Ich nehme das Glas entgegen und erschrecke, als ich merke, was ich da vor mir habe. »Glen Garioch?«, frage ich nach einem Blick auf das Flaschenetikett. Ich nippe vorsichtig an meinem Glas. Der Whisky ist außerordentlich mild, hat ein Holzaroma und eine blumige Note. Ich schließe die Augen, um ihn zu genießen, und nehme noch einen Schluck. »Welcher Jahrgang ist das?«, frage ich schließlich und glaube, die Antwort bereits zu kennen.

»Ein 1958er«, sagt er lässig. »Er ist ausgezeichnet, nicht wahr?«

»Ein 1958er? Ist das Ihr Ernst?« Dieser Whisky war für meinen Großvater das Nonplusultra. Von diesem Highland-Whisky wurden nur dreihundertfünfzig Flaschen auf den Markt gebracht, und ich weiß zufällig, dass eine einzige Flasche um die zweitausendsechshundert Dollar kostet. Und jetzt sitze ich hier und trinke ihn an einem ganz normalen Samstagnachmittag, ohne dass ein Fanfarenstoß oder eine Pressemeldung auf diesen Umstand hinweisen würde.

»Kennen Sie die Sorte?«

»Ja«, sage ich. »Wir trinken mehr oder weniger flüssiges Gold.«

»Sie sagten, Sie mögen Whisky. Warum sollte ich Ihnen dann zweitklassige Ware servieren?«

Er hat sich auch ein Glas eingeschenkt und geht jetzt um die Bar herum. Ich erwarte, dass er auf dem Hocker neben mir Platz nimmt, aber das tut er nicht. Er lehnt sich nur dagegen, was bedeutet, dass er noch ein paar Zentimeter näher an mich herangerückt ist ... und das könnte gefährlich werden, so wie ich Damien Stark und mich kenne.

Ich rede mir ein, dass ich nur nervös bin, und nehme einen weiteren Schluck. Dann warte ich darauf, dass Damien ein anderes Thema anschneidet. Doch er mustert mich schweigend. Langsam fühle ich mich unter seinem Blick unwohl.

»Sie starren mich an«, sage ich schließlich.

»Sie sind wunderschön.«

Ich schaue weg. Das wollte ich nicht hören. »Bin ich nicht«, sage ich. »Und selbst wenn – was spielt das für eine Rolle?«

»Manchmal spielt das durchaus eine Rolle«, sagt er. Das ist die ehrlichste Antwort, die ich je auf diese Frage gehört habe.

»Warum?«

»Weil ich Sie nun mal gern ansehe. Ich mag es, dass Sie so aufrecht dasitzen. Und ich mag die Art, wie Sie gehen: als gehörte Ihnen die ganze Welt.«

Ich schüttle unmerklich den Kopf. »Das liegt nur daran, dass ich jahrelang mit einem Buch auf dem Kopf herumgelaufen bin, mir unzählige Lektionen von meiner Mutter anhören musste und jede Menge Benimmkurse absolviert habe.«

»Nein, es ist mehr als nur das: Mir gefällt, wie Sie Ihre Kleider tragen, so als wüssten Sie, dass nur der Inhalt zählt. Sie sind wunderschön, Nikki, aber Ihre Ausstrahlung ist mindestens ebenso wichtig wie die Tatsache, dass Sie dem Schönheitsideal entsprechen, das wir bei Misswahlen und auf Zeitschriftencovern bewundern dürfen.«

»Was, wenn alles, was Sie in mir sehen, eine Lüge ist?«

»Es ist keine Lüge«, sagt er.

Ich nehme einen Schluck Whisky. »Vielleicht sind Sie doch nicht so klug, wie Sie denken, Mr. Stark.«

»Quatsch! Haben Sie etwa noch nicht mitbekommen, wie brillant ich bin?« Sein Grinsen ist so breit und jungenhaft, dass ich einfach lachen muss. Doch kaum bin ich wieder zu Atem gekommen, ist der jungenhafte Ausdruck verschwunden und einem glühenden Verlangen gewichen. Er bewegt sich blitzschnell, und bevor ich weiß, wie mir geschieht, hat er meinen Hocker so gedreht, dass mein Rücken zur Bar zeigt, und eine Hand auf meine Taille gelegt. Ich sitze in der Falle, bin der von Damien ausgehenden Glut ausgeliefert.

»Ich bin sehr klug, Nikki«, sagt er. »Ich bin klug genug, um zu wissen, dass Sie das auch spüren: Das ist mehr als nur eine Leidenschaft, das ist eine gottverdammte Feuersbrunst! Das hat nichts mehr mit gegenseitiger Anziehungskraft zu tun, das ist eine verdammte Kernfusion.«

Ich werde ganz rot, und mein Atem geht rascher. Er hat recht, er hat verdammt noch mal recht. Trotzdem ...

»Eine Kernfusion bedeutet nichts Gutes«, sage ich. »Und die Explosion zerstört alles, womit sie in Kontakt kommt.«

»Quatsch!« Er stößt das Wort laut hervor, steht mittlerweile direkt vor mir, und ich kann seine Wut spüren. »Verdammt noch mal, Nikki, tun Sie mir das nicht an! Spielen Sie keine Spielchen mit mir. Machen Sie es nicht so kompliziert, wo es doch so einfach sein könnte!«

»Einfach?«, wiederhole ich. »Was zum Teufel soll das heißen? Nichts ist einfach. Sie wollen wissen, ob ich mich zu Ihnen hingezogen fühle? Und ob ich das tue! Aber Sie kennen mich ja nicht mal.«

Ich unterdrücke ein Seufzen. Manchmal frage ich mich, ob ich mich selbst überhaupt kenne, oder ob all die Jahre, die ich unter der Fuchtel meiner Mutter verbracht habe – in denen sie mir gesagt hat, was ich essen und trinken, mit wem ich ausgehen, wann ich schlafen soll und was weiß ich noch –, die eigentliche Nikki unwiederbringlich zerstört haben.

Nein! Ich habe darum gekämpft, ich selbst zu bleiben, auch wenn ich mein wahres Ich verbergen musste.

Ich schaue ihm in die Augen. »Sie kennen mich nicht«, wiederhole ich.

Die Intensität, mit der er zurückstarrt, bringt mich beinahe aus der Fassung. »O doch.«

Irgendetwas in seiner Stimme bewirkt, dass ich mich plötzlich sehr verletzlich fühle. Er hat mich wieder an meine Grenzen gebracht, und ich schaue weg, mag nicht im Mittelpunkt seiner Aufmerksamkeit stehen.

Ich brauche einen Moment, bis ich mich wieder unter Kontrolle habe. Als es so weit ist, drehe ich den Kopf, sodass ich zu ihm aufschauen kann. »Wir werden unsere Affäre nicht fortsetzen, Mr. Stark, auf gar keinen Fall.«

»Das akzeptiere ich nicht.« Seine Stimme ist nur noch ein tiefes Brummen, das mir durch Mark und Bein geht und dafür sorgt, dass ich sämtliche guten Vorsätze vergesse.

Ich schweige, bringe kein Wort mehr heraus.

»Es hat mir gefallen«, fährt er fort, während er seine Fingerkuppen über die Ärmel meines Jacketts gleiten lässt. »Und Sie hatten auch nichts dagegen. Ich wüsste nicht, warum wir damit aufhören sollten, Miss Fairchild.«

Ich zwinge mich zu einer geistreichen Bemerkung. »Gegen Käsekuchen habe ich auch nichts, aber ich esse ihn nur äußerst selten. Weil ich weiß, dass er schlecht für mich ist.«

»Manchmal ist Schlechtes gut.«

»Quatsch! Das sagt man nur, wenn man sein schlechtes Gewissen beruhigen oder die eigenen Schwächen rechtfertigen will. Schlecht ist schlecht. A ist gleich A.«

»Ach so, führen wir hier ein philosophisches Gespräch? Soll ich mit den Lehren des Aristippos kontern? Der hat gesagt, Lust sei das höchste Gut.« Er fährt mit den Fingern über mein Schlüsselbein. »Und ich habe viel Gutes für Sie in petto.«

Ich bekomme Gänsehaut und erlaube mir, mich kurz an Damien Starks Nähe zu wärmen. Dann wende ich mich ab,

147

sodass ich ins Leere spreche. »Das führt doch zu nichts.« Meine Stimme ist nur noch ein Flüstern, in dem Bedauern mitschwingt. »Ich kann einfach nicht.«

»Warum nicht?« Ich merke, wie sanft seine Stimme klingt, und frage mich, wie viel ich ihm gerade unabsichtlich verraten habe.

Ich schweige.

Er atmet hörbar aus, und ich spüre, wie frustriert er ist. »Nun, Sie haben einen freien Willen, Miss Fairchild. Genau wie ich.«

»Wie Sie?«

»Es steht mir also frei, Sie vom Gegenteil zu überzeugen.«

Die Atmosphäre ist dermaßen aufgeladen, dass ich kaum atmen kann. »Sie werden mich nicht überzeugen«, sage ich, aber nicht so nachdrücklich, wie ich eigentlich sollte. »Ich arbeite für jemanden, in dessen Pläne Sie investieren werden. Ich bin jetzt schon zu weit gegangen.« Ich atme tief ein.

»Warum arbeiten Sie nicht für mich?«

Das kommt so schnell, dass ich mich frage, ob er schon länger darüber nachgedacht hat. »Unmöglich«, sage ich.

»Nennen Sie mir einen Grund, der dagegenspricht.«

»Nun, lassen Sie mich kurz nachdenken. Vielleicht, weil ich keine Lust auf sexuelle Belästigung am Arbeitsplatz habe?«

Es ist verstörend, wie schnell sich seine Mimik ändern kann. Mit dieser Bemerkung habe ich ihn zweifellos verärgert. Ich möchte instinktiv vom Barhocker gleiten und davonlaufen, bleibe aber, wo ich bin. Kommt gar nicht infrage, dass ich den Rückzug antrete.

»Haben Sie sich letzte Nacht sexuell belästigt gefühlt?«

»Nein«, gestehe ich. So gern ich diese billige Ausrede auch vorschieben würde – ich kann ihn nicht anlügen.

Ich sehe die Erleichterung in seinem Gesicht. Von der Wut ist nichts mehr zu sehen. Oder war es Angst? Ich bin mir nicht sicher, und es ist auch egal. Im Moment sehe ich nichts als Verlangen.

»Gestern Nacht konnte ich nur an Sie denken«, sagt er. »Giselle und Bruce werden mich bestimmt nie mehr auf einen Drink einladen. Ich war kein besonders unterhaltsamer Gesprächspartner.«

»Tut mir leid, dass ich Ihren Abend ruiniert habe.«

»Das wohl kaum! Und dann die Heimfahrt – zum ersten Mal in meinem Leben habe ich mir gewünscht, sie möge länger dauern. Damit ich in Ihren Duft gehüllt auf der Rückbank sitzen bleiben kann.«

Das Höschen erwähnt er nicht. Ob er es wohl gefunden hat? Und wenn nicht ...

Oje! Hoffentlich ist er der Einzige, der mit der Limousine fährt.

Ich spüre, wie meine Wangen glühen, und seine Lachfältchen zeigen mir, dass ihm das nicht entgangen ist.

»Ich habe mir vorgestellt, wie ich Sie ausziehe«, sagt er und greift nach dem obersten Knopf meiner Bluse. Er öffnet ihn mühelos. »Ich habe mir Sie nackt vorgestellt.« *Plopp!*, noch ein Knopf. »Sie sind wunderschön«, flüstert er.

Mit dem Daumen streicht er sanft über die Wölbung meiner Brust sowie über die Spitze meines weißen Satin-BHs.

Mir stockt der Atem. Ich mache den Mund auf, möchte ihm sagen, dass er damit aufhören soll, bringe aber kein Wort heraus.

Seine Hand findet den BH-Verschluss, und so effizient wie er mir die Bluse aufgeknöpft hat, schält er mich jetzt aus meinem BH, der mir von den Schultern rutscht. Er stöhnt laut und sehnsüchtig auf, was mich unheimlich erregt. Ich möchte nur noch die Augen schließen und mich hingeben, aber das darf ich nicht, ich darf nicht ...

»Damien, bitte!«

Er schaut mir schwer atmend in die Augen. Verlangen liegt in seinen markanten Zügen. »Sie haben einen freien Willen, Nikki. Sagen Sie mir, dass ich aufhören soll, und ich höre sofort auf. Aber beeilen Sie sich, denn gleich werde ich Sie auf Ihren vorlauten Mund küssen – wenn auch nur, um Sie zum Schweigen zu bringen.«

Ich kann gar nicht so schnell reagieren, wie sein Mund den meinen bedeckt. Mich ganz für sich beansprucht, mich überrumpelt. Ich kann keinen klaren Gedanken mehr fassen, mein Kopf ist völlig leer. Alles, was ich empfinde, ist Lust und das Bedürfnis, von diesem Mann genommen zu werden. Ich öffne die Lippen, lasse mich erobern.

Blindlings greife ich nach ihm, meine Finger wühlen in seinem Haar, ziehen ihn näher an mich heran. Als wäre mein Protest nur vorgeschoben gewesen, und jetzt, wo er ihn einfach so vom Tisch gewischt hat, machen sich meine Gefühle, ja das Verlangen und die Begierde, die sich in mir aufgestaut haben, in einer heißen, heftigen, verzweifelten Explosion Luft. Der Kuss dauert Sekunden oder eine Ewigkeit, genau weiß ich das nicht. Als er mich wieder loslässt, ringe ich nach Sauerstoff. Mir ist schwindlig und ich zittere.

Ich weiß, dass das meine letzte Chance ist. Wenn ich ihm jetzt sage, dass er aufhören soll, wird er aufhören. Wenn ich ihm jetzt sage, dass er mich endlich in Ruhe lassen soll, wird er aus meinem Leben verschwinden.

Ich stürze mich auf ihn. Mutwillig. Absichtlich. Ich riskiere alles, aber im Moment ist mir das egal. Ich spüre nichts als Leidenschaft.

Als ich ihn an mich ziehe, prallen unsere Münder aufeinander. Und da ist er auch schon und schmeckt mich – sein tiefes, lustvolles Stöhnen ist das Risiko wert.

Abrupt unterbricht er unseren Kuss und saugt an meinem Hals. Ich ringe nach Luft, biege den Rücken durch, während seine Hände unter meine Bluse schlüpfen, meine Brüste umfassen. Und dann saugt und zupft sein Mund an mir, bis meine Brustwarze nur noch eine harte Perle zwischen seinen Zähnen ist. Ich merke, dass er mich an sich gezogen hat, sodass sich mein Po kaum noch auf dem Barhocker befindet, und ich seinen Schenkel zwischen meine Beine genommen habe. Ich zucke zusammen und schmiege mich an ihn, als sich meine Lust wie ein Feuer ausbreitet und der Funke von meinen Brüsten auf meine Klitoris überspringt.

»Baby!«, flüstert er, als er kurz Luft holt. Schon bald hat er mir die Bluse ganz aufgeknöpft, und seine Hände gleiten meine Taille hinab, brennen auf meiner kribbelnden Haut. Er zieht mich vom Barhocker, sodass ich vor ihm stehe. Jede Faser meines feuchten, erhitzten Körpers schmerzt vor Sehnsucht nach seiner Berührung.

»Wie weich«, sagt er, während er mir die Bluse aus dem Rock zieht und seine Finger sanft über meine Haut gleiten. Sie gleiten den Bund meines Rockes entlang und ziehen dann langsam den Reißverschluss auf. Der Rock rutscht ein wenig nach unten, hängt lose um meine Hüften. »So verdammt schön!«

Die Ehrfurcht in seiner Stimme missfällt mir, und mich fröstelt trotz meiner hitzigen Leidenschaft.

Ich zittere, weiß nicht, ob es an meiner Angst oder an seiner Berührung liegt.

»Arme nach hinten!«, befiehlt er. »Halten Sie sich am Hocker fest.«

»Damien ...« Ich höre den Protest in meiner schwachen Stimme, doch meine Handlungen strafen mich Lügen. Ich gehorche, balle die Hände zu Fäusten, biege den Rücken durch, lege meinen Kopf hingebungsvoll in den Nacken.

Er öffnet meine Bluse, sodass der dünne Stoff locker von meinen Schultern hängt. Sein Mund streift meine Brustwarzen, und ich stöhne, will, dass er daran lutscht. Aber er neckt mich nur, und mit jeder federleichten Berührung seiner Lippen spüre ich, wie sich meine Vagina pochend zusammenzieht. Ich will ihn – ich will ihn so sehr! Und gleichzeitig auch wieder nicht. Mir bleibt nichts anderes übrig, als mich an den Hocker zu klammern und mitzuspielen, trotz meiner Angst, irgendwann den Verstand zu verlieren.

»Sie glühen ja richtig«, sagt er. Er küsst mich wiederholt zwischen die Brüste, lässt den Mund über den Bauch zu meiner Taille wandern. Ich verkrampfe mich, befürchte, dass er den Rock über meine Hüften streifen wird, sodass ich nur noch in meinem winzigen Bikinislip vor ihm stehe.

Doch so weit kommt es nicht, und ich ringe dankbar nach Luft. Stattdessen zieht er mich an sich und verändert unsere Position so, dass er an der Bar lehnt und ich vor ihm stehe. »Drehen Sie sich um!«, sagt er barsch und wartet meine Re-

152

aktion gar nicht erst ab. Stattdessen wirbelt er mich herum, und ich spüre, wie sein Mund an meinem Ohrläppchen zerrt, während seine Hand über meine nackte Brust streicht.

Seine andere Hand gleitet meine Taille hinunter, zieht mich noch näher an sich. Mir stockt der Atem, nicht zuletzt weil ich spüre, wie sein Schwanz in der Jeans hart wird und an die Wölbung meines Hinterns drängt.

»Damien«, flüstere ich, meine Stimme ist nur noch ein Flehen. Aber soll er damit aufhören oder damit weitermachen? Ich weiß es nicht.

Sein Mund ist dicht an meinem Ohr, seine vor Verlangen drängende Stimme lässt meine Klitoris pulsieren. »Ich werde dich ficken, Nikki. Lust, was heißt das schon? Lust wird dafür gar kein Ausdruck sein! Du wirst mich anflehen. Ich werde dich nehmen, dich auf die Folter spannen. Und du wirst kommen, so wie du noch nie im Leben gekommen bist.«

Ich ringe nach Luft, so sehr erregen mich seine Worte. Schon hat er seine Hand unter den Bund meines Rockes geschoben und über mein Höschen, genauer gesagt über meine pralle, feuchte Vulva gewölbt.

»Du bist so feucht«, flüstert er. »Oh, Baby, du bist ganz nass.«

Ich gebe ein wohliges Stöhnen von mir, verlagere schamlos das Gewicht, will seine Finger auf meiner angeschwollenen Klitoris spüren. Was hat er gleich wieder gesagt? Dass ich ihn anflehen soll? Dazu war ich schon vorhin mehr als bereit.

Er reißt mein Höschen grob zur Seite und steckt zwei Finger gleichzeitig in mich. »Na, gefällt dir das?«

Seine Stimme ist heiser und drängend.

153

»Ja. O Gott, ja.« Meine Vagina umschlingt seine Finger, die immer wieder in mich hinein- und herausgleiten, mich ficken, meine Klitoris reizen und mich dem Höhepunkt immer näher bringen, bis ich ganz kurz davorstehe, ganz kurz davor!

Als er mich in die Brustwarze kneift, schreie ich laut auf, und der köstliche Schmerz sorgt endlich für Erlösung. Ich komme in gewaltigen Wellen, während seine Finger nach wie vor in mir sind. Mein Körper versucht, ihn noch tiefer in mich hineinzuziehen, ihn dort festzuhalten, damit dieser Moment nie vorübergeht.

»Nikki!«, flüstert er und zieht sich sanft aus mir zurück. Er dreht mich um – ich bin nur noch eine schlaffe Puppe – und schließt den Mund um meine empfindliche Brustwarze. Er saugt daran, kneift in die andere. Dieser lustvolle Schmerz lässt meine Klitoris weiterpochen. Langsam wandern seine Lippen von meinem Dekolleté hinunter zu meinem Bauch. Ich habe den Rock noch nicht ausgezogen, und während er mit seiner Zunge meinen Bauchnabel erkundet, höre ich, wie seine rauen Hände über die Naturseide gleiten.

Ich bin willenlos, treibe wie benebelt dahin.

Doch so paradiesisch das auch ist: Meine Angst wird immer größer. Ich weiß genau, was jetzt kommt, und obwohl ich es will – *ihn* will –, glaube ich nicht, dass ich die Kraft dafür haben werde. Aber vielleicht ... Vielleicht ...

Er will dich. Deine Widerborstigkeit, dein Selbstbewusstsein.

Ich klammere mich an Jamies Worte, hoffe weiter – auch noch, als Damien mir zuflüstert, dass ich schön bin, wunderschön. »Ich will dich schmecken«, sagt er. »Ich will dich lecken und dann küssen. Ich will wissen, wie gut du schmeckst.«

Seine Hände haben den Saum meines Rocks erreicht und streifen jetzt meine halterlosen Strümpfe. Gleichzeitig schieben sie den Rock immer höher. Ich höre auf zu atmen und klammere mich so fest an seine Schultern, dass ich Angst habe, ihm die Knochen zu brechen. Und dann sind seine Hände auf meiner Haut, liebkosen die zarte Haut meiner Schenkelinnenseiten. Ich weiß genau, dass er gleich auf wulstige, dicke Knoten stoßen wird, wenn seine Hände noch höher wandern. Ich verspanne mich, kämpfe gegen die Scham, die Angst, den Schmerz und die Erinnerungen an. Und das, obwohl ich gerade selig in Damiens Armen liege.

Ich versuche, die negativen Gedanken zu verdrängen, die Stimme in meinem Kopf, die mir befiehlt, die Flucht zu ergreifen. Ich will nicht weg von hier. Ich will es versuchen. Ich will bleiben und mich in seinen Berührungen verlieren. Ich bin so erregt, dass ich beinahe glaube, was Jamie gesagt hat, nämlich dass er mich will, *nur mich*.

Aber dann flüstert er dieses eine Wort, das alles zunichtemacht. Das meinen Traum zum Platzen bringt.

»Perfekt!«, sagt er. »O Gott, Nikki, du bist einfach perfekt.«

12

Ich reiße mich los, drehe mich zur Seite und stoße mit dem Schenkel gegen die Bar, während ich mich aus Damiens Umarmung befreie.

»Es tut mir leid, es tut mir so leid«, sage ich. Ich sehe ihn nicht an. »Ich muss gehen. Es tut mir leid.« Ich zerre meinen Rock herunter und nehme die Arme nach hinten, um den Reißverschluss zuzuziehen. Mit zitternden Fingern schließe ich die Knöpfe meiner Bluse. Auf den BH verzichte ich, stattdessen halte ich mir das Jackett mit einer Hand vor den Oberkörper, während ich ins Foyer eile.

»Nikki ...«

In seiner Stimme liegen Schmerz und Verwirrung, und ich fühle mich hundeelend, weil ich der Grund dafür bin und er das einfach nicht verdient hat. Ich hätte das Ganze viel früher beenden müssen. Verdammt, ich hätte es schon gestern Nacht beenden müssen!

»Es tut mir leid«, wiederhole ich wenig überzeugend. Ich stehe vor dem Lift. Die Türen öffnen sich auf Knopfdruck. Ich bin erleichtert, dass ich nicht warten muss. Aber dann fällt mir wieder ein, dass Damien hier wohnt. Der Lift ist immer auf dem Stockwerk, auf dem er sich gerade befindet.

Ich betrete die Kabine und reiße mich so lange zusammen, bis sich die Türen hinter mir geschlossen haben. Dann sinke ich gegen die Glaswand und lasse meinen Tränen freien Lauf.

Ich kann mich siebenundfünfzig Stockwerke lang aussweinen. Nein – sechzig, weil mein Wagen auf Parkebene drei der Tiefgarage steht.

Als die Liftkabine sanft anhält, wische ich mir hastig über das Gesicht, straffe die Schultern, setze erneut meine Maske auf, bringe meine Frisur in Ordnung und lächle mir im Spiegel kurz zu. *Perfekt.*

Dabei wäre das gar nicht nötig gewesen. Niemand wartet auf mich, als sich die Türen öffnen. Trotzdem wahre ich die Form, während ich den langen Marsch durch das Parkhaus des Stark Towers antrete, bis ich mich unter dem Gebäude befinde, in dem C-Squared seinen Sitz hat. Mein Wagen steht ganz am anderen Ende, und ich beschleunige meine Schritte, weil ich spüre, dass ich kurz vor einem Zusammenbruch bin. Und wenn es so weit ist, muss ich unbedingt in meinem Wagen sitzen.

Das Auto steht direkt vor mir, in einer dunklen Ecke gegenüber der Treppe. Ich werde nervös. Obwohl ich den Hausmeister schon an meinem ersten Arbeitstag darauf hingewiesen habe, hat er die Glühbirne immer noch nicht ausgewechselt. Ich nehme mir vor, Carl um einen anderen Parkplatz zu bitten, denn diese dunkle Ecke ist wirklich verdammt unheimlich.

Ich eile zum Wagen und stecke den Schlüssel ins Schloss – über eine Fernbedienung verfügt mein fast fünfzehn Jahre alter Honda natürlich nicht. Ich reiße die Tür auf, schlüpfe hinein und lasse mich von den vertrauten Geräuschen und Gerüchen des Wagens einhüllen. Ich ziehe an der schweren Tür, und in dem Moment, in dem sie zufällt, verliere ich die Fassung. Tränen strömen über mein Gesicht, und ich umklammere das Lenkrad. Dann schlage, trommle und prügle ich so

157

lange darauf ein, bis mein Handballen rot, rau und wund ist. Ich schreie laut »Nein, nein, nein!«, was ich jedoch erst bemerke, als mir meine raue, heisere Stimme versagt.

Endlich sind meine Tränen versiegt, aber mein Körper scheint das noch nicht mitbekommen zu haben: Meine Schultern beben, und ich habe einen schmerzhaften Schluckauf, während ich ruhig atme und versuche, mich wieder unter Kontrolle zu bekommen.

Es dauert eine Weile, aber irgendwann höre ich auf zu zittern. Mühsam versuche ich, den Zündschlüssel ins Schloss zu stecken. Ich schaffe es nicht. Metall kratzt auf Metall. Ich lasse den Schlüssel fallen, bücke mich danach, nur um mir die Stirn am Lenkrad zu stoßen. Ich umklammere die Schlüssel und schlage erneut fluchend mit der geballten Faust aufs Lenkrad.

Wieder kommen mir die Tränen, und ich hole tief Luft. Das war alles zu viel für mich, ging einfach viel zu schnell: der Umzug, der Job, Damien.

Ich würde am liebsten aus der Haut fahren, einfach nur fliehen. Ich will ...

Ich packe meinen Rock und reiße ihn hoch, sodass der Stoff an meinen Hüften Falten wirft und das Dreieck meines Höschens und meine nackten Schenkel über den halterlosen Strümpfen zum Vorschein kommen.

Nicht!

Nur ein bisschen. Nur dieses eine Mal.

Nicht!

Aber ich kann nicht anders, ich spreize die Beine und drücke den Schlüssel in das weiche Fleisch meiner Schenkelinnenseite. Früher hatte ich ein kleines Taschenmesser an meinem Schlüsselbund hängen. Ich wünschte, ich hätte es immer noch. *Nein, nicht, lieber nicht!*

Die spitzen Kanten des Schlüsselbarts bohren sich in meine Haut, aber das ist nichts, nicht mehr als ein Mückenstich. Nur richtiger Schmerz kann meinen inneren Aufruhr besänftigen – eine Erkenntnis, die mich wie ein Schlag ins Gesicht trifft.

O Gott, o Gott, was zum Teufel tue ich hier?

Bevor ich es mir anders überlegen kann, öffne ich die Tür und werfe die Schlüssel in die unbeleuchtete Tiefgarage. Ich höre, wie sie über den Asphalt schlittern, kann aber nicht erkennen, wo sie gelandet sind.

Ich sitze da, atme tief durch, rede mir ein, dass das nicht ich bin. Ich habe mich seit drei Jahren nicht mehr geritzt. Ich habe dagegen angekämpft und gewonnen.

Ich bin nicht mehr dieses Mädchen.

Andererseits bin ich es natürlich doch noch. Ich werde immer dieses Mädchen sein. Egal, wie sehr ich es mir wünsche, egal, wohin ich auch fliehe: Diese Narben werden niemals verschwinden und auch nicht für immer verborgen bleiben.

Das habe ich leider auf die harte Tour lernen müssen, und deswegen bin ich auch vor Damien davongerannt. Deshalb werde ich immer wieder davonrennen.

Tiefe Einsamkeit überrollt mich, und ich muss wieder an das denken, was Ollie gesagt hat. Nämlich, dass sich nichts geändert hat und dass ich ihn jederzeit anrufen kann, wenn ich seine Hilfe brauche. Und die brauche ich jetzt.

Ich greife in meine Handtasche und ziehe mein Handy hervor. Ollies Nummer ist im Kurzwahlspeicher. Es klingelt. Einmal, zweimal. Beim dritten Klingeln antwortet eine Frauenstimme. *Courtney.*

»Hallo? Hallo, wer ist da?«

Ich habe vergessen, Ollie meine neue Handynummer zu geben, und da er sie nicht in seinem Adressbuch gespeichert hat, hat Courtney keine Ahnung, wer da am anderen Ende der Leitung ist.

Schwer atmend lege ich auf. Nach einer Weile wähle ich eine andere Nummer und erreiche Jamies Mailbox.

»Schade!«, sage ich und zwinge mich, fröhlich zu klingen, obwohl mir kein bisschen so zumute ist. »Ich wollte gerade shoppen gehen und dachte, wir könnten uns vielleicht treffen. Na ja, macht nichts.«

Ich lege auf und finde, dass shoppen eine ziemlich gute Idee ist. Konsumtherapie kann zwar keine Krankheiten heilen, ist jedoch eine fantastische Ablenkung. Wenigstens in diesem Punkt bin ich mit meiner Mutter einer Meinung.

Ich hole tief Luft und dann noch einmal. Jetzt bin ich ruhiger, bereit, loszufahren. Ich schaue aus dem Fenster, kann die Schlüssel aber nirgendwo entdecken. Seufzend drücke ich die Tür auf, steige aus dem Wagen und zupfe meinen Rock zurecht. Ich habe sie mit aller Kraft von mir geschleudert, wahrscheinlich liegen sie irgendwo da vorne bei dem dunkelgrünen Mercedes oder dem großen Cadillac-SUV. Die einzige Taschenlampe, die ich besitze, ist eine App auf meinem iPhone. Ich kann nur hoffen, dass das ausreicht.

Meine Absätze klappern über den Asphalt, während ich quer durch die Garage zu dem Mercedes gehe. Der Bereich, in dem der Benz und der SUV stehen, ist nicht so dunkel wie die Ecke, in der ich parke. Aber die Beleuchtung ist trotzdem miserabel, sodass ich mich vorbeuge und vor mir her leuchte, versuche, unter die beiden Autos zu schauen, ohne auf alle

160

viere gehen zu müssen und mir dabei eine Laufmasche zu holen.

Es dauert eine Weile, aber nachdem ich die Wagen zweimal umrundet habe, entdecke ich die Schlüssel endlich unter dem Mercedes im Schatten eines Hinterreifens.

Ich greife danach und erstarre, als ich aus den Augenwinkeln eine Bewegung wahrnehme. Neben der Treppe, dicht bei meinem Auto, kann ich den Schatten eines Mannes erkennen.

»Hallo?«

Der Schatten rührt sich nicht von der Stelle, und ich bekomme Gänsehaut. Beobachtet er mich etwa? Das macht mich nervös.

»Hey!«, rufe ich. »Wer ist da?« Ich bleibe stehen und weiß nicht, ob ich weiter auf den Schatten und das Auto zulaufen oder zum Stark Tower zurückkehren und den Sicherheitsdienst um Hilfe rufen soll.

Ich halte mein Handy hoch. »Ich rufe den Wachdienst. Vielleicht sollten Sie jetzt lieber verschwinden.«

Zunächst regt sich der Mann nicht. Dann weicht der Schatten zurück und wird von noch tieferer Dunkelheit verschluckt. Kurz darauf höre ich ein metallisches Quietschen, gefolgt vom schweren Donnern der Tür zum Treppenhaus.

Fröstelnd eile ich zu meinem Wagen. Ich muss so schnell wie möglich hier raus.

Als ich das Beverly Center in West Hollywood erreicht habe, parke ich neben dem hell erleuchteten Lift, der in die schicke Fashion Mall führt.

Jamie hat nicht zurückgerufen, und ehrlich gesagt bin ich

froh darüber. Ich habe mich unter Kontrolle, der Hyde-Anteil meiner Jekyll-Persönlichkeit ist wieder tief in mir verborgen. Schon beim Gedanken daran, die Ereignisse des Tages mit Jamie durchkauen zu müssen, macht mich ganz müde. Ich möchte nicht mehr darüber nachdenken. Ich möchte lieber nicht daran erinnert werden, was heute passiert ist.

Und ich möchte vergessen, dass ich vor Damien Stark geflohen bin.

Was denkt er jetzt bloß von mir?

Nein, bloß nicht darüber nachdenken!

Ich steige aus meinem Wagen und schließe ihn ab, obwohl in diesem Teil von Los Angeles wohl nicht einmal ein Verbrecher mit dieser Karre gesehen werden will. Ich betrete die Mall und bin in Gedanken bei Make-up, Schuhen und Handtaschen, denn Gedanken an Damien Stark sind nicht erlaubt.

Der Lift trägt mich immer weiter nach oben – als würde ich aus der dunklen Hölle direkt ins strahlende Paradies auffahren. Überall wunderschöne Menschen, die sich in ihrer Künstlichkeit ähneln wie Schaufensterpuppen: Wir alle verstecken uns hinter unseren Masken, zeigen was wir haben, geben vor, absolut perfekt zu sein.

Die wunderschönen Kleider in den Auslagen locken mich mit ihrem Sirenengesang, und ich lasse mich wie von den Gezeiten in die Geschäfte und wieder hinaus treiben. Ich ziehe Klamotten von Bügeln. Ich probiere sie an. Ich drehe mich vor den Dreifachspiegeln und lächle höflich, wenn die Verkäuferinnen mir sagen, wie *entzückend* ich in diesem Outfit aussehe, wie lang und sexy es meine Beine macht und dass sich alle nach mir umdrehen werden.

Ich hänge alles wieder zurück.

Bei Macey's stehe ich vor einem Regal mit bunten T-Shirts, außerdem entdecke ich einige blau-weiß gestreifte Pyjamahosen. Ich kaufe eine Hose und zwei T-Shirts, ebenfalls in Blau und Weiß. Mit meiner kleinen Tüte betrete ich das Starbucks und bestelle einen Kaffee mit Schlagsahne sowie einen Blaubeermuffin. Trostklamotten, Trostessen.

Ich setze mich ans Fenster und lasse die Welt an mir vorbeiziehen. Wieder habe ich meine Kamera nicht dabei, was ich sehr bedaure. Ashley hat sie mir während meines ersten Jahres an der Highschool zu Weihnachten geschenkt, und seitdem ist sie mein beinahe ständiger Begleiter. Ich mache gerne Schnappschüsse von Passanten. Sie sind mir ausnahmslos ein Rätsel: Ich beobachte sie, versuche, hinter ihre Geheimnisse zu kommen, aber das ist unmöglich. Ich habe nicht die geringste Ahnung. Sie da vorne könnte eine Affäre haben. Und er schlägt vielleicht seine Frau. Das brav aussehende junge Mädchen da drüben hat vielleicht gerade Spitzenunterwäsche mitgehen lassen. Das werde ich nie herausfinden, und dieses große Fragezeichen hebt meine Laune.

Wenn ich die anderen beobachten kann, ohne hinter ihre Geheimnisse zu kommen, dann geht es ihnen mit mir ebenso. Dann bleibe auch ich ihnen ein Rätsel. Ihnen und hoffentlich auch Damien Stark.

Ich bin nicht gerade stolz darauf, so aus seiner Wohnung gestürmt zu sein. Dafür wäre eine Entschuldigung angebracht, und vermutlich schulde ich ihm auch eine Erklärung, aber das hat noch Zeit. Ich muss mir etwas Plausibles einfallen lassen. Stark mag zwar nicht in der Lage sein, meine Geheimnisse zu erraten, aber wenn ich lüge, wird er das sofort durchschauen.

Ich esse meinen Muffin auf und erhebe mich, den Rest meines Kaffees nehme ich mit. Erst in diesem Moment wird mir bewusst, was ich gerade gedacht habe: *Ich will Stark wiedersehen!*

Der Gedanke durchfährt mich wie ein Blitz, Beklommenheit vermischt sich mit Vorfreude. Aber auch ein bisschen Angst schleicht sich ein: Wird er mich überhaupt wiedersehen wollen? Und vor allem: Wird er akzeptieren, dass das, was zwischen uns war, ein so abruptes, endgültiges Ende gefunden hat?

Natürlich, ihm bleibt keine andere Wahl. Hat er nicht gesagt, dass die Entscheidung bei mir liegt? Dass ich einen freien Willen habe?

Und trotzdem habe ich es versaut. Ich habe vergessen, wie schwach ich bin, und man darf sich niemals selbst überschätzen.

Gedankenverloren bin ich quer durch die Mall gelaufen und stehe nun vor dem Lift. Ich fahre hinunter in die Tiefgarage und steige erneut in mein Auto. Es geht mir schon besser, auch wenn ich noch nicht wieder ganz die Alte bin. Zumindest habe ich in Bezug auf Stark eine Entscheidung getroffen. Ich werde ihn wiedersehen, und ich werde mich bei ihm entschuldigen, aber noch nicht jetzt, sondern erst in ein paar Tagen. In einer Woche vielleicht. Ich brauche Zeit, um mich wieder zu fangen. Zeit, um zu Kräften zu kommen.

Denn Damien Stark ist wie Crack: verführerisch und mit einem hohen Suchtfaktor.

13

Jamies Auto steht auf ihrem Parkplatz, als ich nach Hause komme, und ich bin froh darüber: Mit etwas Glück hat sie heute Abend noch nichts vor. Es ist Samstag, und auf der Heimfahrt habe ich beschlossen, dass wir mal wieder einen Freundinnen-Abend einlegen sollten. Vielleicht in den Hügeln über Studio City spazieren gehen, anschließend duschen, uns hübsch machen und in irgendeiner angesagten Bar in Los Angeles etwas trinken gehen. Ich bin schließlich noch neu in der Stadt. Los Angeles und ich sind noch in den Flitterwochen.

Ich habe nicht unbedingt vor, ihr meinen Tag detailliert zu schildern, bin mir aber sicher, dass ich ihr nach ein paar Gläsern Wein alles erzählen werde. Doch dieser Gedanke heitert mich auf. Ich habe genug gegrübelt – jetzt möchte ich mit meiner besten Freundin reden, damit sie mich daran erinnert, dass ich zwar ziemlich verkorkst sein mag, aber auf keinen Fall komplett durchgeknallt bin. Das ist Jamies besondere Gabe: Egal, wie schwer ich mir das Leben mache – sie ist diejenige, die stets alles wieder geraderückt. Sie und Ollie. Vermutlich sind sie deshalb meine besten Freunde.

Ich laufe um das Gebäude herum, hinauf in den dritten Stock, wobei ich immer zwei Stufen auf einmal nehme.

Die Tür ist nicht abgeschlossen, also drücke ich sie auf und betrete polternd die Wohnung.

»Jamie, verdammt! Warum hängst du nicht gleich ein Schild an die Tür, damit jeder Irre hier einfach ... oh.«

Sie ist tatsächlich zu Hause und sitzt auf dem Sofa. Im Fernsehen läuft eine alte Folge von *Jeopardy!*. Direkt neben ihr sitzt Damien Stark.

Zumindest saß er dort, als ich ins Zimmer gestürmt kam. Inzwischen ist er aufgestanden und geht auf mich zu. Jamie nimmt ihre Füße vom Sofa und erhebt sich ebenfalls, sodass ich gezwungen bin, ihr ins Gesicht zu sehen, während Damien auf mich zukommt.

O mein Gott!, formen ihre Lippen. *Mann, ist der scharf!*

Ja, das ist er tatsächlich.

Er trägt nach wie vor Jeans, das Sportjackett und das Buttondown-Hemd hat er jedoch durch ein schlichtes weißes T-Shirt ersetzt, das seine breiten Schultern und seine muskulösen, gebräunten Arme betont. Ich stelle mir vor, wie diese Arme einen Tennisschläger schwingen. Und wie sie mich festhalten. Ich räuspere mich.

Damien grinst, und obwohl ich weiß, dass er fast dreißig ist, hat er noch nie so jungenhaft ausgesehen – wie jemand, mit dem man im ersten Semester Händchen haltend über den Uni-Campus läuft. Ich kann seinen Duft riechen, als er näher kommt. Ein Aftershave mit Moschus-Note. Oder ist das sein Körpergeruch? Genau weiß ich das nicht. Ich weiß nur, dass ich ihn mit allen Sinnen wahrnehme, wobei ich mir meines eigenen Körpers überaus bewusst bin. Sein Duft hat dieselbe Wirkung auf mich wie Pheromone.

»Sie sind hier?«, sage ich verwirrt.

»Ja, ich bin hier«, erwidert er.

Ich sehe mich in der Wohnung um, die mir in den letzten Tagen ans Herz gewachsen ist. Doch im Moment kommt sie mir völlig fremd vor. Ich stelle meine Tasche ab und schlüpfe in unsere Miniküche. Da sie durch eine Wand vom Wohnzimmer getrennt ist, habe ich einen kurzen Moment für mich und kann mich sammeln. Leider ist er mir gefolgt und lehnt sich gegen den Kühlschrank. Ich wende mich ab, schaue zur Spüle hinüber, spüre aber, dass er mich beobachtet, während ich ein Glas aus dem Abtropfgitter nehme und es mit Wasser fülle.

»Was machen Sie denn hier?«, frage ich betont fröhlich und trinke das Glas auf einen Zug aus. Erst als ich es wieder gefüllt habe, drehe ich mich um und schaue Damien direkt an.

Er lässt mich nicht aus den Augen. »Ich wollte Sie sehen«, sagt er. Seinem Gesichtsausdruck entnehme ich jedoch, dass er eigentlich meint: *Ich wollte wissen, ob es Ihnen gut geht.*

Ich lächle. Seine vorsichtige Andeutung lässt darauf schließen, dass er Jamie nichts erzählt hat. »Alles bestens«, sage ich. »Ich war shoppen.«

»Welcher Frau geht es danach nicht besser?«

»Ist das nicht ein ziemliches Klischee?«

Er kichert. »Wenn Sie sich angesprochen fühlen, Miss Fairchild ...«

»Nun ...« Ich versuche vergeblich, ein Grinsen zu unterdrücken.

Jamie kommt mit einem dreckigen Grinsen im Gesicht aus dem Wohnzimmer. Ihr Blick huscht zwischen uns hin und her. Sie trägt eine Schlafanzughose und ein billiges weißes Tank Top, das mit Farbe beschmiert ist. »Ich bin schon verdammt spät dran!«, sagt sie. »Ich muss sofort los!« Sie rennt mehr oder weniger zur Tür. »Viel Spaß, ihr zwei!«

»Jamie! Was soll das?« Ich mache eine Geste, die auch ihr Outfit mit einschließt.

»Ich gehe nur nach nebenan«, sagt sie.

»Zu Douglas?« Ich merke, dass ich laut werde. Sie darf dort nicht noch mal hingehen! Erst recht nicht, wenn der einzige Grund, dass sie Mr. Kerbe-im-Bettpfosten besucht, der ist, dass sie in unserer Wohnung gerade das fünfte Rad am Wagen ist.

»Nur zum Quatschen, ehrlich!«, sagt sie und hebt die Hand wie zum Schwur. Als ob das irgendetwas ändern würde! Aber sie reißt die Tür auf und schlüpft hinaus, bevor ich sie aufhalten kann. Als die Tür hinter ihr zufällt, stoße ich einen lauten Fluch aus.

»Mögen Sie Douglas nicht?«, fragt Damien.

»Douglas ist nicht gut für sie«, sage ich. Ich schaue ihm in die Augen. »Und jetzt sagen Sie mir bitte nicht, dass Sie das nicht verstehen.«

»Doch«, sagt er. »Ich verstehe sogar noch viel mehr.«

»Und das wäre?«

»Vielleicht ist Douglas durchaus gut für sie. Vielleicht hat er nur etwas an sich, das ihr Angst macht. Oder Ihnen.«

»Sie sind ziemlich clever, Mr. Stark.«

»Danke.«

»Aber das heißt noch lange nicht, dass Sie alles wissen.«

Sein Mund zuckt, und ich verspüre eine Art Triumph. Ich habe es geschafft, Damien Stark sprachlos zu machen. Wie viele Menschen können das schon von sich behaupten?

Doch der belustigte Blick verschwindet schnell aus seinen Augen. »Nikki«, sagt er mit einer samtenen Stimme. »Wovor haben Sie solche Angst?«

Mein Magen verknotet sich, während ich mich abwende und die bereits trockenen Teller aus dem Abtropfgitter mit einem Geschirrtuch abtrockne. »Ich weiß nicht, was Sie meinen«, sage ich zu einer Kaffeetasse.

»Und ob Sie das wissen!« Er bewegt sich geschmeidig wie eine Katze, sodass ich nicht höre, wie er hinter mich tritt. Aber ich spüre den Luftzug, noch bevor er etwas sagen kann, ja noch bevor er seine Hand sanft auf meine Schulter gelegt hat. »Sie sind plötzlich weggelaufen.« Sanft dreht er mich um und streicht mir dann mit den Fingerspitzen über die Wange. »Mache ich Ihnen Angst?«

O Gott, ja, und wie! Vor allem deshalb, weil ich mich in seiner Gegenwart sicher fühle. Und ich darf mich nicht in Sicherheit wiegen. Denn genau dann werde ich meine Deckung verlieren und mir das Herz brechen lassen.

»Nikki?« Er hat die Stirn gerunzelt und sieht mich traurig an. Der Gedanke, dass ich für sein Unglück verantwortlich bin, ist mir unerträglich.

»Nein«, sage ich, und obwohl das nicht die Wahrheit ist, ist es auch nicht gelogen.

»Warum dann?«

»Ich ... Ich habe mich geschämt.«

»Ach ja?«

Ich starre zu Boden. Ich fühle mich von Damien dermaßen angezogen, dass ich kaum noch einen klaren Gedanken fassen kann. Ich bewege mich auf gefährlichem Terrain, und ich muss einen kühlen Kopf bewahren. »Ja«, beharre ich. »Ich habe Nein gesagt, aber dann haben Sie mich so erregt, dass ich alles um mich herum vergessen habe. Als ich dann endlich wieder bei mir war, bin ich davongerannt.«

»Quatsch!« Enttäuschung schwingt in seiner Stimme mit und auch so etwas wie Wut.

169

Ich schlucke.

Er geht einen Schritt auf mich zu, und ich weiche seitlich aus, schiebe mich an der Küchentheke vorbei. *Ich brauche einen klaren Kopf. Dringend.*

Er atmet hörbar enttäuscht aus. »Die Angst in Ihren Augen gefällt mir nicht.«

»Wollen Sie den Märchenprinzen spielen? Den Ritter in der glänzenden Rüstung?«

Ein Mundwinkel verzieht sich zu einem ironischen Grinsen. »Ich fürchte, dafür ist meine Rüstung etwas rostig.«

Wider Willen muss ich lachen. »Dann werden Sie wohl den dunklen Ritter geben müssen.«

»Ich werde es für Sie mit jedem Drachen aufnehmen«, sagt er mit einem Ernst, der meinen ironischen Tonfall Lügen straft. »Aber Sie brauchen keinen Ritter. Sie sind stark, Nikki. Meine Güte, Sie sind etwas ganz Besonderes.«

Ich zwinge mich zu einem höflichen Nikki-Lächeln. »Machen Sie allen Frauen, mit denen Sie zusammen sind, solche Komplimente?«

»Mit denen ich zusammen bin?« Ich höre die Härte in seiner Stimme. »Ich war schon mit vielen Frauen aus und mit verdammt vielen davon im Bett. Aber ich war nicht mit ihnen zusammen.«

»Oh.« Ich weiß nicht, ob ich überrascht, wütend, traurig oder erleichtert sein soll. Ich weiß nur, dass das mit Damien ein Ende haben muss. Ich muss mich schützen, mich und meine Geheimnisse. Aber das setzt voraus, dass es überhaupt etwas zu beenden gibt. Plötzlich befürchte ich, dass ich von Anfang an recht hatte: Ich bin nichts weiter als eine Eroberung, ein schneller Fick für zwischendurch. Und all der

Quatsch, den Jamie gesagt hat – dass er *mich* will und so weiter –, war genau das: Quatsch!

Damien mustert mich, aber seine Miene ist undurchdringlich.

Ich drehe mich um, greife zu einer bereits trockenen Schüssel und attackiere sie mit dem Geschirrtuch, das ich immer noch in der Hand halte. »Und das war's dann? Sie ficken sie und lassen sie anschließend fallen?«

»Das ist jetzt aber ein bisschen übertrieben«, sagt er. »*Fallen lassen* legt nahe, dass sie mehr von mir wollten, und ich bin mir ziemlich sicher, dass es ihnen nur wichtig war, an meiner Seite fotografiert zu werden und etwas Spaß in meinem Bett zu haben.«

»Gilt das wirklich für alle?« Ich kehre ihm nach wie vor den Rücken zu. Dieses Gespräch ist vollkommen surreal.

»Einige wenige Frauen wollten mehr von mir. Ich habe mich von diesen Frauen rechtzeitig distanziert. Und nein, ich habe nicht mit ihnen geschlafen.«

»Oh.« Die Schüssel ist knochentrocken, aber ich reibe immer noch mit dem Geschirrtuch darüber. »Sie gehen also keine festen Beziehungen ein?«

»Nicht mit diesen Frauen.«

»Warum nicht?«

Seine Hand schließt sich sanft um meine Schulter, und ich spüre die mir bereits vertraute Hitze. »Weil ich keine von ihnen wirklich will«, sagt er, während er mich zu sich umdreht, sodass ich gezwungen bin, ihn anzusehen. Sein Blick ist dunkel und leidenschaftlich, seine Stimme eine einzige Liebkosung. Das Herz schlägt mir bis zum Hals, und plötzlich bekomme ich kaum noch Luft. Ich denke daran, wie er mich

171

vor sechs Jahren angeschaut hat. An diesen einen Blick, der mich zu so vielen Fantasien und Tagträumen inspiriert hat. Aber das war bestimmt nicht seine Absicht. Das ist unmöglich.

»Aber Sie waren doch bis vor gar nicht langer Zeit mit jemandem zusammen«, sage ich und bereue meine Worte sofort, als ich sehe, wie sich seine Miene verfinstert. Er hat von heiß auf eiskalt umgeschaltet.

Ich rechne nicht damit, dass er meine Frage beantwortet. Schließlich nickt er. »Ja«, bestätigt er. »So war es wohl.«

Hat er diese Frau begehrt? Diese Frage scheint zwischen uns im Raum zu stehen, aber ich kann sie nicht aussprechen.

Die Stille wird immer unerträglicher, und ich komme mir so dumm vor, weil ich die Frau überhaupt erwähnt habe. Schließlich fahre ich mir mit der Zunge über die Lippen. »Ich habe gehört, dass sie gestorben ist. Das tut mir sehr leid!«

Seine Züge sind wie versteinert, seine Kiefer mahlen angestrengt bei dem Versuch, seinen Gefühlsaufruhr zu verbergen. »Es war ein tragischer Unfall.« Seine Stimme klingt seltsam gepresst.

Ich nicke, hake aber nicht weiter nach. Ich weiß nicht, warum er mir erzählt, dass er keine festen Beziehungen eingeht, wo ihm diese Frau doch offensichtlich viel bedeutet hat. Aber ich werde nicht weiterbohren. Angesichts meiner Geheimnisse kann ich ihm schlecht vorwerfen, selbst welche zu haben.

Ich bin jetzt müde und möchte alleine sein. Ich möchte Jamie holen, zum Laden an der Ecke gehen, Eiscreme und Kekse kaufen. Ich möchte mir einen alten kitschigen Spielfilm ansehen, auf dem Sofa sitzen und heulen.

Ich möchte nicht länger an Damien Stark denken müssen.

Aber vor allem möchte ich vergessen, was seine Berührungen mit mir anstellen, denn von nun an darf ich mich nicht einmal mehr in meiner Fantasie Damien Stark hingeben. Das würde sich viel zu echt anfühlen. Und obwohl ich weiß, dass mir nichts anderes übrig bleibt, bricht mir beim Gedanken, ihn ziehen zu lassen, das Herz.

Ich setze meine Maske wieder auf und strahle ihn an, während ich das Geschirrtuch auf die Küchentheke fallen lasse. »Es war nett von Ihnen, hierherzukommen und nach mir zu sehen. Aber es geht mir gut, wirklich. Und ehrlich gesagt bin ich etwas in Eile. Ich möchte nicht unhöflich sein, aber ...« Ich verstumme und werfe einen vielsagenden Blick auf die Tür.

»Haben Sie heute Abend eine Verabredung, Miss Fairchild?«

»Nein!«, platze ich heraus, was ich jedoch sofort bedaure. Hätte ich eine Verabredung – würde ich tatsächlich jemanden treffen, der mir etwas bedeutet –, wäre das die perfekte Entschuldigung, um Damien Stark loszuwerden.

»Wo wollen Sie hin?«

»Wie bitte?« Ich blinzle, denn das war keine sehr höfliche Frage. Andererseits hat sich Stark bisher nicht lange mit Höflichkeiten aufgehalten. Wieso sollte er also ausgerechnet jetzt ...

»Wenn Sie keine Verabredung haben, wo wollen Sie dann hin?«

Ich kann ihm schlecht sagen, dass ich vorhabe, auf dem Sofa zu heulen, also greife ich auf meinen ursprünglichen Plan zurück. »Nun, ich werde mir einen Smoothie holen und dann im Fryman Canyon Park spazieren gehen.«

»Ganz alleine?«

»Nun, ich könnte die königliche Garde mitnehmen, aber ich fürchte, die ist bereits beschäftigt.«

»Es wird bald dunkel.«

»Es ist noch nicht mal sechs Uhr. Die Sonne geht erst gegen halb neun unter.«

»Die Sonne mag bis dahin noch nicht am Horizont versunken sein, aber in den Hügeln wird es viel schneller dunkel.«

»Ich möchte nur ein paar Schnappschüsse von der Aussicht und vom Sonnenuntergang machen. Anschließend gehe ich sofort nach Hause. Ich verspreche Ihnen, mich nicht vom bösen Schwarzen Mann holen zu lassen.«

»Das kann er gar nicht«, sagt Damien. »Weil ich das gar nicht erst zulasse. Ich werde Sie begleiten.«

»Nein«, sage ich. »Ich weiß Ihre Besorgnis zu schätzen. Aber das kommt gar nicht infrage.«

»Dann gehen Sie eben nicht spazieren und erlauben, dass ich den Sonnenuntergang zu Ihnen bringe.«

Dem kann ich schlecht widersprechen – nicht zuletzt deshalb, weil ich keine Ahnung habe, wovon er redet. »Wie bitte?«

Er verlässt die Küche und taucht dann mit einem in braunes Packpapier eingeschlagenen Paket wieder auf. Von der Form und Größe her könnte es ein gerahmtes Gemälde sein. »Es hat mich an Sie erinnert.«

»Wirklich?« Ein freudiger Schauer überkommt mich.

Er legt das Paket auf den Küchentisch. »Ich wollte es Ihnen eigentlich schon vorhin geben, aber Sie mussten so dringend weg, dass ich keine Gelegenheit mehr dazu hatte.«

174

Ich grinse. Aber wenn er mir auf diese Weise eine Erklärung entlocken will, ist er auf dem Holzweg.

»Vielleicht sollte ich Ihnen sogar dankbar sein«, sagt er. »Immerhin weiß ich jetzt, wie Sie wohnen.«

»Ich habe mich hier noch gar nicht richtig eingelebt. Jamies Geschmack geht eher in Richtung Hinterhof-Flohmarkt.«

»Und Ihrer?«

»Ich bin da deutlich anspruchsvoller. Für mich kommen nur Retro-Möbel infrage. Ebenfalls vom Flohmarkt.«

»Eine Frau, die weiß, was sie will. Das gefällt mir.«

So wie er mich ansieht, gefällt ihm das sogar sehr. Ich räuspere mich und werfe einen Blick auf das Paket. Eigentlich sollte ich jetzt sagen, dass ich sein Geschenk zu schätzen weiß, es aber nicht annehmen kann.

Leider bin ich viel zu neugierig, was in dem Paket ist. Und allein die Tatsache, dass er mir überhaupt ein Geschenk mitgebracht hat, rührt mich.

»Darf ich?«

»Natürlich.«

Ich gebe die Sicherheit der Küchentheke auf und wage mich bis zum Tisch vor, wobei ich darauf achte, dass ein Stuhl zwischen uns steht. Selbst das ist mir noch zu gefährlich. Ich kann seine Nähe spüren, merke, dass sich die Atmosphäre immer mehr aufheizt. Ich muss mich extrem darauf konzentrieren, dass meine Hände nicht zittern, als ich die Finger unter das Geschenkband schiebe und das Einwickelpapier entferne.

Als Erstes sehe ich den Rahmen, der eindeutig kein billiger Plunder ist. Er ist schlicht, aber unglaublich sorgfältig gearbeitet. Das Gemälde selbst verschlägt mir glatt den Atem: ein impressionistischer Sonnenuntergang, der sowohl real als auch surreal wirkt – ganz so, als würde man ihn im Traum betrachten.

»Das ist überwältigend«, sage ich und höre die Ehrfurcht in meiner Stimme.

Ich drehe mich zu ihm um und sehe aufrichtige Freude in seinem Gesicht. Ich merke, dass er gespannt auf meine Reaktion gewartet hat. Der Gedanke entzückt mich: Damien Stark hat Angst, dass mir sein Geschenk nicht zusagen könnte. »Evelyn meinte, der Sonnenuntergang hätte Ihnen gefallen.«

Selbst diese beiläufige Bemerkung lässt mich wohlig schaudern. »Vielen Dank«, sage ich, wobei diese schlichten Worte nicht ausdrücken können, was ich empfinde.

Das Gemälde kommt mir irgendwie bekannt vor, und ich brauche eine Weile, bis mir einfällt, dass die Bilder in seinem Empfangsbereich ähnliche Rahmen hatten. Dann erinnere ich mich wieder an die verschiedenen Motive, darunter auch zwei atemberaubende Sonnenuntergänge.

»Stammt das aus Ihrem Büro?«

»Ja, da hing es mal. Jetzt hat es ein neues Zuhause gefunden – bei einer Frau, die es zu schätzen weiß.«

»Das ist doch nicht Ihr Ernst?«

»Schönheit sollte man teilen.«

Ich drehe das Bild so, dass ich es gefahrlos an die Wand lehnen kann. Dabei fällt mir die Signatur auf. »Ein Monet? Das ist eine Kopie, nicht wahr?«

»Das ist das Original« sagt er. »Wenn nicht, werde ich ein ernstes Wort mit Sotheby's reden müssen.«

176

»Aber ... aber ...«

»Es ist ein Sonnenuntergang«, sagt er mit fester Stimme, als könnte er so meinen Protest ersticken. »Und er erinnert mich an Sie.«

»Damien ...«

»Und natürlich ist dieses Geschenk längst nicht so kostbar wie das, was Sie für mich in der Limousine hinterlegt haben.« Seine Augen funkeln, und er grinst anzüglich. Ich spüre, wie sich wohlige Wärme zwischen meinen Schenkeln ausbreitet.

»Oh«, sage ich.

Er greift in seine Hosentasche und zieht ein Stück weißen Satinstoff hervor. Ohne den Blick abzuwenden, hebt er das Höschen langsam an sein Gesicht und atmet tief ein. Ich sehe, wie sich sein Blick lustvoll verdunkelt, und spüre ein sehnsüchtiges Ziehen zwischen meinen Beinen. Schwankend klammere ich mich an der Rückenlehne des Stuhls fest.

»Es hat die Fahrt vom Restaurant nach Hause so viel schöner gemacht!« Seine Stimme hüllt mich ein. Ich möchte mich ganz und gar in ihr verlieren, kann aber nur den Kopf schütteln.

»Bitte!«, flehe ich. »Bitte fangen Sie nicht wieder so an.«

Kurz rechne ich mit Widerspruch. Dann steckt er das Höschen in seine Tasche zurück, und ich schlucke. Denke daran, wie nah er es am Körper trägt. Ob er es je zurückgeben wird? Hoffentlich nicht!

Unsere Blicke treffen sich, für einen kurzen Moment scheine ich im luftleeren Raum zu schweben. Dann kommt er näher, und plötzlich kann ich wieder atmen, als mich die Realität einholt.

Abwehrend hebe ich die Hand. »Damien, nein!«

»Ich kann Ihnen versichern, Miss Fairchild, dass Ihre Botschaft, die Sie mir sowohl hier als auch in meinem Apartment mitgeteilt haben, bei mir angekommen ist.« Seine Züge verhärten sich, aber ich sehe Belustigung in seinen Augen und entspanne mich ein wenig.

»Oh, da bin ich aber froh.« Ich hole tief Luft. »Sie haben mich nur so angesehen, dass ich ...«

»Wie denn?«

»Ein bisschen so wie der böse Wolf.«

»Und was sind Sie dann? Rotkäppchen? Ich möchte Sie zwar am liebsten mit Haut und Haar verschlingen, Miss Fairchild, kann mich aber durchaus beherrschen. Zumindest meistens.«

»Natürlich. Es tut mir leid. Es ist nur so, dass ich in Ihrer Gegenwart ganz ...«

»Was?«

»Ganz nervös werde«, gestehe ich.

»Ach ja? Wie interessant.«

Der Gedanke scheint ihm zu gefallen. Ich runzle die Stirn, fühle mich auf einmal ganz nackt.

»Danke für das Gemälde, es ist fantastisch, aber ...«

»Aber Sie dürfen so ein extravagantes Geschenk nicht annehmen?«

»Himmelherrgott, nein, ich bin begeistert!« Nicht zuletzt darüber, dass er es mir geschenkt hat. »Ich behalte es wirklich gern, wenn Sie das möchten. Nur, na ja, Sie wissen schon ...«

Ich verstumme, und er lacht. »Gut. Ich habe schon das Schlimmste befürchtet, da Sie ja offensichtlich die Gewohnheit haben, das abzulehnen, was Sie sich so offensichtlich wünschen ...«

Peng! Nun, diesmal hat er mich sprachlos gemacht.

»Als wohlerzogene junge Dame müsste ich Ihnen jetzt einen Drink anbieten.« Ich lächle gekünstelt. »Aber das werde ich nicht, weil ich darauf bestehen muss, dass Sie jetzt gehen.«

»Weil Sie in meiner Gegenwart nervös werden?«

»Ganz genau«, gestehe ich.

»Verstehe.«

Doch anscheinend hat er gar nichts verstanden, denn er macht nach wie vor keine Anstalten zu gehen.

»Und?«, sage ich.

»Was und?«

Ich seufze. »Und, werden Sie sich jetzt verabschieden?«

Erstaunt reißt er die Augen auf. »Tut mir leid, aber mir war nicht klar, dass Sie das ernst meinen. Ich dachte, das war nur so dahingesagt.«

Jetzt bin ich an der Reihe zu lachen. Und merke, dass ich gar nicht mehr so nervös bin. »Ich werde mir jetzt etwas zu trinken holen. Natürlich wird mein Bourbon nicht Ihren Ansprüchen genügen. Aber wenn Sie auch einen möchten ...«

»Ich darf also auf einen Drink bleiben?« Er sieht sehr selbstgefällig aus. Und unglaublich sexy.

»Da wird Ihnen gar nichts anderes übrig bleiben: Wir haben nur zwei Whiskygläser, und wenn Sie eines davon mitnehmen, wird Jamie sauer.«

»Ich möchte natürlich nur ungern Unfrieden stiften. Deshalb nehme ich Ihre Einladung an.«

»Pur? Oder mit Eis?«

»So wie Sie ihn trinken.«

Ich hole den Bourbon aus dem Wohnzimmer. »Das ist ein ziemlicher Fusel«, sage ich, als ich ihm ein Glas mit etwas Whisky und zwei Eiswürfeln reiche. »Ich trinke ihn gern leicht gekühlt. Wenn Sie allerdings zu lange warten, schmilzt das Eis und verwässert ihn.«

»Dann werden wir ihn schnell trinken müssen«, sagt er, nimmt das Glas und kippt den Whisky in einem Zug hinunter.

»Tut mir leid, dass ich mich Ihnen nicht anschließe, aber ich war in Ihrer Gegenwart bereits betrunken. Ich werde meinen Schluck für Schluck genießen.«

»Wie schade! Sie sind sehr unterhaltsam, wenn Sie betrunken sind.« Er steckt die Hände in die Hosentaschen.

»Kommt gar nicht infrage! Fangen Sie gar nicht erst an.«

Er lächelt mich an, und das tut gut. Wir beide stehen in meiner Küche und albern herum. Wer hätte das gedacht?

Er schenkt sich noch ein Glas ein. »Ich bin noch aus einem anderen Grund hergekommen«, sagt er. »Ich wollte nach Ihnen sehen und Ihnen das Bild geben. Aber ich will Ihnen auch einen Vorschlag machen.«

Ich lasse die Worte auf mich wirken, versuche zu ergründen, was sie in mir auslösen. *Er hat einen Vorschlag für mich.* Das kann vieles bedeuten: etwas, das mit C-Squared zu tun hat. Oder nur mit mir. Mit mir und Damien.

Ich schlucke. Am besten – und am ungefährlichsten – wäre es, wenn ich mich für das Geschenk bedanke und ihm sage, dass ich mir seinen Vorschlag gar nicht erst anhören will. Andererseits ...

Andererseits möchte ich ihn hören. Ich spiele mit dem Feuer, und das ist mir durchaus bewusst.

Aber es ist nun mal die traurige Wahrheit, dass sich ein Teil von mir danach sehnt, sich daran zu verbrennen.

»Ich höre«, sage ich und kippe dann meinen Bourbon ebenfalls in einem Zug hinunter. Ich weiß nicht, was ich ihm damit beweisen will, erwidere aber trotzig seinen Blick.

»Noch einen?«, fragt er trocken.

»Warum nicht?«

Er schenkt mir ein und tritt ganz nah an mich heran. Ich bleibe, wo ich bin, und spüre seine Wärme. Ich könnte die Hand ausstrecken und ihm über die Brust streichen. Ich könnte zusehen, wie meine Haut Blasen wirft und in Damien Starks Feuer verbrennt. Aber stattdessen umklammere ich mein Glas, um dem Drang zu widerstehen.

»Ich habe mich in ganz Los Angeles und Orange County umgesehen. Ich habe mir das Online-Angebot von Galerien in ganz Amerika angeschaut. Aber ich habe noch nicht gefunden, wonach ich suche.«

»Es geht um Ihr neues Haus? Um das Kunstwerk, das Sie dort aufhängen wollen?« Ich habe mit allem Möglichen gerechnet, aber damit nicht.

»Endlich weiß ich, was ich will, aber das gibt es nicht. Noch nicht.«

Er sieht mich dermaßen intensiv an, dass ich unter seinem Blick nervös werde.

»Ich kann Ihnen nicht ganz folgen.«

»Wie bereits gesagt, ich habe einen Vorschlag für Sie.«

»Aha. Ich kann Ihnen immer noch nicht folgen.«

»Ich wünsche mir ein Porträt. Von Ihnen. Ein Aktbild.«

Mir bleibt der Mund offen stehen, und es verschlägt mir die Sprache.

»Eine Rückenansicht. Sie stehen am Fußende eines Bettes, vor einem Fenster mit Blick auf den Ozean. Transparente Vorhänge hüllen Sie ein, liebkosen Ihre Haut. Sie stehen leicht schräg, sodass man die Wölbung Ihrer Brust, die Andeutung einer Brustwarze erkennen kann. Aber Ihr Gesicht ist abgewandt. Wer Sie sind, bleibt geheim, nur ich weiß es – und Sie natürlich.«

Seine Worte branden über mich hinweg wie gewaltige Wellen, ihr Sog ist so stark wie der der Gezeiten, und ich spüre ihn zwischen den Schenkeln, spüre die damit verbundene Nässe. Ich will es. Ich will mich zeigen, und zwar nicht nur Damien, sondern der ganzen Welt. Anonym und gleichzeitig für alle sichtbar. Das ist nichts, was sich eine Frau wie ich wünschen sollte: Es ist wild und wollüstig, und obwohl ich weiß, dass Damien es als Kunst bezeichnen und ästhetisch nennen würde, lässt sich nicht leugnen, dass es auch ein bisschen unanständig wäre. Die Schönheitskönigin, den Blicken der Öffentlichkeit preisgegeben …

Nur bin ich verdammt noch mal keine Schönheitskönigin.

Damien beobachtet mich mit derselben Intensität wie vorhin im Konferenzraum. »Gut«, sagt er. »Sie lehnen meinen Vorschlag also nicht sofort ab. Ich wünsche es mir so sehr, Nikki. Ich sehe das Bild schon vor mir, es wird sich hervorragend an meiner Wand machen.«

Ich vermeide es, ihn anzusehen, fahre mit dem Finger über die Küchentheke. »Sie glauben zu wissen, was Sie bekommen werden. Aber da täuschen Sie sich.«

Schweigen breitet sich aus, und ich schiele zu ihm hinüber. Er mustert mich, seine Blicke wandern über meinen Körper. »Ach ja?«

Als er näher kommt, den Arm ausstreckt und mir sanft über die Wange streicht, stockt mir der Atem: eine Geste, die nahelegt, dass ich bereits ein Kunstwerk bin, zerbrechlich, schön und perfekt.

Bei diesem Gedanken zucke ich zurück. »Nein«, sage ich. »Ausgeschlossen.« Ich setze ein provozierendes Grinsen auf. »Vielleicht sollten wir ein hübsches Poster für Sie aussuchen. Mit einem niedlichen Kätzchen. Das wäre doch nett.«

Mein lahmer Versuch, einen Witz zu machen, kann ihn nicht beeindrucken. »Nennen Sie mir Ihren Preis, Miss Fairchild. Sagen Sie mir, was Sie wollen.«

»Was ich will?« Was ich will, ist so wie er zu sein: stark, selbstbewusst und kompetent.

Aber so weit bin ich noch nicht. Deshalb antworte ich mit Floskeln. »Ich will eine Familie«, sage ich. »Ich will einen Beruf, der mich ausfüllt.« Und im Rückgriff auf mein jahrelanges Training als Schönheitskönigin gebe ich ihm mit folgenden Worten den Rest: »Und ich will den Weltfrieden.«

Seine Augen scheinen mich zu durchbohren, bis auf den Grund meiner Seele zu schauen.

Und dann steht er direkt vor mir, hat seine Hände auf meine Taille gelegt. Er zieht mich grob an sich, und ich lege den Kopf in den Nacken, um ihm in die Augen zu schauen. Was ich darin sehe, lässt mich erschauern. Lässt mich ihn *begehren*. Ich spüre, wie es zwischen meinen Schenkeln pulsiert, und erinnere mich, wie es sich angefühlt hat, als er seine Hand dorthin gelegt hat, seine Finger in mich hineingesteckt hat, und meine Muskeln sich begierig darum geschlossen haben.

Das Feuer in mir lodert immer höher, und ich habe Angst,

nicht mehr umkehren zu können – oder nicht mehr umkehren zu *wollen.*

Ich verziehe keine Miene, will mir nichts anmerken lassen.

»Ich kann Ihnen geben, was Sie wollen, Nikki«, sagt er, und seine Stimme ist so sanft, dass ich schon glaube, gewonnen zu haben. Vielleicht sieht Damien, was sonst niemand sieht. Vielleicht durchschaut er meine Maske.

Der Gedanke erfüllt mich mit Angst, aber auch mit Aufregung. Langsam schüttle ich den Kopf und zwinge mich zu einem unverschämten Lächeln. »Werden Sie das mit dem Weltfrieden noch heute oder erst gegen Ende des Monats hinkriegen?«

»Ich werde Sie für das Porträt bezahlen«, sagt er, ohne auf meine Worte einzugehen. »Ich werde Sie bezahlen und den Künstler auch. Ich werde ein Atelier einrichten. Sie sind Geschäftsfrau, Nikki. Wollten Sie nicht eine eigene Firma gründen?«

Ich starre ihn mit offenem Mund an, bin viel zu überrascht, dass er das weiß, um ihm zu antworten. Mit wem hat er verdammt noch mal über mich gesprochen?

»Das ist Ihre Chance, so richtig Karriere zu machen.«

Ich schüttle den Kopf, ignoriere den Funken, den sein Vorschlag in mir entfacht. »Ich bin Geschäftsfrau und kein Modell.«

»Sie sind mein Modell. Jeder hat seinen Preis.«

»Aber ich nicht.«

»Ach nein?« Er kommt einen Schritt näher, sein Körper ist eine einzige Herausforderung, ein Ausbund an Selbstbewusstsein. »Eine Million Dollar, Miss Fairchild. Sie bekommen das Geld, und ich bekomme Sie.«

14

Eine Million Dollar. Die Worte hallen in meinem Kopf wider, führen mich in Versuchung, und es ist diese Versuchung, die mich zu einer Reaktion zwingt.

Ich winde mich aus seiner Umarmung, hole dann aus und verpasse ihm eine Ohrfeige.

Er sieht mich an, in seinen Augen glüht ein Feuer, das ich nicht deuten kann. Dann packt er mein Handgelenk und zieht mich an sich, sodass sich mein Arm schmerzhaft verdreht. Sein Körper drängt gegen den meinen, und alles, was ich noch wahrnehme, ist Damien. In diesem Moment gehöre ich ganz ihm, und das weiß er auch. Er kann mir wehtun. Ich bin ihm ausgeliefert. Mein Körper zittert vor Verlangen. Meine Lippen öffnen sich. Meine Atmung beschleunigt sich. Ich verstehe meine Reaktion auf ihn nicht. Sie ist instinktiv, ungestüm. Ich spüre den Drang, mich ihm einfach zu ergeben.

Nein.

Ich konzentriere mich auf sein Gesicht. »Ich glaube, Sie sollten jetzt gehen.« Ich weiß nicht, wie ich es schaffe, mit fester Stimme zu sprechen.

»Ich werde gehen«, sagt er. »Aber ich werde auch mein Bild bekommen.« Ich will gerade etwas erwidern, als er einen Finger auf meine Lippen legt. »Ich werde es bekommen, weil ich es will – weil ich *Sie* will. Und ich werde es bekommen, weil Sie es auch wollen. Nein«, sagt er, noch bevor ich den Mund aufmachen kann. »Vergessen Sie die Regeln nicht: Lügen Sie mich nicht an, Nikki. Lügen Sie mich niemals an.«

Und dann küsst er mich. Er lässt meinen Arm los, vergräbt seine Finger in meinem Haar, drückt meinen Kopf nach hinten, während seine Lippen die meinen verschließen. Ich stöhne auf, als seine Zunge meinen Mund erkundet, und mein Arm schlingt sich um seinen Nacken. Ich weiß nicht, ob er mich näher an sich gezogen hat oder ob ich mich an ihn gedrängt habe, kann aber seine harte Erektion an meinem Schenkel spüren. Er hat recht, verdammt! Er hat recht. *Ich will das hier, ich will es, und das darf nicht sein.*

Dann lässt er mich los, und ich fühle mich dermaßen schwach und kraftlos, dass es mich nicht wundern würde, wenn mich die bloße Schwerkraft zu Boden zieht. Er wirft mir einen letzten glühenden Blick zu und geht dann zur Tür. Er öffnet sie und tritt über die Schwelle, noch bevor sich mein Puls wieder beruhigt hat.

Ich strecke den Arm aus und halte mich an der Stuhllehne fest. Dann setze ich mich langsam, beuge mich vor, stütze die Ellbogen auf und möchte ihn hassen: wegen des Vorschlags, den er mir gemacht hat, und wegen der Dinge, die er zu mir gesagt hat. Dinge, die zweifellos der Wahrheit entsprechen, aber es ist eine Wahrheit, die ich lieber verdrängen würde. Die ich verdrängen *werde.*

Ich weiß nicht, wie lange ich dort sitze, aber ich befinde mich immer noch am Tisch, als Jamie mit zerzaustem Haar und ohne BH hereintänzelt. Ich bin mir sicher, dass sie einen BH anhatte, als sie gegangen ist. Es wäre mir aufgefallen, wenn sie halb nackt mit Damien zusammengesessen wäre.

»Douglas?«, frage ich. Ich habe zwar das vertraute Stoßen und Knallen nicht gehört, war aber auch etwas abgelenkt.

»Um Gottes willen, nein!«, sagt sie, und für einen Moment bin ich erleichtert. Ich weiß zwar nicht, wie sie es geschafft hat, ihren BH zu verlieren, aber wenigstens ist sie nicht auf einen schnellen Quickie verschwunden. »Kevin aus 2H«, sagt sie, und meine Erleichterung weicht blankem Entsetzen.

»Du bist mit ihm ins Bett?«

»Glaub mir, zu mehr taugt der Mann nicht. Der Kerl ist nicht besonders helle, und wir haben kaum etwas gemeinsam. Bis auf jede Menge überschüssige Energie.«

»Meine Güte, Jamie!« Im Vergleich zu Jamies wahllosen Eroberungen kommen mir meine Probleme auf einmal ziemlich unbedeutend vor. »Warum gehst du mit ihm ins Bett, wenn du ihn noch nicht mal leiden kannst?«

»Weil es Spaß macht. Mach dir keine Sorgen! Er wird mich schon nicht gleich stalken. Wir wissen beide, dass das nichts Ernstes war.«

»Das ist gefährlich, *James*«, sage ich und verwende ihren Spitznamen aus Kindertagen, um den Ernst der Lage zu unterstreichen.

»Quatsch, *Nicholas*«, erwidert sie. »Wenn ich's dir doch sage: Der Typ ist völlig harmlos.«

»Ich rede nicht nur von ihm. Aber nur weil du ihn attraktiv findest, heißt das noch lange nicht, dass er kein Arschloch ist. Und woher willst du eigentlich wissen, dass du dir nichts einfängst? Hast du aufgepasst?«

»Meine Güte! Bist du meine Mutter? Natürlich habe ich aufgepasst.«

»Tut mir leid, tut mir leid.« Ich gehe die paar Meter ins Wohnzimmer und lasse mich aufs Sofa fallen. »Du bist meine beste Freundin. Ich mache mir Sorgen um dich. Du fickst diese Typen, und dann verschwinden sie sofort wieder aus deinem Leben.« Stirnrunzelnd denke ich an Damien. »Hast du dir noch nie überlegt, mal eine feste Beziehung einzugehen?«, frage ich barscher als beabsichtigt.

»Und du?«

Es fällt mir schwer, ruhig zu bleiben. »Es geht jetzt nicht um mich.«

»Nein, könnte es aber: Ich vögle durch die Gegend. Und du vögelst gar nicht. Wie in diesem Emily-Dickinson-Gedicht.«

Ich starre sie verständnislos an.

»Die Kerze«, erklärt sie. »Du brennst an einem Ende und ich am anderen.«

Ich muss lachen. »Das ist doch vollkommener Unsinn!«

Sie zuckt die Achseln. Manchmal sagt Jamie wirklich schlaue Dinge. Und manchmal eben nicht. Ihr ist das egal. Und das ist mit einer der Gründe, warum ich sie so gern habe, warum ich sie bewundere. Egal, was das Leben für sie bereithält: Jamie wird sich immer treu bleiben.

Für mich gilt das nicht.

Und für Damien Stark vermutlich auch nicht.

Ich frage mich, ob ich ihn deshalb so attraktiv finde.

»Dieses Lächeln gilt nicht mir«, sagt Jamie. »Und Kevin beziehungsweise Douglas bestimmt auch nicht. Mal überlegen ... hm ... könnte es sein, dass du gerade an den sexy Multimilliardär denkst, der soeben unsere armselige Hütte verlassen hat?«

»Gut möglich«, gestehe ich.

»Und was war das für ein Geschenk? Und vor allem: Warum seid ihr nicht in deinem Zimmer und vögelt euch um den Verstand?«

188

»Wir sind nicht zusammen«, sage ich.

»Seit wann muss man zusammen sein, um zu vögeln?«

»Er möchte, dass ich für ein Aktbild posiere«, sage ich, obwohl ich ihr das eigentlich gar nicht erzählen wollte. »Und er ist bereit, mir eine Million Dollar dafür zu zahlen.«

Sie starrt mich mit offenem Mund an. Ich habe es tatsächlich geschafft, Jamie Archer sprachlos zu machen. Eine Premiere.

»Eine Million Dollar? Im Ernst?«

»Ja.«

»Und? Denkst du darüber nach?«

»Nein«, sage ich sofort. »Natürlich nicht.«

Aber schon während ich es ausspreche, weiß ich bereits, dass das nicht stimmt. Ich *denke* darüber nach. Darüber, nackt auf eine Leinwand gebannt zu werden. Darüber, dass Damien Stark in seinem Wohnzimmer steht und zu mir aufschaut.

Ein Schauer durchläuft mich. »Los, gehen wir!«, sage ich.

Jamie legt den Kopf schräg. »Gehen? Wohin denn?«

»Lass uns ausgehen! Es ist Samstagabend. Wir gehen tanzen und trinken – auf jeden Fall trinken.«

»Gibt es was zu feiern?«, fragt sie wissend.

»Vielleicht.« Ich zucke die Achseln. »Vielleicht möchte ich auch einfach nur tanzen.«

»Wir sollten Ollie und Courtney anrufen«, sagt sie, nachdem wir uns beide umgezogen haben. Ich kontrolliere, ob alles in meiner Handtasche ist, was ich für einen Ausgehabend brauche.

»Er hat übrigens vorhin angerufen. Das habe ich ganz vergessen, dir zu sagen.«

»Ach, verflucht. Soll ich zurückrufen?«

Sie zuckt die Achseln. »Er hat nur angerufen, um sich nach dir zu erkundigen. Wollte sich wohl vergewissern, dass Damien Stark dich gestern Nacht nicht aufgefressen hat. Der Gute war völlig ahnungslos.«

Meine Wangen glühen. »Du hast ihm doch hoffentlich nichts erzählt?«

»Ich habe ihm nur gesagt, dass du heil nach Hause gekommen bist. Dass Stark dich in eine Limousine gesetzt und heimgeschickt hat. Ich erzähle keine schmutzigen Details weiter. Wieso, hätte ich das tun sollen?« Ihre Augen funkeln mich provozierend an »Ich wette, Ollie hätte diese Geschichte bestimmt gefallen.«

»Nein«, sage ich mit fester Stimme »Nein.«

»Also, rufen wir sie an?«

»Warum nicht?«

Courtney sagt ab, weil sie morgen früh auf irgendeine Konferenz nach San Diego muss, aber Ollie ist mit von der Partie. Wir läuten den Abend bei Donnelly's ein, einem Pub unweit seiner Mietwohnung in West Hollywood, und ziehen dann weiter ins Westerfield's. »Keine Sorge!«, sagt Ollie, als ich einen Blick auf die lange Schlange hinter der samtenen Absperrkordel werfe. »Ich weiß, wie wir da reinkommen.«

Ich hätte angenommen, dass Ollie den Türsteher kennt, aber wie sich herausstellt, verlässt sich mein Freund auf Jamie und mich. Der Gorilla mustert uns von Kopf bis Fuß, Jamie wirft ihm ihren besten »Ich bin so scharf, dass ich fast schon gemeingefährlich bin«-Blick zu. »Rein mit euch!«, sagt der Typ, und ich spüre seinen Blick auf meinem Po, während wir den dunklen, brummenden Laden betreten.

»Wahnsinn!«, rufe ich. »Wir können uns nicht mal unterhalten.«

»Dann tanz!«

Jamie nimmt meine und Ollies Hand und zerrt uns auf die Tanzfläche. Ich spüre, wie der Bass in meiner Brust wummert, und schon bald lasse ich mich völlig gehen, versinke in dem heftigen, pulsierenden Dröhnen. Ollie und Jamie hatten ein paar Drinks mehr als ich und geben sich ganz der Musik hin, tanzen so innig, dass sich ihre Hinterteile berühren. Wenn ich nicht wüsste, wie gut die beiden befreundet sind, würde mich das beunruhigen.

Nein, wie gut *wir* befreundet sind! Ich schiebe mich zwischen sie, lege ihnen die Arme um die Schultern und muss schallend lachen, während wir versuchen, unsere Bewegungen so aufeinander abzustimmen, dass wir nicht auf den Hintern fallen. Das macht Spaß, auch wenn es bestimmt völlig lächerlich aussieht. Das ist mir egal. Gerade bin ich in Hochstimmung: Ich bin mit meinen besten Freunden in Los Angeles. Ich habe einen tollen Job. Ich hatte innerhalb der letzten vierundzwanzig Stunden zwei fantastische Orgasmen, und mir wurde eine Million Dollar angeboten. So etwas kommt schließlich nicht jeden Tag vor.

»Die nächste Runde geht auf mich«, sage ich und merke, dass ich mehr als nur ein bisschen angetrunken bin.

Die Bar befindet sich ganz am Ende des Raumes, und als ich sie erreiche, weiß ich auch, warum: Hier ist es deutlich leiser, sodass der Barkeeper die Bestellungen nicht von den Lippen seiner Kunden ablesen muss. Ich warte gerade auf unsere Drinks, als Ollie zu mir stößt. Seine Haare kleben ihm in der Stirn, und sein Gesicht ist ganz rot von dem Versuch, auf der Tanzfläche mit Jamie mitzuhalten.

191

»Macht sie dich fertig?«, frage ich.

»Von wegen!«, sagt er, wobei seine Augen provozierend funkeln »Sie ist gerade auf dem Klo, und da dachte ich, ich sehe mal nach dir. Ich wollte sowieso mit dir reden.«

»In Ordnung.« Ich runzle die Stirn. Das hier ist nicht unbedingt der richtige Ort für ein ernstes Gespräch. »Was gibt's?«

»Stark«, sagt er. »Nach dem, was ich von Jamie weiß, scheint da was zwischen euch zu laufen.«

Ich könnte Jamie glatt erwürgen.

»Quatsch!«, sage ich und weiß nicht recht, ob ich die Wahrheit sage oder ihn anlüge. Zum ersten Mal überhaupt bin ich Ollie gegenüber nicht absolut aufrichtig. Aber im Moment möchte ich meine komplizierten Gefühle für Damien Stark lieber für mich behalten.

»Tatsächlich?«, sagt er. »Dann ist es ja gut. Sonst hätte ich mir Sorgen um dich gemacht.«

Jetzt schrillen sämtliche Alarmsirenen. »Wirklich? Warum denn?«

Er zuckt die Achseln. »Na ja, so wie er dich auf dieser Party angesehen hat, und wie du seinen Blick erwidert hast ...«

»Na gut, es hat schon gefunkt zwischen uns«, gestehe ich. »Aber warum ist das ein Problem? Warum hast du mich vor ihm gewarnt?«

Er fährt sich durchs Haar, und seine feuchten Strähnen ringeln sich noch mehr, was ziemlich sexy aussieht.

»Geh ihm lieber aus dem Weg. Der Kerl ist gefährlich.«

»Gefährlich? Inwiefern?«

Ollie zuckt mit den Schultern. »Zunächst einmal hat er ein ziemlich hitziges Temperament.«

»Das ist ja nichts Neues«, sage ich. »Dafür war er schon in seiner aktiven Tenniszeit bekannt. Daher auch sein kaputtes Auge.« Bei einer Auseinandersetzung mit einem anderen Spieler wurde Damien von einem Tennisschläger ins Gesicht getroffen. Soweit ich weiß, hatte er großes Glück, keinen bleibenden Schaden davonzutragen, doch die Pupille seines linken Auges ist jetzt permanent geweitet. »Aber das ist lange her, und er spielt auch nicht mehr Tennis. Und das macht dir ernsthaft Sorgen?«

Ollie schüttelt nur den Kopf. Jamie kommt auf ihn zugehüpft und packt ihn am Arm. »Ich muss ihn dir leider wieder entführen.«

Ich sehe zu, wie die beiden auf die Tanzfläche zurückkehren. *Gefährlich.*

Er soll gefährlich sein. Aber aus irgendeinem Grund werde ich das Gefühl nicht los, dass Ollie damit etwas ganz anderes meint als ich.

»Wirklich, Jamie!«, sage ich, als sie in eine weitere der kurvenreichen dunklen Straßen Malibus einbiegt. »Können wir nicht einfach nach Hause fahren?« Wir haben uns völlig verfranst. Anscheinend haben kleine böse Elfen die Straßenschilder versteckt. Bestimmt um den Pöbel fernzuhalten. Und wir gehören natürlich zum Pöbel.

Vor über einer Stunde haben wir uns von Ollie verabschiedet, nachdem wir bei Dukes auf dem Sunset Boulevard Rührei mit Toast und literweise Kaffee zu uns genommen haben. Sobald Ollie weg war, verkündete Jamie, dass wir uns jetzt auf die Suche nach Starks neuem Haus in Malibu machen würden. »In einem der Artikel über ihn stand, dass er einen Privatstrand hat. Und weil ich mal mit diesem Typen aus Malibu zusammen war, kenne ich die Gegend ziemlich gut.«

Ich habe natürlich sofort protestiert – allerdings nicht zu laut. Ich muss zugeben, dass ich neugierig war. Obwohl ich nicht glaubte, dass wir das Haus finden würden, klang die Idee, mitten in der Nacht durch Malibu zu kutschieren, ziemlich aufregend.

Doch jetzt bin ich müde, außerdem ist mir etwas übel.

»Wir können genauso gut heimfahren«, sage ich. »Wir werden es sowieso nicht finden.«

»Und ob wir es finden werden!«, beharrt Jamie und fährt rechts ran, um einen Blick auf den Stadtplan auf ihrem Smartphone zu werfen. »Wenn es am Strand liegt, kommen nur wenige Straßen infrage. Außerdem wird hier momentan nicht viel gebaut, erst recht nicht in den Dimensionen, die man von einem Damien Stark erwartet. Wenn wir daran vorbeikommen, wird es uns sofort auffallen.«

»Ja, und dann? Das hier ist schließlich kein Vorort in Texas, wo man einfach so auf jede Baustelle spazieren kann. Selbst wenn du es findest, wird es eingezäunt und wahrscheinlich bewacht sein.«

»Ich möchte es doch bloß mal sehen«, sagt sie und fährt weiter. »Du etwa nicht? Der Architekturgeschmack eines Mannes ist doch ziemlich aufschlussreich, oder?«

Darauf sage ich nichts. Ollies und ihre Bemerkungen haben mich nachdenklich gemacht. Wenn ich ehrlich bin, weiß ich nicht besonders viel über Damien Stark. Nur das, was alle wissen. Und ein paar wirklich intime Details. Aber sonst? Wie gut kenne ich den echten Damien Stark?

Ich schiele zu Jamie hinüber, und dann bricht es spontan aus mir heraus: »Ollie behauptet, Stark sei gefährlich.«

»Ja«, sagt sie zu meiner großen Überraschung. »Das hat er mir auch schon gesagt. Er macht sich Sorgen um dich.«

»Keine Angst«, sage ich, lasse mich tiefer in den Sitz gleiten und lege meine nackten Füße aufs Armaturenbrett. »Da wird sowieso nichts draus. Ollie ist einfach überfürsorglich. Inwiefern soll Damien denn gefährlich sein?«, frage ich und ignoriere damit alle meine guten Vorsätze. »Ich glaube ihm einfach nicht, wenn er behauptet, es ginge nur um Starks hitziges Temperament.«

»Um sein Temperament? Wohl kaum. Genaueres hat er mir auch nicht gesagt. Ich nehme mal an, es hat was mit seiner Arbeit zu tun. Wie du weißt, wird Stark von Bender, Twaine & McGuire vertreten. Die Kanzlei kümmert sich praktisch nur um ihn.«

»Oh.« Ich muss das erst mal verdauen. »Bricht er damit nicht seine Schweigepflicht als Anwalt?«

»Wahrscheinlich schon«, gesteht Jamie. »Ich glaube zwar nicht, dass Ollie direkt mit Stark und seinen Geschäften zu tun hat, dafür ist er noch nicht lange genug bei der Firma. Aber wahrscheinlich hat er Akten gesehen und Gespräche unter seinen Vorgesetzten mitbekommen.«

»Aber worum es genau geht, hat er dir nicht gesagt?«

»Nein, das nicht. Aber das ist doch ziemlich offensichtlich, oder?«

Nicht für mich. »Offensichtlich?«

»Diese junge Frau, die gestorben ist.« Sie hält an einer Ampel und dreht sich zu mir um.

»Die, mit der er zusammen gewesen sein soll? Wieso, was ist mit ihr?«

»Ich habe ein bisschen recherchiert.« Als ich sie anstarre, zuckt sie nur die Achseln. »Mir war langweilig, außerdem war ich neugierig. Wie dem auch sei, sie ist erstickt. Der Rechtsmediziner hat es als Unfall eingestuft, aber anscheinend hat ihr Bruder angedeutet, dass Stark etwas damit zu tun hatte ...« Sie verstummt und zuckt ein weiteres Mal mit den Schultern.

Mir ist plötzlich kalt. »Hat er gesagt, dass Damien sie umgebracht hat?« Ich versuche mir das vorzustellen, allerdings vergeblich. Ich glaube das nicht, *kann* es einfach nicht glauben.

»So weit ist er meines Wissens nach nicht gegangen«, sagt Jamie. »Wenn Damien Stark des Mordes verdächtigt würde, stünde das doch in allen Zeitungen. Aber ich habe nur ein paar Kommentare auf irgendwelchen Klatschseiten gefunden. Im Ernst, ich glaube nicht, dass da was dran ist. Ein so mächtiger Mann wie Stark muss sich eben die abartigsten Gerüchte gefallen lassen.« Schweigend setzt sie die Fahrt fort, und ich sehe, wie sich ihre Miene verdüstert.

»Was ist?«

»Nichts.«

»Jamie, verdammt! Jetzt mach schon den Mund auf!«

»Ich habe nur gerade über Ollie nachgedacht. Wenn das tatsächlich nur irgendwelche unhaltbaren Gerüchte aus dem Internet sind – warum gibt er sich dann überhaupt damit ab? Wenn an der Sache wirklich etwas dran ist, müssten Starks Anwälte diesen Bruder doch inzwischen regelrecht auseinandernehmen. Ihm mit einer Anzeige wegen Rufmord oder übler Nachrede oder wie das heißt drohen. Ein Typ wie Stark weiß bestimmt, wie man die Medien in Schach hält.«

Mir fällt ein, dass Evelyn etwas ganz Ähnliches gesagt hat. Ich bin etwas beunruhigt. »Wahrscheinlich schon. Hat Ollie dir das gesagt?«

»Nein, nein. Er ist nicht ins Detail gegangen.« Sie zuckt die Achseln. »Er macht sich bloß Sorgen um dich. Aber mal ganz ehrlich, Nik; das ist bestimmt alles ganz harmlos. Wahrscheinlich der übliche Scheiß, mit dem sich die Superreichen herumschlagen müssen.«

»Und wer war diese junge Frau?«

»Irgendeine Tussi namens Sara Padgett.«

Padgett. Mir fällt wieder ein, wie Miss Peters unsere Besprechung unterbrochen und diesen Namen erwähnt hat.

Jamie tritt ohne Vorwarnung dermaßen heftig auf die Bremse, dass ich gegen den Sicherheitsgurt geschleudert werde. »Was zum Teufel ...?«

»Tut mir leid. Ich dachte, ich hätte in der Straße, an der wir gerade vorbeigefahren sind, etwas gesehen.« Sie legt den Rückwärtsgang ein und stößt auf der kurvigen Straße zurück.

Ich drehe mich um, befürchte, gleich von den Scheinwerfern eines heranbrausenden Autos erfasst zu werden. Aber die Straße ist dunkel, und wir können gefahrlos wenden. Als ich wieder nach vorn schaue und mich bei Jamie über ihr rücksichtsloses Fahren beschweren will, verpufft meine Wut beim Anblick des unglaublichen Gebäudes, das vor mir aufragt.

»Wow! Glaubst du, das ist es?«

»Keine Ahnung. Ich hätte es mir größer vorgestellt«, sagt Jamie. Sie hält am Straßenrand an. Wir steigen aus und gehen zu dem improvisierten Zaun, der um das Gebäude errichtet wurde. Auf einem kleinen Schild steht, dass der Architekt Nathan Dean heißt. »Das ist es!«, sagt Jamie. »Ich kann mich noch an den Namen erinnern. Meine Güte, Stark schwimmt doch in Geld! Müsste die Villa dann nicht viel größer sein?«

»Nein«, sage ich. »Sie ist perfekt.«

Für einen Multimilliardär mag das Haus klein sein. Ich schätze, dass es ungefähr neunhundert Quadratmeter misst. Dafür scheint es aus den Hügeln aufzusteigen, statt einfach daraufgesetzt worden zu sein. Wäre es größer, würde es wie ein Fremdkörper aus der Landschaft ragen. Wäre es kleiner, würde es sich darin verlieren. Obwohl der Rohbau noch unverputzt ist und die Mauern noch nicht einmal alle stehen, hat man bereits einen guten Gesamteindruck. Es strahlt etwas Herrschaftliches aus, aber auch Wärme und Komfort. Es wirkt einladend – typisch Damien.

Und ich finde es spektakulär.

Wir stehen leicht oberhalb des Gebäudes. Die Gäste werden das Grundstück über eine Einfahrt erreichen, die sich mehrere Kurven hinunterwindet und ihnen die Illusion gibt, ein privates Tal zu betreten. Die Nachbarhäuser werden vom Grundstück aus nicht sichtbar sein.

Der Ozean dagegen sehr wohl. Schon jetzt ist erkennbar, dass kein einziges Fenster landeinwärts zeigt. Die Seite, die aufs Meer hinausgeht, kann ich nicht erkennen, doch nachdem ich Damiens Apartment und seine Büroräume kennengelernt habe – und die Beschreibung des Aktbildes gehört habe, das er sich wünscht –, wird die gesamte Westfassade ausschließlich aus Glas bestehen.

»Eine Million Dollar!«, sagt Jamie und stößt einen leisen Pfiff aus. »Das ist ja wie ein Lottogewinn!«

Sie hat recht. Eine Million Dollar könnte mein Startkapital sein. Eine Million könnte mein Leben verändern.

Wenn diese Sache nur nicht einen kleinen Haken hätte ...

Ich streiche über die Innennaht der Jeans, die ich für unseren Ausgehabend angezogen habe. Durch den Stoff kann ich sie kaum spüren, aber wenn ich die Augen schließe, sehe ich die wulstigen dicken Narben vor mir, die meine Schenkelinnenseiten und Hüften entstellen. »Er wird nicht das bekommen, was er sich vorstellt.«

Jamie hat ein schmutziges Grinsen aufgesetzt. »*Caveat emptor*: Der Käufer trägt das Risiko.«

Genau das liebe ich so an Jamie!

Ich wende mich wieder dem Haus zu und versuche mir vorzustellen, vor diesen Fenstern zu stehen, vor dem Vorhang, vor dem Bett – alles ist so, wie er es beschrieben hat –, während Damiens Blick auf mir ruht.

Mein Puls beschleunigt sich, und ich kann nicht leugnen, wie sehr mir diese Vorstellung gefällt. Damien Stark hat mich überrumpelt, und ein Teil von mir möchte ihn dafür bestrafen oder wenigstens wieder die Kontrolle zurückgewinnen. Aber was heißt schon »wieder«? Ich weiß nicht, ob ich ihn überhaupt jemals kontrolliert habe.

»*Caveat emptor*«, wiederhole ich, drücke Jamies Hand und lächle.

15

Am Sonntag bricht wieder die Realität über mich herein: Wenn ich die nächsten Stunden nicht mit Wäschewaschen verbringe, werde ich nackt zur Arbeit gehen müssen.

»Das würde Carl bestimmt gefallen«, bemerkt Jamie, als ich ihr erkläre, warum heute Waschtag ist.

»Diese Theorie würde ich lieber nicht in der Praxis erproben. Kommst du mit?« Mit dem Wäschekorb unter dem Arm lehne ich an ihrer Zimmertür. Sie wirft einen Blick auf die Klamotten, die sich auf dem Boden türmen. »Ich glaube, das meiste hier ist noch sauber«, sagt sie zögerlich.

Ich schüttle mich angewidert. »Wie lange sind wir jetzt schon befreundet?«

»Eine Ewigkeit.«

»Hast du nächste Woche ein Vorsprechen?«

»Sogar zweimal.«

»Dann wasch deine Sachen. Ich helf dir auch beim Zusammenlegen und Bügeln. Du kannst nicht mit Katzenhaaren übersät zum Vorsprechen antanzen.« Ganz so, als wüsste sie, dass ich über sie spreche, hebt Lady Miau-Miau den Kopf. Sie hat sich auf einem schwarzen Stoffbündel zusammengeringelt, das mir vage bekannt vorkommt. »Ist das etwa mein Kleid?«

Jamie lächelt mich schuldbewusst an. »Bei einem Vorsprechen sollte ich eine sexy Bedienung spielen. Die Rolle hat sogar drei Zeilen Text. Ich wollte es reinigen lassen.«

»Ja, ja!«, sage ich trocken. »Los, komm schon! Schauen wir, ob noch Maschinen frei sind.«

Der Waschraum ist direkt neben dem Swimmingpool, und nachdem wir unsere Maschinen befüllt haben, belegen wir zwei Liegestühle. Während ich es mir gemütlich mache, saust Jamie ohne ein Wort der Erklärung nach oben. Wenige Minuten später kommt sie mit einer großen Umhängetasche und einer Flasche Sekt zurück.

»Wir haben Sekt?«

Sie zuckt die Achseln. »Ich hab uns gestern welchen gekauft.« Sie schaut in ihre Umhängetasche. »Und Orangensaft.« Sie dreht am Drahtverschluss und rüttelt am Korken, der kurz darauf knallend gegen das Schild donnert, das Flaschen und Gläser im Swimmingpool-Bereich verbietet. Ich zucke zusammen.

»Unglaublich!«, sage ich. »Hast du auch an Gläser gedacht?«

»Ich habe an alles gedacht!«, sagt sie stolz und fährt damit fort, den Saft, die Gläser, eine Tüte Chips, ein Gläschen Salsasoße und eine kleine Plastikschale auszupacken.

»Ich liebe Sonntage!«, sage ich und nehme Jamie mein Getränk ab, proste ihr damit zu.

»Das kannst du laut sagen!«

Wir machen es uns im Liegestuhl bequem, nippen an unseren Drinks und reden über alles Mögliche. Eine Viertelstunde später habe ich mein Glas ausgetrunken, Jamie ist bereits beim dritten, und wir haben uns geschworen, noch heute Nachmittag eine Kaffeemaschine zu kaufen, die richtigen Kaffee macht statt Spülwasser.

An weiterer Konversation scheint Jamie allerdings kein Interesse mehr zu haben, denn sie schließt die Augen, lehnt den Kopf zurück und sonnt sich genüsslich.

201

Ich dagegen bin unruhig.

Ich rutsche auf dem Liegestuhl hin und her und versuche, eine bequeme Position zu finden. Schließlich gebe ich es auf und gehe nach oben, um meinen Laptop zu holen. Ich bin gerade dabei, eine ziemlich simple iPhone-App auszutüfteln, und lasse das, was ich bisher programmiert habe, durch den Simulator laufen, bevor ich mich mit dem beschäftige, was wirklich Spaß macht: das eigentliche Programmieren. Letztlich verbringe ich allerdings nur eine halbe Stunde damit, Objekte zu benennen, Eigenschaften zuzuweisen und verschiedene Unterklassen zu erstellen. Der Sonntag ist einfach zu schade zum Arbeiten. Außerdem ist die Sonne so grell, dass ich auf dem Bildschirm kaum etwas erkennen kann. Ich fahre den Computer herunter und eile zurück in die Wohnung, um meine Kamera zu holen.

Der Poolbereich ist nicht besonders schön, aber aus der Nähe betrachtet sind der aufgeplatzte Beton und das Spritzwasser interessante Motive. Eine mir unbekannte Pflanze wächst am Zaun, und ich zupfe ein paar Blütenblätter ab und werfe sie in den Pool. Anschließend lege ich mich auf den Bauch und versuche, einen Schnappschuss von den Blütenblättern auf dem Wasser zu machen, ohne dass der Betonboden mit ins Bild kommt.

Nach ein paar Dutzend Bildern widme ich mich Jamie, versuche festzuhalten, wie sie aussieht, wenn sie sich entspannt – ein ziemlicher Kontrast zu ihrer ansonsten eher hektischen Persönlichkeit. Mir gelingen einige fantastische Bilder. Jamie ist wahnsinnig fotogen. Meiner Meinung nach hat sie wirklich das Zeug zur Schauspielerin und den Durchbruch verdient. Aber dass man in Hollywood den Durchbruch schafft, kommt ungefähr genauso häufig vor, wie, sagen wir, eine Million Dollar für ein Aktbild angeboten zu bekommen.

Beinahe muss ich laut lachen. Jetzt weiß ich, wen ich gern fotografieren würde. Ich schließe die Augen und stelle mir vor, wie Licht und Schatten dieses faszinierende Gesicht zum Leben erwecken. Ein Hauch von Bartstoppeln. Ein leichter Schweißfilm. Vielleicht hat er das vom Schwimmen nasse Haar zurückgekämmt.

Ich höre ein leises Geräusch und merke, dass es mein eigenes Stöhnen war.

Jamie bewegt sich neben mir. Ich setze mich auf, versuche die Fantasie zu verdrängen.

»Wie spät ist es?« Das ist eine rein rhetorische Frage, da sie sofort zum Handy greift, um selbst nachzuschauen.

Ich werfe ebenfalls einen Blick auf das Display. Noch nicht mal elf. »Ich habe Ollie vorgeschlagen, uns heute zu besuchen«, sagt sie schläfrig. »Courtney ist übers Wochenende weggefahren, da ist ihm bestimmt langweilig! Außerdem hat er sich gestern doch gut mit uns amüsiert.«

»Vermutlich schon«, sage ich. »Aber mit dir kann sich wohl jeder Mann auf der Tanzfläche amüsieren.«

»Ha! Ich kann wirklich nicht behaupten, dass ich ihn dazu gezwungen habe. Auch wenn er es ungern zugibt: Der Kerl tanzt für sein Leben gern!« Sie schält sich aus ihrem T-Shirt und entblößt einen pinken BH, der anscheinend als Bikini-Oberteil durchgehen soll. »Glaubst du, er kommt?«

Ich zucke mit den Achseln. So gern ich Ollie auch habe, beim Brunch wäre ich heute lieber allein. Wenn ich ausgehe, muss ich mich feinmachen. Wenn ich daheim bleibe, muss ich kochen. »Ruf ihn doch an!«

203

»Nö. Ist ja auch egal. Wenn er kommt, dann kommt er.«
Sie klingt verdächtig gleichgültig.

Ich nippe an meinem Getränk und drehe mich so, dass ich sie besser sehen kann. »Ich soll einen Smoking auf seiner *Hochzeit* tragen«, sage ich. »Ich werde nämlich sein Trauzeuge.«

»Bitte, Nikki, hör auf damit! Ich geh schon nicht mit Ollie in die Kiste. Mach dir deswegen keine Sorgen.«

»Tut mir leid«, sage ich, bin aber aufrichtig erleichtert. »Ab und zu habe ich das Gefühl, dich wieder daran erinnern zu müssen.«

»War das dein Ernst mit dem Smoking? Das ist voll Achtziger. Oder vielleicht sogar Siebziger? Von wann ist noch mal *Der Stadtneurotiker?* Der Film, in dem Diane Dingsbums Männerklamotten trägt?«

»Diane Keaton«, verbessere ich sie. »In dem Woody-Allen-Klassiker von 1977. Er hat sogar den Oscar gewonnen, James! Wieso weißt du so was nicht? Du bist doch diejenige, die zum Film will.«

»Ja, das will ich, aber im Hier und Heute, nicht vorvorgestern.«

Mir liegt schon die passende Antwort auf der Zunge – dann soll sie doch in *Saw 27* mitspielen –, aber bevor ich das sagen kann, klingelt mein Handy. Jamie wirft mir einen vielsagenden Blick zu und freut sich, das letzte Wort behalten zu haben.

Ich sehe auf das Display, fluche leise und nehme den Anruf anschließend entgegen. »Mama«, sage ich und zwinge mich, angenehm überrascht zu klingen. »Wie bist du ...« Ich sehe Jamies schuldbewusstes Gesicht und weiß plötzlich ganz genau, wie sie an meine Nummer gekommen ist. Hüstelnd wechsle ich das Thema. »Woher wusstest du, dass ich gerade Zeit zum Telefonieren habe?«

»Hallo, Nicole«, sagt sie, und ich zucke angesichts meines Taufnamens zusammen. »Es ist Sonntagvormittag. Du solltest eigentlich in der Kirche sein, um einen netten Mann kennenzulernen. Aber ich habe mir schon gedacht, dass ich dich zu Hause erwische.« Für meine Mutter erfüllt die Religion so eine ähnliche Funktion wie die Sendung *Der Bachelor.*

Ich merke, dass sie auf eine Reaktion von mir wartet, aber ich weiß nie, was ich zu meiner Mutter sagen soll. Also schweige ich. Ehrlich gesagt bin ich stolz darauf, dass ich das inzwischen schaffe. Ich habe jahrelang dafür gebraucht. Dass ich jetzt über zweitausend Kilometer von ihr entfernt bin, ist ebenfalls hilfreich.

Kurz darauf räuspert sie sich. »Ich nehme an, du weißt, warum ich anrufe.« Ihre Stimme ist tief und ernst. Habe ich etwas angestellt? Was habe ich bloß verbrochen?

»Äh, nein?«

Ich höre, wie sie laut einatmet. Meine Mutter ist atemberaubend schön, hat aber eine winzige Lücke zwischen den Vorderzähnen. Ein Scout von irgendeiner New Yorker Modelagentur hat mal gesagt, diese Zahnlücke verleihe ihr das gewisse Etwas. Sollte sie als Model Karriere machen wollen, müsse sie nur die Koffer packen und nach Manhattan ziehen. Doch meine Mutter hat dankend abgelehnt, ist in Texas geblieben und hat geheiratet. Eine anständige Frau will einen Ehemann, keine Karriere. Aber ihre Zahnlücke hat sie sich auch nie richten lassen. »Heute ist Ashleys Hochzeitstag.«

Ich spüre Jamies Hand auf der meinen und merke, dass ich die Liegestuhlarmlehne so fest umklammere, dass ich beinahe das Metall verbiege. Das ist mal wieder typisch für meine Mutter: Sie erinnert sich an den Hochzeitstag meiner toten Schwester, obwohl sie zu ihren Lebzeiten sogar ihren Geburtstag vergessen hat.

»Hör mal, ich muss jetzt los.«

»Bist du mit jemandem verabredet?«

Ich schließe die Augen und zähle bis zehn. »Nein«, sage ich, sehe aber Damien vor mir.

»Heißt das etwa Ja?«

»Ich bitte dich!«

»Nicole, du bist vierundzwanzig. Du bist wunderschön – vorausgesetzt, deine Hüften sind nicht noch breiter geworden. Aber du wirst auch nicht jünger. Und mit deinen – na ja, wir alle haben unsere Schwächen, aber deine sind so extrem, und ...«

»Meine Güte, Mama!«

»Ich sage ja nur, dass du mit vierundzwanzig langsam an die Zukunft denken solltest.«

»Genau das tue ich ja.« Ich sehe Jamie an, flehe sie stumm um Hilfe an.

Wimmle sie ab!, formen Jamies Lippen.

Als ob das so einfach wäre ...

»Mama, wirklich, ich muss jetzt los. Da ist jemand an der Tür.« Ich bin eine katastrophale Lügnerin.

Jamie springt aus ihrem Stuhl und sprintet ans andere Ende des Pools. »Nikki! Besuch für dich! Heilige Scheiße, sieht der aber gut aus!«

Ich schlage mir die Hand vor den Mund, weiß nicht, ob ich vor Scham im Boden versinken oder erleichtert sein soll.

»Nun, dann will ich nicht weiter stören«, sagt meine Mutter. Ich weiß nicht, ob sie Jamie tatsächlich gehört hat, glaube aber eine Spur von Aufregung in ihrer Stimme zu hören. Aber vielleicht habe ich mir das auch nur eingebildet. »Tschüs, Nicole.«

Mehr war nie zwischen uns: nie ein *Ich hab dich lieb*. Nur *Tschüs, Nicole*, und dann legt sie auf, bevor ich antworten kann.

Jamie lässt sich neben mich fallen. Sie scheint sehr stolz auf sich zu sein.

»Meine Güte!«, sage ich. »Bist du jetzt vollkommen durchgeknallt?«

»Das war ja zum Schießen! Schade, dass ich das Gesicht deiner Mutter nicht sehen konnte.«

Ich schaue sie weiterhin tadelnd an, muss ihr aber insgeheim recht geben.

»Komm!«, sagt Jamie, steht auf und sucht ihre Sachen zusammen. »Lass uns das Zeug in den Trockner stecken. Außerdem habe ich immer noch Hunger. Wie wär's mit einer Pizza und einem Film? *Der Stadtneurotiker?* Soweit ich weiß, hat er einen Oscar gewonnen.«

Jamie interessiert sich kein bisschen für *Der Stadtneurotiker*. Der Film läuft gerade mal eine Viertelstunde, da ist sie schon eingeschlafen. Ehrlich gesagt weiß ich nicht, ob sie wirklich schläft oder nach den sechs Stück Peperoni-Pizza, die sie wenige Minuten nach Eintreffen des Pizzaboten verschlungen hat, in eine Art Kalorienkoma gefallen ist.

Ich persönlich liebe den Film, aber das heißt nicht, dass ich mich auch darauf konzentrieren kann. Stattdessen denke ich ständig an Damien Stark. An sein Angebot, das meine Mutter in Empörung versetzen würde.

An das Angebot, das ich annehmen werde. Ich muss ihm nur noch ein paar Fragen stellen.

Pass auf dich auf.

Er ist gefährlich.

Ich kann das nicht glauben. Nicht wirklich, nicht so, wie Ollie das meint. Aber ich brauche Gewissheit.

Während ich mein Telefon aus der Ladestation neben dem Sofa nehme und barfuß in mein Zimmer laufe, habe ich Schmetterlinge im Bauch. Meine Wäsche ist noch im Trockner, aber meine Höschen können warten.

Ich gehe noch einmal alle angenommenen Anrufe durch, bis ich seine Nummer finde. Ich zögere nur eine Sekunde, bevor ich sie wähle.

»Nikki«, sagt Stark, als das erste Klingeln noch nicht mal verstummt ist. Er scheint sich zu freuen, von mir zu hören.

»Was ist Sara Padgett zugestoßen?« Das platzt einfach so aus mir heraus, aber ich muss ihn das fragen, solange ich noch den Mut dazu habe.

Selbst durchs Telefon spüre ich Damiens Eiseskälte.

»Sie ist gestorben, Nikki. Aber ich glaube, das wissen Sie bereits.«

»Ich möchte wissen, wie sie gestorben ist«, sage ich. »Und ich möchte wissen, welche Art von Beziehung Sie zu ihr hatten. Gestern waren sämtliche Wachleute in Alarmbereitschaft, als jemand namens Padgett aufgetaucht ist. Und wenn ich ...«

»Wenn Sie was?«

Ich hole hörbar Luft. »Ich denke darüber nach, Ihr äußerst

großzügiges Angebot anzunehmen. Aber vorher muss ich wissen, mit wem ich es zu tun habe.«

»Meine Güte!« Einen Moment lang höre ich nichts als Verkehrslärm. Er sitzt anscheinend im Auto.

»Damien?«

»Ich bin noch am Apparat. Das ist doch Quatsch, Nikki, und das wissen Sie auch.«

»Nein«, sage ich. »Das weiß ich nicht, weil Sie mir ja nichts erzählen.«

Das klingt vorwurfsvoller als beabsichtigt.

»Sara Padgett und ihr Bruder Eric haben die Aktienmehrheit an einer interessanten kleinen Firma namens Padgett Enviro-Works von ihrem Vater geerbt. Eine Firma, die ihrem Vater zu beträchtlichem Reichtum verholfen, aber nach seinem Tod nur noch Verluste gemacht hat. Eric war als Manager ein Versager, und Sara hatte ohnehin kein Interesse an der Firma. Ich habe Entwicklungspotenzial gesehen und angeboten, ihre Aktienanteile zu übernehmen.«

Er legt eine Pause ein, damit ich etwas einwerfen kann, aber ich schweige. Ich möchte wissen, wie es weitergeht.

Nach einer kurzen Pause spricht er völlig emotionslos weiter, so als würde er den Text von Karteikarten ablesen. »Beide haben mein Angebot abgelehnt, aber Sara hat mich gebeten, sie zu einer Wohltätigkeitsveranstaltung zu begleiten, und ich habe zugesagt. Eines kam zum anderen, und wir haben uns regelmäßig getroffen.«

»Haben Sie sie geliebt?«

»Nein, sie war nur eine gute Freundin. Ihr Tod war ein furchtbarer Schock für mich.«

»War es ein Unfall?«

»Etwas anderes kann ich mir nicht vorstellen. Sie hat sich stranguliert, angeblich bei einem autoerotischen Unfall. Als Unfall hat es auch der Rechtsmediziner eingestuft, und damit war der Fall abgeschlossen.«

Ich fahre mir durchs Haar. Ich glaube ihm – weiß aber auch, dass das nicht die ganze Wahrheit ist. Ich überlege, die Sache auf sich beruhen zu lassen, aber das geht nicht. Ich muss es wissen. »Da ist noch mehr, nicht wahr? Das war noch nicht die ganze Geschichte.«

»Wie kommen Sie darauf?«

»Ich – jemand – ich meine, ein Freund von mir macht sich Sorgen um mich.« Es ist nur fair, dass er das weiß. »Ihretwegen. Er hält Sie für gefährlich.«

»Ach ja?« In diesem Moment klingt Starks Stimme tatsächlich hochgefährlich. Ich schließe die Augen und hoffe, dass ich Ollie nicht in Schwierigkeiten gebracht habe. Stark kann unmöglich wissen, dass ich die Informationen von ihm habe.

»Aber darum geht es jetzt nicht«, sage ich. »Was ist dann passiert?«

»Saras Bruder, das ist passiert«, sagt Damien Stark tonlos. »Aus irgendeinem Grund glaubt Eric, dass ich sie gefesselt, gewürgt und dabei aus Versehen umgebracht habe. Und jetzt kann er es kaum erwarten, diese Geschichte an die Medien zu verkaufen.«

»Oh.« Ich fahre mir mit der Zunge über die Lippen. »Das ist ja schrecklich.« Kein Wunder, dass er nicht darüber reden will!

»Und das ist auch schon alles. Und, was sagen Sie jetzt, Nikki? Bin ich gefährlich?«

Er klingt barsch. Wütend. Das ist bestimmt kein guter Moment, um über sein Angebot zu sprechen.

»Es tut mir wirklich leid, ich hätte das Thema gar nicht erst anschneiden dürfen. Es geht mich nicht das Geringste an.«

»Nein, das tut es tatsächlich nicht.« Wieder dieses vielsagende Schweigen. Und dann ein lauter Fluch. »Verdammt noch mal, Nikki! *Mir* tut es leid! Natürlich kommen Ihnen Gerüchte zu Ohren, und natürlich haben Sie das Recht, Fragen zu stellen. Wenn man bedenkt, worum ich Sie bitte, dürfen Sie mir so viele Fragen stellen, wie Sie wollen.«

»Und Sie sind wirklich nicht böse?«

»Auf Sie nicht, nein. Und was Padgett betrifft – nun, der steht ohnehin auf meiner schwarzen Liste.«

Ich beschließe, nicht zu fragen, welche Konsequenzen das für ihn haben wird.

»Ich hoffe, Sie ziehen mein Angebot nach wie vor in Betracht. Ich wünsche mir so sehr, dass Sie Ja sagen. Ich hoffe, es dauert nicht mehr allzu lange, bis Sie zu einer Entscheidung gelangen.«

»Ich habe mich bereits entschieden«, platzt es aus mir heraus.

Er schweigt und schweigt – so lange, dass ich schon glaube, er hätte mich nicht gehört.

»Und, wie lautet Ihre Entscheidung?«, fragt er schließlich.

Ich schlucke und nicke, obwohl er das natürlich nicht sehen kann. »Ich bin einverstanden. Aber nur unter bestimmten Bedingungen.«

»Wir verhandeln also, ausgezeichnet! Wie lauten Ihre Bedingungen, Miss Fairchild?«

Ich bin das im Geiste tausendmal durchgegangen, und die Worte sprudeln nur so aus mir heraus, wie damals an der Uni, als ich meine Abschlussarbeit verteidigen musste. »Zunächst einmal sollten Sie wissen, dass ich das nur des Geldes wegen tue: Ich bin darauf angewiesen, ich kann es gut gebrauchen, ich will es haben. Vergessen Sie das bitte nicht! Ich tue das alles nur um des Geldes willen.«

»Verstehe.«

»Ich erhalte das Geld auf jeden Fall, auch wenn Ihnen das Bild am Ende nicht gefallen sollte.«

»Selbstverständlich. Das Geld ist Ihr Honorar. Es steht Ihnen zu, und zwar unabhängig davon, ob mir das Bild zusagt oder nicht.«

»Sie dürfen es nicht verkaufen. An niemanden. Entweder Sie behalten es, oder es wird vernichtet.«

»Bisher bin ich mit all Ihren Bedingungen einverstanden.«

Ich schweige und hole tief Luft, denn jetzt kommt das Entscheidende. »Der Künstler muss mich malen, nicht irgendeine ästhetische Interpretation. Sondern *mich*, so wie ich bin.«

»Ich will Sie so, wie Sie sind, Nikki«, sagt er im selben Tonfall wie damals, als er seine Finger in mich hineingesteckt hat. *Na, gefällt dir das?*

Ja. O Gott, ja.

Ich sitze auf der Bettkante, schlage die Beine mehrfach nervös übereinander. »Nur dass wir uns richtig verstehen, Mr. Stark. Habe ich mich erst mal ausgezogen, war's das: Sie bekommen, was Sie sehen, aber nicht mehr.«

»Vorsicht, Vorsicht, Miss Fairchild! Ich bin schon ganz steif.«

»Verdammt noch mal, Stark! Ich meine es ernst.«

»Oh, ich auch, das können Sie mir glauben.«

Ich stoße einen leisen Fluch aus und höre, wie er am anderen Ende der Leitung in sich hineinkichert.

»Wir sind uns also einig?«, frage ich, vermutlich etwas zu barsch.

»Was Ihre Bedingungen betrifft? Absolut. Natürlich habe ich auch noch ein paar Punkte zu unserem Vertrag hinzuzufügen.«

»Hinzuzufügen?«

»Selbstverständlich. Mit Ihrem Gegenangebot haben Sie die ursprünglichen Bedingungen geändert. Da ist es nur mein gutes Recht, dasselbe zu tun.«

»Oh.« Das hätte ich eigentlich kommen sehen sollen.

»Erlauben Sie, dass ich genauso aufrichtig bin wie Sie, Miss Fairchild. Was jetzt kommt, ist nicht mehr verhandelbar: Das sind meine endgültigen Bedingungen. Entweder Sie erklären sich einverstanden – oder eben nicht.«

»Äh, in Ordnung.« Ich lecke mir über die Lippen und werde noch zappeliger. Plötzlich platze ich fast vor Neugier. »Und wie lauten diese Bedingungen?«

»Von nun an bis zum Zeitpunkt der Fertigstellung des Bildes gehören Sie mir.«

»Ich gehöre Ihnen?« Die Worte zergehen mir auf der Zunge. »Was soll das heißen?«

»Na, was glauben Sie wohl?«

Ich öffne den Mund, bringe aber kein Wort heraus. Ich versuche es noch einmal. »Dass ich ganz die Ihre bin.« Meine Stimme ist kaum mehr als ein Flüstern, ja sie klingt fast wie ein Gebet. Ich staune, wie sehr mich seine Worte erregen. Eigentlich bin ich ja nach Los Angeles gezogen, um mein Leben selbst in die Hand zu nehmen. Und jetzt finde ich die Vorstellung, mich Damien auszuliefern, absolut verführerisch.

»Und was noch?«, fragt er.

»Dass ich tue, was Sie sagen.« Ich stecke die Hand in meine Shorts, direkt zwischen meine Beine. Ich bin feucht, heiß und geil.

»Ja«, sagt Damien. Seine Stimme klingt angespannt. Auch er ist schwer erregt, und dass ich das weiß, turnt mich nur noch mehr an.

»Und wenn ich mich weigere?«

»Sie haben Naturwissenschaften studiert, Miss Fairchild. Sie wissen also, dass jede Reaktion eine Gegenreaktion hervorruft.«

»Oh.« Ich streiche mit dem Finger über meine empfindliche Klitoris, und mir stockt der Atem, weil ich nicht damit gerechnet hätte, so schnell und heftig zu kommen.

»Gefällt Ihnen das, Miss Fairchild?«, fragt er.

Meine Wangen glühen. Ich weiß nicht, ob er seine Bedingungen meint oder meinen Orgasmus. Ich reiße mich zusammen. »Und wenn ich nicht damit einverstanden bin?«

»Dann muss ich auf mein Bild verzichten und Sie auf Ihre Million.«

»Warum tun Sie das? Ich habe doch schon gesagt, dass ich für Sie posieren werde.«

»Weil ich es so will. Weil ich *Sie* will. Weil ich keine Lust habe, Ihnen vor unserem ersten Fick ewig den Hof zu machen. Und weil ich keine Spielchen spielen will.«

»Ist das nicht auch ein Spielchen, das wir da gerade spielen?«

214

»Gut gekontert, Miss Fairchild. Aber so lauten nun mal meine Bedingungen.«

»Sie sagen jetzt, dass Sie mich wollen, aber Sie werden Ihre Meinung ändern. Sie sagen, dass Sie ein Aktbild von mir wollen, aber irgendwann werden Sie es sich anders überlegen.«

Einen Moment lang herrscht nichts als Schweigen. Damien Stark versucht zu ergründen, wie ich das meine. »Da täuschen Sie sich«, sagt er schließlich.

»Das glaube ich nicht. Und deshalb sind meine Bedingungen so wichtig: Selbst wenn Sie alles abblasen – das Bild, dieses Spielchen –, bekomme ich mein Geld.«

»Das heißt, wir sind uns einig?«

»Das ist eine weitere Bedingung.«

»Wunderbar. Akzeptiert.«

»Und wir fangen nicht sofort an, sondern erst, wenn ich zum ersten Mal Modell sitze.«

»Sie können ziemlich tough verhandeln, Miss Fairchild. Aber ich bin mit dem von Ihnen vorgeschlagenen Termin einverstanden.«

Ich verdrehe die Augen. Er wird langsam ungeduldig. Nun, Pech für ihn. »Außerdem darf das Ganze nicht ewig dauern«, setze ich nach. »Am Ende bezahlen Sie den Künstler nach Stunden, und dann braucht er ein Jahr, bis er fertig ist. Eine Woche, Mr. Stark.«

»Eine Woche?« Das scheint ihm ganz und gar nicht zu gefallen.

»Das ist mein letztes Wort. Natürlich müssen Sie auch Rücksicht auf meinen Job nehmen. Aber an den Abenden und Wochenenden gehöre ich Ihnen.«

»Sehr gut. Eine Woche. Wir sind uns also einig?«

Ich möchte Ja sagen, aber stattdessen sage ich: »Was – was genau haben Sie eigentlich mit mir vor?«

»Alles Mögliche, aber vor allem möchte ich Sie ficken. Schnell, brutal und äußerst gründlich.«

Ach du meine Güte.

»Ich – werden wir auch ausgefallene Dinge tun?«

Er lacht in sich hinein »Wieso, würde Ihnen das gefallen?«

Keine Ahnung. »Ich bin nicht – ich meine, ich habe noch nie ...« Ich spüre, wie meine Wangen brennen. Dank meiner Mutter hatte ich jede Menge schreckliche Dates, aber bisher nur zwei feste Freunde. Der erste war erfahrener als ich, was bedeutete, dass er vorher mit einer Studentin zusammen war, obwohl wir damals noch zur Highschool gingen. Aber mit Ausnahme eines Quickies auf dem Billardtisch seiner Eltern war unsere Beziehung alles andere als unkonventionell. Meine zweite Beziehung mit Kurt dagegen war durchaus schmerzhaft, wenn auch nur in psychischer Hinsicht.

So gesehen scheint vieles von dem, was Damien mit mir vorhat, außerhalb meines Erfahrungsbereichs zu liegen.

Stark scheint Verständnis für mein Zögern zu haben. »Ich möchte Ihnen vor allem Lust bereiten«, sagt er. »Ob wir auch ausgefallene Dinge tun werden? Nun, gut möglich, dass sie Ihnen ausgefallen vorkommen. Aber ich bin mir ziemlich sicher, dass Sie Gefallen daran finden werden.«

Ich zittere. Mein starkes Bedürfnis, herauszufinden, was er mit mir vorhat, überrascht mich selbst. Meine Brustwarzen unter dem Tank Top sind steif. Meine Klitoris pulsiert. *Ich bin mir ziemlich sicher, dass Sie Gefallen daran finden werden.* Ja, das bin ich mir auch. Vorausgesetzt, es kommt überhaupt dazu. Vorausgesetzt, er bläst die ganze Sache nicht ab, nachdem er mich nackt gesehen hat.

Ich schließe die Augen und wünsche mir, die Dinge wären anders. *Ich* wäre anders.

»Lassen Sie es drauf ankommen, Nikki«, sagt er sanft. »Mal sehen, wie weit ich mit Ihnen gehen kann.«

Ich atme scharf ein und dann langsam wieder aus. Ich erinnere mich an das Spiel, das wir in der Limousine gespielt haben. »Ja, Sir«, sage ich schließlich.

Er ringt hörbar nach Luft. Ich habe ihn überrascht, und der Gedanke erregt mich. »Braves Mädchen«, sagt er. Und dann: »O Gott, ich will Sie. Jetzt. Sofort.«

Ich auch. »Bei unserer ersten Sitzung, Mr. Stark«, sage ich, aber das Zittern in meiner Stimme verrät mich.

»Natürlich, Miss Fairchild. Ich werde Sie morgen Abend abholen lassen. Ich schicke Ihnen eine SMS, sobald der Wagen unterwegs ist. Bleiben Sie heute zu Hause und entspannen Sie sich. Ich will, dass Sie ausgeruht sind. Und sehen Sie mal vor Ihre Tür. Auf dem Fußabstreifer liegt etwas für Sie.«

Auf dem Fußabstreifer?

»Träumen Sie süß, Miss Fairchild«, sagt er und legt auf, bevor ich fragen kann, was er damit meint.

Ich husche aus meinem Zimmer, renne an Jamie vorbei, die nach wie vor auf dem Sofa döst. Ich reiße die Haustür auf und entdecke ein kleines, in Silberpapier gewickeltes Päckchen.

Ich mache mir nicht mal die Mühe, es mit in die Wohnung zu nehmen, sondern reiße sofort die Verpackung auf. Darin befindet sich ein atemberaubendes Fußkettchen: In Platin gefasste Diamanten und Smaragde sind an einer zierlichen Kette aufgereiht. Es funkelt in meiner Hand und wiegt so gut wie nichts.

Unter dem Kettchen entdecke ich eine handgeschriebene Notiz. *Für unsere Woche. Tragen Sie es. D. S.*

Unsere Woche? Er muss es gerade erst geschrieben haben. Er muss *hier* gewesen sein, direkt vor der Haustür.

Bei diesem Gedanken läuft es mir eiskalt den Rücken herunter. Ich öffne den Verschluss, bücke mich und lege das Kettchen um meinen Knöchel. Dann richte ich mich auf und spähe hinaus auf die Straße.

Ich sehe einen roten, teuren Sportwagen. Durch die getönten Scheiben kann ich nichts erkennen, aber das muss ich auch nicht: Ich bin mir sicher, dass Damien darin sitzt.

Ich starre ihn an, fordere ihn schweigend auf, zu mir herüberzukommen. Oder flehe ich ihn darum an? Keine Ahnung. Das Auto rührt sich nicht von der Stelle. Die Türen bleiben geschlossen.

Unsere gemeinsame Woche hat noch nicht begonnen.

Ich drehe mich um und kehre in die Wohnung zurück. Ich schließe die Tür und lasse mich daran hinuntergleiten. Mir ist heiß, und ich bin nervös. Aber ich strahle. Denn da draußen wartet Damien Stark auf mich.

16

Erst als die Sonne durch die Jalousien fällt und mir ins Gesicht scheint, wache ich auf. Ich merke, dass ich vergessen habe, den Wecker zu stellen. Bis auf das mit Diamanten und Smaragden besetzte Fußkettchen bin ich nackt. Meine Hand befindet sich zwischen meinen Beinen, und ich bin ganz feucht vor Verlangen.

Ich habe beim Einschlafen an Damien gedacht, und anscheinend habe ich auch von ihm geträumt.

Ich drehe mich um und greife zu meinem Handy – als ich sehe, dass es schon nach sieben ist, bekomme ich einen Schreck.

Mist.

Mit einem Mal sind sämtliche erotischen Fantasien verflogen. Wenn ich mich nicht beeile, komme ich noch zu spät zur Arbeit.

Ich dusche länger, als ich sollte, aber das muss sein. Das Wasser verbrüht mich fast, prasselt auf meinen Körper, spült alle Fantasien und Sehnsüchte hinweg. Ich muss mich jetzt mental auf die Arbeit einstellen, für Damien Stark ist kein Platz in meinem Kopf.

Mir fehlt die Zeit, mir die Haare zu föhnen und zu stylen, also rubble ich sie mit dem Handtuch ab und kämme mich sorgfältig. Sie werden auf der Fahrt trocknen, und wenn ich von meinem beschissenen Parkplatz zum Lift gehe, kann ich sie bürsten, damit sie mir in natürlichen Wellen auf die Schultern fallen.

Es herrscht ein Wahnsinnsverkehr, und als ich mich endlich auf meinen beschissenen Parkplatz stelle, bin ich ebenfalls fast wahnsinnig.

Ich hänge mir die Handtasche über die Schulter, greife nach meiner Bürste und bearbeite damit energisch meine Haare, während ich mit fünf Zentimeter hohen Absätzen zum Lift stolpere.

Als ich die Glastür zu den Büroräumen von C-Squared aufziehe, sieht mich Jennifer, die Empfangsdame, mit großen Augen an. Stirnrunzelnd gehe ich in Gedanken mein Outfit durch, aber soweit ich mich erinnern kann, sind sämtliche Reißverschlüsse und Knöpfe züchtig geschlossen.

»Ist er da?«, frage ich. »Ich weiß jetzt, wie man einen der Algorithmen knacken kann.« Jennifer dürfte das ziemlich egal sein, aber ich hatte einen Geistesblitz, über den ich unbedingt mit Carl sprechen muss, damit Brian oder Dave anschließend einen ersten Testlauf durchführen können.

»Hat er Sie nicht angerufen?«, piepst Jennifer. »Ich bin davon ausgegangen, dass er Sie anrufen würde.«

Irgendwas stimmt hier nicht. »Was ist denn?«

»Er – oje. Hier! Er hat mich angewiesen, Ihnen das zu geben.« Sie reicht mir einen dünnen Umschlag.

Wider besseres Wissen nehme ich ihn entgegen. Er scheint eine Tonne zu wiegen. »Jennifer«, sage ich langsam. »Was ist das?«

»Ihre Kündigung. Und hier sind Ihre Sachen.« Sie zeigt mit dem Kinn auf etwas, das sich hinter ihr befindet. Erst in diesem Moment bemerke ich die Pappschachtel mit meinen persönlichen Gegenständen. Jennifer beißt sich auf die Unterlippe.

»Verstehe.« Ich straffe die Schultern. »Sie haben meine

Frage noch nicht beantwortet. Ist er da?« Ich werde vor Jennifer weder in Tränen ausbrechen noch die Beherrschung verlieren. Aber ich werde verdammt noch mal mit Carl reden!

Sie nickt, schüttelt aber gleich darauf den Kopf. »Nein. Ich meine, ja, er ist da. Aber er hat gesagt, dass er Sie nicht sehen will. Es tut mir leid, Nikki, aber das hat er mir unmissverständlich klargemacht: Wenn Sie nicht Ihre Sachen nehmen und gehen, soll ich den Sicherheitsdienst rufen.«

Ich bin wie betäubt. *Schockiert. Völlig schockiert.* »Aber warum denn?«

»Das weiß ich auch nicht, wirklich nicht.« Jennifer windet sich, als hätte sie körperliche Schmerzen. Und obwohl ich am liebsten im Erdboden versinken würde, tut sie mir leid. Auf Carl dagegen bin ich stinksauer. Wie feige von ihm, mich von der Empfangsdame feuern zu lassen!

»Und sonst hat er nichts gesagt?«

»Mir nicht. Aber ich glaube, es hat etwas mit der Präsentation zu tun.«

»Mit der Präsentation?« Meine Stimme klingt piepsig. »Aber die ist doch toll gelaufen.«

»Tatsächlich? Stark hat Carl heute Morgen angerufen und gesagt, dass er nicht in seine Firma investieren wird.«

Mein Magen revoltiert. »Ist das Ihr Ernst?«

»Das wussten Sie nicht?«

»Nein, das wusste ich nicht.« *Aber ich glaube, ich weiß, warum ich gefeuert wurde.*

Wie benebelt trage ich meine Sachen zum Auto. Ich stelle den Karton in den Kofferraum, steige aber nicht in den Wagen. Erst als ich das Parkdeck fast durchquert habe, fällt mir auf, dass ich auf dem Weg zum Stark Tower bin.

221

Da ein Werktag ist, brauche ich mich nicht bei Joe anzumelden. Aber ich bleibe trotzdem kurz bei den Wachleuten stehen, da ich keine Ahnung habe, in welchem Stockwerk sich der Empfangsbereich von *Stark International* befindet.

»Im fünfunddreißigsten Stock«, sagt Joe.

»Danke. Wissen Sie zufällig, ob Mr. Stark im Hause ist?« Ich staune, wie gefasst ich klinge.

»Ich denke schon, Miss Fairchild.«

»Prima!«, sage ich verblüfft, weil er sich noch an meinen Namen erinnert.

Ich eile zum Aufzug und trommle ungeduldig auf meine Oberschenkel, während ich auf den Lift warte. Als er endlich kommt, zwänge ich mich mit einem halben Dutzend weiterer Personen hinein. Wir halten in fast jedem Stockwerk, und schließlich bin ich ganz alleine im Aufzug. Die Kabine hält im fünfunddreißigsten Stock, die Türen öffnen sich, und ich betrete einen weiteren eleganten Empfangsbereich. Mein Herz klopft so heftig, dass es mir fast aus der Brust springt.

Eine junge Frau mit rotgelocktem Haar sitzt hinter einem glänzenden Empfangstisch und lächelt mich an. »Miss Fairchild? Herzlich willkommen bei *Stark International*. Wenn Sie mir bitte folgen würden? Dann bringe ich Sie zu Mr. Starks Büro.«

»Ich – wie bitte?« Ich kann nur noch stottern. Das hätte ich nicht erwartet. Ich habe mich schon darauf eingestellt, eine Szene zu machen. Mich zu weigern, den Empfangsbereich zu verlassen, bis er mit mir gesprochen und mir alles erklärt hat. Außerdem: Woher weiß diese Frau, wer ich bin?

Ich würde sie das alles gerne fragen, aber sie führt mich bereits durch eine Reihe von Milchglastüren. Wir betreten einen weiteren Empfangsbereich, der diesmal sehr zeitgenössisch eingerichtet ist. An den Wänden hängen Fotos von Wäldern, Bergen, riesigen Mammutbäumen und sogar eine Nahaufnahme von einem Fahrradreifen, durch dessen Speichen eine kurvenreiche Straße zu sehen ist. Sämtliche Bilder wurden sorgfältig komponiert und haben eine ähnlich präzise, ungewöhnliche Perspektive, sodass sie bestimmt alle vom selben Fotografen stammen. Trotz meiner Gereiztheit frage ich mich, wer sie gemacht hat. Damien vielleicht?

Eine weitere junge Frau sitzt hinter einem weiteren Empfangstisch. Sie ist brünett und hat eine Kurzhaarfrisur. Auch sie lächelt mich an. »Miss Fairchild«, sagt sie und drückt auf einen Knopf auf ihrem Schreibtisch. »Sie dürfen gleich reingehen.«

Die Frau, die mich begleitet hat, führt mich durch eine wunderschöne Mahagonischwingtür. Sofort sehe ich mich Starks eindrucksvoller Erscheinung gegenüber. Heute hat seine Kleidung nichts Lässiges. Er spricht in ein Headset, während er in einem maßgeschneiderten anthrazitfarbenen Zweireiher über einem gestärkten weißen Hemd hinter seinem Schreibtisch auf und ab läuft. Eine rote Krawatte und Manschettenknöpfe aus Onyx vervollständigen sein Outfit. Der schimmernde Stoff reflektiert das Licht, das durch das Fenster hinter ihm fällt. Stark strahlt Sex-Appeal und Macht aus. Seine Kleidung soll einschüchtern und beeindrucken, und ich muss zugeben, dass es funktioniert.

»Bitte setzen Sie sich«, sagt meine Begleiterin. »Er wird sich gleich um Sie kümmern.« Dann ist sie verschwunden, die Türen schwingen hinter ihr zu.

Ich setze mich nicht, sondern bleibe direkt vor seinem Schreibtisch stehen, die Arme vor der Brust verschränkt. Ich möchte mich auf meine Wut konzentrieren, aber das fällt mir schwer, denn Stark befindet sich direkt vor mir, und ich weiß aus Erfahrung, dass ich ganz wuschig werde, wenn ich mit ihm in einem Raum bin. Kaum komme ich in seine Nähe, kriege ich keine Luft mehr.

»Ich sehe mir gerade die Quartalsergebnisse an«, sagt Stark und nimmt einen Papierstapel in die Hand. Sein Schreibtisch ist riesig, und jeder Zentimeter davon ist mit Unterlagen bedeckt. Außerdem erkenne ich stapelweise Zeitschriften – *Scientific American, Physics Today, Air & Space*, ja sogar die französische *La Recherche*. Tabellen und Grafiken mit handschriftlichen Anmerkungen in roter und blauer Tinte liegen in der Schreibtischmitte. Am Ende des Tisches türmt sich ein Stoß an Korrespondenz, beschwert durch ein zerfleddertes Exemplar von Isaac Asimovs *Ich, der Robot*.

»Ihre Entschuldigungen interessieren mich nicht«, fährt Stark fort. »Mich interessieren nur die Fakten. Ja gut, dann sagen Sie ihm, dass er mir diese Prognosen hätte vorlegen müssen, als er mir das Projekt verkauft hat. Entschuldigungen sind bei mir fehl am Platz: Wenn er sich nicht an den vereinbarten Terminplan halten kann, werde ich eben mein eigenes Team mit der Sache betrauen. Und ob ich das Recht dazu habe! Nein? Dann soll er sich den Vertrag noch mal durchlesen, und anschließend reden wir weiter. Gut. Nein, aus meiner Sicht ist dieses Gespräch hiermit beendet. Alles klar.«

Er legt auf und dreht sich zu mir um. In diesem Moment habe ich das Gefühl, die Computersimulation eines Mannes zu sehen, der sich von einem Moment auf den anderen vollständig verwandelt: Vor meinen Augen scheint sich der Unternehmer in Luft aufzulösen, bis nur noch die Person selbst zurückbleibt. Wenn auch eine verdammt gut aussehende Person in einem maßgeschneiderten Business-Anzug, der mehr gekostet haben dürfte als Jamies Wohnung.

»Was für eine wunderbare Überraschung!«, sagt er und kommt auf mich zu. Er sieht so was von cool und beschissen *unschuldig* aus, dass mich meine fast schon verrauchte Wut explodieren lässt wie einen Vulkan.

»Sie verdammter Mistkerl!«, zische ich, während ich weit aushole und ihm eine Ohrfeige verpasse. Ich bin darüber genauso verblüfft wie er.

Dass seine Miene im schnellen Wechsel Schock, Wut und schließlich Verwirrung ausdrückt, könnte fast lustig sein, wenn ich nicht so eine verdammte Wut im Bauch hätte.

»O Gott«, sage ich. »Es tut mir leid.« Ich habe die Hand vor den Mund geschlagen. »Es tut mir so leid!«

»Was zum Teufel ...?«, fragt er. Sein Körper hat sich versteift, und seine Augen funkeln. Das bernsteinfarbene scheint so etwas wie Mitgefühl auszudrücken, aber das tiefschwarze sieht aus, als wollte es mich gleich in die Tiefe reißen. *Gefährlich*, denke ich. Ollie hat recht: *Dieses hitzige Temperament ist gefährlich.*

»Carl hat mich gefeuert. Und jetzt tun Sie nicht so, als wüssten Sie das nicht.«

»Das wusste ich tatsächlich nicht«, sagt er. Sämtliche Anspannung fällt von ihm ab. »Verdammt noch mal, Nikki, ich verspreche Ihnen, dass ich keine Ahnung davon hatte, auch wenn es vielleicht zu erwarten war.« Er greift nach meiner

Hand, und ich bin verdattert genug, dass ich es geschehen lasse. Er presst die Lippen auf meine Finger, und die Berührung ist dermaßen sanft und süß, dass ich beinahe in Tränen ausbreche. »Es tut mir so leid.«

»Warum haben Sie Nein gesagt? Die Präsentation war fantastisch. Das Produkt ist fantastisch. Sie waren beeindruckt – ich weiß, dass Sie beeindruckt waren. Und jetzt denkt Carl, dass ich es mir mit Ihnen verscherzt, Sie gefickt oder sonst was getan habe, weshalb Sie es mir über ihn heimzahlen wollen.«

»Hat er das gesagt?«

»Er hat mir überhaupt nichts gesagt. Er hatte nicht mal den Mut, mir persönlich zu kündigen. Aber ich bin ja nicht blöd. Ich weiß, wonach es aussieht und was er denken muss.«

»Sie haben es sich nicht mit mir verscherzt«, sagt er. »Aber das ist nicht der Grund, warum ich Nein gesagt habe.«

»Warum dann? Ich bitte Sie, Damien! Das ist ein verdammt gutes Produkt.«

»Allerdings.« Er zieht einen kleinen Gegenstand aus seiner Tasche. Ich brauche eine Sekunde, bis ich ihn als Fernbedienung identifiziere. Er drückt auf einen Knopf. Die Lichter werden gedimmt, die Scheiben tönen sich, und im Raum wird es dunkel.

»Was haben Sie ...« Aber ich mache mir gar nicht die Mühe, meinen Satz zu beenden: Auf einer Leinwand, die sich von der Decke herabgesenkt hat, erscheint ein Menü, auf dem Damien so lange nach unten scrollt, bis ein Dateiordner mit dem Namen *Israeli Imaging 31YK1108-DX* erscheint.

Er wählt ihn aus, und kurz darauf erscheint ein grobkör-

226

niges Bild. Genaueres lässt sich nicht erkennen, aber man kann sehen, dass die gezeigte Software der von Carl und seinem Team sehr ähnelt.

»Eine israelische Firma namens Primo-Tech hat sich bereits ein ähnliches Programm patentieren lassen. Der Marketingplan steht, und die Beta-Tests sind bereits weit fortgeschritten. Die Firma will das Produkt schon im nächsten Monat auf den Markt bringen.«

Ich schüttle den Kopf. »Carl weiß nichts davon.«

»Nein? Nun, vielleicht stimmt das sogar. Vielleicht hat er aber auch nur gehofft, dass ich investiere, damit er das Kapital hat, um Primo-Tech zuvorzukommen.«

Ich sehe ihn an. Carl kann ein Arschloch sein, aber so etwas würde er bestimmt nicht tun. Oder doch?

»Ich hasse solche Spielchen, Nikki. Wenn ich investiere, dann nur, wenn sich eindeutige Erfolgsaussichten abzeichnen. Primo-Tech ist der Grund, weshalb ich C-Squared eine Absage erteilt habe. Mit Ihnen hat das nicht das Geringste zu tun.«

Ich nicke. »Das freut mich zu hören.«

»Möchten Sie, dass ich Carl das erkläre?«

»Um Gottes willen, nein! Ich möchte sowieso nicht für einen Mann arbeiten, der mit solchen Methoden arbeitet.«

»Gut.« Er mustert mich von Kopf bis Fuß, ein Lächeln umspielt seine Lippen.

»Was ist?«

»Hübsches Kostüm.«

Das ist ein unschuldiges Kompliment, klingt aber kein bisschen unschuldig. Mir fällt auf, dass die Lichter im Raum nach wie vor gedimmt sind, und in nervöser Erwartung beiße ich mir auf die Unterlippe.

»Nicht, dass ich mich über Ihre Arbeitslosigkeit freue. Aber eigentlich passt mir das ganz gut: Ihr Job hätte meine Pläne mit Ihnen nur gestört.«

»Oh.« Ich habe einen ganz trockenen Mund und schlucke. »Nun, ich habe nicht vor, mich auf die faule Haut zu legen. Ich werde einen neuen Job finden.«

»Warum?«

»Weil ich die seltsame Angewohnheit habe, für mein Essen und meine Miete selbst aufzukommen. Ich bin einfach so gestrickt.«

»Falls Sie das vergessen haben sollten: In einer Woche werden Sie um eine stolze Million reicher sein. Falls Sie knapp bei Kasse sind, gebe ich Ihnen gerne einen Vorschuss.«

»Nein danke. Das Geld kommt erst mal auf die Bank. Ich werde nichts davon ausgeben, bis ich so weit bin.«

»Bis Sie so weit sind?«

Ich zucke die Achseln. Ich weiß, dass Damien mir bei der Firmengründung helfen könnte, aber noch möchte ich mein Geheimnis nicht mit ihm teilen.

»Verbergen Sie etwas vor mir, Miss Fairchild?«

Er sagt es bewusst provozierend, kommt näher, sodass ich den Kopf in den Nacken legen und zu ihm aufschauen muss. »Muss ich Sie anflehen, mir zu verraten, was Sie mit meinem Geld vorhaben?«

»Mit *Ihrem* Geld, Mr. Stark? Das sehe ich anders. Ich werde mir jeden Cent hart verdienen.«

»Stimmt«, sagt er. Seine tiefe sinnliche Stimme geht mir durch Mark und Bein. »Das werden Sie allerdings.«

Sein Daumen fährt über meine Unterlippe, und mir stockt der Atem. Unter meiner dünnen Bluse und dem Spitzen-BH zeichnen sich meine Brustwarzen deutlich ab. Ich möchte seinen Daumen in den Mund nehmen und daran lutschen. Ich möchte meine Zunge darübergleiten lassen und hören, wie Damien stöhnt. Ich möchte seine Hände auf mir spüren, möchte, dass sich unsere Körper aneinanderdrängen, dass seine Erektion gegen den teuren Stoff seiner maßgeschneiderten Hose drückt.

Aber ich traue mich nicht.

Stattdessen weiche ich einen Schritt zurück. »Unsere Zeit hat noch nicht begonnen, Mr. Stark«, sage ich.

In seinen Augen brennt ein dunkles Feuer, und dann gluckst er: ein Geräusch wie von einem teuren Whisky. »Sie provozieren mich, Miss Fairchild.«

»Ich provoziere Sie? Nun, dann werden Sie mich dafür bestrafen müssen.«

Er atmet scharf ein, und ich schenke ihm ein verführerisches Lächeln. Ich spiele ein gefährliches Spiel, aber im Moment ist mir das egal. Ich fühle mich stark, und das gefällt mir.

»Nikki ...« Seine Stimme ist heiser und voller Sehnsucht, ich spüre die Schmetterlinge in meinem Bauch, das Zittern in meinen Schenkeln. Ich möchte seine Hände auf mir spüren und merke, wie ich schwach werde.

Das laute Summen der Gegensprechanlage rettet mich. »Mr. Maynard auf Leitung zwei.«

»Danke, Sylvia.«

Er hält einen Finger hoch, bedeutet mir zu warten und tippt dann an sein Headset. »Charles«, sagt er. »Bringen Sie mich auf den neuesten Stand.«

Er hört einen Moment zu. »Nein«, sagt er, und ich bin mir sicher, dass er Mr. Maynard soeben unterbrochen hat. »Sie wis-

229

sen verdammt genau, dass ich keine Lust auf Spielchen oder leere Drohungen habe. Wenn das so weitergeht, werde ich ihn wegen übler Nachrede verklagen. Sorgen Sie dafür, dass er das auch kapiert. Ja, natürlich weiß ich das. Nein, Charles, es ist mir egal, wie kompliziert unser Fall gelagert ist, ich will diesen Mistkerl einfach nur aufhalten. Nun, dann werden Sie mir Ihre Überstunden eben in Rechnung stellen. Das dürfte eine echte Win-win-Situation werden – für mich und für Ihre Kanzlei.« Seine Züge verhärten sich. »Nun, wenn er das wieder ausgräbt, muss ich wirklich mit härteren Bandagen kämpfen.« Er hört kurz zu und runzelt die Stirn. »Nein, Sie wissen doch, dass das nicht infrage kommt. Haben Sie diese andere Sache weiterverfolgt?« Er nickt erschöpft. »Bitte kümmern Sie sich darum, Charles. Dafür bezahle ich Sie schließlich.«

Er legt grußlos auf. Ich spüre, wie angespannt er ist.

Ich bin ebenfalls angespannt. Bestimmt ging es bei diesem Anruf um Sara Padgett und ihren Bruder. »Möchten Sie darüber reden?«

Er wendet sich mir zu, schaut aber eher durch mich hindurch. »Nein, das ist nur was Geschäftliches.«

Ich presse die Lippen aufeinander, zwinge mich zu schweigen. Bald darauf scheint er sich wieder gefangen zu haben. Langsam verzieht er die Lippen zu einem Lächeln und greift dann nach meiner Hand. »Kommen Sie mit!«

Zögernd verschränke ich meine Finger mit den seinen. »Wo gehen wir hin?«

»Mittag essen«, sagt er.

»Aber es ist noch nicht mal zehn Uhr.«

Er hat ein jungenhaftes Grinsen aufgesetzt. »Dann kommen wir ja gerade rechtzeitig ...«

17

Wir nehmen Damiens Privatlift zur Tiefgarage, und als sich die Türen öffnen, erkenne ich den roten Sportwagen von gestern Abend wieder. Ich schaue flüchtig zu Damien hinüber. »Hübsches Auto. Es kommt mir irgendwie bekannt vor. Aber davon fahren in Los Angeles bestimmt viele rum, nicht wahr?«

»Bestimmt Hunderte«, sagt er trocken.

Ich kenne mich nicht sehr gut mit Autos aus, weiß aber, dass dieses Modell etwas ganz Besonderes ist. Es ist kirschrot und auf Hochglanz poliert. Die Fenster sind getönt wie bei einer Limousine. Es liegt so tief auf der Straße, dass ich Angst habe, mir blaue Flecken am Po zu holen, wenn wir ein Schlagloch erwischen. Es ist schnittig, wunderschön und genau das Spielzeug, das man von einem Milliardär erwartet.

»Und?«, sagt er angesichts meines Grinsens.

»Sie sind sehr vorhersehbar, mehr nicht.«

Er hebt die Brauen. »Tatsächlich?«

»Was ist das? Ein Ferrari? Schließlich hat doch jeder Milliardär einen Ferrari, oder?«

»Ach, das ist noch was viel Schlimmeres!«, sagt er. »Das ist ein Bugatti Veyron. Der kostet ungefähr doppelt so viel wie ein Ferrari. 1001 PS, 16-Zylinder-Motor, Höchstgeschwindigkeit 407 km/h. Außerdem beschleunigt er von null auf hundert in 2,5 Sekunden.«

Ich gebe mich unbeeindruckt. »Soll das etwa heißen, dass Sie gar keinen Ferrari besitzen?«

»Ich besitze drei.« Bevor ich etwas sagen kann, drückt er mir triumphierend einen sanften Kuss auf die Stirn. »Vorsicht beim Einsteigen. Der Wagen liegt sehr tief auf der Straße.«

Er hält mir die Tür auf, und ich lasse mich auf den Sitz gleiten. Die Innenausstattung ist aus Leder und riecht fantastisch. Der Sitz umschließt mich wie – na ja, keine Ahnung wie, aber man kann sich daran gewöhnen!

»Wohin fahren wir?«, frage ich, als er hinterm Lenkrad Platz genommen hat.

»Santa Monica.«

Der Badeort liegt höchstens eine halbe Stunde entfernt, und auch das nur bei viel Verkehr. »Oh. Das ist aber ein sehr zeitiges Mittagessen.«

»Zum Flughafen von Santa Monica«, erläutert er. »Dort steht mein Privatjet.«

»Ach so, natürlich.« Ich lehne mich zurück und weiß nicht, ob ich einen Herzinfarkt bekommen oder diese Information einfach so hinnehmen soll. Letzteres ist eindeutig gesünder. Und lustiger. »Und mit dem Privatjet geht es dann wohin?«

»Nach Santa Barbara«, sagt er.

»Wirklich? Mir würde es auch nichts ausmachen, in diesem Wagen dorthin zu fahren.«

»Wenn ich um drei keine Besprechung hätte, könnten wir das auch tun.« Er drückt auf einen Knopf am Lenkrad, und ein Wählton erfüllt den Wagen, anschließend beginnt es zu klingeln.

»Ja, Mr. Stark?«

»Sylvia, ich nehme die Bombardier. Rufen Sie Grayson an,

und sorgen Sie dafür, dass er sie bereitstellt und mich in Santa Barbara ankündigt.«

»Natürlich. Soll ich Ihnen einen Wagen nach Santa Barbara schicken?«

»Ja. Und sagen Sie Richard Bescheid, dass ich komme. Wir werden auf der Terrasse essen.«

»Wird gemacht. Genießen Sie Ihr Mittagessen, Mr. Stark.«

Er legt auf, ohne sich zu verabschieden.

»Sie klingt effizient.«

»Sylvia? Das ist sie auch. Ich erwarte nur zwei Dinge von meinen Angestellten: Loyalität und Kompetenz. Sylvia besitzt beides in hohem Maße.«

Ich merke, dass ich etwas eifersüchtig auf Sylvia mit ihrem kecken Lächeln und ihrem Kurzhaarschnitt bin. Darauf, dass sie jeden Tag in Damiens Vorzimmer sitzen darf. Das ist ein dummes, selbstsüchtiges Gefühl, und ich schäme mich dafür. Ich tröste mich mit einer noch kleinlicheren Tatsache – nämlich damit, dass ich diejenige bin, die er zum Mittagessen ausführt.

»Wir scheinen Glück mit dem Verkehr zu haben«, sagt er, während er auf die relativ freie Interstate 10 fährt. Er tritt aufs Gas, und sofort merke ich, dass er nicht übertrieben hat: Das Auto beschleunigt auf 100 km/h, bevor ich Luft holen kann.

»Wow!«, sage ich.

Damien neben mir strahlt wie ein Teenager. »Ich würde ihn gerne ausfahren, aber da verstehen die Bullen keinen Spaß.«

»Wozu kauft man sich so ein Auto, wenn man es ohnehin nie ausfahren kann?«

Er schaut mich kurz von der Seite an. »Ah, eine echte Pragmatikerin! Ich habe nicht behauptet, dass ich es nie ausfahre. Aber ich bin nicht bereit, Ihr Leben dafür zu riskieren – und auch nicht das der anderen Verkehrsteilnehmer.«

»Danke, das ist sehr freundlich von Ihnen.«

»Aber wenn Sie wollen, können wir irgendwann mal zusammen in die Wüste fahren. Dann zeige ich Ihnen, was dieses Baby draufhat.«

»Sie wollen mir das zeigen? Heißt das, ich darf den Wagen nicht selbst fahren?«

Er sieht mich neugierig an. »Können Sie mit einer Handschaltung umgehen?«

»Ich habe mir im zweiten Semester einen Honda gekauft. Er hatte aufgeplatzte Sitzpolster, Rostflecken und eine Handschaltung. Ich habe die Polsterung ersetzen lassen, ihn neu lackieren lassen und gelernt, wie man schaltet.« Und bin verdammt stolz darauf. Als mir meine Mutter den Geldhahn zudrehte, nahm sie mir auch meinen BMW weg. Ich brauchte einen fahrbaren Untersatz, konnte aber nur tausendfünfhundert Dollar zusammenkratzen und mir den Honda davon kaufen. Das Ding ist ein Wrack, aber es gehört mir – und es fährt immer noch.

»Wenn das so ist, vielleicht.« Ich höre die Erregung in seiner Stimme. »Wenn Sie brav sind.«

»Ich darf über so viele PS herrschen?«, sage ich mit einer extra tiefen Stimme, ja hauche es vielmehr. »Das klingt verlockend.«

Damien stöhnt neben mir auf. »Meine Güte, Nikki! Ich dachte, wir wollen Unfälle vermeiden!«

Ich lache, fühle mich sexy und stark: ein verdammt gutes Gefühl.

234

Obwohl wir weit von den 407 km/h entfernt sind, erreichen wir im Nu den Flughafen von Santa Monica. Damien hält vor einem Hangar neben einem futuristisch aussehenden Jet mit endlos langen Flügeln, die am Ende um neunzig Grad nach oben zeigen.

»Wow!«, sage ich. Ich schaue mich um und bemerke einen älteren Herrn mit grau melierten Haaren und Bart auf uns zukommen. »Ist das Grayson? Der Pilot?«

»Das ist Grayson«, sagt Damien. »Mein Mechaniker, Flug-Guru und Tüftler. Guten Morgen, Grayson. Alles klar?«

»Jawohl. Sie haben sich einen schönen Tag zum Fliegen ausgesucht.«

»Grayson, das ist Nikki Fairchild, meine Begleitung zum Mittagessen.«

»Es ist mir ein Vergnügen«, sagt er und gibt mir die Hand.

»Seit wann fliegen Sie schon?«, frage ich.

»Seit über fünfzig Jahren. Mein Vater hat mich immer in seiner Cessna mitgenommen, als ich noch klein war. Ich durfte sogar den Steuerknüppel bedienen.« Er reicht Damien ein Clipboard sowie etwas, das aussieht wie ein Reagenzglas. »Das Flugzeug ist betankt und startklar, aber ich nehme an, dass Sie alles noch mal durchchecken wollen.«

»Mein Flugzeug – meine Verantwortung.«

Stark nimmt das Clipboard und geht damit zur Maschine hinüber. Er kontrolliert den Reifendruck, umrundet den Jet und bleibt hin und wieder stehen, um irgendwelche Ventile zu öffnen, sodass Flüssigkeit in das Röhrchen tropfen kann. »Was macht er da?«, frage ich.

»Er prüft nach, ob Kondens- oder Regenwasser in den Treibstoff oder den Tankverschluss gelangt sind«, erklärt

235

Grayson. »Mittlerweile warte ich seine Flugzeuge schon fünf Jahre, und es ist noch nicht einmal vorgekommen, dass er nicht noch mal alles nachkontrolliert hat.«

»Geht Ihnen das nicht auf die Nerven?«

»Um Himmels willen, nein! Das macht einen guten Piloten aus, und Damien Stark ist ein verdammt guter Pilot. Und ich muss es ja wissen: Schließlich habe ich ihm das Fliegen beigebracht.«

»Ein Pilot«, wiederhole ich, als Damien zurückkehrt und Grayson das Röhrchen reicht. »Sie werden fliegen?«

»Jawohl«, sagt er. »Sind Sie so weit?«

Ich werfe einen flüchtigen Blick auf Grayson, der leise kichert. »Sie sind in guten Händen.«

»In sehr guten Händen«, sagt Damien, aber ich habe das dumpfe Gefühl, dass er nicht vom Fliegen spricht. Zumindest nicht vom Fliegen in Privatjets.

Die Gangway wurde bereits heruntergelassen, und Damien gibt mir zu verstehen, dass ich vor ihm hochgehen soll. Oben angekommen finde ich mich in einer Kabine wieder, neben der sich die erste Klasse in einem Linienflugzeug wie eine Gefängniszelle ausnimmt. Ich drehe mich zu einem der Sitze um, als Damien die Hand auf meinen Arm legt und mich zurückhält. »Nach links bitte!«, sagt er, und ich folge ihm ins Cockpit. Das ist natürlich ebenfalls auf Hochglanz poliert – trotzdem ist es ein Arbeitsplatz und kein Bereich, in dem man sich zurücklehnt, um Musik und einen Cocktail zu genießen.

Er weist mich an, Platz zu nehmen, zieht dann am Gurt und kontrolliert, ob er richtig sitzt, bevor er selbst Platz nimmt. »Warum lassen Sie Grayson nicht fliegen?«, frage ich.

236

»Ist es nicht schade, auf diesen Luxus zu verzichten und selbst zu schuften?«

»Am Boden warten genügend bequeme Sessel und Cocktails auf mich. Es ist das Fliegen, das mich so begeistert.«

»Verstehe«, sage ich. »Dann begeistern Sie mich!«

Er grinst mich teuflisch an. »Das habe ich auch vor, Miss Fairchild: In der Luft und auch später, wenn wir wieder sicher gelandet sind.«

Oh ...

Er setzt ein Headset auf und kontaktiert den Kontrollturm. Dann fahren wir in Richtung Rollbahn, und Damien bringt das Flugzeug in Startposition. »Sind Sie so weit?«, fragt er, und ich nicke. Ich höre, wie sich der Schub aufbaut, bevor ich ihn spüre, und plötzlich rasen wir über die Startbahn. Damiens Hände umfassen fest und sicher den Steuerknüppel. Und dann zieht er daran, und ich spüre, wie der Boden wegkippt. Ich lehne mich in meinem Sitz zurück, und wir fliegen.

Mir stockt der Atem. »Wow!« Ich bin schon oft geflogen, aber irgendwie ist es auf dem Copiloten-Sitz eine ganz neue Erfahrung.

Wir setzen unseren Aufstieg noch eine Weile fort. Währenddessen kommuniziert Damien immer wieder mit dem Kontrollturm. Dann haben wir unsere Flughöhe erreicht. Als ich aus dem Fenster schaue, sehe ich weit unter uns die Küste Kaliforniens und die Berge, die sich in der Ferne erheben. »Wow!«, sage ich erneut und suche dann in meiner Tasche nach dem iPhone. Ich mache ein paar Schnappschüsse und drehe mich zu Damien um. »Ich wünschte, ich hätte das vorher gewusst. Ich würde gern richtige Fotos machen.«

»Ich glaube nicht, dass man durch die Scheiben anständig fotografieren kann. Grayson putzt sie zwar regelmäßig, aber das dicke Glas würde das Bild verzerren.«

Er hat recht, und schon ärgere ich mich nicht mehr über die verpasste Gelegenheit.

»Fotografieren Sie digital oder auf Film?«, fragt er. Jetzt, wo wir in der Luft sind, ist es erstaunlich still.

»Auf Film«, sage ich. »Ich habe eine ziemlich alte Kamera.«

»Entwickeln Sie die Filme selbst?«

»Nein.« Ich zucke unwillkürlich zusammen und hoffe, dass Damien es nicht bemerkt hat. Aber dem entgeht natürlich nichts. »Ich hätte nicht gedacht, dass das eine heikle Frage ist.«

»Ich bin kein großer Freund von kleinen, dunklen Räumen«, gestehe ich.

»Klaustrophobie?«

»Wahrscheinlich. Für mich gibt es nichts Schlimmeres, als im Dunkeln eingeschlossen zu sein.« Ich fahre mir mit der Zunge über die Lippen. »Überhaupt irgendwo eingeschlossen zu sein. Ich kann es nicht ausstehen, in der Falle zu sitzen.« Ich schaue nach unten und merke, dass ich die Arme um den Körper geschlungen habe.

Er streckt die Hand aus und legt sie sanft auf meinen Oberschenkel. Ich schließe die Augen und versuche, ruhig und gleichmäßig zu atmen. Seine Berührung beruhigt mich.

»Es tut mir leid«, bringe ich schließlich hervor.

»Sie brauchen sich nicht zu entschuldigen.«

»Ich sollte eigentlich längst darüber hinweg sein. Eine unangenehme Kindheitserinnerung.«

»Das, was uns im Kindesalter zustößt, werden wir nie wieder los«, sagt er. Da fällt mir wieder ein, was Evelyn erwähnt hat: *Nach all dem Mist, den er als Kind durchmachen musste ...* Vielleicht versteht er mich. In diesem Moment würde ich mich ihm am liebsten anvertrauen. Er soll wissen, dass es eine Erklärung für meine Marotten gibt. Aber vielleicht ist das keine gute Idee: Denn dann wirke ich schwach, und ich möchte in Damien Starks Nähe nicht schwach wirken.

Vielleicht möchte ich auch nur, dass er mich richtig kennenlernt.

Wie dem auch sei – ich habe keine Lust auf eine ausschweifende Selbstanalyse. Ich möchte nur Folgendes loswerden: »Ich war vier Jahre alt, als meine Mutter mich zum ersten Mal bei einem Schönheitswettbewerb angemeldet hat«, sage ich. »Sie war überhaupt sehr streng, aber die heftigsten Auseinandersetzungen hatten wir über das Thema Schönheitsschlaf.«

»Was hat sie getan?«, fragt er. Seine Stimme ist sanft, aber er spricht nur das Nötigste, so als müsste er sich schwer beherrschen.

»Anfangs hat sie mir befohlen, das Licht auszumachen, wenn sie der Meinung war, es sei Schlafenszeit. Und die begann fast immer zwei Stunden früher als bei meinen Freundinnen. Ich war noch nicht müde, also ging ich zu Bett, machte das Licht aus, zog eine Taschenlampe hervor und spielte mit meinen Stofftieren. Als ich älter war, las ich. Sie hat mich einmal zu oft dabei erwischt.«

Er schweigt, aber ich spüre, wie bedrückend die Atmosphäre geworden ist. Gespannt wartet er darauf, dass ich weiterrede.

»Sie hat mein Zimmer durchsucht und mir die Taschenlampe weggenommen. Später musste ich in einen fensterlosen Raum umziehen, weil der Schein der Straßenlaterne in mein Schlafzimmer fiel und sie mal irgendwo gelesen hatte, dass man nur bei absoluter Dunkelheit gut schlafen kann.« Ich fahre mir mit der Zunge über die Lippen. »Und dann hat sie ein Schloss an meiner Tür angebracht. Von außen. Und einen Elektriker kommen lassen, der auch den Lichtschalter nach außen verlegt hat.« Ich bin schweißgebadet. Vielleicht hätte ich das Thema lieber gar nicht erst anschneiden sollen, denn obwohl draußen die Sonne scheint, habe ich das Gefühl, dass es immer dunkler um mich herum wird.

»Und Ihr Vater hat nichts dagegen unternommen?« Die Wut in Starks Stimme ist mit Händen zu greifen.

»Ich kenne meinen Vater nicht. Meine Eltern haben sich scheiden lassen, als ich noch ein Baby war. Er lebt jetzt irgendwo in Europa. Fast hätte ich meinem Großvater davon erzählt, aber irgendwie habe ich mich zu seinen Lebzeiten nie dazu durchringen können.«

»Diese verdammte Hexe!« Er spuckt die Worte förmlich aus, und obwohl ich seine Meinung teile, spüre ich, wie mir höfliche Floskeln in den Sinn kommen – als müsste ich die Taten meiner Mutter rechtfertigen.

Doch ich spreche sie nicht aus. »Meine Schwester hat versucht, mir zu helfen.« Ich lächle bei der Erinnerung daran, wie Ashley unter meinem Türspalt hindurchgeleuchtet und mir Geschichten vorgelesen hat, bis sie müde war. Zumindest so lange, bis unsere Mutter uns auf die Schliche kam.

»Sie brauchte wohl keinen Schönheitsschlaf?«

»Sie hat nicht oft genug gewonnen, also hat meine Mom irgendwann aufgehört, sie bei den Schönheitswettbewerben anzumelden.« Dadurch hatte sie die Freiheit, selbst über ihr Leben zu bestimmen. Ich habe meine große Schwester, die immer mein Schutzengel gewesen war, stets bewundert, war aber auch unglaublich eifersüchtig auf sie. Ich war fest davon überzeugt, dass sie die Glücklichere von uns beiden war.

Bis sie Selbstmord beging.

Ich bekomme Gänsehaut. »Ich möchte nicht mehr darüber sprechen«, sage ich.

Er schweigt, wechselt aber kurz darauf das Thema. »Ich dachte, ich würde mich so einigermaßen mit Fotografie auskennen, aber da habe ich mich wohl geirrt. Ich dachte immer, eine Dunkelkammer müsste nicht völlig dunkel sein.«

Ich werfe ihm einen flüchtigen Blick zu, bin dankbar für sein Taktgefühl. Er will mich nicht weiter über meine Angst vor der Dunkelheit ausfragen, sondern hat den ursprünglichen Faden wieder aufgenommen. »Früher oder später schon«, sage ich und vergesse über meinem Lieblingsthema meine Ängste und Erinnerungen. »Bei Schwarz-Weiß-Abzügen wird häufig ein rotes oder bernsteinfarbenes Lämpchen benutzt, denn die meisten Papiere reagieren nur auf blaues oder blaugrünes Licht. Aber wenn man wie ich mit Farbfilm arbeitet, müssen die Abzüge bei absoluter Dunkelheit entwickelt werden. Andererseits: Eine Dunkelkammer zu mieten ist teuer, und selbst entwickeln kostet viel Zeit. Irgendwann werde ich mir eine Digitalkamera kaufen, aber bis es so weit ist, schicke ich meine Filme ein und bekomme die Kontaktabzüge und eine CD mit sämtlichen Bildern zurück. Dann setze ich mich hin und beschäftige mich auf meiner eigentlichen Spielwiese damit.«

»Am Computer?«, fragt er grinsend.

241

»Und zwar, seit ich mit zehn meinen ersten Rechner bekommen habe«, sage ich stolz, verschweige ihm aber, dass der Computer meine Rettung war: Ich konnte ihn einschalten und meiner Mutter vorgaukeln, Hausaufgaben zu machen, während ich mich in Spielen verlor und später eigene Programme schrieb. Wochenlang hatte ich den Schein des Bildschirms sogar als Nachtlampe benutzt, aber meine Mutter ist nicht dumm: Ihr entging nichts.

»Wenn man Fotos am Computer bearbeitet, hat das etwas Magisches«, sage ich. »Ich könnte zum Beispiel ein Foto von Ihnen machen, mir Bildmaterial vom Mond raussuchen und es so aussehen lassen, als befänden Sie sich im All.« Ich grinse provozierend. »Ich könnte Ihren Kopf auch auf den Körper eines Affen montieren.«

»Ich weiß nicht, ob das so vorteilhaft wäre.«

Dem kann ich schlecht widersprechen. »Nein, das glaube ich auch nicht.«

»Das ist eine der Apps, die Sie anbieten, nicht wahr?«, sagt er.

Ich blinzle überrascht. Dass er das überhaupt weiß! Ich habe die App selbst entworfen und programmiert und verkaufe sie sowie zwei weitere Smartphone-Apps über verschiedene Plattformen. Ich habe sie entwickelt, als ich noch studiert habe, allerdings nicht im Rahmen eines Seminars. Wie sich herausstellte, gibt es tatsächlich einen Markt für Apps, mit denen man Porträtaufnahmen auf den Rumpf eines Tieres montieren und dieses Bild dann über verschiedene soziale Netzwerke weiterverbreiten kann.

»Woher wissen Sie das?«, frage ich. Die App ist zwar durchaus beliebt, aber so viel Geld bringt sie nun auch wieder nicht ein, dass sie Starks Interesse wecken könnte.

»Ich versuche stets, alles über die Dinge zu erfahren, die mich interessieren«, sagt er und sieht mich dabei unverwandt an. Damit meint er eindeutig mich und nicht die App. Keine Ahnung, warum mich das so erstaunt. Denn auch Damien entgeht nichts.

Ich lächle, fühle mich geschmeichelt, aber auch verletzlich. Ich komme nicht umhin, mich zu fragen, was er noch alles über mich weiß. Wie gründlich hat er recherchiert? Angesichts der Ressourcen, die ihm zur Verfügung stehen, könnte er ziemlich viel in Erfahrung gebracht haben, und das gibt mir zu denken.

Falls er meine Beunruhigung bemerkt hat, ignoriert er sie. »Wissenschaft ist für mich wie Magie«, sagt er und nimmt den Gesprächsfaden wieder auf. »Und zwar nicht nur die Informatik.«

»Ich war schwer beeindruckt von Ihren Fragen bei der Präsentation«, sage ich. Er erkundigte sich sowohl über die technischen Aspekte der Software als auch über ihre physischen Komponenten. Mir war sofort klar, dass er etwas von Technik und Informatik versteht. »Was haben Sie studiert?«

»Ich habe gar nicht studiert«, sagt er. »Ich bin auch nicht zur Schule gegangen. Seit ich zehn bin, hatte ich nur noch Privatlehrer. Mein Trainer wollte das so, und mein Vater war einverstanden.«

Seine Stimme hat eine ungewohnte Schärfe angenommen, und obwohl ich gern mehr wissen würde, merke ich, dass ich ein heikles Thema angesprochen habe. »Verstehen Sie viel von Fotografie?«, frage ich, als mir die Fotos in seinem Empfangsbereich wieder einfallen. »Haben Sie die Bilder vor Ihrem Büro gemacht?«

243

»Ich bin nur ein Amateur«, sagt er leichthin, und ich bin froh, dass er seine frühere Unbekümmertheit wiedergewonnen hat. »Und nein. Ich wollte Fotos, die meine Interessen widerspiegeln. Sie sind von einem Fotografen aus der Gegend: Er hat ein Studio in Santa Monica.«

»Er ist sehr gut. Die Kontraste und Perspektiven sind atemberaubend.«

»Das sehe ich genauso, und ich fühle mich geschmeichelt, dass Sie mich für den Künstler gehalten haben.«

Ich drehe mich in meinem Sitz, um ihn besser sehen zu können. »Nun, Sie sind ein Mann mit vielen Talenten – und voller Überraschungen.«

Sein schiefes Grinsen ist typisch für Damien und stellt weitere Überraschungen in Aussicht. Ich spüre ein Kribbeln zwischen den Beinen.

Ich senke den Blick und räuspere mich. »Ihre Interessen? Da waren Fotos vom Meer, von den Bergen, von Mammutbäumen und von einem Fahrradreifen. Also sind Ihre Hobbys Segeln, Skifahren, keine Ahnung und Radfahren.«

»Gar nicht mal so schlecht! Das Meer steht fürs Tauchen und die Bäume fürs Wandern. Ansonsten haben Sie richtig geraten. Und, teilen Sie das eine oder andere Interesse, Miss Fairchild?«

»Ich teile sie alle«, gestehe ich. »Obwohl ich noch nie Tauchen war. In Texas gibt es dazu nicht viel Gelegenheit.«

»In Kalifornien kann man fantastisch tauchen«, sagt er. »Obwohl so ein Neoprenanzug ganz schön umständlich ist. Ich bevorzuge die wärmeren Gewässer der Karibik. Da!«, sagt er und zeigt aus dem Fenster.

Ich brauche einen Moment, um zu begreifen, dass er auf Santa Barbara deutet.

»Ich werde jetzt gleich zur Landung ansetzen. Wollen Sie nicht kurz den Steuerknüppel halten?«

»Wie bitte?« Ich räuspere mich und versuche, beim zweiten Versuch nicht allzu piepsig zu klingen. »*Was* haben Sie da gerade gesagt?«

»Es ist ganz einfach«, erwidert er und lässt den Steuerknüppel los. Er nimmt meine Hand, was mir durch Mark und Bein geht – warum nehme ich jede Berührung dieses Mannes bloß so intensiv wahr? Im Moment ist das auch ziemlich hinderlich, weil er meine Hände auf den Steuerknüppel legt und ich dieses Flugzeug jetzt in der Luft halten soll. Und das, obwohl ich mich in seiner Gegenwart kaum konzentrieren kann!

»O Scheiße!«, sage ich, als er meine Hand loslässt. »Stark, verdammt! Was soll ich tun?«

»Sie tun es bereits. Halten Sie die Maschine ruhig. Wenn Sie den Steuerknüppel nach vorne drücken, sinken wir. Wenn Sie daran ziehen, steigen wir. Machen Sie nur, ziehen Sie!«

Ich tue gar nichts.

Er lacht. »Los, machen Sie schon. Probieren Sie es aus!«

Diesmal gehorche ich und stoße einen Entzückensschrei aus, als das Flugzeug auf mein Kommando reagiert.

»Das Geräusch gefällt mir«, sagte Damien. »Ich glaube, das möchte ich auch am Boden hören.« Er berührt meine Wange, streicht sanft mit dem Daumen darüber. Diesmal muss ich mich schwer beherrschen, kein Geräusch zu machen. »Gut so, Baby. Jetzt wieder geradeaus.«

Seine Hand wandert zu meinem Nacken und bleibt auf meiner Schulter liegen. Er drückt sie leicht. »Gut gemacht.«

Mein Atem geht schneller, und ich weiß nicht, ob meine Hochstimmung auf den Flug oder auf den Mann neben mir zurückzuführen ist. »Ich bin geflogen«, sage ich. »Ich bin doch tatsächlich geflogen.«

»Ja«, sagt er. »Und Sie werden es wieder tun.«

Auf der Restaurantterrasse des Santa Barbara Pearl Hotels an der Bank Street sind wir die einzigen Gäste. Wir sind nur wenige Häuser vom Meer entfernt. Von unserem Platz aus können wir den Stearns-Wharf-Pier und die Kanalinseln von Kalifornien sehen, die in der Ferne wie Meeresungeheuer aus dem Wasser ragen.

Ich nippe an einem weißen Schokoladen-Martini. Nach einem Mittagessen mit rohen Austern und gefülltem Lachs bin ich angenehm gesättigt. »Es ist fantastisch hier«, sage ich. »Wie sind Sie nur auf diesen Ort gestoßen?«

»Das war nicht weiter schwer«, sagt er. »Mir gehört das Hotel.«

Keine Ahnung, warum mich das noch überrascht. »Gibt es irgendetwas, das Ihnen nicht gehört, Mr. Stark?«

Er streckt den Arm aus und nimmt meine Hand. »Im Moment habe ich alles, was ich will.«

Ich nippe an dem Martini, um meine Reaktion zu verbergen.

»Machen Sie sich keine Sorgen, Miss Fairchild. Ich behandle alles, was mir gehört, mit großer Sorgfalt.«

Ich erröte und bin mir meines Körpers überdeutlich bewusst, vor allem meines Unterleibs. Ich genieße es, habe aber gleichzeitig Angst, dass er unseren Vertrag aufkündigt, sobald er die Ware erst mal richtig unter die Lupe genommen hat.

Ein Mann im Maßanzug betritt die Terrasse. Er trägt eine

weiße Einkaufstüte, die er Damien überreicht. »Das ist soeben für Sie eingetroffen, Mr. Stark.«

»Danke, Richard.«

Als Richard geht, überreicht Damien mir die Tüte. »Ich glaube, das ist für Sie.«

»Wirklich?« Ich stelle die Tüte auf meinen Schoß und spähe hinein. Was ich da sehe, verschlägt mir den Atem: Es ist eine Leica, eine brandneue Leica.

Ich sehe Damien an und bemerke sein breites, entzücktes Grinsen. »Gefällt sie Ihnen? Das ist eine der besten Digitalkameras.«

»Sie ist fantastisch.« Ich lache. »Sie sind erstaunlich, Mr. Stark. Sie brauchen nur einmal zu blinzeln, und schon passiert alles Mögliche.«

»Etwas mehr als blinzeln musste ich schon, aber das war die Mühe wert. Wie wollen Sie sonst Schnappschüsse vom Strand machen?«

Ich stehe auf und gehe bis ans Ende der Terrasse. »Von hier aus kann ich zwar das Meer sehen, aber nicht viel vom Strand.«

»Dann sollten wir dort spazieren gehen, damit Sie eine bessere Aussicht haben.«

Ich hebe den Fuß und zeige ihm meine Pumps mit den sechs Zentimeter hohen Absätzen. »Ich glaube nicht, dass ich dafür passend angezogen bin.«

Das Fußkettchen glitzert in der Sonne. Er fährt mit dem Finger darüber, und seine Wärme überträgt sich auf mich.

»Es ist wunderschön«, sage ich.

»Schönheit, wem Schönheit gebührt«, erwidert er. »Die Smaragde betonen die Farbe Ihrer Augen.«

247

Ich lächle entzückt. »Ich werde in letzter Zeit regelrecht mit Geschenken überhäuft.«

»Gut so, denn das haben Sie auch verdient. Und das hier ist übrigens kein Geschenk«, sagt er, während er über das Kettchen streicht. »Es ist ein Symbol für unsere Verbindung ... und ein Versprechen.« Dabei sieht er mir direkt in die Augen, und ich erröte.

»Ich würde nur ungern auf den Strandspaziergang mit Ihnen verzichten«, gestehe ich. Meine Worte sind kaum mehr als ein Flüstern. »Ich kann auch barfuß laufen.«

Er gluckst. »Das könnten Sie. Aber haben Sie schon gesehen, was sich unter der Schachtel mit der Kamera befindet?«

»Darunter?« Ich kehre zum Tisch zurück und nehme die Schachtel heraus. Und tatsächlich, da ist noch etwas anderes, in blaues Papier gewickelt. Ich sehe ihn an, aber seine Miene ist undurchdringlich. Langsam packe ich es aus. Was auch immer es ist, es ist flach und fest. Ich schlage das Papier zurück und enthülle ein schwarzes Paar Flipflops. Grinsend sehe ich Damien an.

»Für den Strandspaziergang«, sagt er.

»Danke.«

»Ihr Wunsch ist mir Befehl.«

»Nicht alles kann man kaufen«, sage ich.

»Nein«, pflichtet er mir bei und mustert mich eindringlich. »Aber was ich verspreche, halte ich auch.«

Bei seinen Worten zieht sich alles in mir wollüstig zusammen, aber der Kellner rettet mich davor, darauf eine Antwort geben zu müssen. Wir kehren zu unserem Tisch zurück, um einen Espresso und halb flüssigen Schokokuchen zu uns zu nehmen. Letzterer ist so perfekt, dass ich mir wünsche, Damien hätte darauf bestanden, zwei Stücke zu bestellen, auch wenn ich nur mal kosten wollte.

»Und was haben Sie am Wochenende sonst noch gemacht?«, frage ich.

»Ich habe gearbeitet.«

»Und eine weitere Milliarde verdient?«

»Nicht ganz, aber es hat sich gelohnt. Und Sie?«

»Ich habe Wäsche gewaschen«, gestehe ich. »Und am Samstag waren wir tanzen.«

»Wir?«

»Ollie und meine Mitbewohnerin Jamie.«

Seine Züge verhärten sich. Ist das Eifersucht? Wahrscheinlich, und ich bin kleinlich beziehungsweise eitel genug, um mich darüber zu freuen.

»Soll ich diese Woche mit Ihnen tanzen gehen?«

»Das würde mich freuen«, sage ich.

»Wo waren Sie mit Jamie und Ollie?«

»Im Westerfield's. Das ist dieser neue Laden am Sunset Boulevard, gleich beim St. Regis.«

»Hm.« Er wirkt nachdenklich. Wahrscheinlich sind laute Clubs nicht so sein Ding.

»Ist Ihnen das zu heftig?«, frage ich. »Der wummernde Bass? Die grellen Lichter?« Ich weiß, dass er erst dreißig ist, aber die meiste Zeit wirkt er deutlich älter. Ob er Standardtänze bevorzugt? Solche Lokale gibt es in Los Angeles bestimmt auch. Ich muss an all die Filme mit Fred Astaire und Ginger Rogers denken, die ich gesehen habe. Ja, in Damiens Armen würde ich auch gerne so tanzen.

»Hat Ihnen das Westerfield's gefallen?«

»Ja, sehr. Aber wissen Sie, ich habe gerade erst fertigstu-

249

diert, und in Austin gibt es jede Menge Clubs. Ich bin die Lautstärke und den Bass gewohnt, also ...« Ich verstumme, weil er mich plötzlich so belustigt ansieht. Als ich verstehe warum, lasse ich die Schultern hängen. »Der Laden gehört Ihnen, nicht wahr?«

»Er gehört mir tatsächlich.«

»Hotels. Clubs. Was ist nur aus Ihrem kleinen Technologie-Imperium geworden?«

»Imperien haben nun mal eine gewisse Größe. Es ist besser, ein möglichst breit gefächertes Portfolio zu haben. Außerdem ist mein Imperium alles andere als klein.«

»Ich habe Sie völlig falsch eingeschätzt«, gestehe ich.

»Ach ja?«

»Ich habe mir vorgestellt, dass wir wie Fred und Ginger tanzen werden. Wenn Sie mich ausführen, meine ich. Aber ich bin auch mit einer heißen Clubnacht einverstanden.« Ich schenke ihm mein verführerischstes Lächeln und erschrecke über mich selbst. Ich schiebe es auf den Martini. Na ja, auf den Martini *und* den Mann vor mir.

Er lächelt geheimnisvoll, steht dann auf und geht quer über die Terrasse. Ich sehe, wie er sich an irgendeinem Gerät an der Wand zu schaffen macht. Kurz darauf höre ich Musik. Es ist »Smoke Gets in Your Eyes«, eines meiner Lieblingsstücke von Fred und Ginger. Er kehrt zu mir zurück und reicht mir die Hand. »Miss Fairchild, darf ich Sie um diesen Tanz bitten?«

Meine Kehle ist zugeschnürt, und mein Herz klopft wie wild, als er mich in seine Arme zieht. Ich kann nicht sehr gut tanzen, aber jetzt, wo Damien mich führt, habe ich das Gefühl zu schweben. Wir gleiten über die Terrasse, seine Hand

250

liegt leicht wie eine Feder auf meinem Rücken. Und als das Stück zu Ende ist, zieht er mich an sich, beugt mich weit nach hinten und lächelt verwegen auf mich herunter.

Meine Brust hebt und senkt sich in seinen Armen, seine Lippen schweben über den meinen, und ich kann nur noch daran denken, wie sie sich wohl anfühlen werden. Sie und sein Mund. Oder seine Zunge.

»Denken Sie an etwas Bestimmtes, Miss Fairchild?«

»Nein.«

Er hebt eine Braue, und mir fällt ein, was er damals gesagt hat: *keine Lügen.*

»Ich – ich habe mich nur gewundert.«

»Gewundert? Worüber?« Sanft richtet er mich wieder auf, und unsere Körper schmiegen sich aneinander. Unsere Hüften berühren sich. Meine Brüste drängen sich an seinen Brustkorb, meine steifen Brustwarzen lassen keinen Zweifel daran, wie erregt ich bin, »Verraten Sie es mir!«, flüstert er, während seine Lippen mein Ohr streifen, und ich zittere vor Verlangen.

»Ich habe mich gefragt, ob Sie mich wohl küssen werden.«

Er hebt langsam den Kopf und sieht mir in die Augen. Ich möchte mich in dem Feuer, das ich darin sehe, verlieren und öffne erwartungsvoll die Lippen.

»Nein«, sagt er und tritt dann einen Schritt zurück.

Ich blinzle verwirrt. *Nein?*

Sein Lächeln hat etwas Gefährliches. »Nein«, wiederholt er, und ich verstehe: Er bestraft mich dafür, dass ich aus seinem Büro geflohen bin. »Unsere Woche beginnt erst, wenn Sie das erste Mal Modell sitzen.«

»Heute Abend?«, frage ich.

»Heute Abend um sechs.«

Ich nickte enttäuscht, aber auch erregt.

Seine Hand gleitet über die Wölbung meines Hinterns, über den dünnen Stoff meines Rocks. »Und noch etwas, Nikki«, sagt er. »Machen Sie sich gar nicht erst die Mühe, Unterwäsche zu tragen. Sie werden keine brauchen.«

Ich schlucke und merke, dass ich schon ganz feucht bin vor Vorfreude.

18

Ich hänge mir die Leica um den Hals. Unsere sonstige Habe lassen wir bei Richard und nehmen den Hinterausgang des Hotels, folgen einem Pfad, der uns am Pool, einem weiteren Restaurantbereich und an den Tennisplätzen vorbeiführt. Zwei Paare spielen ein Doppel, sie lachen und necken sich, während sie fast jeden Ball verfehlen.

»Nicht viele Hotels verfügen über Tennisplätze«, sage ich. »War das Ihre Idee?«

»Die Plätze gab es schon, als ich es gekauft habe«, sagt Damien. Vielleicht bilde ich mir das nur ein, aber er scheint immer schneller zu gehen. Ich dagegen verlangsame meine Schritte. Neben den Tennisplätzen steht eine Bank, und dort halte ich inne, stütze mich auf die Lehne. Ich betrachte die Spieler, stelle mir Damien auf dem Platz vor. Seine muskulösen, gebräunten Beine. Seine breiten Schultern und kräftigen Arme. Sein entschlossen vorgerecktes Kinn.

Kurz darauf spüre ich, wie er hinter mich tritt. »Wir sollten gehen«, sagt er. »Ich möchte Ihnen den Pier zeigen, und ich muss um drei wieder im Büro sein.«

»O natürlich, das hatte ich ganz vergessen.« Ich nehme seine Hand, und wir gehen weiter, verlassen das Hotelgelände und schlendern an den verwunschenen Stuckfassaden der Mason Street vorbei.

»Vermissen Sie es?«, frage ich, als wir uns nach rechts wenden und einen kleinen grünen Park betreten. Vor uns liegen der Strand und der blaugrün in der Nachmittagssonne funkelnde Pazifik. »Das Tennisspielen, meine ich.«

»Nein.« Er antwortet mit fester Stimme, vorbehaltslos und ohne jedes Zögern. Trotzdem glaube ich ihm nicht wirklich, sage aber nichts und hoffe, dass er weiterspricht. Nach einer Weile sagt er: »Am Anfang habe ich leidenschaftlich gerne gespielt. Aber dann habe ich jeden Spaß daran verloren. Es war einfach zu viel Ballast damit verbunden.«

»Meinen Sie die Wettkämpfe?«, frage ich. »Vielleicht hätten Sie wieder Spaß daran, wenn Sie nur zum Vergnügen spielen. Ich spiele zwar katastrophal, aber von mir aus können wir gern mal ein paar Bälle schlagen.«

»Ich spiele nicht mehr«, sagt er barsch, ohne auf meinen Vorschlag einzugehen.

»Verstehe.« Ich zucke die Achseln. Anscheinend habe ich einen wunden Punkt berührt. Wie kann ich den flirtenden, lachenden Damien wieder heraufbeschwören? »Es tut mir leid.«

Er sieht mich von der Seite an und atmet hörbar aus. »Nein, mir tut es leid!« Er lächelt, und ich sehe, dass das Eis zu schmelzen beginnt, seinen warmen Kern enthüllt. »Es ist nur so, dass ich mit dem Tennis abgeschlossen habe. So wie Sie mit den Schönheitswettbewerben. Sie nehmen doch auch nicht mehr daran teil, oder?«

Ich lache. »Um Gottes willen, nein! Aber das ist etwas anderes. Mir hat es nie Spaß gemacht.« Mist, hätte ich doch meinen Mund gehalten! Ich will nicht, dass er wieder zu Eis erstarrt.

Aber seine Stimme ist alles andere als eisig. Er sieht mich neugierig an. »Niemals?«

254

»Niemals«, sage ich. »Na ja, als ich klein war, habe ich mich gern herausputzen lassen. Aber ehrlich gesagt kann ich mich kaum noch daran erinnern. Vermutlich hat es mir schon damals nicht wirklich gefallen. Ich bin mir dabei immer vorgekommen wie die Barbiepuppe meiner Mutter.«

»Und Puppen haben kein eigenes Leben«, sagt er.

»Nein.« Ich freue mich, dass er mich so gut versteht. »Wurden Sie von Ihren Eltern zum Spielen gezwungen?« Gut möglich, dass ich einen weiteren wunden Punkt berühre, aber ich möchte diesen Mann besser kennenlernen.

Als wir das Ende des Parks erreicht haben, nimmt er meine Hand, und wir überqueren den Cabrillo Boulevard. Dann sind wir am Strand und gehen schweigend auf die Brandung zu. Ich habe mich schon damit abgefunden, keine Antwort auf meine Frage zu erhalten, als Damien endlich den Mund aufmacht.

»Am Anfang hat es mir gefallen. Offen gestanden habe ich es geliebt. Ich war noch so jung, aber schon damals haben mich die Präzision, das Timing und die kraftvollen Schläge begeistert. Und ich hatte einen verflucht kräftigen Schlag! Es war ein schlimmes Jahr für mich – meine Mutter war krank –, und da habe ich mich auf dem Tennisplatz abreagiert.«

Ich nicke. Das kann ich nachvollziehen. Als ich jünger war, habe ich mich am Computer oder hinter einer Kamera abreagiert. Erst als das nicht mehr genügt hat, habe ich damit begonnen, mich zu ritzen. Irgendwie findet jeder eine Lösung. Dann muss ich an Ashley denken. Manchmal scheint es auch keine Lösung zu geben.

»Anfangs habe ich nach der Schule Einzelunterricht beim

Sportlehrer erhalten. Aber der meinte bald, er könne mir nichts mehr beibringen. Mein Vater war Fabrikarbeiter, sodass wir uns keinen Trainer leisten konnten. Aber das war nicht weiter schlimm für mich. Ich war schließlich noch ein Kind, gerade mal acht Jahre alt, und wollte nur zum Vergnügen spielen.«

»Und dann?«

»Der Lehrer wusste, dass meine Mutter krank ist und wir uns keinen Unterricht leisten können. Er hat mich einem Freund empfohlen, und ehe ich mich's versah, hat mich ein richtiger Profi trainiert, und zwar kostenlos. Das war ein Riesenspaß, vor allem als ich anfing, Turniere zu gewinnen. Sie haben vielleicht schon bemerkt, dass ich äußerst ehrgeizig bin.«

»Sie? Das kann ich mir gar nicht vorstellen.« Ich ziehe meine Flipflops aus und lasse sie von meinen Fingern baumeln. Dann wate ich in die Brandung hinein. Damien ist bereits barfuß, er hat seine Schuhe bei Richard im Hotel gelassen. Ich kann mir nicht vorstellen, dass es viele Männer gibt, die in einem Maßanzug barfuß den Strand entlanglaufen und dabei sexy aussehen können. Aber zu Damien passt es, es unterstreicht sein Selbstbewusstsein. Zeigt, dass er tut, was er möchte, und sich einfach nimmt, was er will.

So wie mich.

Ein wohliger Schauer durchfährt mich, und ich lächle. Obwohl der Tag ziemlich schrecklich begonnen hat, verspricht er doch noch außergewöhnlich schön zu werden.

Wir sind nicht die Einzigen am Strand, aber unter der Woche ist es nicht sehr voll hier. Ich kann keine einzige Muschel entdecken, nur Bruchstücke. Dafür sind die Kräusel im

256

Sand, die die Wellen hinterlassen haben, in ihrer Präzision wunderschön. Ich lasse die Schuhe fallen, damit ich den Deckel vom Objektiv nehmen und die Kamera scharfstellen kann. Ich möchte den welligen Sand und die weiße Gischt der Brandung fotografieren.

Damien wartet, bis der Verschluss klickt, dann legt er die Arme um meine Taille. Ich spüre den leichten Druck seines Kinns auf meinem Kopf. »Werden Sie mir den Rest auch noch verraten?«, frage ich. »Und mir erzählen, was Sie so verändert hat?«

»Der Erfolg«, sagt er düster.

Ich drehe mich in seinen Armen um. »Das verstehe ich nicht.«

»Ich wurde so gut, dass sich ein widerwärtiger Profitrainer für mich interessiert hat.« Seine Stimme ist jetzt so tief und beißend, dass ich Gänsehaut bekomme. »Er hat einen Vertrag mit meinem Vater geschlossen, mich gegen eine Beteiligung an den Preisgeldern trainiert.«

Ich nicke. Dieser erste Profitrainer kam auch in dem Wikipedia-Artikel vor, den ich gelesen habe. Er hat Damien im Alter von neun bis vierzehn trainiert, anschließend hat er Selbstmord begangen. Anscheinend hatte er seine Frau betrogen.

Unwillkürlich muss ich wieder an Ashley denken, möchte aber bei Damien keine schlafenden Hunde wecken. Stattdessen frage ich: »Waren die Wettkämpfe schuld, dass aus Vergnügen Arbeit wurde?«

Damiens Miene verfinstert sich dermaßen rasch und heftig, dass ich nach einer Wolke über uns Ausschau halte. Aber da ist keine. Sein Gesicht spiegelt nur seine Gefühle wider.

»Ich habe nichts gegen harte Arbeit«, sagt er mit fester Stimme. »Aber als ich neun Jahre alt wurde, war nichts mehr wie vorher.« Seine Stimme klingt jetzt ganz barsch, und ich verstehe nicht, warum. Da fällt mir auf, dass er meine Frage noch gar nicht beantwortet hat.

»Was ist passiert?«

»Ich habe zu meinem Vater gesagt, dass ich aufhören will, aber ich verdiente bereits gutes Geld bei den Turnieren, und er hat Nein gesagt.«

Ich drücke seine Hand. Wieder ist er meiner Frage ausgewichen, aber ich hake nicht weiter nach. Wie könnte ich – schließlich bin ich selbst eine Meisterin im Ausweichen.

»Ein Jahr später habe ich nochmals versucht auszusteigen. Damals nahm ich bereits an nationalen, ja sogar an internationalen Wettkämpfen teil. Ich habe so viel Unterricht versäumt, dass mein Dad Privatlehrer engagieren musste. Am liebsten waren mir die Naturwissenschaften. Ich habe alles gelesen, was ich dazu in die Finger bekam, angefangen von Astronomie über Physik bis hin zu Biologie. Und natürlich auch Romane. Vor allem Science-Fiction-Romane habe ich regelrecht verschlungen. Ich habe mich sogar heimlich für ein naturwissenschaftliches Studium beworben. Man hätte mich nicht nur zugelassen, sondern mir sogar ein Vollstipendium angeboten.«

Ich fahre mir mit der Zunge über die Lippen. Ich weiß, was jetzt kommt. Wie konnte ich das nur übersehen? Wir haben so viel gemeinsam, er und ich. Wir wurden beide von unseren Eltern um unsere Kindheit gebracht. »Und Ihre Eltern haben Nein gesagt.«

»Mein Vater«, sagt Damien. »Meine Mutter war bereits im

Jahr zuvor gestorben. Es war ...« Er atmet hörbar ein und bückt sich dann nach meinen Schuhen. Wir gehen weiter den Strand entlang, nähern uns dem wuchtigen Stearns-Wharf-Pier. »In dem Jahr, in dem sie starb, war ich am Boden zerstört. Ich war wie betäubt, habe alles auf dem Tennisplatz abreagiert: die Wut, die Einsamkeit, die Enttäuschung.« Bei der Erinnerung daran mahlen seine Kiefer. »Das ist vielleicht der Grund, warum ich so verdammt gut gespielt habe.«

»Das tut mir leid«, sage ich, doch meine Worte klingen hohl. »Ich wusste, dass Sie sich für Naturwissenschaften interessieren. Dafür muss man sich nur die Geschäftsfelder ansehen, in die Sie investieren. Aber dass Sie schon ein Leben lang davon fasziniert sind, war mir nicht bewusst.«

»Woher auch?«

Ich hebe den Kopf und schaue ihm in die Augen. »Sie sind nicht gerade ein unbeschriebenes Blatt, Mr. Stark. Falls Sie es noch nicht gemerkt haben sollten: Sie sind ein Promi. Sie haben sogar einen Wikipedia-Eintrag. Aber dass Sie ein Vollstipendium für ein naturwissenschaftliches Studium ausgeschlagen haben, steht dort nicht.«

Er presst die Lippen zu einem schmalen Strich zusammen. »Ich habe hart daran gearbeitet, dass meine Vergangenheit nicht im Internet zu finden ist und die Medien nicht darüber berichten.« Ich muss an das denken, was Evelyn gesagt hat, nämlich dass Damien schon früh gelernt hat, wie man die Medien in Schach hält. Sie hat also recht gehabt. Ich frage mich, welche Details aus seinem Leben Damien Stark noch unter den Teppich gekehrt hat.

Ich hebe die Kamera und schaue durch den Sucher, richte ihn zunächst aufs Meer und dann auf Damien, der abwehrend die Hände hebt. Lachend mache ich rasch hintereinander mehrere Bilder. »Böses Mädchen!«, sagt er, woraufhin ich noch mehr lachen muss.

»Da sind Sie selbst schuld!«, sage ich. »Sie haben mir die Kamera gekauft.«

»Von wegen!« Jetzt muss er auch lachen. Ich tänzle rückwärts, als er einen Riesensatz auf mich zumacht. Ich freue mich, dass er wieder fröhlich und die Melancholie aus seinem Blick verschwunden ist. Ich hebe die Kamera und mache weitere Schnappschüsse.

»Und sie hört doch tatsächlich nicht auf, sich weitere Strafpunkte einzuhandeln!«, sagt er missbilligend und schnalzt mit der Zunge.

Ich hänge mir die Kamera um und hebe in gespielter Ergebenheit die Hände. »Noch bin ich frei, vergessen Sie das nicht!«

Sein Grinsen wird immer dreckiger. »Jetzt sind mir die Hände gebunden, aber das bedeutet nicht, dass ich für die Zukunft kein Strafregister anlegen kann.«

»Ach ja?« Ich mache ein weiteres Bild von ihm. »Wenn ich ohnehin bestraft werde, dann soll es sich wenigstens lohnen.«

In seinem Gesicht sehe ich pure Leidenschaft – ein einziges Versprechen. »Ich kann Ihnen versichern, dass ich in dieser Beziehung äußerst gründlich sein werde.«

»Eine Hand wäscht die andere, oder nicht? Sie bekommen ein Porträt von mir. Da darf ich ruhig auch ein paar Fotos von Ihnen machen.«

»Netter Versuch!«, sagt er. »Aber Ihrer Strafe werden Sie nicht entgehen.«

260

Ich gehe auf ihn zu, lege ihm den Arm um den Nacken. Das Einzige, was uns noch trennt, ist die Kamera, und plötzlich werde ich von seiner Wärme eingehüllt. Ich stelle mich auf die Zehenspitzen, damit ich ihm etwas ins Ohr flüstern kann. »Was, wenn ich Ihnen sage, dass ich mich darauf freue?«

Er erstarrt, aber als ich mich von ihm löse, sehe ich, wie seine Kiefer mahlen. Das genügt mir. Ich habe Damien Stark verblüfft, ja mehr als das: Ich habe ihn erregt.

Mit einem leisen Lachen mache ich einen Satz nach hinten und sonne mich in weiblichem Stolz.

Wir haben den Pier erreicht, betreten ihn aber nicht. Stattdessen machen wir kehrt und laufen in Richtung Bath Street und Hotel zurück. Unterwegs mache ich ein paar Schnappschüsse von den Kanalinseln, dann gelingt mir eine fantastische Aufnahme von zwei Möwen, die so dicht nebeneinanderfliegen, dass sie fast zu verschmelzen scheinen. Wir haben beinahe die gesamte Strecke zurückgelegt, als Damien sich auf eine Bank setzt. Ich gehe vor ihm in die Hocke, weil ich einen Seeigel im Sand sehe.

»Ich freue mich auf heute Abend, Miss Fairchild«, sagt er eindringlich. Als er mich anblickt, bemerke ich die altvertraute Leidenschaft in seinen Augen. »Es ist nicht leicht, etwas so Kostbarem so nahe zu sein, ohne es in Besitz nehmen zu dürfen.«

»In Besitz?«, wiederhole ich.

Er setzt ein breites, selbstbewusstes Grinsen auf. »Besitz. Eigentum. Genuss. Kontrolle. Macht. Suchen Sie sich einen Begriff aus, Miss Fairchild, denn ich habe vor, sie alle bis zum Letzten auszukosten.«

261

»Jetzt verstoßen Sie aber gegen die Regeln.«

»Oh, das sehe ich anders.« Er hebt die Hände. »Ich berühre Sie nicht und stelle auch keine Forderungen. Noch gehören Sie mir nicht.« Er schaut auf die Uhr. »Nur noch wenige Stunden«, fügt er hinzu, und ich muss aufstehen. Meine Beine sind viel zu schwach, und mein Körper prickelt zu sehr, um länger in der Hocke zu bleiben.

»Noch bin ich vollkommen frei«, stelle ich fest, muss aber an nachher denken. Daran, was dann passieren wird.

»Noch habe ich keinerlei Gewalt über Sie«, sagt Damien, während er mich mit seinen Blicken auszieht. »Ich kann Ihnen nicht befehlen, sich zu berühren. Ich kann nicht darauf bestehen, dass Sie sich nackt in die Brandung legen und Ihre Finger über Ihre Muschi gleiten lassen. Ich kann Sie nicht mit zum Pool nehmen, Sie hineinführen und an Ihren Brustwarzen saugen, während das Wasser den Sand von Ihrem Körper wäscht. Ich kann meine Finger nicht in Sie hineinstecken und spüren, wie feucht Sie sind, wie sehr Sie mich begehren.«

Sein Blick ruht auf mir, und ich atme nur noch ganz flach. Auf meiner Haut stehen Schweißperlen, und das liegt nicht an der Sonne. Ich bin mindestens einen Meter von ihm entfernt, aber es fühlt sich an, als wäre er direkt neben mir, ja als würden wir miteinander verschmelzen. Als würden seine Hände über meinen Körper wandern. Und verdammt, ich *will* mich berühren! Nur mit Mühe schaffe ich es, die Arme locker neben dem Körper hängen zu lassen. Nichtsdestotrotz streicht mein Daumen über die Außenseite meines Schenkels, langsam und sinnlich. Mehr kann ich nicht tun, und ich klammere mich an diese Berührung genauso wie an seine Worte.

262

»Ich kann Sie nicht in den Whirlpool ziehen und Sie umdrehen, damit ich Sie von hinten nehmen kann, während das Wasser Ihre Klitoris stimuliert. Ich kann Ihre Brüste nicht umschließen und Sie so brutal ficken, dass Sie für mich kommen, dass Sie explodieren. Und ich kann Sie nicht unterm Sternenhimmel auf einem Balkon lieben.«

Mich lieben ...

Mein Herz schlägt einen Purzelbaum.

»All das ist mir verwehrt, Nikki«, fährt er fort. »Weil Sie mir noch nicht gehören. Aber das wird sich bald ändern. Schon bald kann ich mit Ihnen machen, was ich will. Ich hoffe, Sie sind dafür bereit.«

Ich schlucke. Das hoffe ich auch. Lieber Gott, lass mich dafür bereit sein.

Als wir in Santa Monica aus dem Flugzeug steigen, warten bereits zwei Autos auf uns. Damiens schnittiger, teurer roter Wagen mit dem unaussprechlichen Namen sowie ein Lincoln Town Car. Ein kleiner Mann mit Mütze steht neben dem Lincoln. Er neigt den Kopf, als ich ihn ansehe.

Damien legt seine Hand auf meinen Rücken und schiebt mich auf ihn zu. »Das ist Edward, einer meiner Fahrer. Er wird Sie nach Hause bringen.«

»Und Sie kehren ins Büro zurück?«

»Es tut mir sehr leid, unseren Ausflug beenden zu müssen, aber das lässt sich nicht ändern.«

»Nein, nein. Sie sind sicher sehr beschäftigt. Es ist nur so, dass mein Wagen in der Garage steht. Ich könnte genauso gut mit Ihnen zurückfahren.«

Er drückt mir einen Kuss auf die Stirn, während Edward

263

mir den Wagenschlag aufhält. »Ich würde mich über Ihre Begleitung freuen, aber Ihr Wagen steht vor Ihrem Apartment.«

Ich brauche eine Weile, bis ich seine Worte verarbeitet habe. »Wie bitte? Wie ist er denn dahin gekommen?«

»Ich habe das für Sie arrangiert.«

»Sie haben das für mich arrangiert«, wiederhole ich. Ich bin gar nicht mal wütend, eher verblüfft. Nein, eigentlich bin ich schon wütend. Ich spüre, wie Zorn in mir aufwallt. »Einfach so, ohne mich zu fragen?«

Er sieht mich verwirrt an. »Ich dachte, Sie würden sich darüber freuen.«

»Sie mischen sich ungefragt in mein Leben ein, berühren mit Ihren klebrigen Fingern alles, was mir gehört.«

»Ich glaube, Sie reagieren etwas überempfindlich.«

Tue ich das? Ich muss an meine Mutter denken, daran, wie sie sich in jeden Bereich meines Lebens eingemischt hat. Projiziere ich den Hass auf meine Mutter auf Damien? Oder hat er hier tatsächlich eine Grenze überschritten? Ich weiß es nicht, und es ärgert mich, dass Elizabeth Fairchild mich noch aus zweitausendvierhundert Kilometern Entfernung verfolgt.

Ich fahre mir durchs Haar. »Tut mir leid«, würge ich schließlich hervor, lasse mich auf die Rückbank des Lincoln gleiten und schaue zu ihm auf. »Wahrscheinlich haben Sie recht. Aber das nächste Mal fragen Sie mich bitte vorher, einverstanden?«

»Ich wollte nur helfen«, sagt er. Wieder so eine Nichtantwort, aber er schließt bereits die Tür.

Verdammt!

Edward nimmt hinter dem Lenkrad Platz, um mich nach

Hause zu bringen. Dabei weiß ich nicht mal, ob ich überhaupt schon nach Hause will. »Sie können mich auf der Promenade rauslassen«, sage ich und meine damit die Einkaufsstraße von Santa Monica. »Von dort aus nehme ich mir dann ein Taxi nach Hause oder lasse mich von meiner Mitbewohnerin abholen.«

»Tut mir leid, Miss Fairchild«, sagt Edward und fährt auf die Interstate. »Ich habe die Anweisung, Sie direkt nach Hause zu bringen.«

Oh, verdammt!

»Sie haben die Anweisung?«, wiederhole ich. »Habe ich da nicht auch noch ein Wörtchen mitzureden?«

Edward sieht auf, und unsere Blicke treffen sich im Rückspiegel. Die Antwort ist eindeutig: *Nein.*

Mist!

Ich zücke mein Handy und rufe Damien an.

»Hallo, Baby.« Seine Stimme ist tief und sinnlich, was mich nur noch wütender macht – diesmal auf mich selbst, weil ich mich davon so leicht ablenken lasse.

Ich koche vor Wut. »Würden Sie Edward bitte sagen, dass er mich nicht direkt nach Hause fahren muss?«, sage ich klar und deutlich. »Er scheint zu glauben, dass Sie ihm eine Anweisung erteilt haben, statt ihm ein Fahrtziel zu nennen.«

Ein unangenehmes Schweigen entsteht. »Sie müssen um Punkt sechs fertig sein. Es ist bereits nach zwei. Sie müssen sich ausruhen.«

»Was soll der Scheiß?«, herrsche ich ihn an. »Sind Sie meine Mutter?«

»Es war ein anstrengender Tag. Sie sind müde.«

»Einen Scheiß bin ich!« Natürlich hat er recht. Ich bin müde, aber das werde ich ihm gegenüber niemals zugeben.

265

»Nicht lügen!«, sagt er. »Schon vergessen?«

»Gut«, sage ich scharf. »Ich bin müde, aber auch stinksauer. Wir sehen uns heute Abend, Mr. Stark.« Ich lege auf, ohne seine Antwort abzuwarten, lasse mich dann in den Sitz fallen und verschränke die Arme vor der Brust. Ich schließe kurz die Augen, aber als ich sie wieder aufmache, hat Edward bereits vor meinem Apartment angehalten. Ich muss fast eine Stunde geschlafen haben.

Ich seufze ebenso verwirrt wie frustriert auf.

Edward öffnet mir den Wagenschlag und ruft mir noch einmal in Erinnerung, dass ich um sechs Uhr fertig sein muss. Dann setzt er sich wieder hinters Lenkrad, fährt aber noch nicht los. Mir wird klar, dass er wartet, bis ich die Wohnung betreten habe. Ich stampfe die Treppen hoch, ramme den Schlüssel ins Schloss und drücke die Tür auf. Das Erste, was ich sehe, ist eine teure Umhängetasche. Ich weiß natürlich, von wem sie stammt, habe aber nicht die leiseste Ahnung, wie er das so schnell bewerkstelligt hat.

»Das wurde gerade für dich abgegeben«, sagt eine Männerstimme, und ehe ich begreife, dass sie Ollie gehört, zucke ich zusammen. »Tut mir leid, ich wollte dich nicht erschrecken.« Er erhebt sich aus dem Sessel am Ende des Wohnzimmers und kommt auf mich zu. Er ist barfuß. Auf dem Sessel liegt eine Zeitschrift – *Elle*. Anscheinend hat er mit meiner und Jamies Lektüre vorliebnehmen müssen.

»Wann denn?«, frage ich.

»Ungefähr vor fünf Minuten. Ich habe sie für dich auf den Tisch gestellt. Sie wiegt so gut wie gar nichts.«

Ich bin bereits dort und sehe sofort, warum die Tasche so leicht ist. Sie enthält nur zerknittertes Seidenpapier. Obenauf liegt ein Umschlag. Ich breche das Siegel auf und ziehe eine Karte heraus, die mit einer verschnörkelten Handschrift bedeckt ist: *Ich bin eifersüchtig auf jede freie Minute, die Du ohne mich verbringst. Ich schulde Dir eine Shoppingtour. D. S.*

Mein Lächeln ist so erfrischend wie eine kühle Brise. Irgendwie findet er immer die richtigen Worte. Wieder frage ich mich, wie es ihm wohl gelungen ist, die Sendung so schnell zustellen zu lassen. Der Mann muss überall in der Stadt Personal haben.

Ich stecke die Karte zurück in den Umschlag und schiebe ihn unters Seidenpapier, damit Ollie ihn nicht sieht.

»Von wem ist das?«, fragt er.

»Das ist eine lange Geschichte.« Schnell wechsle ich das Thema. »Wo warst du eigentlich gestern? Jamie meinte, sie hätte dich eingeladen.«

»Ja. Na ja, du weißt schon, ich musste so einiges zu Hause erledigen. Und dann ist Courtney früher als gedacht von ihrer Konferenz zurückgekommen, und wir haben es uns zu Hause gemütlich gemacht.«

»Und was macht sie heute?«

»Arbeiten«, sagt er. »Immer dasselbe.«

»Verstehe.« Ich stelle meine Taschen auf den Tisch und gehe in die Küche, um mir eine Flasche Wasser zu holen. Ich bin ganz ausgedörrt vom Alkohol und dem Flug und nehme einen großen Schluck, als ich plötzlich stutzig werde. »Warum muss sie heute arbeiten und du nicht?«, frage ich Ollie beim Betreten des Wohnzimmers.

»Der Prozess war früher zu Ende als gedacht«, sagt er. »Da dachte ich, ich schau mal vorbei.«

»Das ist ja toll! Aber du bist doch hoffentlich nicht meinetwegen gekommen? Tut mir leid, dass ich nicht da war. Aber ab morgen wirst du mich tatsächlich auch tagsüber zu Hause antreffen.« Das ist ein ziemlicher Wink mit dem Zaunpfahl, aber er geht nicht darauf ein.

»Nein, ich wollte Jamie besuchen. Um mich dafür zu entschuldigen, dass ich gestern nicht aufgetaucht bin.«

»Cool.« Ich lasse mich neben ihn fallen. »Wo steckt sie überhaupt?«

»Im Bad. Sie duscht gerade. Ich glaube, sie muss gleich weg. Ich habe gesagt, dass ich auf sie warte und so lange fernsehe, aber jetzt bekomme ich langsam Hunger.« Er steht auf. »Warum gehen wir nicht irgendwo eine Kleinigkeit essen?«

Ich schüttle den Kopf. »Ich hab schon gegessen. Geh du allein.«

»Dann leiste mir wenigstens Gesellschaft. Ich gehe nur um die Ecke zum Daily Grill.«

Er ist schon fast an der Tür. Dafür, dass er gerade noch gemütlich hier rumgesessen ist, scheint er es jetzt mächtig eilig zu haben, etwas zwischen die Kiemen zu bekommen. »Soll ich dir schnell was warm machen? Wir haben noch jede Menge Pizza übrig.«

»Nö. Ich habe Lust auf einen Burger. Kommst du?« Er hat die Tür bereits aufgemacht.

Ich denke an die Kameras und die Fotos, die ich mit Photoshop bearbeiten will. Andererseits ist Ollie mein bester Freund.

»Klar«, sage ich. »Eine Sekunde.« Ich greife nach meiner Tasche und eile zum Bad, bleibe aber vor der Tür stehen und klopfe an.

»Sei nicht so prüde!«, sagt Jamie. »Komm einfach rein.«

268

Die Dusche läuft, aber Jamies Stimme ist deutlich zu hören, wahrscheinlich hat sie gerade das Bein auf den Klodeckel gestellt, um es zu rasieren. Da wir seit Schulzeiten keinerlei Geheimnisse voreinander haben, öffne ich die Tür. Dass ihr Bein mit Rasierschaum bedeckt ist, erstaunt mich nicht. Ihr Gesichtsausdruck dagegen schon. Sie sieht mich völlig schockiert an.

Plötzlich fällt der Groschen.

»Hey, Nik! Was machst du denn so früh schon hier?«

»Was bildest du dir eigentlich ein?«, herrsche ich sie an. »Er ist verlobt. Er ist tabu. Meine Güte, Jamie!«

»Ich ...« Aber sie redet gar nicht erst weiter, sondern greift nur zu einem Handtuch und hüllt sich darin ein.

»Scheiße!« Der Fluch ist mir einfach so herausgerutscht. »Gottverdammte Scheiße!« Ich bin nicht besonders gut im Fluchen, für mich ist das schon ganz schön heftig. »Hast du ihn gefickt?«

Sie presst die Lippen zusammen und nickt unmerklich.

Ich verlasse das Bad und knalle die Tür hinter mir zu. Ollie steht nach wie vor an der Haustür, aber seinem Gesichtsausdruck entnehme ich, dass er unser Gespräch belauscht hat oder aber klug genug ist, um sich die Situation selbst zusammenzureimen.

»Meine Güte, Ollie!«, sage ich.

Er sieht zerknirscht aus. »Ich hab's versaut, Nik. Was soll ich sagen?«

Ich atme hörbar aus. Ich bin stinksauer, aber das ist Ollie, und ich liebe ihn, muss jetzt für ihn da sein, für ihn und Jamie. *O Gott, Jamie!* »Musste es denn ausgerechnet Jamie sein? Du hättest irgendjemanden ficken können, den ich nicht so gerne mag. Ihr beide seid meine besten Freunde – ich möchte nichts damit zu tun haben.«

»Ich weiß. Ehrlich, es tut mir leid. Komm, begleite mich zum Essen. Ich werde – wir können reden. Oder auch nicht, Hauptsache, du kommst mit, einverstanden?«

Ich nicke. »Ich werde aber nur einen Tee bestellen oder so. Ich habe ausführlich mit Damien zu Mittag gegessen.«

»Mit Damien«, wiederholt er, und ich könnte mich ohrfeigen. Ich hatte ihn eigentlich gar nicht erwähnen wollen. »Meine Güte, Nik. Das gefällt mir gar nicht.«

»Von dir muss ich mir das wohl kaum anhören!«, sage ich und muss mich zwingen, nicht zu schreien. »Und jetzt erzähl mir bitte nicht, dass du Damien Stark nicht magst. Du kannst mir nicht einfach so was an den Kopf werfen und so tun, als wärst du mir moralisch überlegen! Das Gegenteil ist der Fall!«

»Ist ja gut – du hast ja recht.« Er fährt sich durch die ohnehin schon zerzausten Haare. »Hör zu, ich hole mir jetzt einen Burger und schaue anschließend in der Kanzlei vorbei. Wir reden morgen weiter, einverstanden? Dann kannst du mir wegen Jamie die Leviten lesen, so lange du willst. Und vielleicht habe ich dann auch ein paar schlechte Neuigkeiten für dich.«

»Geht es um Damien?«, frage ich kühl.

Er zeigt mit dem Daumen zur Tür. »Ich will doch nur … es tut mir leid.«

Ich spare mir die Worte und sehe ihm hinterher. Dann nehme ich meine Sachen und stampfe in mein Zimmer. Meine Laune ist im Keller, und zweimal greife ich zum Telefon und stehe kurz davor, Damien anzurufen. Aber was soll ich ihm sagen? *Hallo, wenn du mich gemalt haben willst und mich dafür bezahlst, deine Gespielin zu sein, darf ich dich ja wohl auch kurz anrufen und mit den Problemen meiner Freunde belästigen.*

Jamie ist nach wie vor im Bad, vermutlich will sie mir aus dem Weg gehen. Oder aber sie nimmt gerade ihren ganzen Mut zusammen, um mit mir zu reden. Doch darauf kann ich im Moment sehr gut verzichten.

Ich fahre den Laptop hoch und lade die Bilder von der Kamera in Photoshop. Als Erstes sehe ich das Foto vom sich kräuselnden Sandstrand, an den die Wellen schlagen. Es ist gestochen scharf, und ich würde mich am liebsten dorthin flüchten. Mir ist, als könnte ich in die Wellen hineinwaten, die die Kamera eingefangen hat, und mich weit weg von allem und jedem aufs offene Meer hinausziehen lassen.

Aber es gibt auch Menschen, die ich in meiner Nähe haben will ...

Ich öffne ein weiteres Bild, und plötzlich erscheint Damien vor mir. Ich habe ihn in Bewegung fotografiert, was ich sehr passend finde. Wenn ich an Damien Stark denke, ist er immer in Bewegung. Er ist ein Macher. Er ist Action pur, und ich habe es geschafft, das einzufangen. Das und noch etwas anderes: *Lebensfreude.*

Er hatte sich gerade zu mir umgedreht, als ich den Schnappschuss gemacht habe, und sein Gesicht füllt meinen Bildschirm. Seine Lippen sind geöffnet, da er zu einem Lachen ansetzt, und das Nachmittagslicht spiegelt sich in seinen Augen. Sein Gesicht ist offen, und er geht ganz in diesem Moment auf. Ich bin richtig gerührt. Ich habe ihn lächeln, lachen und grinsen sehen, aber erst auf diesem Bild sehe ich ungetrübte Freude.

Ich lege die Hand auf den Bildschirm und berühre Damiens Gesicht: Damien, der so stark und doch so gezeichnet ist.

Ich denke an die Narben, die meinen Körper entstellen, ziehe die Beine an und umarme meine Knie. Damien hat seine Haut zwar nie mit einem Messer geritzt, aber ich weiß, dass auch er einige Narben davongetragen hat. Aber wenn ich sein Gesicht sehe – die Freude, die es auf diesem Bild ausstrahlt –, sehe ich keine Verletzungen, sondern nur den Mann, der sie überlebt hat.

Nach einigen Minuten höre ich, wie sich die Badezimmertür öffnet und Jamie über den Teppich schleicht. Ihre Schritte verharren vor meiner Tür. Aber sie klopft nicht an, und wenig später höre ich, wie die Haustür ins Schloss fällt. Ich warte eine Minute und gehe dann zum Duschen ins Bad. Ich fühle mich so schmutzig, als würde ich durch die dreckige Wäsche meiner Freunde waten. Ich möchte mich unter das kochend heiße Wasser stellen und den Dreck abschrubben.

Ich ziehe mich aus und stelle mich unter den Strahl, ohne vorher die Temperatur zu prüfen. Anfangs ist das Wasser dermaßen eiskalt, dass ich fast aufschreie vor lauter Schreck. Dann springt der Boiler an, und ich schließe die Augen, lasse das Wasser über mich fließen und wünsche mir, es könnte mir die Haut vom Körper schälen.

Ich drücke etwas von Jamies Erdbeer-Duschgel in meine Hand und seife mich damit ein, auch meine Schenkel. Bei meinen wulstigen Narben halte ich inne.

Damien wird sie noch heute Abend zu Gesicht bekommen.

Ich kneife die Augen zusammen. Wie dumm ich doch gewesen bin! Ich wollte es ihm mit diesem Spielchen heimzahlen.

Ganz so, als wäre die Demonstration meiner Narben eine Art Schlag ins Gesicht und kein Eingeständnis von Schwäche, kein Beweis dafür, wie sehr ich mich dem Schmerz anheimgegeben habe.

Jetzt möchte ich meine Narben nicht länger als Waffe benutzen. Ich möchte die Woche mit Damien nicht mehr aufs Spiel setzen. Dafür habe ich heute schon zu viel verloren.

Ich stehe unter der Dusche und weine mit bebenden Schultern. Heiße Tränen rinnen über meine Wangen und vermischen sich mit dem kochend heißen Wasser, das über meine entstellte Haut strömt.

19

Ich stehe auf einer Klippe, unter mir branden Wellen ans Ufer.

Ich schaue hinunter. Damien ist da, er hat die Arme ausgestreckt und den Kopf in den Nacken gelegt. Er ruft nach mir. Du gehörst mir, sagt er. Spring! Ich fange dich auf.

Spring,
spring einfach,
spring einfach ...

Als mein Handy mich weckt, schrecke ich hoch. Nach dem Duschen hatte ich mich kurz hingelegt, eigentlich wollte ich nur ein zehnminütiges Nickerchen machen. Zum Glück habe ich mir für alle Fälle den Wecker gestellt.

Es ist fast fünf – in etwas mehr als einer Stunde wird Damien mich abholen.

Ich mache mir nicht die Mühe, mir etwas Besonderes anzuziehen. Schließlich werde ich mich ohnehin gleich wieder ausziehen. Angestrengt rede ich mir ein, dass das okay ist. Sobald er die Wahrheit kennt, wird er das Bild ohnehin nicht mehr wollen, aber er wird nicht grausam sein. Damien kann manchmal eiskalt sein, aber grausam ist er nicht.

Ich entscheide mich für eine Jeans und ein Tank Top mit dem Schriftzug der Universal Studios, das ich mir letztes Jahr gekauft habe, als ich Jamie besuchte. Ich schlüpfe in die Flipflops, kontrolliere meine Frisur im Spiegel und beschließe, dass ich ganz passabel aussehe. Ich bin nicht geschminkt und fühle mich dadurch etwas nackt. Weil meine Mutter mir eingebläut hat, dass man als Frau das Haus nicht ohne anständiges Makeup verlässt.

Tatsächlich, Mama? Ich bin mir nämlich ziemlich sicher, dass es auch so etwas wie natürliche Schönheit gibt.

Trotzdem begrabe ich mein Gesicht jeden Tag aufs Neue unter einer dicken Schicht Schminke. Ich tröste mich damit, dass die meisten Frauen dasselbe tun. Das hat nichts mit meiner Mutter zu tun, sondern ist einfach typisch weiblich. Besser gesagt typisch für mich.

Aber ich habe an genug Schönheitswettbewerben und Fotoaufnahmen teilgenommen, um zu wissen, dass Künstler ihre Modelle anfangs gern wie eine leere Leinwand vor sich haben wollen. Also sitze ich hier mit nacktem Gesicht, damit es zu meinem in Kürze ebenfalls nackten Körper passt.

Die nächste halbe Stunde verbringe ich am Computer. Ich aktualisiere meinen Lebenslauf und schicke ihn dann an Thom, den Headhunter, der mir den Job bei Carl besorgt hat. Ich schreibe ihm eine kurze Mail, in der ich ihm meine Situation erkläre, damit er begreift, warum ich mich nach nicht mal einer Woche schon wieder nach einer neuen Stelle umsehe. Mit etwas Glück wirft er mich nicht als hoffnungslosen Fall aus seiner Kartei. Und mit etwas mehr Glück wird er mir noch diese Woche ein paar interessante Vorstellungsgespräche verschaffen.

Mir bleiben noch ein paar Minuten Zeit, also beschließe ich, ein bisschen zu programmieren. Doch anstatt meine Datei aufzurufen, ertappe ich mich dabei, wie ich Damiens Namen in eine Suchmaschine eingebe. Ich suche nach nichts Besonderem. Ich möchte nur mehr über ihn wissen. Die paar Details, die Damien bisher preisgegeben hat, haben meine Neugier nicht etwa gestillt, sondern noch beflügelt.

Es überrascht mich nicht weiter, dass ich ungefähr so viele Treffer erhalte, wie Damien Dollar besitzt. Seine Tenniskarriere, sein Firmenimperium, seine sozialen Engagements. Seine Frauen. Obwohl ich nach wie vor neugierig auf seine Kindheit bin, kann ich der Versuchung nicht widerstehen, meine Suche auf die Frauen einzugrenzen, mit denen Damien fotografiert wurde. Ich klicke auf »Bilder« und lehne mich zurück, während eine Galerie von Schönheiten den Bildschirm füllt – alle an der Seite des ebenso aufregenden wie geheimnisvollen Damien Stark.

Damien wurde nur selten zweimal mit ein und derselben Frau fotografiert. Das passt zu dem, was er mir erzählt hat. Ich klicke auf eine der Frauen und werde auf einen Blog mit Promi-Tratsch weitergeleitet. Dort erfahre ich, dass die Frau Giselle Reynard heißt. Bei näherer Betrachtung erkenne ich Audrey Hepburn, nur mit deutlich längeren Haaren. Ich entspanne mich. Inzwischen weiß ich, dass Giselle verheiratet ist.

Eine ganze Reihe von Bildern zeigt Damien mit einer großäugigen Blondine namens Sara Padgett. Einigen Bildunterschriften entnehme ich, dass Sara erstickt aufgefunden wurde. Und obwohl nirgendwo steht, dass Damien etwas damit zu tun hatte, gibt es genügend Andeutungen, sodass ich mich frage, ob nicht Saras Bruder hinter diesen Bildern und Texten steckt. Und wenn ja, ob das die üble Nachrede ist, gegen die sich Damien mithilfe von Mr. Maynard zur Wehr setzt.

Ich lege einen Finger auf den Bildschirm, berühre Damiens Gesicht, kann den Blick aber nicht von Sara abwenden. Hat sie sich absichtlich umgebracht? Oder hat sie tatsächlich nur versucht, zum Höhepunkt zu gelangen, und ist dabei dummerweise ums Leben gekommen? So oder so – es macht mich traurig. Ich habe mich oft dermaßen verloren und hilflos gefühlt, dass ich mich verletzt habe, um überhaupt wieder etwas spüren zu können. Aber der Gedanke an Selbstmord ist mir nie gekommen. Im Gegenteil: Ich habe stets nach einem Lebensfunken in mir gesucht.

Ich schließe die Website, da ich auch so schon melancholisch genug bin. Stattdessen gehe ich auf YouTube und schaue mir alte Tanzclips mit Ginger Rogers und Fred Astaire an. Ich beginne mit »Smoke Gets in Your Eyes«.

Fred hält Ginger gerade in den Armen, als es an der Tür klingelt. Ich fahre den Laptop herunter, schnappe mir meine Handtasche und verlasse mein Zimmer. Ich habe schon jetzt Herzklopfen, und mein Körper ist sich des Raums, den er einnimmt, deutlich bewusst – so als würde er sich bereits darauf vorbereiten, ihn mit einem anderen zu teilen.

Ich bleibe kurz stehen, hole tief Luft und greife zum Türknauf.

Ich reiße die Tür auf und erwarte, Damien zu sehen, finde zu meiner Überraschung aber nur Edward vor. »Oh«, sage ich. »Ich dachte ...«

»Mr. Stark lässt sich entschuldigen. Er wurde aufgehalten.«

»Verstehe.« Ich folge Edward zum Wagen, und die Enttäuschung lastet schwer auf mir. Gleichzeitig steigt Wut in mir auf. Nicht auf Damien, sondern auf mich: Ich habe mich kindischen Fantasien hingegeben und das große Ganze aus den Augen verloren. Ich bin etwas, das Damien gekauft hat, genau wie sein Hotel, seinen Jet oder sein Auto. Ich bin we-

277

der seine Freundin noch seine Geliebte. Nicht wirklich. Ich *gehöre* ihm einfach nur, und das ist in Ordnung, weil ich mich damit einverstanden erklärt habe und dafür bezahlt werde. Aber ich kann nicht davon ausgehen, dass diese aufregende Vereinbarung irgendwas mit der Realität zu tun hat: Das ist nur ein Spiel für ihn, und ich habe mich als Mitspielerin zur Verfügung gestellt und hart über die dazugehörigen Spielregeln verhandelt.

Er ist auf meine Bedingungen eingegangen, rufe ich mir wieder ins Gedächtnis. Auch wenn es sich so anfühlt, als läge alle Macht bei Damien, stimmt das nicht so ganz: Ich habe auch etwas mitzureden – und bin schon bald um eine Million reicher.

Als wir ankommen, rennen überall Handwerker herum. Sie schaufeln Erde, pflanzen Blumen, entfernen Steine. Ein weiteres Team ist an der Ostfassade beschäftigt. Zumindest glaube ich, dass es die Ostfassade ist. Für mich ist alles, was auf den kalifornischen Ozean hinausgeht, Westen. Und gegenüber ist Osten.

Kurz befürchte ich, dass auch im Haus Handwerker zugange sein könnten, schließlich habe ich mir keine Privatsphäre zusichern lassen. Ich bin davon ausgegangen, dass nur Damien und der Künstler zugegen sein werden. Aber jetzt, wo ich die Männer sehe ...

Damien wird doch nicht von mir verlangen, nackt vor aller Welt zu posieren?

Da sei dir mal nicht so sicher.

Aber als Edward mir die Tür aufmacht und mich hineinführt, sehe ich, dass meine Angst unbegründet war. Hier herrscht bis auf leise Hintergrundmusik vollkommene Stille.

Das Haus ist noch nicht fertig, aber die Hülle steht. Die Wände müssen noch gestrichen und das Holz muss noch eingelassen werden. Es fehlen Lampen, an ein paar herunterbaumelnden Kabeln kann man sehen, wo sie hingehören. Doch man erkennt auch so, wie prächtig dieses Haus ist. Meterhohe Decken, atemberaubende Böden, selbst wenn nur Teile davon unter dem braunen Filz hervorblitzen. Und die Marmortreppe und das geschwungene, schmiedeeiserne Geländer wirken, als gehörten sie in ein Fünf-Sterne-Hotel.

Ich gehe hinter Edward die Treppe hinauf. Als wir den dritten Stock erreicht haben, bietet sich mir ein ganz anderes Bild: Hier ist nichts mehr behelfsmäßig oder nur halb fertiggestellt. Die Holzböden sind auf Hochglanz poliert, dicke, teure Teppiche setzen Farbakzente. Die Wände sind blassrosa gestrichen, und ich kann mir vorstellen, wie sie bei Sonnenuntergang leuchten.

Der ganze Raum ist unheimlich einladend. Er ist eindeutig dafür gedacht, Gäste zu empfangen, auch wenn sich in seiner Mitte ein Riesenbett befindet. Es wurde bestimmt extra für mich hier aufgestellt, und ich presse die Schenkel zusammen, um den Blutfluss in meine Klitoris zu stoppen.

Eine Wand scheint noch zu fehlen, doch bald merke ich, dass sie aus Glasschiebetüren besteht. Ich trete auf einen steinernen Balkon mit Meerblick hinaus, denke an meinen nächtlichen Ausflug mit Jamie zurück und staune: Das Meer ist näher als gedacht, ich kann sogar die Brandung hören.

»Mr. Stark wird gleich hier sein«, sagt Edward, verbeugt sich und geht. Ich bin mir selbst überlassen.

Einerseits möchte ich gern hier draußen bleiben, die Meeresbrise in meinen Haaren spüren und das Rauschen der Wellen

279

hören. Andererseits möchte ich mir den Raum näher anschauen. Ich gehe wieder hinein und stelle mich neben das Bett.
Es steht im rechten Winkel zu den offen stehenden Glastüren,
vor denen transparente Vorhänge von der Decke hängen. Sie
flattern im Wind. Ganz in der Nähe steht eine Staffelei, und
mir wird klar, dass das alles für mich arrangiert wurde. Zitternd
streiche ich mit der Hand über einen der altmodischen Bettpfosten aus poliertem Messing. Stabil und doch sinnlich, genau
wie Damien Stark. Ganz so, als hätte dieses Bett eigene Pläne.

Oh ...

Auf dem Bett liegt keine Decke, nur blaugraue Laken, die
zerknittert wurden, damit es so aussieht, als hätte jemand darauf gelegen. Vielleicht hat Damien ja tatsächlich hier geschlafen. Ich setze mich auf die Bettkante. Von hier aus kann
ich das Meer sehen. Ein warmer Windstoß erfasst die Vorhänge und weht sie ins Zimmer, sie streifen meine nackten
Arme. Ich schließe die Augen und lehne mich zurück, frage
mich nicht länger, warum Damien noch nicht da ist. Er
möchte, dass ich mich in diesem Bett meinen Gedanken
überlasse, diese Brise und die hauchzarten Seidenvorhänge
auf meiner Haut spüre.

»Dieser Anblick gefällt mir.«

Ich erkenne die Stimme und rühre mich nicht. Ich bleibe
auf dem Bett, gestatte mir aber ein Lächeln. »Warum kommen Sie nicht näher und genießen ihn?«

Kurz darauf spüre ich, wie sich die Matratze bewegt, öffne
meine Augen aber nicht. Sein Daumen streift meine Lippen,
wandert dann weiter zwischen meinen Brüsten nach unten
bis zum Bund meiner Jeans. »Ich habe Ihnen doch gesagt,
Sie sollen keine Unterwäsche tragen«, flüstert er.

»Tue ich auch nicht.«

In dem darauffolgenden Schweigen kann ich sein Lächeln fast hören.

Ich lasse die Augen geschlossen, während er meine Hosenknöpfe öffnet. Die Jeans sitzt locker, und seine Hand gleitet mühelos hinein. Mein rasiertes Schamhaar ist schon feucht, und als seine Finger über meine Vulva gleiten, bin ich ganz nass vor Verlangen. Ich stemme die Hüften hoch, dränge mich an ihn, während meine Klitoris erwartungsvoll pulsiert.

»Hmm«, flüstert er und steckt zwei Finger in mich hinein – das kommt so überraschend und ist so erregend, dass ich mir auf die Lippen beiße, um nicht laut aufzuschreien.

»Keine Jeans mehr! Ich möchte Sie nur noch in Röcken sehen. Keine Unterwäsche. Und wenn es denn sein muss, halterlose Strümpfe. Sie müssen verfügbar sein. Jederzeit und überall.«

Meine Vagina umklammert erregt seine Finger, und er stöhnt leise. »Meine Güte, reagieren Sie heftig!« Er zieht seine Finger heraus, und ich weine beinahe vor Enttäuschung. »Lassen Sie die Augen geschlossen«, sagt er, und dann spüre ich seine Finger auf meinen Lippen. »Lutschen!«, befiehlt er, und ich sauge an seinen Fingern. Sie sind ganz glitschig, schmecken nach mir, und ich winde mich auf dem Bett, presse die Schenkel zusammen und sauge ganz fest an ihm, während ich versuche, zum Höhepunkt zu kommen.

Langsam nimmt er die Finger aus meinem Mund.

»Damien«, flüstere ich.

»Du gehörst mir«, sagt er heiser, und mehr muss ich gar nicht wissen. Ich komme, wenn er es will. Das zu wissen, erregt mich – und ist auch verdammt frustrierend.

Ich spüre den Druck seiner Lippen auf meiner Brust. Er saugt durch das Tank Top an mir, und ich biege den Rücken durch, um ihm entgegenzukommen, schreie laut auf, als seine Zähne an meinen empfindlichen Brustwarzen zupfen. Ich reiße die Augen auf und stelle fest, dass Damien Stark auf mich hinablächelt. »Hallo! Wie ich sehe, gefällt Ihnen das Bett?«

Ich setze mich auf, versuche kühl und gelassen zu bleiben. »Ist es Ihres?«

»Nein«, sagt er. »Zumindest schlafe ich nicht darin. Es ist für das Porträt bestimmt. Und für diese Woche. Was wohl bedeutet, dass es Ihres ist.« Seine Augen wandern über meinen Körper, und ich bekomme Gänsehaut. »Beziehungsweise unseres.«

Ich schlucke. »Nun, Sie haben den Raum wunderschön eingerichtet. Ich bin mir sicher, das Bild wird fantastisch. Wann kommt denn der Künstler?«

»Er ist bereits hier«, sagt Damien und lacht, als ich entsetzt die Augen aufreiße. »Keine Sorge, er ist in der Küche. Ich stehe nicht auf Sex in der Öffentlichkeit.« Er beißt in mein Ohrläppchen. »Aber auf alles andere schon«, flüstert er. Ich spüre, wie mir ganz heiß wird, während ich überlege, was »alles andere« wohl so beinhaltet.

»Blaine!«, ruft er. »Bringen Sie Ihren Kaffee doch mit hoch!«

»Blaine?«, frage ich. »Ich dachte, Sie mögen seine Arbeiten nicht.«

»Im Gegenteil. Ich finde ihn außergewöhnlich gut. Er schafft eine intensive, erotische Atmosphäre. Mir missfallen nur seine Modelle und die Art, wie sie inszeniert wurden. Ich will dieselbe erotische Atmosphäre, aber ohne die Fesseln. Ich werde Sie fesseln, Nikki, aber mir kein Bild davon an die Wand hängen.«

Er wird mich fesseln ...

Ich nicke verdutzt. Er überrascht mich immer wieder aufs Neue.

Kurz darauf kommt Blaine mit einem Becher Kaffee herein. Ich knöpfe mir rasch die Jeans zu und erhebe mich vom Bett. Er ist lässiger gekleidet als auf Evelyns Party, trägt nur eine Baumwollhose und ein schwarzes T-Shirt. Er strahlt mich an. »Wie schön, Sie wiederzusehen, Nikki. Sind Sie nervös?«

»Und ob!«, sage ich, und er muss lachen.

»Machen Sie sich keine Sorgen, ich bin so etwas wie ein Arzt. Ich sehe das Ganze rein klinisch.«

Ich hebe die Brauen.

»Na gut, vielleicht nicht nur. Aber ich weiß Schönheit zu schätzen, und es erregt mich, sie einzufangen. Es ist persönlich, aber gleichzeitig auch wieder nicht. Wissen Sie, was ich meine?«

»Ja«, sage ich und denke an meine Fotos.

»Wir müssen einander vertrauen. Schaffen Sie das?«

»Ich werde es versuchen.«

»Und nur damit Sie Bescheid wissen: Ich habe Damiens Vertrag unterzeichnet.«

Ich habe keine Ahnung, wovon er redet, und die Verwirrung steht mir ins Gesicht geschrieben.

»Die Geheimhaltungsvereinbarung«, erklärt er. »Ich darf weder über Sie noch über die Sitzungen reden. Und wenn ich fertig bin, darf ich niemandem sagen, wer für das Bild Modell gestanden hat.«

»Tatsächlich?« Ich schaue zu Damien hinüber. Er nickt, dann dreht er sich um und zeigt auf die Wand, die dem Meer gegenüberliegt und die von einem riesigen Kamin eingenommen wird. Darüber befinden sich Steinquader, die vermutlich den Kaminschacht verstecken.

»Dort werde ich es aufhängen«, sagt er. »Sie werden aufs Meer hinausschauen und Abend für Abend den Sonnenuntergang sehen.«

Ich nicke. »Wo ist die Leinwand?« Wenn sie diesen Platz ausfüllen soll, muss sie riesig sein. Aber auf der Staffelei steht bloß ein überdimensionierter Zeichenblock.

»Morgen«, sagt Blaine. »Heute geht es nur darum, miteinander warm zu werden: Ich skizziere Ihre Kurven, und Sie stehen einfach nur da und sehen fantastisch aus.«

»Ich glaube, Ihr Job ist einfacher«, erwidere ich trocken.

»Allerdings«, sagt er, und wir müssen beide lachen.

»Ich bin immer noch nervös«, gestehe ich.

»Das ist vollkommen normal«, sagt Blaine.

Verzweifelt drehe ich mich zu Damien um. Mir ist der kalte Schweiß ausgebrochen, und mein Herz rast. Wie konnte ich bloß annehmen, das wäre ganz einfach? Ich muss nackt vor einem Wildfremden posieren. Mist! »Haben Sie vielleicht etwas Wein da?«, platzt es aus mir heraus.

Damien drückt mir einen keuschen Kuss auf die Lippen. »Natürlich.«

Er verschwindet hinter dem Kamin und kehrt schnell mit drei Gläsern und einer Flasche Pinot Grigio zurück. Zuerst reicht er mir ein Glas, und ich trinke die Hälfte auf einen Zug aus. Die Männer werfen sich einen belustigten Blick zu. Trotzig leere ich auch den Rest.

»Gut«, sage ich und suche Halt am Bettpfosten. »Schon besser.« Ich halte ihm mein Glas hin, aber Damien schenkt mir nur ganz wenig nach. »Sie sollen für mich posieren und nicht bewusstlos herumliegen«, sagt er mit einem geduldigen Lächeln. Er drückt meine Hand. »Ist der Anfang erst mal gemacht, geht es wie von selbst.«

»Und das wissen Sie, weil Sie wie oft genau nackt Modell gestanden haben?«

»Eins zu null für Sie!«, sagt Damien. »Lassen Sie sich Zeit.«

»Gehen Sie zum Fenster«, befiehlt Blaine, und ich bin dankbar für seinen nüchternen Tonfall. »Schließen Sie die Vorhänge. Damien, wo haben Sie den Morgenmantel gelassen?«

Vor dem Bett steht eine antike Truhe. Damien öffnet sie und zieht einen rotseidenen Morgenmantel heraus.

»Legen Sie ihn einfach aufs Bett – ans andere Ende, damit er nicht ins Bild kommt. Ja, so ist es gut. Okay. Jetzt hierher, Nikki. Möchten Sie den Morgenmantel im Bad anziehen? Später können Sie ihn dann einfach von den Schultern gleiten lassen.«

Ich spiele mit dem Vorhang. »Nein«, sage ich, packe den Saum meines Tank Tops und ziehe es mir in einem Ruck über den Kopf. Die kühle Luft attackiert meine bloßen Brüste, und meine Brustwarzen fühlen sich steif und schwer an. Ich vermeide es, Damien anzusehen. Stattdessen schaue ich aufs Meer hinaus.

»O Mann!«, sagt Blaine. »Das ist fantastisch. Sie haben ein tolles Profil und die schönsten Brüste, die ich je gesehen habe. Bleiben Sie so«, sagt er und läuft im Zimmer auf und ab. »Ich möchte nur die ideale Position finden.«

Schon bald hat er sie gefunden, und obwohl ich inzwischen etwas gelassener sein müsste, spüre ich, wie ich mich immer mehr verkrampfe, weil er ständig wiederholt, wie schön ich bin. Immer wieder lobt er meine zarte, perfekte Haut.

Ich versuche nicht zu blinzeln, versuche mir vorzustellen, ein Teil des Meeres und der Brandung zu sein.

»Könnten Sie jetzt auch die Jeans ausziehen?«, bittet Blaine, und ich erschrecke so sehr über seine Stimme, dass ich zusammenzucke.

»Nikki?« Damiens Stimme ist ganz sanft.

»Ich – na klar.« Ich berühre den Hosenknopf, öffne ihn, streife langsam die Jeans über die Hüften. Meine Finger liegen auf meiner Haut, und ich spüre die wulstigen, hässlichen Narben.

Ich erstarre, hole tief Luft und versuche es noch einmal.

Aber ich schaffe es einfach nicht. Ich öffne den Mund, will etwas sagen – um Aufschub bitten, darum, einen Moment allein sein zu dürfen. Aber ich bringe einfach kein Wort heraus. Stattdessen schluchze ich auf einmal, mein ganzer Körper bebt, und meine Beine geben unter mir nach. Ich sinke zu Boden und vergrabe mein Gesicht im weichen Stoff des Vorhangs.

Damien ist sofort bei mir. »Psst«, flüstert er. »Das ist schon in Ordnung. Wir lassen es ganz langsam angehen. Es ist nicht leicht, sich so zu öffnen. Das erfordert Mut, aber Sie schaffen das.«

Ich schüttle den Kopf und lasse zu, dass er mich in die Arme nimmt. Ich vergrabe das Gesicht an seiner Schulter, und er drückt mich an sich. Meine Brüste werden an seinen

286

Brustkorb gepresst, und ich spüre den sanften Baumwoll-stoff seines T-Shirts an meinen Brustwarzen. Seine Hände streichen mir über den Rücken, aber das hat nichts Eroti-sches: Er tröstet mich, er hält mich fest, und ich fühle mich sicher und geborgen.

»Ich kann das nicht«, flüstere ich, als mein Schluchzen so weit nachgelassen hat, dass ich wieder sprechen kann. »Tut mir leid, aber ich kann das nicht.«

Ich löse mich von ihm, zittere nach wie vor am ganzen Körper und habe Schluckauf. »Ich dachte, ich könnte es. Keine Ahnung, was ich gedacht habe. Vielleicht wollte ich Rache nehmen – an Ihnen oder an der ganzen Welt. Ich weiß auch nicht, warum.«

Ich blubbere Unsinn, und er sieht mich dermaßen besorgt und mitfühlend an, dass es mir beinahe das Herz bricht. »Es tut mir leid, Damien«, sage ich. »Ich kann Ihr Geld nicht an-nehmen, denn ich schaffe das hier einfach nicht.«

20

Ich befreie mich aus seiner Umarmung und hebe mein Tank Top vom Boden auf. Ich ziehe es an, stehe auf und wische mir mit dem Handrücken die Tränen aus dem Gesicht.

Dann knöpfe ich meine Jeans zu und sehe mich nach meiner Tasche und meiner Kamera um. Sie befinden sich auf dem Boden, am Fußende des Bettes – genau dort, wo ich sie abgelegt habe.

Ich eile darauf zu und hänge mir die Tasche über die Schulter. Vage bemerke ich, dass Blaine verschwunden ist. Ich bin dankbar, dass er mir keine Szene gemacht hat, andererseits ist es mir peinlich, vor ihm in Tränen ausgebrochen zu sein.

»Ich – ich kann mir ein Taxi rufen, wenn Sie das wollen. Oder Edward kann mich ...« Ich verstumme und schließe die Augen. Ich zittere am ganzen Körper, brenne vor Scham.

Damien hat sich erhoben, steht jetzt neben dem Bett und sieht mich an. Seine Miene ist undurchdringlich, aber bestimmt ist er wütend.

»Es tut mir leid, Damien. Es tut mir so leid!« Wie oft kann ich das noch sagen, ohne dass es hohl klingt? »Ich warte draußen.«

Ich eile mit gesenktem Kopf zur Treppe.

»Nikki ...« Seine Stimme liebkost meinen Namen, und ich zögere, gehe aber weiter.

»Nikki.« Diesmal ist es ein Befehl. Ich bleibe stocksteif stehen und drehe mich um.

Er steht direkt vor mir, legt mir die Hände auf die Schultern und sieht mir ins Gesicht. Sein Blick hat etwas Drohendes. »Wo wollen Sie hin?«

»Ich muss gehen. Wie gesagt, ich kann das nicht.«

»Wir haben einen Vertrag«, sagt er und sieht mich mit glühenden Augen an. »Sie gehören mir, Nikki.« Er legt eine Hand in meinen Nacken und zieht mich an sich. Mit seiner anderen Hand streift er mein Tank Top nach oben und umfasst meine Brüste. »Mir«, wiederholt er.

Die Wärme seiner Hände durchdringt mich, und mir stockt der Atem. Ich will ihn, aber ich kann das nicht. Ich kann einfach nicht ...

Ich schüttle den Kopf. »Ich kündige den Vertrag.«

»Das akzeptiere ich nicht.«

Wut besiegt meine Scham und verscheucht mein Verlangen. »Es interessiert mich einen Scheiß, ob Sie das akzeptieren oder nicht! Ich sage trotzdem Nein.«

Sein Daumen beschreibt träge Kreise um meine Brustwarze. »Lassen Sie das!«

Er lässt es nicht. »Wovor haben Sie Angst?«

»Ich habe keine Angst.« *Davor*, denke ich, während erneut Verlangen in mir aufwallt. *Vor diesem Gefühl hier. Davor, wohin das alles führen wird ...*

Nein, ich habe keine Angst. Ich bin verdammt noch mal völlig panisch.

»Quatsch!« Er zieht mich an sich und bringt mich mit seinem Mund zum Schweigen, küsst mich grob und stößt mich dann von sich. »Ich kann die Angst auf Ihren Lippen schmecken. Sagen Sie es mir! Verdammt, Nikki, lassen Sie sich doch helfen.«

Ich schüttle den Kopf. Mir fehlen die Worte.

Er nickt bedächtig. »Na gut. Ich werde Sie nicht an unseren Vertrag binden. Aber vorher möchte ich sehen, was mir entgeht.«

Abrupt hebe ich den Kopf. »Wie bitte?«

»Ich wollte ein Porträt. Und ich wollte eine Frau. Nackt, Nikki. Nackt und willig in meinem Bett. Lassen Sie mich wenigstens sehen, was ich verpasse.«

Die Wut, die sich langsam in mir aufgestaut hat, lodert hell auf, als hätte er Öl ins Feuer gegossen. »Soll das ein Witz sein?«

Er ist vollkommen ruhig und mustert mich ungeniert. »Nein. Ziehen Sie die Jeans aus, Nikki. Ich will Sie ansehen.«

»Sie Arschloch!« Ich blinzle, und mir läuft eine Träne über die Wange. Ich wollte meine Narben als Waffe verwenden? Na gut, dann werde ich das jetzt auch tun! Wütend zerre ich an meinem Hosenknopf und winde mich aus meiner Hose, bis sie zusammengeringelt auf dem Boden liegt. Ich schleudere die blöden Flipflops von mir und stehe mit leicht gespreizten Beinen da. Die wulstigen Narben auf Hüften und Schenkelinnenseiten sind nicht zu übersehen. »Sie gottverdammter Mistkerl!«

Keine Ahnung, was ich erwartet habe, aber Damien fällt auf die Knie. Sein Gesicht befindet sich auf der Höhe meiner Hüften, und sanft fährt er mit dem Daumen über meine dickste Narbe. Dort habe ich mich zu tief geritzt, hatte aber viel zu viel Angst vor der Notaufnahme. Stattdessen habe ich die Wunde mit Isolierband und Klebstoff geschlossen und sie mit einem Verband straff umwickelt. Ich hatte es geschafft, mein Geheimnis zu wahren, aber die Narbe ist ein hässlicher Anblick. Inzwischen sind Jahre vergangen, und sie ist immer noch rot.

»O Baby.« Seine Stimme ist sanft wie eine Liebkosung. »Ich wusste ja, dass da etwas ist, aber ...« Er verstummt. Seine andere Hand fährt die Narben auf der Innenseite meiner Schenkel nach. »Wer hat Ihnen das angetan?« Ich schließe die Augen und wende mich beschämt ab.

Ich höre, wie er leise ausatmet, und weiß, dass er verstanden hat. Ich zwinge mich, ihn anzuschauen.

»Hatten Sie davor solche Angst? Dass ich die Narben sehen und Sie dann nicht mehr wollen könnte?«

Eine Träne ist an meiner Nasenspitze hängen geblieben und tropft mit einem lauten *Plopp!* auf seinen Arm.

»Mein Liebling ...« Ich höre meinen Schmerz in seiner Stimme. Dann beugt er sich weit vor und fährt mit der Zunge über die Innenseite meines linken Schenkels. Über meine Haut, über meine Narbe. Ich kann es kaum fassen, dass das tatsächlich passiert. Er hat nicht die Flucht ergriffen. Er küsst mich ganz sanft genau dort, nimmt meine Hände und zieht mich zu Boden, bis ich vor ihm knie.

Ich bin das reinste Häuflein Elend, die Tränen strömen mir nur so übers Gesicht, und mir läuft die Nase. Ich habe Schluckauf und bekomme kaum noch Luft.

»Pssssst«, sagt er und nimmt mich in die Arme. Ich klammere mich an ihn, und er trägt mich zum Bett. Bis auf mein Tank Top bin ich nackt, und er zieht es mir ganz langsam aus.

Ich verschränke die Arme vor der Brust und wende den Kopf ab, sehe ihn nicht an.

»Nein«, sagt er und löst meine Arme voneinander. Doch er hat Mitleid mit mir und zwingt mich nicht, ihn anzusehen.

291

Langsam erkundet er meine Narben wie eine Straßenkarte. Seine Finger gleiten über jede einzelne. Er spricht tröstende Worte, und es liegt keinerlei Entsetzen in seiner Stimme. Keinerlei Ekel. »Das also wollten Sie vor mir verbergen! Deshalb sind Sie vor mir geflohen. Und deshalb wollten Sie auch genau so gemalt werden, wie Sie sind.«

Er wartet meine Antwort gar nicht erst ab, er weiß auch so Bescheid.

»Was sind Sie nur für ein dummes Ding, Nikki Fairchild!« Seine Stimme ist so barsch, dass ich den Kopf drehe. Ich sehe ihn an, erwarte Wut, Ekel oder Gereiztheit. Aber was ich sehe, ist reines Verlangen.

»Ich will keine Ikone. Nicht an meiner Wand und nicht in meinem Bett. Ich will eine echte Frau, Nikki. Ich will Sie.«

»Ich ...«

Er legt einen Finger auf meine Lippen. »Unser Vertrag gilt. Keine Widerrede! Keine Ausnahmen.«

Er erhebt sich vom Bett und geht ans Fenster, zieht einen der Vorhänge vor. Ich höre das Klappern der Gardinenringe.

»Was machen Sie da?«

»Was ich will«, sagt er, während er ein Ende des Vorhangs am Bettpfosten festbindet. »Heben Sie die Arme.«

Mein Puls rast, aber ich gehorche. Im Moment möchte ich die Situation nicht kontrollieren. Ich möchte mich mitreißen, mich verwöhnen lassen.

Sanft wickelt er den Vorhang um mein Handgelenk und dann um den Bettpfosten, bevor er mit meiner anderen Hand dasselbe macht. Schließlich bindet er das lose Ende am anderen Bettpfosten fest.

»Damien.«

»Psst.« Er küsst die zarte Haut meines Handgelenks, lässt seine Lippen meine Arme, meine Schulter und schließlich die Wölbung meiner Brust hinunterwandern. Sein Mund schließt sich um meine rechte Brustwarze und saugt sich daran fest. Es kribbelt, als er meine andere Brust streichelt und knetet. Ein heißer Strom führt von meinen Brüsten direkt zu meiner pulsierenden Klitoris. Ich presse die Beine zusammen, versuche so, die sich steigernde Lust zu dämpfen.

Er hebt den Kopf und grinst mich provozierend an: Er weiß genau, wie sehr ich leide. Dann setzt er seine Küsse fort. Seine Lippen wandern weiter nach unten, zu Bauch, Nabel, Scham und dann ... O ja, bitte, ja!

Aber er hat eine andere Idee, setzt sich auf und legt beide Hände auf meine Knie. »Spreizen Sie die Beine, Nikki.«

Ich schüttle den Kopf, und er lacht in sich hinein, steht dann auf und reißt einen weiteren Vorhang herunter.

»Was machen Sie da?«

»Das können Sie sich doch denken.«

»Damien, nein. Bitte nicht!«

Er hält inne und sieht mich an. »Wissen Sie, was ein Safeword ist?«

»Ich – ja, ich glaube schon.«

»Nein muss nicht immer Nein heißen. Aber das Safeword ist ein eindeutiges Stoppsignal. Wenn ich zu weit gehe, sprechen Sie es aus, haben Sie das verstanden?«

Ich nicke.

»Wie soll Ihr Safeword lauten?«

Mir fällt nichts ein. Suchend sehe ich mich im Raum um. Dann starre ich aufs Meer hinaus. »Sonnenuntergang«, sage ich schließlich.

Sein Mund verzieht sich zu einem Lächeln. Er nickt und bindet den Vorhang an einen der Bettpfosten am Fußende. Ich schlucke und sehe ihm dabei zu.

Langsam greift er nach meinem rechten Fuß. Er drückt meine Beine auseinander und sieht mich fragend an.

»Werden Sie mir wehtun?«

Sein Blick huscht zu meinen Narben. »Warum, sollte ich?«

»Ich – ich weiß nicht.«

»Wissen Sie, was Leidenschaft ist?«

Ich blinzle verwirrt.

»Die meisten Menschen glauben, Leidenschaft bedeutet Verlangen. Erregung. Absolute Hingabe. Aber das ist noch nicht alles. Es ist vom lateinischen Wort ›Passion‹ abgeleitet. Das bedeutet Leiden, Unterwerfung. Schmerz *und* Lust, Nikki! *Leidenschaft*.« Sein erhitztes Gesicht spricht Bände. »Vertrauen Sie mir?«

»Ja«, sage ich, ohne zu zögern.

»Dann vertrauen Sie darauf, dass ich Sie an einen Ort entführen werde, an dem Sie noch nie gewesen sind.«

Ich nicke, und er sieht mich mit einer derart unverhohlenen Begierde an, dass mir ganz heiß wird. Sanft fesselt er meinen Fußknöchel und widmet sich dann dem anderen. Als er damit fertig ist, liege ich mit gespreizten Armen und Beinen auf dem Bett, nackt, hilflos und ganz zweifellos hocherregt.

»Sie gehören mir, Nikki. Ich darf Sie anfassen, Sie verwöhnen, Sie befriedigen.«

Zärtlich legt er die gewölbte Hand auf meine Scham. Ich bin so feucht und geil, dass er aufstöhnt vor Lust. »Ich will dich, Nikki. Ich möchte in dich eindringen, dich so richtig hart rannehmen. Ich will, dass du schreist vor Lust, mir sagst, dass du es auch willst.« Ja, o ja. Das wollte ich schon bei seiner ersten Berührung: Ich wollte ihn in mir spüren, wollte, dass er mich ganz ausfüllt, mich in Besitz nimmt.

Er setzt sich neben mich aufs Bett, nach wie vor in Jeans und T-Shirt. Mit dem Zeigefinger fährt er von meinem Bauch bis zu meinen Brüsten. Langsam umkreist er erst die eine Brustwarze und dann die andere. »Wirst du mich jetzt anflehen?«, neckt er mich.

»Ja, das werde ich!«, sage ich ohne jede Scham.

Seine Miene ist undurchdringlich. »Ich werde dich so scharf machen, dass du es kaum erwarten kannst.«

Ich schlucke. »Das bin ich schon.«

»Wir werden sehen.« Er greift zum Morgenmantel und zieht die Schärpe aus den Schlaufen. Ohne den Blick abzuwenden, verbindet er mir damit die Augen.

»Damien?«

»Psst.«

Er verknotet die Schärpe hinter meinem Kopf. Ich muss an das Wort »Sonnenuntergang« denken, spreche es allerdings nicht aus. Ich will das. Ich will nur noch *fühlen* – und wie intensiv werde ich erst fühlen, wenn ich nichts mehr sehen kann?

Die Matratze bewegt sich, und ich merke, dass er nicht mehr neben mir sitzt. Ich beiße mir auf die Unterlippe, verbeiße mir einen Schrei. Er spielt ein wunderbares Spiel mit mir, und ich bin fest entschlossen weiterzumachen. Er hat mich jede Angst und Scham vergessen lassen, ich bin jetzt nur noch erregt. Und wer außer Damien schafft das schon? Egal, was er mit mir vorhat – ich vertraue ihm.

Als etwas Kaltes, Nasses meine Brust berührt, zucke ich zusammen.

»Eis«, flüstere ich.

»Hm-hm.« Aber er spricht nicht, denn er leckt das Wasser auf, und ich spüre seinen heißen Mund an meiner Brustwarze. Er fährt mit dem Eiswürfel über meinen Bauch, und meine Muskeln zucken vor Kälte und Erregung. Sein Mund, seine Zunge, seine Lippen folgen. Er hinterlässt eine glühende Spur auf meinem Körper. Ich zerre an dem Vorhang, der meine Handgelenke fesselt, und will Damien berühren, will mir die Augenbinde herunterreißen – und gleichzeitig auch wieder nicht. Es erregt mich, ihm so ausgeliefert zu sein. Ich bin gespannt, wohin das noch führen wird.

Meine Beine sind weit gespreizt, und die kühle Nachtluft streicht über meine nasse Vulva. Ich bewege die Hüften hin und her – einerseits, weil ich meine wachsende Lust dämpfen will. Andererseits ist es auch eine Einladung, eine Aufforderung: Ich will ihn in mir spüren, und zwar sofort.

»Sie werden doch nicht etwa ungeduldig, Miss Fairchild?«

»Sie sind sehr grausam, Mr. Stark.«

Sein Lachen lässt vermuten, dass er noch viel grausamer sein kann, und ich spüre erneut, wie sich die Matratze bewegt. Ein Finger bleibt auf meinem Bauch liegen, aber ansonsten merke ich nichts. Und dann – o Gott, ja! – spüre ich seinen warmen Atem zwischen den Beinen, und seine stoppeligen Wangen zwischen meinen Schenkeln.

Beinahe komme ich, und meine Hüften bäumen sich auf.

»Bitte«, flüstere ich. »Damien, ich flehe dich an!«

»Ich weiß, mein Schatz.« Sein Mund ist genau am richtigen Ort, und als Nächstes spüre ich den festen Druck seiner

Zunge. Ich schreie vor Lust. Sie überkommt mich so heftig, dass es fast wehtut. »Aber noch bist du nicht so weit. Noch nicht.«

»Ich glaube, da täuschst du dich«, protestiere ich und bringe ihn damit erneut zum Lachen.

Was allerdings äußerst gedämpft klingt, weil sein Mund über die Innenseite meines Schenkels gleitet. Als seine Lippen meine Narben streifen, mein Bein mit Küssen bedecken und mich verwöhnen, schließe ich hinter der Schärpe die Augen. Ich spüre, wie seine Zunge hervorschießt und meine Kniekehle kitzelt. Mir war nicht bewusst, wie empfindlich diese Körperregion ist.

Ich werfe mich wie elektrisiert hin und her, bis er meine Füße erreicht.

»Sie haben entzückende Zehen, Miss Fairchild«, sagt er. »Ich bin kein Fußfetischist, aber wäre ich einer ...« Er verstummt, und sein Mund schließt sich um meinen großen Zeh. Er saugt daran, erst sanft, dann fester, bis ich mich erneut winde und dieses Ziehen im Unterleib spüre. Mein ganzer Körper pulsiert, aber ich werde ihn nicht mehr anflehen. Damien ist noch nicht mit mir fertig.

Er widmet sich jetzt meinem anderen Fuß und leckt sanft jeden einzelnen Zeh. Dann küsst er sich mein Bein hinauf. Als er die zarte Haut zwischen Schenkel und Vulva erreicht, raubt mir die Lust fast die Sinne.

Als er seinen Mund um mich schließt und seine Zähne meine Klitoris streifen, werde ich brutal eines Besseren belehrt: Es gibt *noch höhere* Gipfel der Lust zu erklimmen, und Damien weist mir den Weg.

Er hat eine geübte Zunge und lässt sie auf meiner Klitoris

kreisen, sanft und zart, aber mit zunehmender Intensität. Meine Augen hinter der Augenbinde sind geschlossen, und mein Atem geht stoßweise. Ich zerre erneut an meinen Fesseln. Ich bin verloren, nichts als Lust. Ein gleißendes Vibrieren verdichtet sich zwischen meinen Schenkeln.

Und dann – o ja, o mein Gott – scheint die Welt um mich herum zu explodieren, und ich stemme mich ihm entgegen, und er saugt, zerrt und züngelt, sodass ich immer höhere Plateaus der Lust erreiche. So lange, bis ich die Welt um mich herum endlich wieder wahrnehme und sich mein Brustkorb nach dem Orgasmus hebt und senkt.

»Jetzt!«, flüstert Damien, und schon ist er über mir. Sein Mund bedeckt den meinen, seine Lippen sind feucht und schmecken nach mir. Sein riesiger Peniskopf drängt sich an mich, dringt in mich ein. »O Nikki«, sagt er. Seine Hand schiebt sich zwischen unsere Körper, und ich spüre seinen Daumen auf meiner sensiblen Klitoris. Erneut durchläuft mich ein Zittern, und ich ringe hörbar nach Luft. Während sich meine Muskeln verhärten, ziehe ich ihn noch tiefer in mich hinein. »Schön, so ist es gut. Bist du wund?«

Ich bringe mit letzter Kraft ein Nein hervor.

»Gut!«, sagt er, und ich spüre, wie er sich ein wenig zurückzieht, um dann umso fester zuzustoßen. Er hat gesagt, dass er mich so richtig rannehmen will, und das tut er auch. Ich hebe die Hüften, um ihm entgegenzukommen, denn ich will ihn jetzt tiefer in mir spüren, tiefer und fester. Ich will ihn ganz, und, verdammt noch mal, ich will ihn sehen.

»Damien!« sage ich. »Damien, die Augenbinde.«

Ich befürchte schon, dass er meine Bitte ignorieren wird, aber schon streichen seine Finger über meine Schläfe, und er nimmt mir die Schärpe ab. Er ist über mir, sein Gesicht ist vor Anstrengung verzerrt, aber in seinen Augen steht nichts als Lust. Seine Lippen verziehen sich zu einem sanften Lächeln, und dann küsst er meine Mundwinkel. Die wilden Stöße weichen einem herrlichen, sinnlichen Rhythmus, der noch viel quälender ist, weil er den ersehnten Moment immer wieder hinauszögert. Von mir aus kann es ewig so weitergehen!

Und dann sehe ich, wie er sich anspannt, wie sich seine Muskeln zusammenziehen und sein Körper sich verkrampft. Er schließt die Augen, und ich merke, wie er den Rücken durchbiegt, spüre den süßen Druck, mit dem er in mir explodiert.

»Meine Güte, Nikki!«, sagt er und lässt sich auf mich sinken.

Ich möchte mich an ihn schmiegen, bin aber nach wie vor gefesselt. »Damien«, flüstere ich. »Mach mich los!«

Er rollt von mir herunter und lächelt mich ebenso liebevoll wie erschöpft an. Irgendwann hat er ein Kondom übergezogen, das er jetzt in einem kleinen Eimer neben dem Bett entsorgt. Dann beeilt er sich, meine Fesseln zu lösen. Ich habe leider verpasst, wie er sich ausgezogen hat, aber was ich jetzt zu sehen bekomme, gefällt mir ausgezeichnet. Er mag zwar schon seit Jahren nicht mehr professionell Tennis spielen, aber der Mann hat nach wie vor einen schlanken, athletischen Körper und ist verdammt sexy.

»Komm her«, sagt er mit rauer Stimme, nachdem meine Fesseln gelöst sind. Er zieht mich an sich, sodass wir in Löffelchenstellung liegen, mein Rücken an seiner Brust und mein Po an seinen fantastischen Schwanz geschmiegt ist. Seine Finger

299

gleiten über meine Schenkel, seine Lippen über meine Schulter. »Es ist schön, dich zu fesseln und zu besitzen«, sagt er. »Wir sollten das in weiteren Varianten ausprobieren.«

»Weitere Varianten?«

»Hast du schon mal was von Kinbaku gehört?«

»Nein.«

Seine Hand gleitet über meinen Oberschenkel und bleibt zwischen meinen Beinen liegen. Seine Finger liebkosen sanft mein Schamhaar. »Das ist eine Fesseltechnik«, sagt er. »Die Seile machen nicht nur bewegungsunfähig, sie bereiten auch Lust.« Sein Finger gleitet zwischen meine Schenkel, und ich atme hörbar ein und staune, dass ich ihn schon wieder so heftig begehre. Er stimuliert meine Klitoris und flüstert: »Es kommt nämlich ganz darauf an, wo man die Seile platziert.«

»Oh.« Ich bin atemlos.

»Würde dir das gefallen?«

»Ich – ich weiß nicht.« Ich schlucke. »Das hier hat mir gefallen«, gestehe ich.

Seine Finger gleiten mühelos in mich hinein, und ich stöhne auf. »Ja«, sagt er. »Das ist mir nicht entgangen.«

Er spielt mit meiner Erregung, aber ich spüre deutlich, wie sein Schwanz an meinem Po leicht zuckt. Er wird wieder steif, und ich wackle ein wenig mit dem Hintern, in der Hoffnung, die Dinge zu beschleunigen.

»Meine Güte, Miss Fairchild! Sie sind aber ein ungezogenes Mädchen.«

»Ein sehr ungezogenes«, sage ich. »Nehmen Sie mich noch mal ran, Mr. Stark.«

Er beißt in mein Ohrläppchen, so fest, dass ich aufschreie. »Auf die Knie!«

Ich gehorche.

»Spreiz die Beine.«

Ich tue, was er sagt. So hatte ich noch nie Sex – aber im Grunde ist alles, was ich bisher mit Damien getan habe, Neuland für mich. Ich fühle mich vollkommen entblößt. Und ja: Es gefällt mir.

Er ist hinter mir, streicht mir mit der flachen Hand über den Po und beugt sich dann vor, um ihn zu küssen. »Köstlich!«, sagt er, fährt mit seinen Fingern zwischen meine Beine und streichelt mich dort. Seine Berührungen versetzen mich in Ekstase.

Er hebt die Hand, und ich spüre seinen Daumen auf meinem Anus. Ich beiße mir auf die Lippen. »Nein«, flüstere ich.

»Nein?«, wiederholt er und erhöht den Druck, wobei mich ganz erstaunliche Empfindungen durchzucken. »Kein Sonnenuntergang?«

Ich ringe hörbar nach Luft, und er muss lachen. »Nein«, wiederholt er. »Du hast recht, nicht jetzt. Noch nicht.« Er fährt mit seinem Finger zwischen meinen Hinterbacken hindurch, und ich halte die Luft an, so überwältigt bin ich von meinen Gefühlen. »Aber schon bald, Nikki«, sagt er. »Denn es gibt nichts an dir, was mir nicht gehört.« Rasch stößt er zwei Finger in meine Vagina und übt gleichzeitig mit dem Daumen Druck auf meinen Po aus. Meine Muskeln spannen sich an, wollen ihn in mich hineinziehen, was mich ganz zweifellos erregt. Auch wenn ich es nicht laut ausspreche: Ich möchte alles mit Damien ausprobieren. Wirklich alles.

»Stütz die Arme auf!«, sagt er. »Stütz dich auf die Ellbogen. Ja, genau so.«

Ich liege auf der Matratze, habe den Kopf gesenkt und den Po in die Luft gestreckt. Ja, ›entblößt‹ trifft es genau, aber mir bleibt keine Zeit, über diese Stellung nachzudenken, denn Damiens Berührung wird intensiver. Er beugt sich über mich, eine Hand streichelt meine Brustwarzen, während die andere mit meiner Vagina spielt: rein und raus, rein und raus. »Du machst mich ganz steif«, sagt er.

Ich höre, wie er eine neue Kondompackung aufreißt, und spüre kurz darauf seinen fordernden Schwanz. Diesmal nimmt er mich wirklich hart ran, und ich will, dass es verdammt noch mal kein Ende nimmt. Durch die Heftigkeit seiner Stöße rutschen wir quer übers Bett, und ich halte mich an den eisernen Bettpfosten fest, komme ihm Stoß für Stoß entgegen und gebe mich ganz meinen Gefühlen hin, während unsere Körper gegeneinanderklatschen.

Ich merke, dass er kurz vor dem Orgasmus steht, und als es so weit ist, kehrt seine Hand zu meiner Klitoris zurück, streichelt und neckt sie, bis auch ich auf den Höhepunkt zusteuere.

»Ich will, dass wir gleichzeitig kommen!«, befiehlt er. »Ich komme, Nikki, und ich will, dass du auch kommst.« Er explodiert in mir, und mehr brauche ich nicht, um mit ihm den Höhepunkt zu erreichen, während Sternschnuppen auf uns niederregnen.

Erschöpft lassen wir uns aufs Bett fallen, ein einziges Knäuel aus ineinander verschlungenen Armen und Beinen.

Als ich wieder zu Kräften komme, stütze ich mich auf einen Ellbogen und streiche über seine Wange. Er sieht zerknautscht, sexy und richtig schön durchgefickt aus, und ich verspüre eine tiefe Befriedigung.

Er sieht mich lächelnd an, und ich grinse provokant zurück. »Das war nicht schlecht«, sage ich. »Können wir das noch mal wiederholen?«

21

»Nicht schlecht?«, wiederholt er gespielt beleidigt, aber die Lachfältchen um seine Augen strafen ihn Lügen. »Das war mehr als nur nicht schlecht: Das war verdammt noch mal einen Eintrag ins Guinness-Buch der Rekorde wert! Meine Güte, dieser Fick war tausendmal besser als die Schuhe, die du an dem Abend anhattest, als wir uns begegnet sind.«

»Erstaunlich, dass du dich noch daran erinnerst.«

Seufzend fährt er mir mit den Fingern durchs Haar. »Ich erinnere mich an alles.«

Wenn man bedenkt, wie gut er über meine Ausbildung Bescheid weiß, ist das bestimmt nicht übertrieben. »Aber an den Schönheitswettbewerb kannst du dich nicht erinnern.«

»Im Dallas Convention Center. Du hast ein feuerrotes Abendkleid und einen türkisfarbenen Badeanzug getragen. Und du hast ungefähr fünf Kilo weniger gewogen und die Mini-Käsekuchen dermaßen gierig angestarrt, dass man schon allein davon einen Steifen hätte kriegen können.«

Ich muss lachen. »Ja, das stimmt wohl.«

Er streicht über meine Brüste und Hüften. »Diese Kurven sind eine eindeutige Verbesserung.«

»Das sehe ich auch so. Aber meine Mutter hat beinahe einen Herzinfarkt bekommen, als ich ihr gesagt habe, dass ich keine Kohlenhydrate und keine Kalorien mehr zähle.« Ich grinse ihn an. »Ich fasse es einfach nicht, dass du dich noch an all das erinnern kannst!«

»Du warst die einzige Teilnehmerin, die mir lebendig vorkam, auch wenn alles, was du getan hast, eine Lüge war. Oder vielleicht gerade deswegen.«

»Eine Lüge?« Fasziniert stütze ich mich auf. »Wie meinst du das?«

»So, wie ich es dir damals gesagt habe: Du wolltest gar nicht dort sein. Ich habe eine Seelenverwandte in dir gesehen.«

»Womit du auch recht hattest: Das war mein letzter Schönheitswettbewerb. Danach habe ich es endlich geschafft, mich zu befreien.« Ich runzle die Stirn. »Eine Seelenverwandte? Das hast du gesagt, weil du aus dem Tennis-Zirkus aussteigen wolltest, nicht wahr?«

Seine Miene verfinstert sich. »Allerdings!«

Hoffentlich bemerkt er meine Trauer nicht. Ich weiß noch, dass ihn der Moderator beim Schönheitswettbewerb mit den Worten angekündigt hat, Damien Stark habe soeben die US Open gewonnen. Er war so was von talentiert, und trotzdem hatte man ihm jede Freude genommen. Ich bin mir sicher, dass da noch mehr dahintersteckt, und frage mich, ob er mir jemals die ganze Wahrheit sagen wird.

Er streichelt meine Wange, und ich lächle. »Wir haben es beide geschafft, uns zu befreien«, sage ich und reiße mich aus meiner melancholischen Stimmung. »Und jetzt haben wir die Freiheit, unbekanntes Terrain zu erkunden.«

Wieder schaut er mich provozierend an, und seine Hand wandert weiter nach unten. »Ich zeige dir gleich, was ich noch erkunden will!«

Mir stockt der Atem, als er seine Finger in mich hineinsteckt.

»Zu wund?«

305

Allerdings, aber das möchte ich nicht zugeben. »Nein«, flüstere ich.

»Das freut mich zu hören.« Er drückt mich aufs Bett und legt sich auf mich. Sein Gewicht fühlt sich herrlich an, der sanfte Druck tröstet und beschützt mich. Sein Mund streift den meinen, es folgt eine Reihe sanfter Küsse, die bei meinen Lippen beginnen und sich dann über meinen Nacken fortsetzen, bevor er sich aufstützt und mir einen Kuss aufs Ohrläppchen gibt. »Ich dachte, wir könnten etwas Neues ausprobieren«, sagt er. »Oder besser gesagt etwas Altes.«

»Etwas Altes?«

»Die gute alte Missionarsstellung. Spreiz die Beine, Baby«, sagt er und stöhnt befriedigt auf, als ich gehorche. Sein dicker Penis drängt sich an mich, allerdings ohne in mich einzudringen. Stattdessen bewegt er sich nur leicht hin und her und stimuliert uns beide.

Ich keuche auf und bin kurz davor, ihn anzuflehen, als er in mich dringt. Stöhnend biege ich den Rücken durch und verzerre vor lauter Schmerz und Lust das Gesicht.

»Ich glaube, da hat jemand gegen die Regeln verstoßen«, murmelt er, während er seinen Rhythmus findet und immer wieder in mich hineinstößt. »Ich glaube, du bist doch wund.«

Ich grinse ihn provozierend an. »Vielleicht. Aber vielleicht war es das wert.«

»Ich werde ganz vorsichtig sein«, verspricht er und gleitet so langsam in mich hinein, dass es zu einer köstlichen Folter wird. Meine Lust wird immer größer, bis ich endlich in seinen Armen explodiere und erschlaffe. Er kommt gleich darauf, umklammert mich, rammt seinen Schwanz hart in mich hinein, um anschließend auf mir zusammenzusinken.

»Gute alte Traditionen haben durchaus ihre Vorteile«, murmle ich, und Damien muss lachen.

Die nächsten Minuten liegen wir im Dunkeln nebeneinander und lauschen dem Ozean. Dann nimmt Damien meine Hand. »Komm, lass uns duschen und was essen.«

Da will ich nicht widersprechen, also ziehe ich mir wieder den Morgenmantel über und folge wie hypnotisiert dem herrlich nackten Damien, gehe am Kamin vorbei und erkunde den Rest des Stockwerks. Auch hier ist bereits alles fertig, inklusive einer raffinierten Profiküche mit allem Drum und Dran – »nur eine ganz kleine für Partys« – und eines noch uneingerichteten Schlafzimmers sowie des tollsten Bades, das ich je gesehen habe. Es ist bestimmt zweimal so groß wie Jamies Wohnung. Die Decke ist mindestens vier Meter hoch und besteht vollständig aus Glas. Im Moment sieht man nichts als schwarze Leere, aber würde Damien das Licht abschalten, könnten wir die funkelnden Sterne über uns sehen.

An einer Wand befindet sich ein Waschtisch aus Granit, in den zwei riesige Becken eingelassen sind. Neben dem einen Becken stehen ein elektrischer Rasierapparat, eine Zahnbürste und ein Flakon mit Aftershave. Neben dem anderen eine noch in Zellophan verpackte Zahnbürste und ein kleines Kästchen. Neugierig öffne ich es und finde Make-up, Puder und Lidschatten sowie Kajalstifte in verschiedenen Farben darin vor – es sind ausnahmslos meine Lieblingsschattierungen.

»Woher wusstest du, was du besorgen musst?«

»Ich habe da so meine Quellen«, sagt er.

Ich runzle die Stirn. Warum hat er mich nicht einfach gefragt, welche Marken und Farben ich bevorzuge? Ich komme mir ein bisschen vor wie unter dem Mikroskop, ohne jede Privatsphäre. So habe ich mich bei meiner Mutter auch immer gefühlt, aber Damien ist nicht Elizabeth Fairchild, und ich bin bestimmt nur überempfindlich.

»Was ist?«

»Nichts.« Mein Lächeln misslingt.

»Deine Make-up-Vorlieben und deine Schuhgröße stehen auf dem elektronischen Wunschzettel auf der Internetseite von Macy's«, sagt er sanft.

»Oh.« Beschämt senke ich den Kopf. »Das habe ich ganz vergessen. Den habe ich für meinen letzten Geburtstag angelegt.« Ich hole tief Luft und sehe ihm direkt in die Augen. »Danke.«

»Gern geschehen.«

Ich fahre mit dem Finger über den kühlen Waschtisch. »Dieser Boden ist einfach toll. Dabei ist das Haus noch gar nicht fertig.«

»Ich habe den Bereich, auf den es diese Woche ankommt, möglichst schnell fertigstellen lassen.«

»Oh. Wann denn das?«

»Nachdem du eingewilligt hattest. Es ist schon erstaunlich, wie schnell sich manche Dinge regeln lassen, wenn die Bezahlung stimmt.«

»Das wäre doch nicht nötig gewesen!«

»Ich wollte dich nicht auf einer Baustelle Modell stehen lassen.« Er reicht mir die Hand, und ich ergreife sie. Er führt mich ans Ende des Bads, vorbei an einer Dusche mit mindestens einem Dutzend Düsen sowie an einer Wanne, die so groß ist wie ein Swimmingpool.

308

Der begehbare Kleiderschrank ist riesig. In seiner Mitte steht eine Kommode wie eine Art Kücheninsel, die auf beiden Seiten über Schubladen verfügt. Darauf liegt eine Fernbedienung. Damien greift danach und drückt auf einen Knopf. Ich höre, wie Wasser in die Wanne läuft.

Im rechten Regal entdecke ich ein paar weiße Hemden, Jeans, Baumwollhosen und einen Kleidersack, in dem vermutlich ein Smoking steckt. Im Grunde keine besonders große Auswahl. Das linke Regal dagegen ist gut gefüllt. Mit Abendkleidern, Röcken, Blusen und Schuhen. Hunderten von Schuhen. »Gehören die etwa auch mir?«, frage ich ungläubig.

»Sie müssten alle passen.«

»Weißt du, shoppen kann auch Spaß machen.«

»Ich habe dir bereits eine Shoppingtour versprochen. Aber bis es so weit ist, findest du hier eine reichhaltige Auswahl.«

Ich verdrehe die Augen. »Und was ist in den Schubladen? Unterwäsche?«

»Nein.« Seine Mundwinkel zucken. »Ich dachte, wir wären uns einig, dass du keine Unterwäsche brauchst.«

»Aber wenn ich zu Hause bin – ich meine, ich werde hoffentlich noch diese Woche ein paar Vorstellungsgespräche haben ...«

»Keine Unterwäsche«, wiederholt er. »Nicht in dieser Woche! Außer, ich gebe dir andere Anweisungen.«

Ich will schon widersprechen, lasse es aber bleiben. Es wäre sowieso nur pro forma gewesen. Wenn ich ehrlich bin, finde ich die Vorstellung erregend, splitternackt unter meinem Kleid zu sein, weil Damien es so will. Um dann jedes Mal an ihn zu denken, wenn mich ein Windstoß zwischen den Beinen liebkost.

»Und was ist mit dem BH?«, frage ich.

Er mustert die Wölbung meiner Brüste unter dem roten Morgenmantel. »Nein«, sagt er, und meine Brustwarzen stellen sich auf. Das bleibt nicht unbemerkt, und ich sehe die Erregung in seinem Blick.

»Das wird man aber sehen!«, sage ich.

»Na und?«, erwidert er. »Komm mit!« Ich folge ihm zur Wanne. »Zu heiß?«, fragt er.

Ich tauche die Hand ein. Das Wasser ist warm, aber nicht zu heiß. »Gar nicht.«

»Tatsächlich?« Er mustert mich neugierig und schließt den kalten Wasserhahn, bis er nur noch tröpfelt. »Ist das ein Schaumbad?«, frage ich und zeige auf einen eingebauten Spender.

»Bedien dich!«

Ich drücke auf den Knopf, und ein nach Blumen duftendes Gel fließt direkt neben dem Hahn in die Wanne. Sofort bilden sich Schaumbläschen. »Das nenne ich Komfort!«, sage ich lachend. »Darf ich mich reinsetzen?«

»Natürlich.«

Ich lasse den Morgenmantel fallen und klettere in die Wanne. Damien, der praktischerweise bereits nackt ist, folgt mir. Er lehnt sich zurück und zieht mich dann zwischen seine Beine. Ich spüre seinen mittlerweile schlaffen Schwanz an meinem Po. Ich wackle ein wenig mit den Hüften, und er zuckt zusammen.

»Unanständig«, murmelt er. Er nimmt etwas von dem Gel und seift mich damit ein – erst die Arme, dann meine Brüste, und schließlich gleiten seine Hände zwischen meine Beine. Ich schließe die Augen und lehne mich zurück, spüre, wie er steif wird und ich mich erneut für ihn öffne. Ich habe ihn soeben in mir gespürt – und bin jetzt wirklich ein wenig wund –, trotzdem habe ich Lust auf die nächste Runde. Und wie!

Seine Finger stimulieren mich, umkreisen sanft meine Klitoris, sodass ich mich genüsslich winde. »Ich werde dich jetzt nicht mehr ficken«, flüstert er. »Und ich werde dir auch keinen Orgasmus mehr verschaffen.«

In stillem Protest verändere ich meine Position.

»Morgen!«, sagt er. »Vorfreude ist die schönste Freude.« Dafür, dass er gerade verkündet hat, er würde mich nicht mehr ficken wollen, ist das eine denkbar ungünstige Stellung: Sein großer steifer Schwanz befindet sich nämlich direkt zwischen uns. Ich lasse meine Hand nach unten gleiten und streichle ihn sanft, aber provozierend. Er fühlt sich an wie Stahl – wie mit Samt überzogener Stahl, und ich möchte ihn in mir spüren. Ich begehre ihn ebenso schamlos wie verzweifelt. »Du wirst mich nicht ficken«, sage ich leise. »Aber das heißt nicht, dass ich dich nicht ficken kann.«

Als ich meine Hüften hebe, sehe ich so etwas wie fiebrige Erregung auf seinem Gesicht.

»O nein!«, warnt er mich.

»O doch!«, sage ich und setze mich schwungvoll auf seinen Schwanz. Ich packe seine Schultern, werfe meinen Kopf in den Nacken und reite ihn.

»Meine Güte, Nikki!« Seine Stimme geht in ein verzweifeltes Stöhnen über, und er packt meine Hüften und übernimmt die Führung. Langsam lerne ich seinen Körper kennen und merke, wie seine Erregung mit jedem Stoß steigt. Ich bewege mich schneller, fester, feuere ihn an. »O Gott, ich komme!«

Er explodiert in mir, zieht mich keuchend an sich, während sein ganzer Körper erschlafft. »Das kam ... unerwartet«, sagt er. »War aber verdammt gut!«, setzt er noch nach, woraufhin ich mich scharf, sexy und stark fühle.

Er streicht mir über die Wange. »Wir haben das Kondom vergessen.«

Aus irgendeinem Grund wende ich scheu den Blick ab. »Ich bin mal davon ausgegangen, dass ich mir bei dir nichts einfangen werde. Das stimmt doch auch, oder?«

»Ja«, sagt er. »Aber das ist nicht das einzige Problem.«

»Ich nehme die Pille«, gestehe ich. Ich sage ihm nicht, dass ich sie eher wegen meiner Bauchkrämpfe als zu Verhütungszwecken nehme.

»Gut«, sagt er. »Ausgezeichnet sogar.«

Ich steige von ihm herunter und schmiege mich in dem rasch auskühlenden Wasser an ihn. Er drückt mich an sich, steht dann auf und zieht mich hoch. Er hilft mir aus der Wanne und trocknet mich mit einem so dicken Handtuch ab, wie ich es nur aus Spas kenne. Dann hüllt er mich in den Morgenmantel und bindet die Schärpe zu. Als Nächstes trocknet er sich ab und schlüpft in einen schlichten Baumwollbademantel. »Komm mit!«, sagt er und führt mich zum Bett.

Er öffnet eine Truhe und zieht zwei Kissen sowie eine leichte Decke heraus, die er auf dem Laken ausbreitet. Einladend schlägt er sie zurück, und ich will darunterschlüpfen. »Zieh den Morgenmantel aus!«, sagt er. Ich gehorche und löse die Schärpe. Der weiche Stoff gleitet über meine Schultern und fällt zu Boden.

»Und jetzt bitte nicht einschlafen!«, sagt er, nachdem ich unter der Decke liege. »Ich bin gleich wieder da.«

Ich drehe mich auf die Seite und schaue aufs Meer hinaus. Die Fenster sind nach wie vor geöffnet. Kühle Nachtluft weht herein, doch unter der Decke ist es angenehm warm. Der Himmel ist schwarz, und ich sehe die funkelnden Sterne.

Kurz darauf spüre ich, wie sich die Matratze bewegt, als Damien neben mir Platz nimmt. Er hat ein Tablett mit Wein, Käse und Trauben mitgebracht. Strahlend setze ich mich auf, schiebe das Kissen zwischen das kühle Bettgestell und meinen Rücken. »Mach den Mund auf!«, befiehlt er und füttert mich mit einer Traube. »Du bist wunderschön, Nikki«, sagt er. »Glaubst du mir?«

»Wenn du es sagst, schon.« Er legt die Hand auf die Decke über meinen Beinen. »Wie lange geht das schon so?«

Ich tue gar nicht erst so, als würde ich ihn nicht verstehen. »Ich war sechzehn, als es angefangen hat«, sage ich. »Meine Schwester hatte geheiratet und war ausgezogen. Und meine Mutter wurde immer fanatischer, was die Schönheitswettbewerbe angeht. Es klingt lächerlich, aber Ashley war die Einzige, die mein seelisches Gleichgewicht bewahrt hat. Ohne sie wurde ich dermaßen frustriert, dass ich die Diademe aus dem Trophäenschrank geholt und sie verbogen habe. Nicht so sehr, dass meine Mutter etwas bemerkt hätte, sondern nur so weit, dass sie nicht mehr perfekt waren.« Ich zucke die Achseln. »Und dann hat sich meine Zerstörungswut irgendwann nicht mehr nur gegen die Diademe gerichtet.«

»Warum das Ritzen?«

»Keine Ahnung. Das war wie ein Zwang, ich habe es einfach gebraucht. Entweder ich habe mich geritzt, oder aber ich bin in ein tiefes schwarzes Loch gefallen. Ich war mir so fremd, hatte das Gefühl, kein eigenes Leben mehr zu haben.

Der Schmerz hat mir Halt gegeben. Heute vermute ich, dass ich es auch getan habe, weil meine Mutter keine Macht darüber hatte. Es hat einfach geholfen. Das ist schwer zu erklären.« Ich zucke die Achseln. Ich möchte, dass er mich versteht, aber ich verstehe es ja selbst kaum und rede auch nicht gerne darüber.

»Das kann ich nachvollziehen«, sagt er.

Ich sehe ihn an, frage mich, ob er nur höflich sein will, erkenne aber aufrichtiges Mitgefühl in seinem Gesicht.

»Du warst sechzehn«, sagt er nachdenklich. »Aber als ich dich mit achtzehn bei diesem Wettbewerb gesehen habe, hattest du noch keine Narben.«

»Nur an den Hüften«, sage ich. »Anfangs habe ich mich auf die Hüften beschränkt. Diese Narben ließen sich gut verstecken, sogar in einer Umkleide.«

»Und was ist dann passiert?« Er hält meine Hand und drückt sie sanft.

»Ashley«, gestehe ich. »Ich war gerade achtzehn, als sie Selbstmord begangen hat. Ihr Mann hatte sie verlassen – und meine Mutter war entsetzt. Sie hat ihr die Schuld daran gegeben, dass er abgehauen ist. Ich glaube, Ashley hat das auch so gesehen, denn in ihrem Abschiedsbrief stand, sie sei eine Versagerin.« Ich schlucke und weiß seinen tröstenden Händedruck sehr zu schätzen. »Damals habe ich zum ersten Mal gemerkt, wie sehr ich meine Mutter hasse. Trotzdem besaß ich nach wie vor nicht den Mut, ihr zu sagen, dass sie sich die Schönheitswettbewerbe sonst wohin stecken kann. Also habe ich stattdessen meine Schenkel geritzt.« Ich lächle zynisch. »Diese Narben lassen sich nicht so leicht verbergen.«

»Hat sie nicht dafür gesorgt, dass du Hilfe bekommst?«

»Nein. Anfangs hat sie nur gejammert, ich hätte alle ihre Pläne ruiniert und sie lächerlich gemacht. Dann hat sie mich als Egoistin beschimpft, weil ich das viele Preisgeld, die Stipendien, ja sogar einen Ehemann in den Wind schlagen würde.«

Damien schweigt, aber ich kann sehen, dass seine Augen böse funkeln und sich sein ganzer Körper versteift. Er muss sich schwer beherrschen, und dass er so mit mir fühlt, gibt mir die Kraft weiterzusprechen.

»Sie hat gesagt, dass ich alle ihre Mühen zunichtegemacht habe und sie nicht wisse, warum sie sich jahrelang mit so einer lächerlichen Idiotin wie mir abgegeben hat. Dass ich nicht nur meinen Körper, sondern auch meine Zukunft ruiniert hätte. Ein Stück weit habe ich ihr sogar geglaubt, denn selbst als ich schon in Austin zur Highschool ging, habe ich mich immer noch geritzt.«

Er reicht mir ein Glas Wein, das ich dankbar annehme. »Ich war einsam und verängstigt. Irgendwie ist mir das alles über den Kopf gewachsen, aber ich habe keinen Therapeuten aufgesucht. Langsam wurde es besser, und irgendwann habe ich ganz damit aufgehört.« Ich nehme einen Schluck. »Meine Mutter hat Geld«, sage ich. »Nicht so viel wie du, aber nach dem Tod meines Großvaters hat sie die Ölfirma und ein ziemlich dickes Bankkonto geerbt.« Dass meine Mutter unfähig ist und die Firma in den Ruin getrieben hat und sie letztlich verkaufen musste, erwähne ich nicht. Heute lebt sie von ihren Ersparnissen, die jedes Jahr weniger werden, weil sie keine Ahnung hat, wie man mit Geld umgeht, und sich weigert, einen Finanzberater einzustellen. Deshalb will ich auch unbedingt lernen, wie man eine Firma leitet, bevor ich selbst eine gründe.

315

»Wie dem auch sei, kaum war ich mit der Highschool fertig, hat meine Mutter mir den Geldhahn zugedreht. Naturwissenschaften seien nichts für Mädchen! Aber mir hätte gar nichts Besseres passieren können, denn dadurch konnte sie mich nicht mehr kontrollieren. Ich musste nicht mehr perfekt sein. Ich habe zwar nicht sofort mit dem Ritzen aufgehört, aber es wurde immer besser, und nach einer Weile war das Bedürfnis verschwunden.«

Die Worte fließen nur so aus mir heraus. So viel habe ich noch niemandem erzählt. Sogar Jamie und Ollie gegenüber bin ich nur scheibchenweise mit der Wahrheit herausgerückt. Aber es tut gut, das mal loszuwerden, obwohl Damien immer wütender wird.

Dabei habe ich ihm noch nicht alles erzählt ...

Er stellt unsere Gläser auf den Nachttisch und räumt das Tablett weg. Dann zieht er mich an sich, sodass mein Kopf an seiner Schulter ruht. Langsam streicht er über meinen Arm. »Das kann ich verstehen, Baby. Wirklich, ich kann das verstehen.«

Ich kneife die Augen zu. Ich glaube ihm.

»Was verschweigst du mir?«

Ungläubig blinzele ich ihn an. »Ich – woher weißt du das?«

»Weil du so panisch vor mir geflohen bist«, sagt er nur.

Ich löse mich aus seiner Umarmung und drehe mich auf die andere Seite.

Seine Hand ruht schwer auf meiner Schulter, und ich schließe die Augen.

»Und wenn ich ›Sonnenuntergang‹ sage?« Meine Stimme ist kaum mehr als ein Flüstern.

Seine Finger verkrampfen sich, bevor sie sich wieder entspannen. »Wenn es sein muss, dann sag es.« Er nimmt meine Hand, verschränkt sie mit der seinen. »Oder halt dich an mir fest.«

Ich weiß nicht, wo ich anfangen soll, also beginne ich mit dem Nächstliegenden. »Ich habe nie mit Ollie geschlafen«, sage ich. »Auch wenn ich dir gegenüber etwas anderes behauptet habe.«

Er schweigt, also spreche ich weiter, erzähle dem Nachthimmel und Damien meine Geschichte. »Das Ganze geschah etwa eine Woche nach Ashleys Geburtstag, ein paar Jahre nach ihrem Selbstmord. Ich hatte fast vollkommen mit dem Ritzen aufgehört, aber manchmal – na ja, manchmal habe ich es einfach gebraucht. Aber ich befand mich auf dem Weg der Besserung. Ollie wusste Bescheid und Jamie auch. Beide haben mir sehr geholfen.«

»Und was ist dann passiert?«

»Ich habe mich betrunken, so richtig betrunken. Meine Mutter hatte mal wieder angerufen und mir den Kopf gewaschen. Ich habe Ashley so sehr vermisst! Und ich war mit diesem Kerl zusammen, mit Kurt. Wir haben uns monatelang verabredet. Es dauerte eine Weile, doch irgendwann haben wir auch miteinander geschlafen. Er hat immer behauptet, dass ihm meine Narben nichts ausmachen. Dass ich schön sei, dass es ihm um mich gehe und nicht um meine Narben, meine Titten oder sonst was. Nur um mich und unsere Beziehung. Ich habe ihm geglaubt, und ehrlich gesagt war der Sex gut. Wir hatten viel Spaß zusammen.«

Ich hole tief Luft, nehme meinen ganzen Mut zusammen. »Aber in dieser Nacht haben wir uns beide betrunken. Offen

317

gestanden ist es mir ein Rätsel, wie er es überhaupt geschafft hat, noch einen hochzukriegen. Aber es ist ihm gelungen, und wir haben es getan. Danach fiel sein Blick auf meine Beine und ...« Bei der Erinnerung daran versagt mir die Stimme. »Und da meinte er, ich könne von Glück sagen, dass ich so ein hübsches Gesicht und eine so hübsche Muschi hätte, denn ansonsten wäre ich nämlich völlig abgefuckt, und beim Anblick meiner Narben könnte er glatt kotzen.«

Ich hole tief Luft, starre weiterhin in den Himmel und umklammere Damiens Hand. Sogar jetzt wird mir noch ganz schlecht, wenn ich daran denke. Ich habe Kurt vertraut, und er hat mich völlig fertiggemacht.

»Ich bin zu Ollie gegangen«, fahre ich fort. »Als mein bester Freund wusste er das mit den Narben. Außerdem war mir nicht entgangen, dass er sich zu mir hingezogen fühlt. Also habe ich versucht, ihn zu verführen.«

»Aber er wollte nicht mit dir schlafen«, sagt Damien.

»Er wollte mich nicht ficken«, erwidere ich grob. »Stattdessen hat er mir die Jeans ausgezogen und gesagt, dass ihn die Narben an das erinnerten, was ich durchgemacht habe. Und auch, dass er mich für stark halte und nicht wolle, dass ich mich weiterritze. Dass ich was Besseres sei als meine Mutter. Dass ich Arschlöcher wie Kurt vergessen, mein Studium beenden und aus Texas fortziehen solle. Und dann hat er mich im Arm gehalten, bis ich eingeschlafen bin.«

Unter Tränen ringe ich mir ein Lächeln ab. »Ich dachte, er hätte mir darüber hinweggeholfen. Aber anscheinend habe ich nach wie vor Probleme.«

Ich habe einen fröhlichen Ton angeschlagen, aber Damien geht nicht darauf ein.

»Damien?« Ich drehe mich zu ihm um und setze mich abrupt auf. Er sieht so wütend aus, als könnte er sich kaum noch beherrschen. Ich nehme seine Hand. »Kurt ist Geschichte.«

»Das ist er allerdings, wenn ich ihm jemals begegnen sollte. Wie heißt er mit Nachnamen?«

Ich zögere. Da Damien die halbe Welt gehört, sollte ich lieber nichts sagen. »Nein, das ist lange vorbei. Ich bin darüber hinweg«, lüge ich.

Er mustert mich, aber ich erwidere unverwandt seinen Blick. »Was ist mit den anderen Männern, mit denen du geschlafen hast?«

Erstaunt runzle ich die Stirn. »Es gab keine anderen Männer. Nur meinen ersten Freund, den ich mit sechzehn hatte –, irgend so ein Privatschulidiot, mit dem mich meine Mutter verkuppelt hat. Und dann kam Kurt.« Ich zucke die Achseln. »Aber das ist schon okay. Ich bin trotzdem mit Männern ausgegangen, habe mit ihnen herumgealbert, aber im Großen und Ganzen habe ich mich aufs Studium konzentriert. Ich habe jedenfalls nicht im Elfenbeinturm rumgesessen und mich bedauert, weil niemand meinen Keuschheitsgürtel öffnen wollte. Außerdem besitze ich einen netten Vibrator.«

Bei meiner letzten Bemerkung bricht er in lautes Gelächter aus. »Tatsächlich?«

Ich kann kaum glauben, dass ich das gesagt habe. Ich will schon zurückrudern und behaupten, das sei nur ein Scherz gewesen, aber stattdessen nicke ich.

»Nun, vielleicht kannst du ihn mir ja mal irgendwann vorführen.« Seine Hand streicht über meinen nackten Po, und ich muss zugeben, dass ich seinen Vorschlag äußerst reizvoll finde. Fragt sich nur, ob ich jemals den Mut dazu finden werde. Doch was Damien angeht, scheint es mir an Mut nicht zu fehlen.

»Und nach Kurt?«, fragt Damien. »Hast du dich da noch geritzt?«

»Nein. Ein paarmal stand ich kurz davor, aber ich habe es nicht getan.«

»Und in der Garage?«

Jetzt fällt mir der Mann wieder ein, den ich dort schemenhaft gesehen habe, als ich nach meinem Autoschlüssel suchte. »Warst du das?«

»Dein überstürzter Aufbruch hat mir Angst gemacht.«

»Ich hatte Angst vor deiner Reaktion. Du warst ... Ich wollte dich, aber du hättest sie fast gesehen und ...«

Er drückt mir einen Kuss auf die Stirn. »Ich weiß, Schatz. Hast du dich geritzt?«

»Ich habe darüber nachgedacht«, gestehe ich. »Ich habe mir sogar den Autoschlüssel ins Fleisch gerammt. Aber geritzt?« Ich schüttle den Kopf. »Nein.«

»Und das wirst du auch nicht mehr!« Seine Stimme ist ernst und bestimmt. Er nimmt mein Gesicht in beide Hände. »Du hast mich gefragt, ob ich dir wehtun werde«, sagt er. »Es gibt so einiges, das ich tue – so einiges, was ich gern mit dir tun würde. Aber wenn es mit Schmerzen verbunden ist, dann nur, um die Lust zu steigern, verstanden?«

Ich nicke.

»Ich werde niemals dein Blut vergießen. Auf so was stehe ich nicht. Und selbst wenn, ich würde dir keine Wunden zufügen, hast du das verstanden?«

Ich schlucke und nicke. Ich bin etwas verlegen – so lang-

320

sam komme ich mir vor wie beim Psychiater. Andererseits sorgen seine mitfühlenden Worte dafür, dass ich mich geborgen fühle. So als wäre ich mehr als nur die Frau, mit dem er diese Woche das Bett teilt.

»Hast du immer noch das Bedürfnis, dir Schmerzen zuzufügen?«, fragt er.

»Eigentlich nicht«, sage ich. »Aber damals im Auto – da schon. Doch ich habe dagegen angekämpft.«

»Wenn du wieder den Drang dazu hast, gibst du mir bitte Bescheid.« Seine Stimme klingt eindringlich. »Hast du das verstanden?«

Ich nicke und schmiege mich an ihn, lasse zu, dass er mir übers Haar streichelt. Denn ich höre auch, was unausgesprochen bleibt: Sollte ich Halt brauchen, ja sollte ich mich nach Schmerz sehnen, um wieder zu mir zu finden, wird Damien mir helfen. Egal, was ich brauche – er wird es mir geben. Schon beim Gedanken daran bekomme ich Gänsehaut. Ich habe mich noch nie einem Menschen derart offenbart, nicht einmal Ollie oder Jamie. Gleichzeitig habe ich mich noch nie so geborgen gefühlt.

»Und was ist mit dir, Damien?«, frage ich schließlich. »Was brauchst du?«

Er sieht mich an, und einen Moment lang glaube ich, dass er mir auch seine Geheimnisse anvertrauen, mir Einblicke in seine wahre Persönlichkeit gewähren wird. Wenn man bedenkt, wie sehr ich mich ihm geöffnet habe, wäre das nur fair. Aber dann verändert sich seine Miene, und ich sehe nur noch ein provozierendes Glitzern in seinen Augen.

»Dich!«, sagt er und presst seinen Mund auf meine Lippen.

22

»Hallo, schöne Frau! Sie sind heute ja in Bestform.« Blaine grinst mich an, während ich im roten Morgenmantel vor ihm stehe und das Morgenlicht durch die offenen Fenster fällt. »Alles in Ordnung? Wir können es ganz langsam angehen lassen, wenn Sie das wollen.«

»Alles bestens, danke. Damien hat Ihnen gesagt, warum ich so ausgeflippt bin?« Ich hatte Damien gebeten, Blaine meinen gestrigen Zusammenbruch zu erklären, damit er begreift, dass es nichts mit dem Modellstehen an sich zu tun hatte, sondern mit dem, was Blaine malen soll.

»Ja, und ich kann Ihnen auch sagen, was ich ihm geantwortet habe: Mal abgesehen davon, dass die Narben bestimmt mit Schmerzen verbunden waren, habe ich persönlich überhaupt kein Problem damit. Bei einigen Models, vor allem bei Profimodels, hat man das Gefühl, sie wären bereits mit der Airbrush-Pistole auf Hochglanz poliert worden. Ich freue mich jedes Mal, wenn ich etwas Authentisches malen darf. Wirklich, Nikki: Ich werde Sie so malen, wie Sie sind.«

»Ich glaube Ihnen.« Ich rekle mich, lege eine Hand um den Bettpfosten am Fußende. Mit der anderen greife ich nach den Vorhängen. »So vielleicht?«

»Ich weiß nicht recht«, sagt Damien neben mir.

Er legte seine Hände auf meine Taille und schiebt mich in Richtung Fenster. »Vielleicht sollten wir draußen einen Ventilator aufstellen. Damit sich die Vorhänge so richtig bauschen?«

»Dann musst du aber auch die beiden wieder aufhängen, die du abgenommen hast«, sage ich grinsend.

»Hä?«, macht Blaine, und Damien lacht.

»Was meinst du?« Damien wendet sich mit dieser Frage an Blaine, ohne weiter auf meine Vorhang-Bemerkung einzugehen.

»Du bist der Chef.«

»Und du der Künstler.«

Blaine zieht eine Braue hoch und grinst mich an. »Das ist ja mal ganz was Neues! Laut Evelyn lässt sich unser Wohltäter von niemandem Anweisungen geben.«

»Tue ich auch nicht«, sagt Damien. »Ich bitte dich nur um deine Meinung. Aber das heißt nicht, dass ich sie beherzigen muss.«

Blaine mustert mich, geht einmal um mich herum und schiebt mich dann ein paar Zentimeter nach links. Gleich darauf wieder nach rechts. Anschließend dreht er mich ein wenig herum.

Er tritt zurück, stützt nachdenklich das Kinn auf und sieht zu Damien hinüber, der mich ein paar Zentimeter nach vorn schiebt. Dann dreht er mich ein Stückchen andersherum.

»Meine Güte, Jungs!« So langsam komme ich mir vor wie ein teures Ausstellungsstück. Aber das bin ich ja auch.

»Das sieht aber wirklich nicht schlecht aus«, sagt Blaine. »Bitte nicht bewegen! Ich habe gerade einen Geistesblitz.«

Ich bemühe mich, in Position zu bleiben, während ich ihn gleichzeitig von der Seite anschaue.

»Wie wär's mit einer Reflexion?«, fragt Blaine und saust dann, ehe Damien etwas sagen kann, an mir vorbei. »Das sieht bestimmt super aus.« Er schiebt die Balkontüren bis auf eine Glasscheibe direkt vor mir zurück. »Siehst du? Nicht schlecht, oder?«

Blaine macht einen Schritt zurück, geht auf die riesige Leinwand zu, die er an einen Tisch gelehnt hat, und läuft ein paarmal hin und her, als suche er etwas. Dann streckt er den Zeigefinger aus: »Da! Die Brise, die Frau, die aufs Meer blickt und ihr Spiegelbild in der Fensterscheibe. Fantastisch.«

»Und ihr Gesicht?«, fragt Damien.

»Das bleibt verborgen. Sie könnte den Kopf senken. Und das Spiegelbild ist verschwommen und undeutlich. Glaub mir, das wird überwältigend!«

»Die Idee gefällt mir«, sagt Damien. »Nikki?«

Ich zwinge mich, mich nicht umzudrehen, um die Bildkomposition nicht zu zerstören. »Ich darf auch ein Wörtchen mitreden?«, frage ich. »Ich dachte, du hast mich mit Haut und Haaren gekauft.«

»Haut und Haare sind auch sehr verführerisch«, brummt er, stellt sich vor mich und starrt Blaine begeistert an. »Ja, ich will das Spiegelbild! Ich will so viel von ihr wie möglich, denn ich hatte heute noch nicht genug.«

Ich erröte, weil das ein ziemlich privater Scherz ist. Wir waren gerade unter der Dusche, als Blaine ankam. Und wir haben uns dort nicht nur gewaschen. Nach einem köstlichen Frühstück aus Obst und Käse hatte ich mir eigentlich Damien zum Nachtisch gönnen wollen, als Blaine mir einen Strich durch die Rechnung gemacht und Damien wohl auch etwas verstimmt hat.

Ich schenke ihm wieder ein liebreizendes Lächeln. »Ist heute nicht Dienstag? Hast du nicht noch einen Termin?«

324

Mir ist wieder eingefallen, dass Carl damals gesagt hat, dass unser Besprechungstermin auf Samstag vorverlegt worden sei, weil Damien an unserem eigentlichen Termin auf Geschäftsreise müsse.

Er sieht mich verständnislos an, aber dann fällt der Groschen. »Nein«, sagt er. »Ich muss heute nirgendwohin.«

»Oh.« Ich brauche einen Moment, bis ich mir alles zusammengereimt habe: Er wollte mich so bald wie möglich wiedersehen und hat Carl deshalb angelogen.

»Da hat wohl jemand gegen die Regeln verstoßen«, sage ich. »Keine Lügen.«

Sein Grinsen ist teuflisch. »Ich habe nie behauptet, dass diese Regel auch für mich gilt.«

Blaine lacht, und ich lache mit. Doch insgeheim zucke ich zusammen. *Ich habe nie behauptet, dass diese Regel auch für mich gilt.*

Ich weiß, dass er mich provozieren will, aber auch, dass das sein Ernst ist: Die Regel gilt nicht für ihn. Hat Damien mich angelogen? Nicht unbedingt aus Heimtücke, sondern weil er es sich erlauben kann? Weil es manchmal einfacher ist?

Ich denke an die Fragen, denen Damien ausgewichen ist, an die vielen Male, die er das Thema gewechselt hat. Ist das einfach nur typisch Mann, verschwiegen und wortkarg? Oder ist er wirklich undurchschaubar?

Verbirgt er etwas vor mir?

Mir fällt wieder ein, was Evelyn gesagt hat: Dass Damien eine schwere Kindheit hatte, dass es kein Wunder sei, dass er so zurückgezogen lebt und dass er die eine oder andere Narbe davongetragen hätte.

Ich denke an den Damien, der mich in den Armen gehalten und geküsst hat, der mit mir gelacht und mich geneckt hat. Ich habe die helle Seite von Damien Stark kennengelernt. Eine Seite, die nur die wenigsten kennen. Doch was ist mit seiner dunklen Seite?

»He, Blondie!«

Blaines Stimme reißt mich aus meinen Gedanken. Er scheucht mich erneut durch den Raum, bis er endlich, endlich die perfekte Pose für mich gefunden hat.

Damien drückt mir einen Kuss auf die Stirn. »Bis heute Abend!«, sagt er. »Ich habe heute den ganzen Tag über Besprechungen, aber ich schreibe dir eine SMS. Edward wird dich nach Hause bringen, wenn ihr hier fertig seid.«

»Ich könnte sie den ganzen Tag dabehalten«, schwärmt Blaine. »Sie ist ein fantastisches Sujet.«

»Den ganzen Tag?«, ächze ich. Ich habe gerade erst mit dem Posieren angefangen und bin jetzt schon ganz steif.

»Ich sagte, ich *könnte*«, betont Blaine. »Aber ich fürchte, der Big Boss hier wird mich feuern, wenn ich Sie zu sehr anstrenge oder zu lange in Beschlag nehme.«

»Allerdings!«, sagt Damien und senkt dann die Stimme: »Ich habe nämlich noch so einiges mit ihr vor.«

Seine Stimme hüllt mich ein, geht mir durch Mark und Bein und führt dazu, dass sehr intime Körperregionen durchblutet werden.

»*Sehr gut!*«, ruft Blaine. »Diese Röte auf deinen Wangen gefällt mir, Blondie!«

Ich darf mich natürlich nicht rühren, koche aber innerlich vor Wut, als Damien leise vor sich hin lachend die Marmortreppe hinuntergeht.

Kaum ist er weg, legt Blaine erst so richtig los. Er ist ständig in Bewegung, schaut hin und her, skizziert, gibt Anweisungen und passt die Beleuchtung an. Trotz der erotischen Atmosphäre gibt er eher den Spaßvogel, und es ist einfach nur toll, mit ihm zu arbeiten. Soweit ich das beurteilen kann, hat *er* keine dunkle Seite.

»Evelyn kann es kaum erwarten, Sie wiederzusehen«, sagt Blaine, als die Sitzung endlich beendet ist. »Sie will unbedingt den neuesten Klatsch über Damien hören.«

Ich schlüpfe wieder in den Morgenmantel und binde die Schärpe zu. »Tatsächlich? Dabei dachte ich, dass sie am besten informiert ist: über Damien, aber auch über alle anderen Promis.«

»Ich glaube, damit haben Sie meine Liebste ausgezeichnet beschrieben.«

»Ich muss sie wirklich unbedingt anrufen«, gestehe ich. »Ich will sie auch dringend sehen. Vielleicht können wir uns morgen treffen?«

Er sieht mich mit so einem seltsamen Blick an und schüttelt den Kopf. »Raus hier, Blondie! Sonst kann ich mich nicht mehr konzentrieren.«

»Oh.« Ich verstehe nicht ganz, warum er das Gespräch so abrupt beendet hat, aber vielleicht liegt das auch nur an Blaines impulsiver Künstlernatur. »Sind Sie sicher, dass ich jetzt gehen soll? Wie wollen Sie mich denn malen, wenn ich gar nicht da bin?«

»Sie würden sich wundern, wie gut man nach dem Leben malen kann, ohne es tatsächlich vor sich zu haben.« Er fuchtelt mit seinem Pinsel herum. »Los, gehen Sie! Edward langweilt sich bestimmt schon zu Tode.«

»Er hat nichts anderes zu tun, als draußen auf mich zu warten?« Ich dachte, ich müsste ihn anrufen oder so.

Rasch ziehe ich mich an, sammle meine Sachen ein und eile die Treppe hinunter. Aber vorher nehme ich die Leica und mache ein paar Schnappschüsse vom Zimmer, dem angefangenen Bild und von Blaine. »So etwas passiert mir schließlich nicht alle Tage. Ich möchte es dokumentieren.«

»Das Gefühl kenne ich«, sagt Blaine.

Edward ist kein bisschen verstimmt, dass ich so lange gebraucht habe. Er vertreibt sich die Zeit damit, im Town Car zu sitzen und Hörbücher anzuhören. »Letzte Woche war Tom Clancy dran«, sagt er. »Und diese Woche ist es Stephen King.«

Während wir von Malibu nach Studio City fahren, lauscht Edward seinem Hörbuch und ich meinen Gedanken. Zumindest versuche ich das. In meinem Kopf herrscht ein einziges Durcheinander – Damien, meine Jobsuche, Damien, das Porträt, die Million Dollar, Damien, Jamie und Ollie. Und natürlich ... Damien.

Ich lehne den Kopf zurück. Halb döse ich vor mich hin, halb denke ich nach, und ehe ich mich's versehe, hat Edward vor meiner Wohnung angehalten, geht um den Wagen herum und hält mir die Tür auf.

»Danke fürs Fahren«, sage ich beim Aussteigen.

»Es war mir ein großes Vergnügen! Mr. Stark hat mich auch gebeten, Ihnen das hier zu überreichen. Er meint, es sei für heute Abend.« Er gibt mir eine weiße Schachtel mit weißem Band. Ich nehme sie und staune, weil sie so gut wie nichts wiegt.

328

Ich bin neugierig, was darin ist, aber noch viel neugieriger bin ich auf meine berufliche Zukunft. Deshalb werfe ich die Schachtel aufs Bett, als ich mein Zimmer betrete, und fahre sofort den Computer hoch. Als Erstes öffne ich das Dokument mit meinem Lebenslauf. Das mag spießig klingen, aber ich möchte Thom, meinen Headhunter, nicht anrufen, ohne meinen Lebenslauf vor mir zu haben. Was, wenn er wissen will, wann eine meiner Apps in den Handel gelangt ist? Was, wenn er nach dem Thema einer Forschungsarbeit fragt, die ich während eines Praktikums vor zwei Jahren verfasst habe? Was, wenn er möchte, dass ich die Formatierung ändere und ihm alles noch mal schicke?

Ich drucke den Lebenslauf aus und rufe Thom an. »Ich weiß, dass Sie meine Bewerbung erst gestern bekommen haben«, sage ich. »Aber vielleicht hat ja schon jemand Interesse angemeldet.«

»Mehr als das!«, sagt er. »Es hat sogar schon jemand angebissen.«

»Im Ernst?« Damien fällt mir wieder ein. Und dass er gefragt hat, warum ich eigentlich nicht für ihn arbeite. »Moment, wer denn?«

»*Innovative Resources*«, sagt Thom. »Kennen Sie die Firma?«

»Nein«, muss ich zugeben und entspanne mich deutlich. Ich verliere mich gern in Fantasien, in denen Damien vorkommt. Seidenschärpen und Augenbinden im Schlafzimmer machen mich scharf – dem Vorstandsvorsitzenden Damien möchte ich mich allerdings nicht unterwerfen. »Was haben die genau gesagt?«

»Sie möchten Sie zu einem Vorstellungsgespräch einladen.

Sie haben viele Aufträge und zu wenig Personal. Wenn möglich gleich morgen Nachmittag, geht das?«

»Selbstverständlich«, sage ich. Blaine wird bestimmt nichts dagegen haben. Ich vereinbare einen Termin für zwei Uhr. Dann kann ich vorher Modell stehen und nach Studio City zurück, mich umziehen und anschließend dorthin fahren, wo auch immer *Innovative* seinen Sitz hat.

Thom verspricht mir, alles zu organisieren und ein paar Informationen über die Firma einzuholen, damit ich mich vorbereiten kann. Ich lege auf und führe einen kleinen Freudentanz auf. Dann klopfe ich an Jamies Tür, aber sie ist nicht da. Also tanze ich weiter in die Küche, mache eine Cola Light auf und vergreife mich zur Feier des Tages sogar an meinem geheimen Milky-Way-Vorrat, den ich hinter den Fertiggerichten in der Tiefkühltruhe versteckt habe.

Himmlisch!

Mit dem Schokoriegel im Mund will ich gerade zurück in mein Zimmer eilen, als ich den Monet sehe, der nach wie vor neben dem Küchentisch auf dem Boden steht. Jamie hat versprochen, mir beim Aufhängen zu helfen – nicht ohne wiederholt zu witzeln, dass wir erst mal einen Hammer kaufen müssen, um anständig »nageln« zu können. Aber noch bin ich nicht dazu gekommen. Das Bild soll in meinem Zimmer hängen, und ich räume Platz auf meiner Kommode frei und lehne ihn an den Spiegel. Wenn ich mich jetzt darin betrachte, sehe ich mich über einem impressionistischen Sonnenuntergang. Vornehm geht die Welt zugrunde!

Im Spiegel sehe ich außerdem die weiße Schachtel, die Edward mir gegeben hat. Für heute Abend, hat er gesagt. Zitternd drehe ich mich danach um.

Ich schneide das Geschenkband mit einer Nagelschere durch und nehme dann den Deckel ab. In der Schachtel liegen ein Stück Stoff und eine Perlenschnur. Ich starre kurz ratlos darauf und hebe die Perlenschnur dann mit dem Zeigefinger an. Da merke ich, dass der Spitzenstoff daran befestigt ist.

Ein Höschen.

Ein Stringtanga, um genauer zu sein. Und die Perlen – nun ja, sie sind der String.

Ich lasse ihn auf meinem Kissen liegen und greife zum Handy. Wahrscheinlich kauft er gerade das Universum oder so, aber ich schicke ihm trotzdem eine SMS: Dein Geschenk ist 1getroffen. Sehr schön. Aber ist es auch bequem?

Er antwortet umgehend: Sagt ausgerechnet die Frau, die nicht in ihren Schuhen laufen kann?

Stirnrunzelnd tippe ich mit beiden Daumen: Kalt erwischt! Aber sollte ein Mann, der Kontinente & kl1ne Planeten kaufen kann, nicht vernünftiger sein?

Ich sehe sein Grinsen vor mir, als ich seine Antwort lese: Vertrau mir, du wirst hochbefriedigt über mein Geschenk sein. Hast du die Karte gelesen?

Hä? Ich fasse mich kurz:???

Unter dem Tanga. Lies sie! Befolge die Anweisung. Und nicht gegen die Regeln verstoßen.

Und dann, kurz darauf: Muss jetzt los, einen großen Planeten kaufen. Bis heute Abend.

Ich strahle übers ganze Gesicht, als ich mein Telefon aufs Bett fallen lasse und die Schachtel zu mir herziehe. Tatsächlich liegt eine Karte unter dem Seidenpapier. Ich lese sie und greife dann erneut zu dem Höschen. Ich lasse die Perlen-

331

schnur zwischen den Fingern hindurchgleiten, mein Atem geht rascher, und mir wird so heiß, dass sich winzige Schweißperlen zwischen meinen Brüsten sammeln.

Ich schließe die Augen und sehe vor mir, was Damien geschrieben hat:

Zieh das heute Abend an. Ich werde Dich gegen 7 abholen.
Abendgarderobe erwünscht.
Du wirst Dich berühren wollen. Lass es bleiben!
Denn das bleibt allein mir *vorbehalten.*
D. S.

23

Ich werde nie mehr an Damien zweifeln.

Um halb sieben bin ich abmarschbereit. Um sieben bin ich dermaßen angeturnt, dass ich mich frage, ob dieses Höschen überhaupt legal ist. Praktisch ist es jedenfalls nicht. Ich hole mir ein Glas Mineralwasser und setze mich zum Lesen aufs Sofa. Ich muss mir ständig das kalte Glas an die Haut drücken, weil mich die Perlen so heiß machen. Wenn ich nicht aufpasse, schmelze ich noch dahin, bevor Damien mich abholt!

Oder aber ich muss gegen eine der Regeln verstoßen.

Ich brauche ja nur zu atmen und werde schon ganz verrückt. Ich stelle mir vor, wie Damien mir ins Ohr flüstert, wie er mir sagt, wie geil ich bin, dass er weiß, wie sehr er mich auf die Folter spannt, wie feucht ich für ihn sein werde und dass ich nichts, aber auch rein gar nichts tun kann, um mir Linderung zu verschaffen.

Ach, er kann mich mal!

Ich trage schwarze Strapse und schwarze Strümpfe, lehne mich zurück und fahre mir über die Schenkel. Wenn ich mir vorstelle, dass das Damiens Hand ist, habe ich doch höchstens ein bisschen geschummelt, oder? Außerdem braucht er es ja nicht zu erfahren ...

Meine Finger gleiten über die Perlen, aber ich berühre mich nicht. Ich berühre nur die Schnur. Sie bewegt sich, genau wie bei jedem Schritt: ein unglaubliches Gefühl, fast gehe ich hoch wie eine Rakete. Ich bin so feucht, dass ich es kaum noch aushalte, und stelle mir vor, dass Damiens Hände auf meinen Schenkeln liegen, seine Lippen mein Bein hinaufwandern und mich seine Zunge sanft berührt.

Ich stöhne leise – und springe schuldbewusst auf, als es laut an der Tür klopft.

»Ich komme gleich!«, rufe ich, wobei mir die Doppelbedeutung meiner Worte durchaus bewusst ist.

Ich streiche den Rock glatt, hole tief Luft, um mich abzukühlen, mein Geheimnis. zu verbergen, und eile dann zur Tür.

Als ich sie aufmache, steht Damien vor mir. Er sieht so sexy in seinem Smoking aus, dass ich fast schon komme, ohne dass es Perlen, Finger oder sonst was dazu braucht: Der Anblick dieses Mannes genügt völlig.

»Du siehst fantastisch aus«, sagt er und beschreibt einen Kreis mit seinem Finger. Ich gehorche, wirbele einmal um meine eigene Achse, sodass mein dunkelviolettes Cocktailkleid aufflattert. Es ist ein Vintage-Kleid, das ich schon seit Jahren gerne trage, mit einer schmalen Taille und einem tiefen Dekolleté. Sexy, aber auch stilvoll und könnte glatt aus Grace Kellys Schrank stammen. Darin fühle ich mich atemberaubend, und so fällt es mir leicht, zu lächeln und das Kompliment anzunehmen.

»Du siehst aber auch nicht schlecht aus«, erwidere ich, als er sich vorbeugt und seine Lippen mich streifen – ein Kuss, den er mit einem gar nicht so sanften Kniff in den Po abrundet.

»Vorsicht!«, sage ich. »Noch so was, und wir werden die Wohnung gar nicht erst verlassen.«

»Ach ja? Warum denn das?«, fragt er unschuldig.

Ich lächle zuckersüß und greife dann nach meiner Handtasche. Ich lege eine Hand auf seine Schulter und stelle mich auf die Zehenspitzen, um meinen Mund direkt an sein Ohr zu bringen. »Weil dein kleines Geschenk mich so geil macht, dass ich es nicht erwarten kann, bis du mich hart rannimmst.«

Ich lehne mich wieder zurück, das liebreizende Lächeln nach wie vor auf den Lippen. Jetzt sieht er nicht mehr so unschuldig aus. Hochzufrieden schlüpfe ich an ihm vorbei aus der Tür. »Kommst du?«, frage ich von der Schwelle aus.

»Noch nicht«, brummt er und folgt mir.

Er ist mit der Limousine gekommen. Beim Anblick des vertrauten Rücksitzes muss ich schlucken. Ich wollte eigentlich cool bleiben, doch das gestaltet sich schwieriger als gedacht.

Ich nicke Edward zu, der uns den Wagenschlag aufhält, und steige dann ein, während sich die Perlen mit mir bewegen. Ich kann ein leises Stöhnen nicht unterdrücken, lasse mich aber ansonsten ungerührt auf meinen Platz fallen.

Damien rutscht neben mich und legt die Hand auf mein Knie. »Haben Sie etwas gesagt, Miss Fairchild?«

»Nein, nichts.« Ich räuspere mich. Auf einmal ist es sehr warm im Wagen. »Wohin fahren wir?«

»Zu einer Wohltätigkeitsveranstaltung«, sagt er.

»Hm.« Darauf habe ich wenig Lust, denn ich bin wirklich wahnsinnig erregt. Die keusche Jungfrau zu spielen kann Spaß machen, aber so langsam wird das zur Folter. »Was ist das für eine Wohltätigkeitsveranstaltung?«, frage ich. »Kannst du nicht einfach einen dicken Scheck ausstellen, und wir fahren zu deinem Haus? Oder zu deiner Wohnung? Oder

335

aber wir bleiben einfach hier. Das ist doch gar keine so schlechte Idee!«

Das breite Grinsen auf Damiens perfekten Lippen hat sich jetzt in ein verschmitztes Lächeln verwandelt. Er drückt den Knopf auf der Mittelkonsole, der die Trennwand hochfahren lässt. »Das ist tatsächlich eine ausgezeichnete Idee.«

Oh, Gott sei Dank ...

»Ich glaube nämlich, Sie müssen mir etwas beichten, Miss Fairchild.« Sein Blick ist tiefschwarz vor Verlangen.

Ich rutsche ein Stück von ihm weg, was angesichts der Perlen keine gute Idee ist. Er bemerkt meine Reaktion, und seine Mundwinkel zucken hämisch. Der Mistkerl genießt es, mich zappeln zu lassen!

»Und? Ich höre.«

»Ich weiß nicht, wovon Sie reden.«

Er rutscht näher und nimmt meine Hand. Er legt sie auf meinen Schenkel und schiebt den Rock so weit nach oben, dass man den Saum meiner Strümpfe erkennen kann. »Du glühst, wenn du erregt bist«, sagt er. »Und wie ich dir bereits sagte, macht mich das unheimlich an.«

»Oh«, hauche ich.

»Hast du das hier getan, Baby?«, fragt er und zieht meine Hand weiter nach oben. Er fährt über meine Narben und findet die weiche, zarte Stelle zwischen meinen Beinen. »Hast du dich berührt, bevor ich gekommen bin?« Er streicht über meine Klitoris. Ich bin vor Verlangen ganz feucht. Er nimmt meine Hand, legt sie auf die Perlen und schließt dann meine Finger darum, sodass ich sie streichle, während er meine Hand auf und ab, auf und ab bewegt. »Hast du mit deiner Klitoris gespielt? Hast du dabei an mich gedacht?«

»Ja«, flüstere ich, während seine Hand nach wie vor meine Finger lenkt.

»Hast du meine Karte gelesen?«

»Ja.« Ich winde mich, während unsere Hände damit fortfahren, mich zu stimulieren. Ich bin so geil, dass ich es kaum noch aushalte.

»Ja was?«

Ich zwinge mich, nicht zu grinsen, und keuche stattdessen: »Ja, Sir.«

»Was stand darauf?«

»Dass ich mich nicht berühren darf.« Ich drehe den Kopf und schaue ihm direkt in die Augen. Meine Haut brennt, das Kleid klebt an meinem schweißnassen Körper. Das habe ich nur ihm zu verdanken. »Das ist allein dir vorbehalten.«

»Ganz genau.« Langsam steckt er zwei Finger in mich hinein. Ich beiße mir auf die Lippen, um nicht laut aufzuschreien, und flehe ihn insgeheim an, mich gefälligst jetzt und auf der Stelle zu ficken.

Aber das tut er nicht. Stattdessen zieht er seine Hand unter meinem Rock hervor. Ich wimmere. »Sie haben gegen die Regeln verstoßen, Miss Fairchild. Und was passiert mit bösen Mädchen, die gegen die Regeln verstoßen?«

Ich rutsche auf dem Sitz herum, sorge dafür, dass die Perlen fortführen, was unsere Hände begonnen haben. »Sie werden bestraft.«

Er schaut auf meinen Schritt. »Ich glaube, Sie sollten lieber stillhalten, Miss Fairchild.«

»Damien«, flehe ich ihn an.

Er beugt sich vor und schiebt seine Hände unter das Oberteil meines Kleides. Seine Finger finden meine erigierten,

337

hochempfindlichen Brustwarzen und kneifen hinein. Nicht so fest, dass es wehtut – nur ein bisschen. Ich ringe nach Luft, während mich eine neue Lustwelle überrollt.

»Gefällt Ihnen das?«

»O ja!«

Er lässt eine Hand auf meiner Brust liegen. Mit der anderen zieht er das lackierte Essstäbchen aus meiner Hochsteckfrisur. Die Haare fallen mir in Wellen auf die Schultern. Er fährt mit den Fingern hindurch und atmet den Duft meines Shampoos.

»Ich bin verrückt nach deinem Haar!«, sagt er, nimmt eine Strähne und zieht daran, sodass ich gezwungen bin, zu ihm aufzuschauen. Sein Mund streift meine Lippen. Ich öffne sie, warte auf seinen Kuss, aber er neckt mich nur. Foltert mich.

»Wie grausam du bist!«, sage ich.

»Von wegen!«, sagt er, während seine Lippen meine Wange und Schläfe streifen. »Sagen Sie, Miss Fairchild, wie soll Ihre Bestrafung aussehen? Was soll ich mit einem bösen Mädchen machen, das sich verbotenerweise berührt?«

Ich denke an das, was er mir ins Ohr geflüstert hat, als ich das letzte Mal in seiner Limousine saß. Dass er mich vielleicht bestrafen müsse. Das war nur ein Scherz, aber mir war die unverhohlene Begierde in seiner Stimme nicht entgangen, die mich noch feuchter gemacht hat als ohnehin schon.

Ich fahre mir mit der Zunge über die Lippen, wende mich ihm zu und sehe ihn direkt an. »Vielleicht solltest du mir eine Tracht Prügel verpassen.«

Seine Augen werden so dunkel, dass ich darin versinken könnte. »Meine Güte, Nikki!«

Ich erhebe mich von der Rückbank und lege mich bäuchlings auf seinen Schoß. Langsam ziehe ich meinen Rock hoch. Die Perlen des Tanga sitzen genau zwischen meinen Hinterbacken, und die Spitze der Strapse ragt knapp über meinen Strümpfen auf. Ansonsten ist mein Po völlig nackt.

»Mach schon!«, flüstere ich. »Bestraf mich.«

Ich bin jetzt noch feuchter, meine Vagina zuckt vor Vorfreude. Ich kann kaum glauben, was ich da tue!

Seine Hand streicht über meinen Hintern, und ich schließe die Augen. Seine Berührung fühlt sich paradiesisch an.

»Nikki«, sagt er. »Brauchst du das wirklich?«

Ich öffne die Augen und sehe einen Hauch von Besorgnis hinter der Begierde. Ich denke an meine Narben. An mein Versprechen, keinen Schmerz mehr zu verlangen.

»Nein«, sage ich. »Aber ich *will* es.«

Ich sehe, wie sich seine Besorgnis in pure Leidenschaft verwandelt. »Sie waren ein böses Mädchen, Miss Fairchild«, sagt er, und ein Schauer läuft mir den Rücken hinunter.

»Ja, Sir, Mr. Stark.«

Er streicht mir über den Po, dann spüre ich einen kühlen Luftzug, bevor seine Hand auf meinen Hintern niedersaust. Ich schreie auf – eher aus Überraschung als aus Schmerz. Er streichelt mich erneut, seine Finger gleiten zwischen meine Pobacken, dorthin, wo ich ihn heiß und feucht erwarte. Ich höre, wie er stöhnt, als sich meine Vagina um ihn herum zusammenzieht, nachdem er zwei Finger in mich hineingerammt hat. »Oh, Baby!«, sagt er und zieht seine Hand zurück, versetzt mir einen weiteren Klaps auf den Hintern.

Diesmal zucke ich nicht zusammen, stattdessen atme ich scharf ein. Ich lasse die Augen geschlossen, stelle mir vor, wie sich mein weißer Po rosa verfärbt.

339

»Gefällt Ihnen das?«

»Ja«, gestehe ich.

»Dann dürfte es kaum eine Bestrafung sein.« *Klatsch!* »Aber mir gefällt es auch.« *Klatsch, klatsch.*

Jetzt bekomme ich ernsthaft Probleme: Nicht, weil es so wehtut, sondern, weil ich dermaßen erregt bin, dass ich noch wahnsinnig werde, wenn Damien mich nicht gleich nimmt.

Noch ein Klaps, und ich schreie, dass er aufhören soll. Er zögert, wartet offensichtlich ab, ob ich das Safeword aussprechen werde. Ich nutze die Pause, um meine Position zu ändern: Jetzt sitze ich rittlings auf ihm, und meine Finger greifen nach dem Verschluss seiner Smokinghose. »Fick mich!«, fordere ich. »Fick mich jetzt sofort, sonst wirst du mich nie wieder ficken!«

Er lacht, zieht mich dann an sich und küsst mich leidenschaftlich. Ich hole seinen Schwanz hervor, schiebe die Perlen zur Seite und warte nicht auf ihn, denn inzwischen bin ich völlig hemmungslos. Ich setze mich auf ihn, nehme ihn, stemme die Hände gegen das Wagendach, damit ich ihn fester, tiefer in mich hineinstoßen kann. Er umklammert meine Taille, und ich reite ihn. Alles um mich herum verschwimmt, und ich empfinde nichts als Lust, spüre Damiens Schwanz, der mich ganz ausfüllt, und meinen wunden Po, der sich am Stoff seiner Smokinghose reibt.

»O Gott, Nikki, diese Perlen!«, sagt er, und ich muss noch in meinem Liebesrausch lachen. Sie verschaffen also auch ihm interessante Streicheleinheiten. Verzückt explodiere ich, meine Muskeln ziehen sich zusammen und melken ihn, sodass er ebenfalls kommt. Schließlich sinke ich vornüber und lege ihm die Arme um die Schultern. Gemeinsam keuchen wir erschöpft und befriedigt.

»Das hast du jetzt davon«, flüstere ich, und Damien, der langsam in mir erschlafft, lacht.

Damien betätigt die Gegensprechanlage und befiehlt Edward, so lange um den Block zu fahren, bis er eine neue Anweisung erhält. Anscheinend haben wir unser Ziel erreicht.

Seltsam, dass ich gar nichts davon bemerkt habe ...

Nachdem wir unsere Kleidung wieder in Ordnung gebracht haben und auch sonst versuchen, so auszusehen, als hätten wir nicht gerade eben Sex im Fond einer Limousine gehabt, gibt Damien den Befehl zum Anhalten.

»Dein Lippenstift ist verschmiert«, sagt er belustigt.

»Na so was! Warum wohl?« Ich habe Puder und Lippenstift dabei und benutze ein paar Servietten aus der Bar, um mir die Reste abzuwischen, bevor ich neuen auftrage. Ich will mir gerade wieder die Haare hochstecken, als Damien mich am Handgelenk packt.

»Lass sie so!«, sagt er. »Es ist unglaublich sexy, wenn sie dir so auf die Schultern fallen.«

Ich werfe das Essstäbchen weg und bringe meine Haare in Form. Dann schaue ich aus dem Fenster und sehe das todschicke Beverly Hills Hotel, in dem die Veranstaltung stattfindet.

»Wir können uns also nicht davor drücken?«

»Ich fürchte nein.«

Ein Hotelpage öffnet den Wagenschlag. Damien lässt es sich nicht nehmen, mir aus dem Auto zu helfen. Er legt seine Hand auf meinen Rücken und schiebt mich ins Gebäude.

Das Hotel ist atemberaubend. Es liegt versteckt in den Hügeln und ist so exklusiv, dass ich noch nie etwas davon gehört habe. Die Rezeption befindet sich in einem eigenen Gebäudetrakt, und wir gehen über Saltillo-Fliesen auf die Terrassentüren zu, die zum hinteren Teil des Hotels führen. Ein festlich geschmücktes Golfcart wartet schon auf uns. Wir steigen ein und werden zum Veranstaltungsort gebracht. Während der Fahrt bestaune ich die Umgebung: Die Privatbungalows liegen weitab vom Schuss, aber in Laufweite zum Pool, den weitläufigen Spazierwegen oder zu einem der Fünf-Sterne-Restaurants auf dem Hotelgelände.

Der stuckverzierte Veranstaltungssaal liegt neben einem Tennisplatz. Er ist von Strelitzien und Palmen umgeben und sieht aus wie ein typisches kalifornisches Gebäude aus den Zwanzigern. Innen ist es weniger kalifornisch, sondern sieht eher nach Beverly-Hills-Geld aus: Die Wände sind aus hellem Holz, der Boden ist aus poliertem Marmor. Die einladende Bar nimmt eine ganze Wand ein, in die anderen sind deckenhohe Fenster eingelassen, die zu einem steinernen Innenhof führen, in dem sich eine riesige Feuerstelle befindet. Große Tische füllen den Raum, an denen Roulette, Blackjack und Würfelspiele gespielt werden.

Kellner bahnen sich mit Tabletts voller Finger Food und Drinks einen Weg durch die Menge. In jeder Ecke stehen Leute zusammen, die lachen, sich unterhalten, spielen und sich einfach nur amüsieren. Auf einem Transparent über dem Eingang steht: S.E.F. – FÜNF JAHRE, FÜNF MILLIONEN KINDER. UND ES WERDEN TÄGLICH MEHR!

»Was ist S.E.F.?«, frage ich Damien, aber er ist schon vorangegangen und hat mich nicht gehört.

»Möchtest du spielen?«, fragt er und hält eine Frau im Las-Vegas-Look auf, die Geld gegen Chips eintauscht.

»Gern. Wie funktioniert das?«

»Wir kaufen Chips und spielen um Preise. Das ganze Geld kommt einer Bildungseinrichtung zugute.«

Ich sehe zu ihm auf – ich glaube, ich weiß jetzt, wofür die Abkürzung steht. »Der *Stark Educational Foundation* etwa?«

»Sie sind sehr intelligent, Miss Fairchild.« Er gibt der jungen Frau zweihundert Dollar, die sie gegen Chips tauscht.

»Ich habe zwanzig Dollar dabei.«

»Wenn du sie eintauschen willst, habe ich nichts dagegen. Es ist für eine gute Sache. Aber zuerst setzen wir die hier.« Er gibt mir die Hälfte der Chips. »Und wohin jetzt?«

Da ich Blackjack kaum beherrsche und keine Ahnung von Würfelspielen habe, gehe ich zum Roulettetisch.

»Die Lady hier hat eine Glückssträhne!«, sagt Damien zur Croupière, einer zierlichen Rothaarigen, die aussieht wie höchstens sechzehn.

»An Ihrer Seite? Zweifellos, Mr. Stark.«

Wie sich herausstellt, hat Damien die Glückssträhne: Nach einer halben Stunde hat er unseren Einsatz vervierfacht, obwohl ich ständig Geld verliere. »Ich geb's auf!«, sage ich und nehme einer vorbeikommenden Kellnerin einen Drink ab. »Wollen wir uns ein bisschen unter die Leute mischen?«

»Natürlich.« Er nimmt meinen Arm, und wir verlassen den Tisch, gesellen uns zu den anderen Gästen.

»Ich glaube, unsere Croupière ... sagt man das so?«

»Ja«, sagt Damien. »Das ist die weibliche Form von Croupier. Was ist mit ihr?«

»Ich glaube, dass sie ein bisschen in dich verknallt ist.«

Er bleibt stehen und sieht mich an. »Tatsächlich? Wie kommst du denn darauf?«

»Sie hat dich die ganze Zeit angestarrt. Aber komm ja nicht auf dumme Gedanken! Sie ist viel zu jung für dich.«

»Ehrlich gesagt ist sie älter, als sie aussieht.«

Ich sehe überrascht zu ihm auf. »Du kennst sie?«

»Und ob! Sie ist eine unserer erfolgreichsten Stipendiatinnen«, sagt er. »Sie ist in einem furchtbaren Kaff in Nevada aufgewachsen, bei einer Mutter, die das Kindergeld sofort in Meth umgesetzt hat. Heute, studiert Debbie im ersten Jahr Chemie an der University of California.«

»Das ist ja großartig! Was genau macht die Stiftung?«

»Wir halten nach naturwissenschaftlich begabten jungen Leuten Ausschau, die aus unterschiedlichen Gründen keine Bildungschancen haben. Die meisten haben einen ähnlichen familiären Hintergrund wie Debbie, aber es gibt auch welche mit Behinderungen: Ein junger Stipendiat zum Beispiel ist vom Hals abwärts gelähmt. Nach seinem Unfall dachte er, er müsse sich sein Studium abschminken. Und jetzt macht er am MIT seinen Doktor.«

Ich spüre, wie mir die Tränen kommen, und beuge mich vor, um ihn auf die Wange zu küssen. »Bitte entschuldige mich kurz.« Ich gehe zu einem der Mädchen im Las-Vegas-Look und tausche meine zwanzig Dollar ein. Viel ist es nicht, aber jeder Cent zählt.

Damien strahlt, als ich zurückkomme. Er sagt nichts, nimmt aber meine Hand und drückt sie.

Wir mischen uns unter die Gäste, doch dann bleibt er abrupt stehen. »Da ist jemand, mit dem ich mich gern unterhalten würde. Kann ich dich kurz allein lassen?«

»Ja, das überlebe ich schon.« Er küsst mich flüchtig und lässt mich dann stehen. Es macht mir nichts aus, auch wenn ich hier niemanden kenne. Ich schaue mich gerade nach einem bekannten Gesicht um, als ich doch tatsächlich eines entdecke: Ollie! Ich will auf ihn zugehen und sehe, dass Damien ihn beiseitenimmt.

Mein Magen krampft sich zusammen. Warum um alles in der Welt will Damien mit Ollie reden? Mir fällt kein einziger Grund ein – außer dass Ollie mir wiederholt gesagt hat, Damien wäre nicht gut für mich, außerdem hätte er Leichen im Keller. Aber Damien gegenüber habe ich das nie erwähnt.

Auf einmal habe ich eine Riesenangst, ich könnte im Schlaf gesprochen haben.

Ich überlege schon dazuzustoßen, aber das wäre einfach zu neurotisch. Also zwinge ich mich, mich abzuwenden. Zum Glück entdecke ich ein weiteres vertrautes Gesicht: Blaine. Er hat mich ebenfalls gesehen und breitet die Arme aus. Ich lasse mich hineinfallen und freue mich über seine überschwängliche Umarmung.

»Da ist ja mein Lieblingsmodell.«

»Sie haben gar nicht erwähnt, dass Sie auch kommen.« Ich schaue mich suchend um. »Ist Evelyn auch hier? Haben Sie deshalb so komisch getan, als ich vorgeschlagen habe, uns heute zu treffen?«

»Ertappt!«, sagt er. Er hebt die Hand und winkt, kurz darauf stößt Evelyn zu uns.

»Ich sehe sie ohnehin ständig«, sagt Blaine und zwinkert mir zu. »Und zwar so, wie Gott sie schuf. Unterhaltet euch ruhig unter vier Augen!« Er gibt Evelyn einen leidenschaftlichen Kuss, und so wie sie aufkreischt, muss er sie auch irgendwo angefasst haben. Dann tänzelt er davon, und Evelyn sieht ihm nach.

345

Ich will etwas sagen, aber Evelyn hebt beschwörend die Hand. »Warten Sie, Texas! Ich möchte die Aussicht genießen.« Bald darauf ist sein frackbedeckter Hintern in der Menge verschwunden, und sie dreht sich seufzend zu mir um. »Ich bin jetzt fast sechzig und genieße erst jetzt den besten Sex meines Lebens. Das ist einfach nicht fair!«

»Andererseits ist es ein Geschenk des Himmels«, sage ich, und sie muss lachen.

»Nun, bei Ihnen ist das Glas wohl immer halb voll, was? Sie haben recht, Texas, die Einstellung gefällt mir.«

Ich habe mich nie als Optimistin gesehen, aber vielleicht bin ich doch eine. Ich mag diese Frau wirklich sehr.

»Ich höre nur Gutes von Ihnen«, sagt sie. »Und es scheint eine romantische Komödie zu werden. Oder ist es doch ein nicht jugendfreier Film?«

Ich spüre, wie meine Wangen brennen. »Gut möglich«, gestehe ich.

»Wie schön für Sie! Wie schön für Sie beide! Dieser Junge ...« Sie schüttelt fast großmütterlich den Kopf.

»Was?« Am liebsten würde ich mich mit ihr zusammensetzen und sie auffordern, mir alles zu verraten, was sie über Damien weiß. Leider ist so etwas ziemlich uncool.

»Ich habe gesehen, wie er Sie vorhin geküsst hat. Ganz sanft, aber gleichzeitig hat er Sie angesehen, als wollte er Sie auffressen.«

Ihre Worte gehen mir runter wie Öl.

»Normalerweise ist er wahnsinnig zurückhaltend. Es tut gut zu sehen, dass er sich Ihnen gegenüber so öffnet.«

»Ja«, sage ich, obwohl ich völlig ahnungslos und unglaublich neugierig bin. Er öffnet sich mir? Das wohl kaum! Anscheinend ist Damien noch zugeknöpfter, als ich gedacht hätte. Wenn man bedenkt, wie viel ich ihm von mir offenbart habe, macht mir das Magenschmerzen. Aber ich lasse mir nichts anmerken. Nikki, die Gesellschaftsdame, ist heute Abend in Hochform. »Er hat so viel durchgemacht«, füge ich hinzu und hoffe, dass sie etwas Licht ins Dunkel seiner Vergangenheit bringt.

»Jetzt wissen Sie auch, was ich mit undurchschaubar gemeint habe.« Evelyn seufzt. »Es spielt keine Rolle, dass er das alles unter den Teppich gekehrt hat: So etwas verfolgt einen sein Leben lang. Wie sollte es auch anders sein?«

»Ich weiß«, lüge ich. *Was hat er bloß unter den Teppich gekehrt?*

»Sehen Sie! Deshalb glaube ich, dass Sie ihm guttun. Meine Güte, noch vor einem Jahr hätte man ihn mit Gewalt zu seiner eigenen Spendengala schleifen müssen. Und heute spaziert er hier mit Ihnen herum, als würde ihm die ganze Welt gehören.«

»Nun ja, ist dem nicht auch so?«, wende ich ein.

»Stimmt. Puh, ich bin noch längst nicht betrunken genug. Sehen wir uns nach einer von diesen dürren Schlampen mit den Getränken um.«

Ich begleite sie, weil ich unser Gespräch fortsetzen, noch mehr erfahren will. Aber schon bald werden wir von der Menge und der lauten Geräuschkulisse verschluckt.

Als Damien zehn Minuten später zu mir stößt, habe ich Evelyn aus den Augen verloren und rede mit einem Typen, der aussieht wie zwölf, aber beteuert, ein hipper Horrorfilm-Regisseur zu sein, über Humphrey Bogart.

Zum Glück eilt Damien zu meiner Rettung.

347

»Alles okay zwischen dir und Ollie?«

Er mustert mich durchdringend, nickt aber. Dann fährt er mir mit dem Daumen über die Unterlippe, die längst zu einer meiner erogenen Zonen geworden ist. »Ich muss dich schmecken«, sagt er und zieht an meinen Haaren, zwingt mich, zu ihm aufzuschauen. Wir werden jedoch von einem großen dünnen Mann mit grau melierten Haaren gestört.

»Charles«, sagt Damien kühl, und das bestimmt nicht nur, weil er uns unterbrochen hat.

»Wir müssen reden!«, sagt der Mann und wendet sich dann an mich: »Charles Maynard, bitte verzeihen Sie die Störung.«

»Oh, das geht schon in Ordnung.« Was soll ich auch sonst sagen?

Maynard nimmt Damien beiseite, und gleich darauf leistet mir Ollie Gesellschaft. »Hallo, ich will schon die ganze Zeit mit dir reden.«

»Und ich bin schon den ganzen Abend hier.« Ich höre, wie eisig meine Stimme klingt, kann aber einfach nicht anders.

»Ich wollte nur sagen, dass es mir leidtut. Das mit Jamie meine ich. Es war dumm und ...«

Ich hebe abwehrend die Hand. »Ihr seid beide erwachsen. Aber ihr seid auch meine Freunde. Und du bist verlobt.« Ich ergreife seine Hände. »Ich will nicht, dass du dir alles kaputt machst. Und ich möchte auf keinen Fall in diese Sache hineingezogen werden.«

»Ich weiß, ich weiß«, sagt er. »Das war ein einmaliger Ausrutscher. Es war dumm, aber es ist vorbei.«

Ich weiß nicht, ob ich ihm glauben soll, aber ich will auch nicht mehr darüber reden. Also nicke ich nur und wechsle das Thema. »Was wollte Damien von dir?«

»Ach so, das!« Er entzieht mir seine Hände und steckt sie in die Hosentaschen. »Er hat sich bei mir bedankt. Dafür, dass – na, du weißt schon. Dass ich nach der Sache mit Kurt für dich da war.«

Ich spüre, wie meine Wangen glühen. »Das hat mir viel bedeutet.«

Er mustert mich kopfschüttelnd. »Fang du nicht auch noch damit an. Du weißt, dass ich alles für dich tun würde.«

Ich schaue mich im Raum um und entdecke Damiens Hinterkopf. »Er ist in Ordnung, Ollie«, sage ich. »Hast du das jetzt auch begriffen?«

»Klar«, sagt er, klingt aber wenig überzeugend.

»Was ist?«, frage ich. »Was stört dich so an Damien Stark? Liegt es an diesem Mist, den Sara Padgetts Bruder in die Welt setzt?«

Er atmet hörbar aus, und ich weiß, dass ich ins Schwarze getroffen habe. »Meine Güte, Nik. Stark ist ein Promi. Mit seinem Konterfei wird zwar keine Reklame gemacht, trotzdem ist er eine Berühmtheit. Eric Padgett ist einfach nur ein weiterer Scheißkerl, der mit Dreck um sich wirft und schaut, was hängen bleibt.«

Ich starre ihn an. »Das ist alles? Das hat dich so beunruhigt?«

Ollie zieht seine Krawatte gerade, ein eindeutiges Zeichen dafür, dass er mir etwas verheimlicht. »Ja. Hör mal, da hinten steht eine Mandantin von mir. Ich gehe kurz zu ihr, einverstanden?«

Ich packe sein Handgelenk. »Warte! Was verheimlichst du mir?«

»Nichts.«

»Meine Güte, Ollie, ich bin's! Was verheimlichst du mir?«

»Ich – na gut, ganz wie du willst.« Er fährt sich mit den Fingern durchs Haar, packt mich am Arm und zieht mich in eine ruhige Ecke. »Ehrlich gesagt war ich mir nicht sicher, ob ich dir das überhaupt sagen soll. Vielleicht ist ja auch gar nichts dran an der Sache.«

Ich zwinge mich, ruhig zu bleiben und abzuwarten.

»Er scheint ja wirklich ganz nett zu sein.«

»Das ist er auch. Und jetzt mach endlich den Mund auf!«

Ollie nickt. »Das musst du aber für dich behalten, verstanden? Das ist hochvertraulich. Ich könnte deswegen gefeuert werden, ja sogar meine Zulassung verlieren.«

Ich nicke und bin auf einmal hochnervös. »Einverstanden.«

»Nun, ich arbeite zwar nicht direkt für Stark, bekomme aber so einiges mit. Gerüchte. Getuschel. Du weißt schon.«

»Nein«, sage ich. »Ich weiß gar nichts.«

»Meine Güte, Nikki! Ich habe genug über den Kerl gehört, dass ich mir ernsthaft Sorgen um dich mache. Daher habe ich etwas herumgeschnüffelt, als ich die Möglichkeit dazu hatte.«

»Herumgeschnüffelt? Was soll denn das heißen?«

»Jamie hat mir erzählt, was er dir auf Evelyns Party gesagt hat: Dass du sowohl dem MIT als auch der Cal Tech eine Absage erteilt hast.«

»Ja und?«

»Woher weiß er das? Diese Angebote hast du erst bekommen, als du mit dem Studium fertig warst. Das hast du ja bestimmt nicht in deinen Stipendiumsantrag geschrieben.«

Ich runzle die Stirn. Damit hat er nicht ganz unrecht. »Und weiter?«

350

»Die Stark-Akten befinden sich mehrere Stockwerke über meinem Büro in einem abgeschlossenen Archiv. Nur wenige haben Zugang dazu. Maynard brauchte auf die Schnelle eine Akte – nicht über Stark, sondern über einen anderen Mandanten, dessen Unterlagen im selben Raum aufbewahrt werden. Er hat mich gebeten, sie zu holen, und ich habe die Situation ausgenutzt.«

»Was hast du getan?«

»Die Kanzlei verwaltet die Stipendien, die Antragsformulare lagern also auch bei uns. Ich habe deines gefunden und einen Blick hineingeworfen.«

»Ja und?«

»Vom MIT oder von der Cal Tech war darin nichts zu lesen.«

Ich lache. »Das ist wirklich unglaublich süß von dir, dass du deine Karriere aufs Spiel setzt, nur weil du dir Sorgen um mich machst. Aber das hätte ich dir auch so sagen können! Ich habe eine Kopie von meinem Antragsformular behalten.«

»Aber dann hättest du nie erfahren, dass deine Unterlagen markiert sind.«

»Markiert?«

Er nickt. »Und zwar nur deine. Ich habe das genauestens überprüft.«

»Was hat das zu bedeuten?«

Er schüttelt den Kopf. »Keine Ahnung. Aber aus irgendeinem Grund hat er dich herausgepickt.«

Ich lege den Kopf schief. »Jetzt mach aber mal einen Punkt, Ollie! Schade, dass du Damien nicht leiden kannst, aber das kann doch nicht dein Ernst sein! Meine Unterlagen

351

wurden also markiert. Na und? Vielleicht, weil ich gegen Penicillin allergisch bin? Oder weil ich die fotogenste Stipendiatin bin und er Werbung mit mir machen wollte? Vielleicht auch, weil ich als Einzige nach Los Angeles gezogen bin und er mich deshalb auf irgendeinen lokalen E-Mail-Verteiler setzen wollte. Woher willst du überhaupt wissen, dass Stark meine Unterlagen markiert hat? Vielleicht war es ja auch dein Chef. Oder irgendein Rechtsreferendar, der eine Schwäche für die frühere Miss Dallas-Fort Worth hat.«

Er geht sofort in die Defensive. »Ich weiß, ich weiß. Deshalb wollte ich es dir ja auch erst gar nicht erzählen. Aber findest du das nicht etwas seltsam? Nicht nur deine Unterlagen sind markiert – er weiß auch alle möglichen privaten Details aus deinem Leben!«

Ich schüttle den Kopf. »Private Details? Dass ich ein Aufbaustudium angeboten bekommen habe, ist schließlich kein Staatsgeheimnis! Krieg dich wieder ein, Ollie!«

Gleichzeitig muss ich daran denken, dass Damien meine Adresse und meine Telefonnummer kannte, ganz zu schweigen von meinen Make-up-Vorlieben. Aber für das alles hatte er eine glaubwürdige Erklärung.

»Denk drüber nach!«, sagt Ollie, winkt jemandem zu und sucht dann erneut meinen Blick. »Versprochen?«

Ich schweige. Er seufzt und verschwindet in der Menge. Ich bleibe in der Ecke stehen und versuche, mir über meine Gefühle klar zu werden. Ich bin auf jeden Fall verwirrt. Und ich werde gerade ziemlich wütend. Aber ob sich diese Wut gegen Damien oder Ollie richtet, weiß ich noch nicht.

Nervös gehe ich nach draußen. Ein gepflasterter Weg führt um das Gebäude herum, und ich folge ihm bis zu den

Tennisplätzen. Dort bleibe ich stehen, betrachte die Anlage und stelle mir vor, dass der junge Damien hier gespielt hat, glücklich und übermütig den Bällen nachgejagt ist. Eine schöne Fantasie, die jede Angst vertreibt. Soll Ollie sich doch Sorgen machen: Ich weiß es besser!

Ich spüre Damien hinter mir, noch bevor ich ihn höre. Ich drehe mich um und merke, dass er mich beobachtet. Kurz befürchte ich, er könnte böse auf mich sein – schließlich hat er mir ein für alle Mal klargemacht, dass er mit dem Tennis abgeschlossen hat, und trotzdem stehe ich hier. Aber er sieht glücklich und zufrieden aus, und als er auf mich zukommt, küsst er mich auf die Stirn und legt seine Hand auf meinen Hintern. »Pass bloß auf, Freundchen!«, sage ich drohend, und er muss lachen.

»Versteckst du dich?«

»Ja. Ich denke nach.«

»Worüber?«

»Über dich«, gestehe ich. Ich zeige mit dem Kinn auf die Anlage. »Ich habe mir vorgestellt, dass du hier spielst.« Ich halte die Luft an, hoffe, dass ihn mein Geständnis nicht verärgert.

»Ich nehme an, dass ich in deiner Vorstellung auch gewinne?«, entgegnet er trocken.

Ich lache. »Natürlich. So wie immer.«

»Braves Mädchen.« Er ergreift von meinem Mund Besitz, und sein Kuss ist leidenschaftlich und intensiv. Er berührt mich zwar nicht an einer intimen Stelle – seine Hand liegt jetzt auf meinem Rücken und die andere auf meinem Arm –, trotzdem habe ich das Gefühl, er wäre in mir, würde mich ganz ausfüllen.

Als er sich wieder zurückzieht, stöhne ich aus Protest auf.

Er macht einen Schritt rückwärts. »Wir sehen uns drinnen, Miss Fairchild.«

Ich hebe die Brauen. »Du bist bloß hergekommen, um mich zu necken?«

»Und um dir zu sagen, dass ich in etwa einer Viertelstunde eine Rede halten werde. Wenn du Lust hast, kannst du mir dabei Gesellschaft leisten.«

»Eine Rede? Die möchte ich natürlich auf keinen Fall verpassen.« Ich werfe einen letzten Blick auf die Tennisanlage und den weiten Nachthimmel. »Ich komme gleich nach. Ich möchte mir nur noch kurz die Sterne anschauen.«

Er drückt meine Hand und geht, verschwindet hinter dem Gebäude. Seufzend merke ich, dass ich im Moment einfach nur glücklich bin. Ollies Ängste sind meilenweit entfernt.

Ich genieße das Gefühl und will ebenfalls hineingehen, als mir ein großer Mann mit einem dicken Schnauzer und einem verknitterten Anzug entgegenkommt. Ich denke mir nichts dabei, aber als er mich erreicht hat, zucke ich bei seinen Worten zusammen. »Sind Sie diejenige, die mit Stark ins Bett geht?«

Ich bleibe stehen. Da habe ich mich wohl verhört. »Wie bitte?«

»Haben Sie Geld? Dann seien Sie vorsichtig. Er wird Sie ficken, Sie benutzen, und wenn er mit Ihnen fertig ist, wird er wieder ein gutes Stück reicher sein.«

Ich habe einen ganz trockenen Mund und weiche Knie. Ich spüre, wie meine Hände feucht werden. Ich weiß nicht, wer dieser Mann ist, nur, dass er gefährlich ist und dass ich schleunigst verschwinden sollte. Ich sehe mich hektisch um und entdecke auf der anderen Seite des Weges ein von der Vegetation fast überwuchertes Schild, das den Weg zu den Toiletten weist.

»Ich – ich muss jetzt gehen.« Ich mache auf dem Absatz kehrt und renne darauf zu.

»Ich kenne die Geheimnisse dieses Mistkerls!«, ruft der Mann mir hinterher. »Ich weiß alles über die Leichen in seinem Keller. Glauben Sie etwa, dass meine Schwester die Einzige ist, die er auf dem Gewissen hat?«

Eric Padgett. Das muss Eric Padgett sein.

Mit klopfendem Herzen reiße ich die Tür zur Damentoilette auf. Das Licht geht automatisch an, und ich husche hinein. Die Außentür hat einen Riegel, und ich schiebe ihn sofort vor. Kaum habe ich das getan, geht das Licht wieder aus.

Ich ringe nach Luft, versuche die aufsteigende Panik zurückzudrängen. *Beruhige dich, Nikki, beruhige dich!* Das Licht ist ausgegangen, als du den Riegel vorgeschoben hast. Wahrscheinlich ist das beabsichtigt, damit es nicht die ganze Nacht brennt, wenn der Hausmeister irgendwann abschließt. Also schieb den Riegel einfach wieder auf.

Ich versuche es mit zitternden Fingern. Hier im Dunkeln bin ich auf jeden Fall vor Eric Padgett in Sicherheit. Aber ich muss hier raus. Ich muss die Tür aufkriegen.

Der Riegel rührt sich nicht von der Stelle.

Nein, nein, nein.

Okay. Okay. Gar kein Problem. Der Riegel schaltet das Licht aus, aber hier drin muss es doch auch irgendwo einen Schalter geben, damit nicht jemand versehentlich im Dunklen eingeschlossen wird und Todesängste ausstehen muss. So jemand wie ich zum Beispiel. Ich taste die Wand neben der Tür ab. Nichts. Mein Atem geht jetzt schneller und flacher. *Hör auf damit. Denk nach.*

Genau. Nachdenken.

O Mist, ich habe offensichtlich ganz vergessen, wie das geht.

Ich atme. Das kann ich gerade noch. Ich bin immer noch schweißnass vor Angst, würde am liebsten laut gegen die Tür hämmern und schreien. Aber Eric Padgett ist da draußen, und vor ihm habe ich noch mehr Angst als vor der Dunkelheit.

Oder?

Ich hämmere gegen die Tür. »Hallo! Hallo, ist da jemand? Hallo!«

Nichts.

Ich hämmere erneut dagegen. Und noch einmal und noch einmal und ...

»Nikki?«

»Damien?«

»O Baby, verdammt, alles in Ordnung?«

Nichts ist in Ordnung.

»Alles in Ordnung«, bringe ich mühsam heraus.

»Die Tür geht nicht auf. Kannst du den Riegel zurückschieben?«

»Nein. Er klemmt.« Noch während ich das sage, packe ich ihn, und er öffnet sich wie geschmiert. Sobald das Klicken ertönt, drückt Damien die Tür auf. Ich weiß nicht, ob ich auf ihn zustürze oder er auf mich. Ich weiß nur, dass ich in seinen Armen liege, nach Luft schnappe und mich immer wieder entschuldige.

Er wartet, bis ich mich wieder beruhigt habe, und nimmt

dann mein Gesicht in beide Hände. »Du musst dich nicht entschuldigen.«

»Ich bin so froh, dass du nach mir gesehen hast. Warum bist du zurückgekommen?«

Er gibt mir einen Fünfzig-Dollar-Chip. »Ich dachte, du willst vielleicht vor meiner Rede noch ein bisschen spielen.«

Aus irgendeinem Grund steigen mir die Tränen in die Augen. Ich schmiege mich an ihn. »Es war Padgett«, sage ich.

»Was?« Überraschung und Wut schwingen in seiner Stimme mit.

»Er hat sich zwar nicht vorgestellt, aber es muss Padgett gewesen sein.« Ich beschreibe ihm den Mann und wiederhole seine Worte.

Damiens Züge verhärten sich. So habe ich ihn noch nie gesehen. Er stellt mich vor sich hin und lässt die Hände über mich gleiten. »Er hat dir doch nichts getan?«

»Nein«, sage ich, während sich meine Angst angesichts von Damiens ungebremster Wut und Sorge in Luft auflöst. »Nein, er hat mich nicht mal bedroht. Aber er hat mir trotzdem einen Riesenschreck eingejagt, und deshalb bin ich davongerannt.«

»Wenn du ihn noch einmal siehst – auch wenn er sich drei Häuserblocks weiter befindet und du dir nicht sicher bist –, dann sagst du mir Bescheid, verstanden?«

Ich nicke. »Natürlich.«

Er nimmt meine Hand. »Komm! Ich halte jetzt meine Rede, und anschließend bringe ich dich nach Hause.«

Ich folge ihm und stehe vor dem Podium, als eine elegante Frau in Chanel sich bei uns allen für die Unterstützung der *Stark Educational Foundation* bedankt und Mr. Damien Stark persönlich ankündigt.

Alle, auch ich, applaudieren. Dann sehe ich zu, wie der Mann, der inzwischen meine Tage und Nächte erfüllt, das Podium betritt. Ich lausche seiner kraftvollen, selbstbewussten Stimme, während er erzählt, wie man Kindern helfen kann, die Unterstützung brauchen. Wie man sie aus dem Sumpf zieht und ihnen die Chance gibt, sich zu beweisen.

Seine wohlgewählten Worte verscheuchen auch noch den letzten Rest Panik. Meine Augen schwimmen, weil ich so stolz auf ihn bin. Gut möglich, dass dieser Mann Geheimnisse und Leichen im Keller hat. Aber im Moment sehe ich direkt in sein Herz. Und was ich da sehe, gefällt mir.

24

Der Ozean glitzert im Morgenlicht, während ich nackt vor zwei Männern stehe. Unter Blaines professionellem und unter Damiens leidenschaftlichem Blick werden meine Brustwarzen steif, und meine Schenkel zittern – und das, obwohl ein Mann zu viel im Raum ist.

Ein bisschen peinlich ist mir das schon – gleichzeitig fühle ich mich unheimlich stark.

»Du siehst so fantastisch aus, dass es fast schon kriminell ist«, sagt Blaine. »Und mir geht's beschissen.«

»Das wird an dem Wein liegen, den du getrunken hast«, ziehe ich ihn auf.

»Wohl eher am Wodka«, erwidert er. »Warum ich dich für acht Uhr einbestellt habe, ist mir ein Rätsel. Oh, warte, jetzt fällt es mir wieder ein: Weil das Morgenlicht deine Haut so rosig glühen lässt.«

Ich kann nicht anders – ich muss mich einfach zu Damien umdrehen. Bestimmt denkt er wie ich belustigt daran, dass er immer sagt, ich glühe, wenn ich erregt bin.

Damien lässt seinen Blick über meinen Körper schweifen. Er mustert mich so intensiv, dass ich spätestens jetzt glühe. Als unsere Blicke sich treffen, ist die Begierde mit Händen zu greifen.

Gleichzeitig stehe ich hier starr wie eine Statue, während ein zweiter Mann im Raum ist.

Damien räuspert sich. Seiner Miene entnehme ich, dass er die Situation ebenfalls bedauert.

Blaine sieht zwischen uns hin und her und gibt sich betont unschuldig. »Alles klar?«

»Ich werde eine kleine Radtour unternehmen, bevor ich ins Büro gehe«, sagt Damien. Ich kann mich gerade noch beherrschen, nicht laut zu lachen. Schließlich bin ich diejenige, die nackt vor einem Panoramafenster steht. Er kann sich abreagieren, während ich hier in meinem eigenen Saft schmore.

»Vielleicht bin ich schon weg, wenn du zurückkommst«, sage ich. »Ich habe heute mein Vorstellungsgespräch, weißt du noch?«

»Natürlich!«, sagt Damien und kommt auf mich zu.

»Macht nur!«, sagt Blaine mit einer auffordernden Geste. »Verabschiedet euch in aller Ruhe. Ich mache mir in der Zwischenzeit einen Kaffee oder so.« Er verschwindet in Richtung Küche, und ich muss grinsen.

»Ich mag ihn sehr«, sage ich.

»Hm-hm«, pflichtet mir Damien bei und zieht mich in seine Arme. Seine Kleidung ist kühl auf meiner nackten Haut, und er lässt den Arm um meine Taille liegen, während wir auf die Leinwand zugehen. Sie war mit einem Tuch bedeckt, als ich kam, und ich bin neugierig auf die Fortschritte, die das Bild gemacht hat. Blaine hat in kurzer Zeit viel geschafft, und die Skizze auf der Leinwand stellt eindeutig mich dar. Mein Rücken ist kerzengerade, und ich trage den Kopf hoch. Ich war mir nicht sicher, wie ich auf das Bild reagieren würde, aber es gefällt mir immer besser.

»Ich bin neidisch auf die Art, wie er dich berührt«, sagt Damien so leise, dass ich ihn kaum verstehen kann.

Ich sehe ihn fragend an. »Blaine hat mich kein einziges Mal berührt.«

»Nein«, sagt Damien. »Aber erweckt dich zum Leben.« Er zieht mich in seine Arme, vergräbt das Gesicht in meinem Haar. »Dabei ist das eigentlich mein Job!«, murmelt er.

»Den du ausgezeichnet erledigst.«

Er nuschelt in mein Haar: »Wir könnten Blaine zum Donutholen schicken, dann lasse ich meine Fahrradtour ausfallen.«

»Kommt gar nicht infrage!« Lachend stoße ich ihn von mir. »Ich habe heute auch noch was vor. Ich brauche Zeit zum Umziehen und möchte mich noch besser über die Firma informieren. Tun, was junge Frauen, die sich auf gut dotierte Stellen bewerben, nun mal so tun.«

»Ich stelle dich noch heute ein. Dann brauchst du dich nicht mehr auf eine gut dotierte Stelle zu bewerben.«

»Nein, und nochmals nein!«

»Na ja, man kann es ja mal versuchen. Bis später!« Er zieht mich für einen langen, langsamen Kuss an sich. »*See you later, alligator.*«

»Ja«, sage ich. »Bis später.«

Ich verbringe gute drei Stunden bei *Innovative Resources* und lerne dort so gut wie jeden Mitarbeiter kennen, angefangen vom Hausmeister bis hin zu Bruce Tolley, dem Firmeninhaber.

Am Anfang bin ich nur ein nervöses Wrack. Aber schon bald fange ich mich, und Mr. Tolley und ich geraten ins Plaudern. Er wirkt intelligent – und alles, was ich über die Firma gelesen habe, scheint sich zu bestätigen. Vor allem scheint er längst nicht so einen bizarren, egoistischen Führungsstil zu haben wie Carl.

Mit anderen Worten, Bruce interessiert sich für meine Arbeit und nicht für meine Titten oder meinen Arsch.

Der Kerl ist mir auf Anhieb sympathisch.

Während wir reden, führt er mich durch die Büroräume, zeigt mir die Cafeteria, den Fitnessraum für die Angestellten, die Pausenräume, ja sogar das Büromateriallager. Ich finde das alles für ein erstes Vorstellungsgespräch etwas übertrieben. Noch mehr irritiert mich, dass er mir nach der Führung sofort ein Angebot macht.

Ich sage natürlich, dass ich erst noch darüber nachdenken muss ... was ich ganze drei Sekunden lang tue, bevor ich begeistert zusage.

Ich schaffe es gerade noch, nicht laut loszusingen und einen Freudentanz aufzuführen, solange ich noch im Gebäude bin. Aber kaum bin ich draußen, wirbele ich um ein Straßenschild, zücke mein iPhone und rufe Damien an.

Als seine Mailbox drangeht, bin ich extrem enttäuscht.

Doch ich lasse mich nicht beirren und schicke ihm eine SMS: Ich hab 1en Job! Fange nächste Woche an! XX00

Er antwortet sofort: Wusst ichs doch! Gratuliere. XXX000 PS: Irgendwelche Regeln gebrochen? Hs oder BHs?

Ich brauche einen Moment, bevor ich verstanden habe, bekomme dann aber ganz heiße Wangen: Kein Höschen, und ich habe an dich gedacht. Kein BH, aber ich habe mein Jackett nicht geöffnet.

Er reagiert mit: Perfekt!

Ich schreibe noch einmal zurück: Bin ganz hibbelig. Wegen dem fehlenden H und BH und so viel Adrenalin. Hast du Zeit?

Diesmal dauert es eine ganze Minute, bis er antwortet: Schön wärs! Aber ich weiß, wie ich dich entspannen kann.

Ich grinse und schreibe: Ruf mich an. Am Telefon schaffst du es ausgezeichnet, mich zu entspannen.

Seine Antwort entlockt mir ein noch breiteres Grinsen: Ja, das könnte ich, bin aber in einer Sitzung in Century City mit ein paar CEOs aus Tokio. Glaube nicht, dass die Verständnis dafür haben. Bin bald zurück im Büro. Ich sehe dich später, und zwar alles von dir. Bis es so weit ist, stell dir einfach vor, ich würde dich berühren ...

Kein Problem – mir Damiens Berührungen vorzustellen ist zu meiner Lieblingsbeschäftigung geworden. Nur die Realität ist noch besser.

Als ich nach Hause komme, ist Jamie auch da. Dann ist es gleich gar nicht mehr so schlimm, dass Damien keine Zeit für mich hat. Jamie ist natürlich aufrichtig begeistert, und ich schwelge mit ihr in Vorfreude auf meinen neuen Job.

»Und, wie wollen wir das feiern?«, fragt sie.

»Mit einem Kinobesuch?«

»Kommt gar nicht infrage! Ich will dich und Mr. Geldsack so richtig ausnehmen. Sushi?«

»Perfekt!«

Da ich die hohen Absätze und das Kostüm leid bin, will ich mir in meinem Zimmer schnell eine Jeans anziehen. Jamie hat dasselbe vor. Nach kurzem Zögern lege ich die Hose beiseite und ziehe einen Jeansrock und Sandalen an – und zwar ohne Unterwäsche. Auch wenn Damien nicht da ist: Regeln sind Regeln.

Das mit dem BH fällt mir nicht weiter schwer. Ich kombiniere den Rock mit einem Bandeau-Top, schiebe es sozusa-

363

gen auf modische Erfordernisse. »Bist du so weit?«, rufe ich Jamie zu.

»Noch fünf Minuten«, verspricht sie und ruft dann: »Hey, hast du heute schon Zeitung gelesen?«

»Warum?«

»Sie liegt auf dem Couchtisch. Schau mal auf die Klatsch-Seite.«

Achselzuckend setze ich mich aufs Sofa und greife zur Zeitung. Ich blättere darin, aber nichts springt mir ins Auge, bis ich sie fast ganz durch habe. Und dann fällt mein Blick auf ... mich.

Beziehungsweise auf ein Bild von mir. Von mir und Damien, um genau zu sein.

Es gehört zu einem Artikel über die *Stark International Foundation* und die Spendengala. Eine ganze Doppelseite ist mit Schnappschüssen der Gäste gefüllt. Lächelnd überfliege ich die Bilder und halte nach Blaine, Evelyn oder Ollie Ausschau.

Ich kann sie nirgendwo entdecken, dafür sehe ich Giselle ... und erstarre: Sie steht neben Bruce Tolley.

Was zum ...

Damien hat nicht erwähnt, dass er meinen neuen Chef kennt. Aber vielleicht kennt er ihn auch gar nicht. Vielleicht steht Bruce nur zufällig neben Giselle.

Mein Versuch, mir die Sache schönzureden, misslingt, als ich einen Blick auf die Bildunterschrift werfe. Bruce ist offenbar Giselles Mann. Der Mann, mit dem Damien am Abend unseres ersten Treffens Cocktails getrunken hat. Trotzdem hat Damien nicht das Geringste gesagt, als ich ihm von meinem Vorstellungsgespräch bei *Innovative* erzählt habe. Und gerade eben auch nicht.

364

Was zum Kuckuck hat das zu bedeuten?

Bestimmt nichts Gutes. Mir wird ein wenig schwindelig, als ich diese Neuigkeit auf mich wirken lasse und an Ollies Besorgnis zurückdenke.

Mist!

Ich greife zu meinem Handy und rufe Damien an, beende den Anruf aber, bevor es läutet. Das ist nichts, was man am Telefon besprechen sollte. Am besten, ich fahre gleich zu ihm.

»James!«, rufe ich. Jetzt, wo ich eine Entscheidung gefällt habe, können mich keine zehn Pferde mehr davon abhalten. »Ich muss weg. Tut mir leid wegen dem Sushi.«

Ich warte ihre Antwort gar nicht erst ab, und als die Tür hinter mir ins Schloss fällt, höre ich ihr überraschtes »Was? Was ist denn?«.

Auf der Fahrt zu Starks Büro ist mein Kopf abwechselnd völlig leer oder aber hoffnungslos überfüllt. Ich kann einfach keinen klaren Gedanken fassen. Als ich den Stark Tower betrete, frage ich Joe, ob Stark schon zurück ist, was dieser verneint.

»Gut«, sage ich. »Ich werde im Penthouse auf ihn warten. Sagen Sie ihm, Miss Fairchild möchte ihn sofort sehen, sobald er zurück ist.«

Joe sieht etwas überrascht drein, aber ich marschiere einfach auf den Aufzug zu. Soll er inzwischen meine Forderungen Starks supereffizienten Mitarbeitern mitteilen.

Der Aufzug, dessen Türen sich vor mir öffnen, ist nicht der, den ich mit Carl und den Jungs benutzt habe. Es ist Starks Privatlift. Ich gehe davon aus, dass Sylvia ihn mir nach unten geschickt hat, betrete ihn und fühle mich stark und beherrscht. Damien wird sich gleich so einiges anhören müssen!

Meine Haltung gerät ein wenig ins Schwanken, als sich die Aufzugtüren nicht ins Büro, sondern in Starks Tower Apartment öffnen. Plötzlich bin ich ein wenig eingeschüchtert.

Ich überlege kurz, im Lift zu bleiben und auf den Alarmknopf zu drücken, bis sich die gegenüberliegenden Türen öffnen, lasse es aber bleiben. Stattdessen betrete ich das Apartment und hole tief Luft. Währenddessen schließen sich die Lifttüren hinter mir.

Mir stockt der Atem, und ich drehe mich um, rufe erneut den Lift und bin auf einmal seltsam nervös.

Doch die Türen öffnen sich nicht.

Anscheinend muss ich hierbleiben, bis Stark zurückkommt.

Gut okay, kein Problem.

Ich war schon mal hier, also nehme ich mir eine Cola Light aus dem Kühlschrank hinter der Bar. Ich trage sie in den Wohnbereich, setze mich und versuche, geduldig zu warten. Vergeblich. Ich laufe nervös auf und ab, bin viel zu wütend, um stillsitzen zu können.

Wider besseres Wissen sehe ich mich in seiner Wohnung um. Warum auch nicht? Stark weiß alles Mögliche über mich, dann kann ich mir wenigstens anschauen, wie es in seinem Schlafzimmer aussieht.

Als ich es finde, staune ich und gleichzeitig auch wieder nicht: Es ist ein schlichter Raum. An der einen Wand steht eine niedrige Holzkommode mit klaren Linien und eingelassenen Griffen. Die andere Wand wird von einer eleganten, fensterhohen Tür dominiert, die in ein Bad führt. Typisch Damien: Eine dritte Wand besteht ganz aus Glas und bietet einen fantastischen Blick über Los Angeles. An der vierten Wand steht das Bett.

Im Gegensatz zu dem Modell in Malibu hat es kein Gestell. Es liegt tief auf dem Boden und ist mit gestärkten weißen Laken bezogen. Eine dunkelblaue Decke und zwei weiße Kissen liegen darauf. Obwohl das Kopfende fehlt, wurde die Wand dahinter mit einem Holzpaneel versehen, vermutlich Mahagoni. Es sorgt dafür, dass das Bett zum Blickfang wird.

Trotz seiner schlichten Eleganz hat der Raum etwas Trauriges. Er ist eine Art Maske, gibt nur preis, was Damien von sich preisgeben will.

Ich frage mich, welche Frauen er hierhergebracht hat, und bin dankbar, dass ich keine davon bin. Aus irgendeinem Grund fühle ich mich deshalb als etwas Besonderes.

»Nikki?«

Ich zucke zusammen. Ich war so in Gedanken, dass ich sein Kommen gar nicht bemerkt habe. Ich drehe mich um. Er lehnt lässig an der Flurwand. Er trägt eine Anzughose, hat aber Jackett und Krawatte abgelegt. Die beiden obersten Hemdknöpfe stehen offen. Er sieht unglaublich sexy aus, und ich würde ihn am liebsten ohrfeigen, weil er mich so dermaßen ablenkt.

Ich schweige und bemerke, wie sich Besorgnis auf seinem Gesicht abzeichnet. »Alles in Ordnung? Was ist passiert?«

»Warum hast du mir das mit Bruce nicht gesagt?«

Er hebt die Brauen, scheint sich aufrichtig über meine Frage zu wundern. »Was hätte ich dir denn sagen sollen?«

»Willst du mich verarschen? Verdammt noch mal, Damien, ich habe den Job nur deinetwegen bekommen!«

»Ich habe nur dafür gesorgt, dass Bruce von deiner Stellensuche erfährt«, sagt er streng. »Mehr nicht. Du hast den Job bekommen, weil du so unglaublich gut bist. Weil deine Qualifikationen hervorragend sind. Weil du intelligent bist, hart arbeitest und ihn verdient hast.«

Ich lege den Kopf schräg und schaue ihn an. Das ist doch nichts als ein Haufen Scheiße! »Und woher weißt du das alles? Weil ich nackt für dich Modell stehe? Weil du mich fickst?«

»Ich sehe *dich*, Nikki.«

»Ja, vielleicht. Schließlich hast du ja schon länger ein Auge auf mich geworfen.«

Er kneift die Augen zusammen. »Wovon redest du?«

»Auf Evelyns Party zum Beispiel: Du warst sauer, weil ich nur Carls Assistentin war. Du konntest meine Qualifikationen besser runterbeten als ich selbst. Woher wusstest du all das über mich? Das stand nicht in meinem Stipendiumsantrag. Also, woher, Damien?«

»Ich habe deine Unikarriere verfolgt. Ich habe mit deinen Professoren gesprochen. Ich habe gesehen, wie du aufgeblüht bist.«

»Ich ...« Mit diesem nüchternen Geständnis hat er mich völlig aus dem Konzept gebracht. »Aber warum?«

Er schweigt.

»Warum, Damien?« Panik bemächtigt sich meiner Stimme.

»Weil ich dich will«, sagt er schließlich. Die Leidenschaft in seiner Stimme geht mir durch und durch, sodass meine Angst verfliegt, und ich mich zur Konzentration zwingen muss. »Und zwar seit ich dich bei diesem Schönheitswettbewerb gesehen habe.«

Ich bin verwirrt. »Aber ... aber warum hast du denn damals nicht einfach was gesagt?«

Sein kurzes Lächeln verrät nichts. »Ich kann sehr geduldig sein, wenn sich das Warten lohnt.«

»Ich ...« Ich weiß nicht, was ich sagen soll. Mir schwirrt der Kopf vor lauter Fragen. Woher will er eigentlich wissen, dass sich das Warten auf mich lohnt? Doch ich bringe nicht mehr heraus als: »Warum ausgerechnet ich?«

Seine Mundwinkel wandern nach oben. »Auch das habe ich dir bereits gesagt. Wir sind so was wie Seelenverwandte. Und du bist stark, Nikki. Deine Kraft und dein Selbstvertrauen sind verdammt sexy.«

Ich weiche seinem Blick aus. Wie immer hat er meine eigentliche Frage sofort verstanden. »Hast du meine Narben nicht gesehen?«, sage ich. »Ich bin nicht stark, ich bin schwach.« Ich werde die Angst einfach nicht los, dass er mich nur wegen meiner Schwäche will. Damien ist schließlich jemand, der gern die Kontrolle behält.

»Schwach?« Er starrt mich an, als wäre ich verrückt. »Das Gegenteil ist der Fall! Du bist nicht schwach, Nikki, du besitzt ungeahnte Kräfte. Du bist ein Stehaufmännchen. Wenn ich dich in den Armen halte, spüre ich das. Du strotzt nur so vor Energie.«

Er kommt näher und nimmt sanft meine Hand. »Und deshalb will ich dich. Ich bin nicht schwach. Warum sollte ich eine Frau wollen, die schwach ist?«

Ich zittere. Er sieht in mir, was ich auch an ihm so attraktiv finde: Stärke. Selbstvertrauen. Talent.

Aber sind das wirklich meine Eigenschaften, oder ist es nur Fassade? Ist diese Nikki tatsächlich ein Teil von mir?

»Du weißt so viel von mir, aber ich kenne dich kaum«, sage ich. »Ist dir überhaupt klar, dass ich gerade zum ersten Mal dein Schlafzimmer gesehen habe?«

»Dort gibt es nicht viel zu sehen.«

»Darum geht es nicht.« Ich recke das Kinn und merke, wie er mich anstarrt.

»Nikki, ich muss wissen, dass nichts zwischen uns steht.«

Ich muss mich schwer beherrschen, nicht zu nicken. Nichts wünsche ich mir sehnlicher als das. Aber wünschen allein hat noch nie geholfen. »Wirst du es versuchen?«, frage ich. »Mir mehr von dir zu verraten?«

»Ich habe dir bereits mehr verraten als je einer Frau zuvor.«

Ich muss an das denken, was er mir über seinen Dad und seine Tenniskarriere erzählt hat. »Ich weiß. Ich will – ich will dich doch nur kennenlernen. Verstehst du das?« Ich sage nicht, dass ich von seinen Geheimnissen aus der Vergangenheit weiß. Doch genau die sind es, die ich mit ihm teilen will. Ich zwinge mich zu einem fröhlichen Lächeln. »Im Gegensatz zu gewissen anderen Leuten verfüge ich nicht über die Ressourcen, mehr über dich herauszufinden.«

»Und was ist mit Wikipedia?«, witzelt er.

Ich ziehe eine Grimasse, und er beugt sich vor, um mich auf die Nasenspitze zu küssen. Eine so rührende, aber auch erotische Geste, dass meine Angst wie weggeblasen ist. Hat er sie verscheucht? Oder bin ich nur unfähig, in seiner Nähe einen klaren Gedanken zu fassen?

»Das fällt mir nicht leicht«, sagt er, und ich bin überrascht über die Eindringlichkeit seines Tonfalls. »Bisher hatte ich noch nie den Wunsch, irgendjemandem Details aus meinem Leben zu erzählen.«

»Und willst du es jetzt?« Meine Worte sind kaum mehr als ein Flüstern, so als könnte die normale Lautstärke sämtliche Hoffnungen zunichtemachen.

Er streichelt meine Wange, und ich zittere. »Ja.«

Eine Riesenerleichterung durchflutet mich. »Du wirst es also versuchen?«

»Ja, ich werde es versuchen«, bekräftigt er. Er betritt das Schlafzimmer und streckt die Hand aus. »Komm mit!«

Ich lege meine Hand in die seine, spüre ein vertrautes Prickeln, als wir uns berühren. Er führt mich zum Fenster, nimmt dann meine Hand und drückt sie gegen die Scheibe. Er steht hinter mir, hat die Arme um meine Taille gelegt und sorgt dafür, dass ich am Boden bleibe, während die in der Dämmerung daliegende Stadt sich vor mir ausbreitet.

»Nikki.« Seine Stimme ist tief und voller Sehnsucht, und mein Körper reagiert automatisch: Meine Brüste werden schwer, meine Brustwarzen bretthart, und es pulsiert zwischen meinen Beinen. Ich begehre ihn. Und wie ich ihn begehre!

»Warum?«, flüstere ich. »Warum wird alles andere unwichtig, wenn ich mit dir zusammen bin?«

»Weil es dann nur noch uns beide gibt«, erwidert er. »Nur dich und mich.«

Er behält einen Arm um meine Taille und nimmt den anderen weg. Er fährt mit der Hand über mein Bein und schiebt dann meinen Rock bis zur Hüfte hoch, sodass sich mein nackter Po gegen seine Hose presst. Ich spüre, wie er sich an mich drängt, wie seine Erektion gegen einen Stoff drückt, der zweifellos mehr wert ist als mein Auto.

»Bitte!«, sage ich. Ich will, dass er mich sofort nimmt. Ich will die Leidenschaft spüren, die uns verbindet. Ich möchte sämtliche Zweifel auslöschen, mit denen ich hergekommen bin – so lange, bis es wirklich nur noch Damien und mich gibt.

»O Gott, Nikki!« Seine Stimme ist nur noch ein Stöhnen, und ich höre, wie er sich an seiner Hose zu schaffen macht. Ich spüre, wie er sich hinter mir bewegt und der samtbezogene Stahl seiner Erektion gegen meinen nackten Hintern drückt. »Spreiz die Beine!«

Ich gehorche, und er streicht mit den Fingern über meine Vagina, streichelt mich, stimuliert mich, bis ich mich an ihm reibe. Aber ich will mehr. Ich möchte ihn in mir spüren. Ich will ihn jetzt sofort, und das sage ich ihm auch.

Er packt meine Hüften und bringt sich in Position. Ich stelle mich auf die Zehenspitzen, bis er in mich stößt. In dieser Stellung habe ich keinerlei Kontrolle über ihn. Damien entscheidet, rammt seinen Schwanz tief in mich hinein – so fest, dass mich seine Stöße nach vorne drängen. Meine Hände liegen nach wie vor auf der Fensterscheibe, und mit jedem Stoß werde ich stärker dagegengepresst. Die gähnende Leere ruft nach mir, und nur Damien bewahrt mich vor dem Fall.

Ich löse eine Hand von der Scheibe und nehme sie nach unten, streichle meine Klitoris, während Damien mich ganz und gar ausfüllt.

»Ja, so ist es gut!«, flüstert er. Draußen wird es dunkel, und ich sehe unser Spiegelbild in der Scheibe. Unsere Blicke treffen sich, als ich komme, ihn fest umklammere und dafür sorge, dass er lange und heftig abspritzt.

Bebend keuche ich, zittrig von meinem überwältigenden

372

Orgasmus. Ich bin immer noch leicht vorgebeugt, meine Hüften sind gehoben, und Damiens Schwanz befindet sich immer noch in mir.

»Schau nach draußen!«, flüstert Damien. »Was siehst du da?«

»Den Sonnenuntergang«, sage ich herausfordernd und drehe mich um, damit sich unsere Blicke erneut treffen.

Er drückt seinen Mund auf mein Ohr, und sein Tonfall hat so gar nichts Provozierendes. »Niemals, Baby! Über unserer Liebe wird die Sonne niemals untergehen.«

»Nein«, flüstere ich und fühle mich satt, zufrieden und geborgen. »Niemals!«

25

Weil Damien am nächsten Tag nach San Diego muss und
Blaine sich um irgendeine Krise in seiner Galerie in La Jolla
kümmern muss, bin ich schon vor acht wieder in meiner
Wohnung und nehme staunend zur Kenntnis, dass Jamie bereits wach ist.

»Verdammt, was war denn das gestern?«, sagt sie anstelle
einer Begrüßung. »Wohin bist du auf einmal verschwunden?«

»Ich weiß«, sage ich. »Ich bin eine schreckliche Mitbewohnerin, aber ich mach's wieder gut! Ich lad dich zum Frühstück ein.«

»Und dann erzählst du mir alles!«

»Versprochen!« Zur Bekräftigung lege ich die Hand aufs
Herz.

Wir landen im Du-par's am Ventura Boulevard, und
schließlich erzähle ich ihr von Bruce, von dem, was Ollie gesagt hat und Damiens Erklärung dafür. Wieder einmal zeigt
sich, dass sie nicht umsonst meine beste Freundin ist, denn
sie ist ganz auf meiner Seite: »Ollie führt sich auf, als wäre er
dein großer Bruder. Damien ist einfach viel zu sexy, als dass
man ihm lange böse sein könnte. Außerdem hat er Bruce
nicht darum gebeten, dich einzustellen. Er hat ihm nur von
deinen Qualifikationen erzählt.«

»Genau!«, sage ich. Und da Damien und ich unsere Probleme heute Nacht ziemlich gründlich beigelegt haben (was
mir ein wundes Gefühl zwischen den Beinen nachhaltig in

Erinnerung ruft), wechsle ich das Thema. »Das ist meine letzte freie Woche. Dann habe ich wieder Arbeit«, sage ich. »Hast du Lust, ins Kino zu gehen?«

Wir sehen uns sogar zwei Filme hintereinander an, denn wenn man schon faulenzt, dann richtig. Anschließend eilen wir beseelt und mit den Bäuchen voller Popcorn und Cola nach Hause.

Jamie saust sofort in ihr Zimmer, um sich ihre Schlafanzughose anzuziehen, dabei ist es noch nicht mal vier Uhr. Ich will gerade dasselbe tun, als es laut an der Tür klopft. »Moment!«, rufe ich. Wenn es Douglas ist, werde ich ihn zum Teufel jagen. Und wenn Ollie mit denselben Absichten auftaucht, werde ich ihn ebenfalls zum Teufel jagen.

Es ist weder der eine noch der andere. Es ist Edward.

»Miss Fairchild?«, sagt er, und obwohl er die Form wahrt, sehe ich ein Lachen in seinen Augen. »Mr. Stark hat mich gebeten, ihn zu entschuldigen, weil er den gestrigen Tag nicht mit Ihnen verbringen und Ihre neue Anstellung feiern konnte.«

»Tatsächlich?« Ich muss mir ein Grinsen verkneifen. Wir haben heute Nacht durchaus gefeiert. Wir hatten unglaublichen Sex, Sex zur Feier des Tages, Versöhnungssex – so ziemlich jeden Sex, den man nur haben kann.

»Darf ich mich der Gratulation zu Ihrem neuen Job anschließen?«, fügt Edward noch hinzu.

»Danke«, sage ich. »Aber dafür hätten Sie nicht extra vorbeikommen müssen. Er hat mir bereits gratuliert, als ich ihn noch gestern Abend gesehen habe.«

»Ja, aber ich soll auch ein Geschenk für Sie abgeben. Beziehungsweise Sie zu Ihrem Geschenk bringen.«

Ich sehe ihn mit zusammengekniffenen Augen an. »Wovon reden Sie?«

»Leider habe ich detaillierte Anweisungen bekommen, die es mir verbieten, nähere Auskünfte zu erteilen.«

»Oh. Gut, verstehe. Ich sag nur kurz meiner Mitbewohnerin Bescheid.«

»Miss Archer ist selbstverständlich auch eingeladen.«

»Echt?« Das ist ja interessant! Ich rufe nach ihr. »Hey, James! Eine kleine Programmänderung. Wir ... wir fahren irgendwohin.«

Sie steckt den Kopf aus ihrem Zimmer, obwohl sie nach wie vor nur ein T-Shirt anhat. Sie zieht es herunter und schielt zu Edward hinüber. »Hä? Wohin denn?«

»Das will mir Edward nicht verraten. Aber es ist ein Geschenk. Von Damien.«

»Und ich bin auch eingeladen?«

»Aber natürlich«, sagt Edward.

»Wie geil ist das denn?«, ruft sie. »Zu einem geheimnisvollen Geschenk von einem Multimilliardär sage ich selbstverständlich nicht Nein.«

»Recht hast du! Fahren wir!«, sage ich zu Edward.

Jamie verzichtet zugunsten einer Jeans auf ihre Schlafanzughose, und wir schnappen uns unsere Handtaschen und folgen Edward zur Limousine. Ich frage mich, ob Damien das so wollte oder ob Edward beschlossen hat, die Limousine statt des Town Car zu nehmen, um Jamie zu überraschen. Wenn ja, ist ihm die Überraschung gelungen. Sie betastet sämtliche Sitze, wirft einen Blick in die Bar und sieht sich jeden Knopf in der Konsole an.

»Wein?«, fragt sie, als sie in einem Mini-Kühlschrank

einen gekühlten Chardonnay entdeckt. Da sieht man mal, wie genau ich hinschaue! Mir war gar nicht klar, dass die Limousine überhaupt über einen Kühlschrank verfügt. Andererseits war ich auf meiner letzten Fahrt damit auch etwas abgelenkt ...

Edward chauffiert uns auf die I-10 und dann nach Osten, was mich wundert, da ich dachte, wir würden zum Strand fahren. »Was glaubst du? Wohin fahren wir?«, frage ich Jamie, die gerade die CD-Sammlung durchgeht, die ich bisher auch noch keines Blickes gewürdigt habe.

»Wen interessiert das schon?«

Bei näherer Betrachtung muss ich ihr recht geben.

Eine Viertelstunde später wird klar, dass wir Los Angeles verlassen. Ich nippe an meinem zweiten Glas Wein, und Madonna kreischt »Like a Virgin«.

»Mann, ist das *retro*!«, sagt Jamie und tanzt fast schon auf ihrem Sitz. Ich will mich schon über ihren Musikgeschmack beschweren, aber der Song ist laut und fröhlich, also was soll's!

Als wir den Windpark passieren, der bei Palm Springs den Übergang in die Wüste ankündigt, haben wir bereits Klassikrock, Klassikcountry und verschiedene Songs von zeitgenössischen Künstlern gespielt. Wir haben getanzt – insoweit das in einer Limousine überhaupt möglich ist –, gesungen und die Limousine in ein Partymobil verwandelt. Wir haben so sehr gelacht, dass uns fast die Tränen kamen, und ich glaube, so gut haben Jamie und ich uns nicht mehr amüsiert, seit wir in unserem ersten Jahr an der Uni die Freitagsvorlesung geschwänzt haben und von Austin nach New Orleans gefahren sind.

377

Ich werde mich Damien gegenüber *so was* von erkenntlich zeigen, wenn ich ihn sehe!

Endlich verlässt Edward die I-10 und nimmt einen kleineren Highway, dann eine normale Straße und schließlich einen Schotterweg. Ich rechne schon mit einem Campingplatz, als ich sehe, wie die Sonne von einem niedrigen weißen Gebäude reflektiert wird, das sich an den Fuß der Berge schmiegt. Wir passieren ein Sicherheitstor, und mir fällt auf, dass das, was ich für ein einzelnes Gebäude gehalten habe, mehrere kleine, von riesigen Palmen umgebene Bungalows sind.

Jamie und ich drücken uns inzwischen die Nasen an den Scheiben platt, und sie sieht das Schild als Erste. »Heilige Scheiße!«, sagt sie. »Wir sind im Desert Ranch Spa.«

»Im Ernst?« Keine Ahnung, warum mich das so erstaunt. Das Desert Ranch Spa mag zwar eines der teuersten Wellness-Spas der Welt sein, in dem sich üblicherweise nur Promis eine Auszeit gönnen, aber Damien kann es sich schließlich leisten.

»Bleiben wir über Nacht?«, fragt Jamie. »Oder sind wir nur zum Abendessen hier? Hoffentlich dürfen wir übernachten! An so einem Ort habe ich noch nie geschlafen.«

Die Limousine folgt der gewundenen Straße zum Eingangsbereich, und ich leere den letzten Rest Wein und rutsche zur Tür, damit ich aussteigen kann, sobald Edward sie öffnet. Als es so weit ist, steht eine Frau in einer engen Hose und einem seidenen Tanktop neben ihm. »Miss Fairchild, Miss Archer, herzlich willkommen auf der Desert Ranch«, sagt sie mit unbestimmtem osteuropäischem Akzent. »Ich heiße Helena. Kommen Sie, ich bringe Sie zu Ihrem Bungalow.«

Bun-ga-low!, formen Jamies Lippen, während sie die Augen weit aufreißt. Wir folgen Helena auf einem malerischen Pfad, und ich tue ganz selbstverständlich so, als würde ich ständig aus Limousinen steigen und teure Wüsten-Spas aufsuchen. Jamie hüpft vor lauter Begeisterung wie ein Flummi auf und ab. »Nur damit du es weißt!«, sagt sie, als Helena die Tür öffnet und wir einen Blick in den Bungalow werfen können. »Ich bin jetzt schon völlig vernarrt in deinen Freund.«

Mein Freund. Ich strahle. Das Wort gefällt mir.

Der Bungalow ist klein, aber außergewöhnlich geschmackvoll eingerichtet. Er hat zwei Zimmer, eine Küchenzeile, ein Wohnzimmer mit bequemen Sesseln und Stühlen und Kamin. Aber das Tollste ist die Veranda, von der aus man einen fantastischen, unverstellten Blick auf die Berge hat. »Sie werden auf Ihrem Zimmer zu Abend essen, ja? Morgen früh um acht fangen wir an.«

Ich überlege noch, ob ich fragen soll, aber dann platzt es aus mir heraus: »Womit?«

Helena lächelt. »Mit dem vollen Programm.«

Um halb acht werden wir von einem angenehmen Weckton wach, und es fällt uns erstaunlich leicht aufzustehen, obwohl wir noch lange aufgeblieben sind, Wein getrunken und geredet haben. Und zwar nach einem köstlichen Abendessen, bestehend aus chilenischem Seebarsch und Risotto. Wir trinken literweise Kaffee, nippen Orangensaft und ziehen die Spa-Bademäntel an, die wir heute tragen sollen.

Dann stehen auch schon unsere Betreuerinnen Becky und Dana vor der Tür, und wir sind gespannt, was sie mit uns vorhaben. Wie sich herausstellt, hat Helena nicht übertrieben: Wir beginnen mit Tauchbädern in Mineralquellen und gehen dann zu den Gesichtsbehandlungen und dem Waxing über. Weil Becky mir zuflüstert, Mr. Stark wünsche es so, lasse ich mich sogar im Intimbereich waxen. Kein Brazilian Waxing, weil *aua!*, aber als ich den Behandlungsraum verlasse, habe ich einen hübschen Landing Strip, der deutlich besser aussieht, als wenn ich mich wie sonst rasiere oder Enthaarungscremes benutze. Meine Beine sind glatt, meine Brauen perfekt geformt, und gleich geht es mit Schlammbädern oder Algenpackungen weiter.

Ich entscheide mich für den Schlamm, weil mir meine Mutter als Kind nie erlaubt hat, im Matsch zu spielen, aber auch, weil sich die Becken im Freien befinden. Jamie folgt meinem Beispiel, und so lehnen wir uns auf unseren Schlammlagern zurück, halten Gläser mit Mineralwasser in der Hand und haben kühlende Gurkenscheiben auf den geschlossenen Lidern liegen. Wir reden kein Wort – inzwischen sind wir beide tiefenentspannt –, weil es einfach zu guttut, sich so luxuriös verwöhnen zu lassen. So gut, dass ich beinahe laut protestieren will, als man uns hinaushilft, den Schlamm mit winzigen Gummiwischern von uns abschabt und uns dann zu einer weiteren Mineralquelle führt, wo wir uns weiter entspannen und säubern können.

Anschließend weckt uns ein kaltes Tauchbad wieder auf, woraufhin Jamie und ich zu einem köstlichen Mittagsmahl nach drinnen geführt werden. Danach sitzen wir Seite an Seite bei Maniküre und Pediküre.

Die letzte offizielle Spa-Behandlung des Tages ist eine Massage. Anschließend dürfen wir in unseren Bungalow zurückkehren oder uns etwas aus der Liste mit Aktivitäten aussuchen, die alles Mögliche enthält, angefangen von Reiten über Yoga bis hin zu Golfspielen. Frische Kleidung liegt für uns bereit: eine Leinenhose samt Leinenbluse, mit freundlicher Empfehlung des Hauses.

Wir trennen uns, um die privaten Massageräume aufzusuchen, und die Masseurin – eine Frau mit so muskulösen Armen, dass sie bestimmt eine ehemalige Profisportlerin ist – führt mich zum Massagetisch. Sie greift zu einem würzigen Öl, und ich nicke zustimmend. Es verströmt einen ungewöhnlichen, intensiven Duft, der mich irgendwie an Damien erinnert.

O ja, für dieses Überraschungsgeschenk werde ich mich wirklich ausgiebig bedanken!

Ich ziehe mich aus, schlüpfe unter das Laken und stecke mein Gesicht in die dafür vorgesehene Öffnung des Tisches. Ich liege träge da, habe die Augen geschlossen und war schon lange nicht mehr so entspannt. »Bitte nur Rücken, Arme und Waden«, sage ich. »Nicht die Schenkel.«

»Ganz wie Sie wollen.« Sie legt Musik auf, und wir beginnen. Ihre Hände sind magisch, und als sie die Verspannungen aus meinem Rücken massiert, fühle ich mich wirklich wie im Paradies.

Ihre Bewegungen sind kräftig, aber nicht unangenehm, und schon bald döse ich ein. Ich schlafe zwar nicht wirklich, bin aber auch nicht mehr ganz da. Ich spüre, dass sie die Hände wegnimmt und höre das Klirren des Ölfläschchens. Dann höre ich noch eine Art Klicken. Regungslos warte ich darauf, dass sie mit der Massage fortfährt.

Als sie erneut die Hände auf meinen Körper legt, fühlen sie sich anders an: größer, kräftiger. Mein Körper begreift

381

noch vor mir, was gerade geschehen ist, und ich bekomme Herzklopfen. *Damien.*

Ich lächle, sage aber nichts, während seine öligen Hände über mich gleiten, Knoten lösen, mich entspannen und dafür sorgen, dass ich mich vor Verlangen winde.

Er bearbeitet meine Arme, nimmt sich jeden Finger einzeln vor, was sich als dermaßen erotisch erweist, dass ich seine Streicheleinheiten direkt zwischen den Beinen spüre. Dann fährt er mit seinen kräftigen Händen über die Rückseite meiner Beine, streichelt meine Fußsohlen, woraufhin ich wohlig aufstöhne.

Er erregt mich nur ein ganz kleines bisschen, bevor er sich um jeden einzelnen Zeh kümmert und sich schließlich meinen Waden widmet. Gleichmäßige, sanfte Streicheleinheiten, die immer höher ansetzen, bis ich spüre, dass seine Finger den Handtuchsaum berühren und meine Beine spreizen, damit er noch weiter hinaufstreichen kann.

Jetzt muss ich mich schwer beherrschen, um nicht meine Hüften anzuheben und damit zu wackeln. Ich bin feucht und begehre ihn, gleichzeitig habe ich mir fest vorgenommen, nichts zu sagen; sondern nur dazuliegen und den Moment zu genießen. Doch wie gern würde ich ihn in mir spüren!

Er weiß genau, wie sehr er mich erregt, und schiebt das Handtuch hoch, um meine Hüften mit kräftigen, gleichmäßigen Bewegungen zu massieren. Dasselbe macht er mit meinen Schenkelinnenseiten und kommt meiner Vagina dabei so nahe, dass ich frustriert aufschreien will, weil er sie nicht direkt berührt.

Dann spüre ich, wie seine Finger meine empfindliche Klitoris streifen und seine Hand schließlich Druck zwischen meinen Beinen ausübt. Eine Fingerkuppe beschreibt kreisförmige Bewegungen auf meiner Klitoris, und ich muss einfach lustvoll aufstöhnen. Im nächsten Moment habe ich alles um mich herum vergessen und bin mir nur noch dieser Empfindung bewusst, die sich immer schneller zwischen meinen Schenkeln ausbreitet, bis ich es nicht mehr aushalte und in seiner Hand komme.

»Damien«, flüstere ich. Ich bin völlig erledigt, dahingeschmolzen. Ich werde mich nie wieder von hier wegrühren.

Ich höre, wie er leise in sich hineinlacht, spüre dann den Druck seiner Lippen in meinem Nacken. »Ich kann dir gar nicht sagen, wie froh ich bin, dass du mich erkannt hast.«

Als ich mich endlich wieder bewegen kann, gleite ich vom Massagetisch und schlüpfe in meinen Bademantel. Damien und ich verlassen gleichzeitig den Raum. Jamies Tür öffnet sich, als wir daran vorbeigehen. Sie sieht zwischen Damien und mir hin und her und wirft dann einen flüchtigen Blick auf ihren Masseur, einen großen Blonden mit schönen, kräftigen Händen.

»Wissen Sie«, sagt Jamie trocken, »ich will mich ja nicht beschweren, aber ich glaube, ich habe nicht denselben Service bekommen wie sie.«

Der Masseur nimmt es mit Humor und grinst. »Kommen Sie!«, sagt er und bittet sie, ihm zu folgen.

»Das ist ja das Problem«, murmelt sie mir im Vorbeigehen zu. »*Ich* bin nicht gekommen.«

Zurück im Bungalow will ich in mein Leinen-Outfit schlüpfen, aber Damien hat mir einen Rock samt Bluse im Folklorestil mitgebracht. Ich ziehe beides an und genieße den weiten Stoff auf meiner auf Hochglanz polierten, verwöhnten Haut.

Er klopft an Jamies Tür und sagt ihr, dass er mich nach Los Angeles zurückbringen wird. Sie könne gern noch eine Nacht bleiben. Edward werde sie am nächsten Morgen um neun abholen. Jamies Dank fällt so überschwänglich aus, dass es schon fast peinlich ist. Aber Damien sagt lediglich, dass es ihm ein Vergnügen sei.

»Und jetzt?«, frage ich, als wir den Weg zum Parkplatz nehmen.

»Jetzt feiern wir«, sagt er, und ich entnehme seinem geheimnisvollen Lächeln, dass ich vorerst nicht mehr erfahren werde.

Ich erwarte, sein sündhaft teures Auto mit dem seltsamen Namen zu sehen, aber anscheinend hat Damien nicht gelogen, als er mit seinen drei Ferraris angegeben hat. Ein schwarz glänzendes Modell parkt direkt vor dem Rezeptionsbereich.

»Ich dachte, du würdest ihn gern ein bisschen ausfahren«, sagt er.

Ich starre ihn mit offenem Mund an. »Ist das dein Ernst?«

Er nickt.

»Im Ernst?«, wiederhole ich, und diesmal muss er lachen. Er hält mir die Fahrertür auf und bedeutet mir einzusteigen. »Aber immer schön langsam!« Sein Lächeln wird verschmitzt. »Zu langsam solltest du allerdings auch nicht fahren, denn dann macht es keinen Spaß.«

Der Schalensitz umarmt mich, und mit einem entzückten Seufzen warte ich, bis Damien auf der Beifahrerseite eingestiegen ist. »Ist der neu?«

»Nein, warum?«

384

»Er riecht noch so neu. Das ist doch hoffentlich keiner von diesen unersetzlichen Oldtimern, oder?«

Er streckt den Arm aus und steckt den Zündschlüssel ins Schloss. »Fahr los, Nikki.«

»Ich soll fahren. Okay.« Ich hole tief Luft, trete auf die Kupplung und lasse den Motor an.

Er gibt ein wunderbar schnurrendes Geräusch von sich. Langsam und behutsam lege ich den ersten Gang ein, verlasse die Auffahrt zum Spa und biege auf die Schotterstraße. »Da vorne an der Straße nach links«, sagt Damien. »Dort sind weder Wohnnoch Geschäftshäuser und somit so gut wie kein Verkehr.«

Ich nicke und schleiche langsam über den Schotterweg. Ehrlich gesagt krieche ich, und Damien ist bestimmt frustriert über mein Schneckentempo. Aber ich will auf keinen Fall riskieren, dass Steinchen hochspringen und den Lack seines Kleinods zerkratzen.

Außerdem bin ich verdammt nervös.

An der Kreuzung halte ich an. »Bist du sicher, dass du das willst?«

»Und ob!«, sagt er.

»Was, wenn ich den Gang nicht reinkriege?« Lachend nimmt er meine Hand und legt sie auf die Kupplung. »So viele PS in deiner Hand ...«, sagt er, und ich weiß, dass er etwas ganz anderes meint. »Ja ja, Jungs und ihr Spielzeug«, erwidere ich, winde mich auf meinem Sitz und wünsche mir fast, er hätte nicht so eine unmittelbare Wirkung auf mich. »Und hör auf, so zu reden! Ich muss mich konzentrieren. Und los geht's!« Ich beschleunige.

Es dauert einen Moment, bis ich mich an die Lenkung

385

und die Geschwindigkeit gewöhnt habe, aber ich muss zugeben, dass es fantastisch ist. Schon bald habe ich bis in den siebten Gang geschaltet – *den siebten!* –, und der Tacho zeigt über 280 Stundenkilometer an. Die Fahrt ist erstaunlich sanft, und ich traue mir sogar zu, noch schneller zu fahren. Aber vor mir ragen die Hügel auf, und ich sehe, wie sich die Straße in engen Kurven daran emporwindet. Mit Kurven bin ich noch vorsichtig.

Ich werde langsamer, schalte runter und halte am Straßenrand. Sobald der Motor aus ist, schäle ich mich aus dem Fahrersitz, klettere über die Mittelkonsole und setze mich rittlings auf Damiens Schoß. »Das war unglaublich!«, sage ich. »Einfach unglaublich.« Ich küsse ihn rasch und fordernd und lege dann seine Hand auf meine Beine. »Zittere ich? Meine Güte, ich habe das Gefühl, dass mein Körper immer noch von der Geschwindigkeit vibriert.«

»*Jungs* und ihr Spielzeug?«, sagt er mit hochgezogenen Brauen. »Ich glaube, das ist auch ein Spielzeug für Mädchen.«

»Allerdings!« Ich küsse ihn erneut, und er zwingt meinen Mund auf, zieht mich an sich. Seine Hände wandern meine Bluse hinauf, umfassen meine Brüste, und ich greife stöhnend nach seinem Hosenschlitz. Sein Schwanz ist steif – ich spüre ihn an meinem Bein –, aber er schüttelt nur den Kopf und grinst mich dreckig an. »Nein«, sagt er. »Ich glaube, ich lasse dich lieber noch ein bisschen zappeln.« Ich beiße mir auf die Unterlippe, weil ich nicht länger zappeln will. Und trotzdem hat diese süße Folter auch ihren Reiz. Es hat durchaus etwas für sich, so scharf und geil auf seine Berührungen zu warten. Er schiebt die Hand zwischen meine Beine und streichelt mich kurz. Nur ein kleiner, grausamer Vorgeschmack. Ich bäume mich auf und verstärke den Druck auf sein Bein. »Oh, Baby!«, ruft er. »Sag, dass dir mein Spielzeug gefällt.«

»O ja.«

»Ich weiß ein neues Spiel.«

»Ein Spiel?«

Er küsst mich. »Wetten, dass ich dich zum Orgasmus bringen kann, ohne dich auch nur zu berühren?«

»Wenn ich diesen Wagen noch etwas länger fahren darf, könnte das tatsächlich klappen«, sage ich.

Er lacht. »Ich möchte mich schließlich nicht überflüssig machen. Nein, ich meine ein anderes Spielzeug.«

Ich lehne mich ein Stück zurück und beäuge ihn misstrauisch. Er sieht mich sowohl belustigt als auch sehnsüchtig an. Anscheinend hat er etwas vor, aber ich habe nicht die geringste Ahnung, was das sein könnte. »Gut«, sage ich. »Ich bin neugierig.«

Er greift in seine Hosentasche und zieht ein Stoffsäckchen heraus, aus dem er ein metallenes Ei nimmt.

»Was ist denn das?«

»Das zeige ich dir gleich«, sagt er. Ich sitze nach wie vor rittlings auf ihm, und er klemmt die Hand zwischen meine Beine. Während ich überrascht nach Luft schnappe, schiebt er das Ei ganz mühelos in mich hinein.

»Was zum Teufel ...«

Er lacht. »Du wirst schon sehen.«

»Aber ...«

»Wie fühlt sich das an?«

»Ich ... äh, das ist interessant.« Es füllt mich aus. Ich bin hochempfindlich, hocherregt.

387

»Interessant?«, fragt er, und noch bevor er es ausgesprochen hat, beginnt das Ding in mir zu vibrieren und verschlägt mir den Atem.

»Heilige Scheiße!«, sage ich, und Damien lacht. Plötzlich hören die Vibrationen auf.

Ich starre ihn mit offenem Mund an. »Fernbedienung«, sagt er ganz lässig, öffnet dann die Tür und schiebt mich von seinem Schoß. Er steigt aus und nimmt auf dem Fahrersitz Platz. Ich denke schweigend über dieses merkwürdige, exotische Spielzeug nach, das er für uns besorgt hat. Ich muss zugeben, dass es sich gut anfühlt. Ein bisschen seltsam ist es schon, aber über die Wirkung kann ich mich nicht beklagen.

Er fährt deutlich schwungvoller als ich. Wir erreichen locker über 320 Stundenkilometer, bevor wir langsamer werden und auf die Interstate zurückkehren. Nach ungefähr zwanzig Minuten nehmen wir die Abfahrt zu einem kleinen Ort namens Redlands. »Hier gibt es ein hervorragendes Restaurant«, sagt Damien, als wir durch das reizende Stadtzentrum aus restaurierten viktorianischen Häusern fahren. Es ist acht Uhr abends an einem Wochentag, und es sind nicht sehr viele Menschen unterwegs. Das Restaurant ist nur zur Hälfte gefüllt. Es befindet sich in einem umgebauten Lagerhaus, und seine Eleganz bildet einen reizvollen Kontrast zu den Ziegelwänden und Leitungsrohren.

»Hier gefällt's mir!«, sage ich.

»Das Ambiente ist toll, aber das Essen noch besser.«

Wir werden zu einer abgelegenen Nische geführt, und ich lasse mich auf die Sitzbank sinken, erwarte, dass Damien sich neben mich setzt. Aber stattdessen nimmt er mir gegenüber Platz. »Ich möchte dich anschauen können«, sagt er, aber ich glaube ihm nicht ganz. Er hat eine Fernbedienung in der Hosentasche, und ich habe das dumpfe Gefühl, dass er heute Abend noch was mit mir vorhat.

Ich beuge mich vor. »Wag es bloß nicht! Das ist ein anständiges Lokal.«

Aber Damien grinst nur. Und nimmt das Ding gerade so lange in Betrieb, dass ich zusammenzucke.

Ich fahre mir mit der Zunge über die Lippen und schaue mich um. Bestimmt haben mich alle gesehen und wissen ganz genau, was wir da tun. Aber in unserem Blickfeld ist niemand, und auch das Personal ist nicht auf uns aufmerksam geworden.

Ich schlucke und verlagere leicht das Gewicht. Ich versuche, mich auf die Speisekarte zu konzentrieren, aber das ist gar nicht so einfach, weil Damien dieses Ding jeden Moment einschalten könnte. Ich fürchte mich davor, freue mich aber auch schon darauf.

»Sie sind sehr leicht zu durchschauen, Miss Fairchild.«

Ich sehe ihn stirnrunzelnd an und konzentriere mich ganz auf die Entscheidung zwischen einem Martini und einem Whisky pur.

Der Whisky trägt mühelos den Sieg davon.

Die Kellnerin kommt mit unseren Getränken und nimmt unsere Bestellung auf – wir nehmen beide Steak. Anschließend lässt sie uns in unserer Nische allein.

»Du spannst mich auf die Folter, und das weißt du genau!«, sage ich.

Damien lacht und hebt abwehrend die Hände. »Hey, ich mache doch gar nichts.«

»Hmmm.«

»Vorfreude ist die schönste Freude«, sagt er.

»Vorfreude macht mich wahnsinnig«, erwidere ich.

Er greift quer über den Tisch nach meiner Hand, streicht mit dem Daumen darüber. »Erzähl mir von deinem Job. Was hat Bruce mit dir vor?«

Ich mustere ihn misstrauisch. »Das weißt du wirklich nicht?«

Er lacht. »Wirklich nicht.«

Ich stürze mich begierig auf dieses Thema und erkläre ihm, worin meine Aufgaben bestehen werden. »Bruce ist echt cool«, setze ich nach. »Ich glaube, ich kann viel von ihm lernen.«

»Bestimmt, aber ich verstehe nach wie vor nicht, warum du nicht gleich ins kalte Wasser springst und dich selbstständig machst. Du hast doch gesagt, dass du ein Produkt im Kopf hast, das du entwickeln willst?«

»Ja«, gebe ich zu. »Aber offen gesagt macht mir das noch ein bisschen Angst. Ich habe fünf Jahre studiert, den ganzen technischen Kram gelernt. Den Programmierteil traue ich mir zu. Aber das Geschäftliche ...« Ich verstumme achselzuckend. »Ich hätte gern ein Seminar besucht, das einem erklärt, wie man Investoren findet. Wie man sich Startkapital besorgt oder so.« Ich winke ab. Bestimmt klinge ich wie eine totale Versagerin. »Ich möchte mich einfach nicht ohne die nötigen Kompetenzen in etwas hineinstürzen. Ich habe Angst, dass mir dein ganzes Geld durch die Finger rinnt, wenn ich das tue.«

»Es ist dein Geld«, sagt er. »Zumindest wird es bald deines sein. Aber wenn du Hilfe brauchst, kannst du mich jederzeit fragen. Ich bin ziemlich gut in so was«, fügt er grinsend hinzu.

390

»Damien, bitte! Ich ... ich möchte das einfach aus eigener Kraft schaffen. Ganz allein, verstehst du?«

»In der Geschäftswelt überlebt niemand, der alles nur auf eigene Faust machen will.«

»Damien ...«

»Also gut«, gesteht er mir zu. »Aber nimm wenigstens einen Rat von mir an: Wenn du dich im Informatiksektor beweisen willst, dann jetzt! Ich weiß nicht, welche Ideen du in petto hast, aber du bist bestimmt nicht die Einzige. Wenn du zu lange wartest, wird dir jemand zuvorkommen.«

»Wie es Carl passiert ist.«

»Ja.« Er drückt meine Hand. »Willst du mir nicht von deiner Idee erzählen? Ich bin neugierig.«

Ich zögere nur eine Sekunde. Ich möchte weder für noch mit Damien arbeiten, aber ich lege Wert auf seine Meinung. Außerdem bin ich stolz auf meine Idee und möchte sie mit dem Mann teilen, der mir alles bedeutet.

»Ich habe bereits ein paar Smartphone-Apps rausgebracht, die ich natürlich auch über meine Firma vertreiben will. Aber das wichtigste Produkt soll eine systemübergreifende webbasierte Plattform sein, über die man Notizen austauschen kann.«

»Interessant. Erzähl weiter!«

Ich schildere ihm in groben Zügen meine Vorstellung von einer Software, die es ihren Nutzern erlaubt, virtuelle Haftnotizen auf Webseiten zu hinterlassen, die ihre Freunde und Kollegen sehen können, wenn sie dieselben Seiten aufrufen. »Das ist der Hauptzweck, aber es gibt natürlich noch andere Anwendungsmöglichkeiten. Ich glaube fest daran, dass das Potenzial hat.«

»Ich auch«, sagt er. »Wenn du so weit bist, helfe ich dir.«

Vielleicht ist es naiv von mir, stolz zu sein, nur weil Damien meine Idee gutheißt, aber ich bin tatsächlich stolz. Strahlend drücke ich seine Hand. »Und was ist mit dir? Wie war deine Geschäftsreise nach San Diego? Hast du einen Mischkonzern gekauft? Ein Land? Eine Bäckereikette für Gourmet-Cupcakes?«

Ich scherze, aber seine Reaktion passt nicht zu meinen Worten. Seine Miene verhärtet sich, und er hat wieder von heiß auf Eis umgeschaltet. Ich frage mich, was ich so Schlimmes gesagt habe. Er greift zu seinem Wasserglas und nimmt einen langen Zug. Als er es wieder abstellt, starrt er es eine gefühlte Ewigkeit an. Er dreht das Glas, und das Kondenswasser hinterlässt ein Muster auf dem Kunstharztisch. Schließlich sieht er mich an. »Ich habe in San Diego meinen Vater besucht.«

Er sagt es tonlos, fast gelangweilt. Aber ich merke, wie viel er mir damit anvertraut. Er hätte auch einfach sagen können, er habe einen schlechten Tag gehabt, und ich hätte ihm geglaubt. Stattdessen hält er Wort. Er gewährt mir einen weiteren Einblick in seine Seele. Ich hoffe, er weiß, wie viel mir das bedeutet.

»Wie lange lebt er schon in San Diego?«, frage ich wie nebenbei, so als wäre es eine ganz normale Unterhaltung.

»Ich habe ihm das Haus gekauft, als ich vierzehn war«, sagt er und nimmt noch einen Schluck Wasser. »Im selben Jahr habe ich ihn gefeuert und einen neuen Manager eingestellt.«

»Oh.« Das hatte ich auf Wikipedia gar nicht gelesen, allerdings habe ich auch nicht weiter auf Personen aus Damiens

392

Umfeld geachtet. »Und du hast ihn besucht? Ich nehme an, ihr habt nicht gerade ein gutes Verhältnis.«

Er sieht mich durchdringend an. »Wie kommst du darauf?«

Ich zucke die Achseln – für mich ist das offensichtlich. »Nachdem er deine Karriere dermaßen kontrolliert und dich zum Weiterspielen gezwungen hat, obwohl du aufhören und studieren wolltest ...«

»Verstehe.« Er lehnt sich zurück, und ich habe das seltsame Gefühl, dass er erleichtert ist. Erleichtert worüber?

»Es war nett von dir, ihn zu besuchen.«

»Eine unangenehme Pflicht.«

Ich weiß nicht recht, was ich darauf sagen soll. Die Kellnerin bringt unsere Gerichte und hilft mir aus der Verlegenheit. Beim Essen reden wir über unser Spa-Abenteuer. »Es war fantastisch!«, sage ich und erzähle ihm ausführlich, was wir alles gemacht haben. »Das war mein erstes Schlammbad!«

»Schade, dass ich das verpasst habe.«

»Ja, wirklich schade.« Ich lächle, weil so viel Leidenschaft in seiner Stimme mitschwingt. Ich muss wieder an das kleine silberne Ei in mir denken und zucke zusammen. Ich fühle mich sexy und unersättlich – bin aber auch ein wenig nervös, da ich nicht weiß, wann Damien es wieder aktivieren wird.

»Hat Jamie sich auch amüsiert?«

»Soll das ein Witz sein? Sie hält dich für den größten Menschenfreund überhaupt! Nein, im Ernst, es war toll von dir, dass du sie auch eingeladen hast. Sie hat es im Moment nicht gerade leicht.«

»Wieso?«

»Sie ist Schauspielerin.« In Hollywood sagt das normalerweise alles.

»Hat sie Arbeit?«

»Ein paar Werbespots im Lokalfernsehen und einige Theaterengagements. Aber wenn man bedenkt, dass sie schon seit Jahren hier ist, macht sie keine großen Fortschritte. Sie ist frustriert. Und ich glaube, ihr Agent wird auch langsam frustriert. Außerdem weiß ich, dass sie Geldsorgen hat. Sie geht nicht auf den Strich oder so, aber ich kann mir schon vorstellen, dass sie mit dem einen oder anderen nur für was Gutes zu essen oder die monatliche Hypothek ins Bett gegangen ist.«

»Und jetzt bist du bei ihr eingezogen.«

»Nun, das entspannt die Situation ein wenig. Trotzdem: Sie braucht einen Job.« Ich esse den letzten Bissen Steak und nehme einen Schluck Wein. »Das Frustrierende daran ist, dass sie wirklich begabt ist. Sie ist wahnsinnig fotogen. Wenn sie nur endlich den Durchbruch schaffen würde ...« Ich verstumme achselzuckend. »Tut mir leid, ich rede hier und rede. Aber sie liegt mir wirklich am Herzen, und es tut mir leid, das mitanzusehen.«

»Du möchtest ihr helfen?«

»Ja.«

Unter dem Tisch füßelt er mit mir. »Ich kenne das Gefühl.«

Die Sanftheit in seiner Stimme verschlägt mir den Atem, und ich kann ihm unmöglich in die Augen sehen. Stattdessen konzentriere ich mich auf meinen Wein und bin dankbar, dass er das Thema wechselt. Er erzählt mir, wie er das Restaurant entdeckt hat, als er sich an einem Wochenende kalifornische Kleinstädte angeschaut hat. Als Kaffee und Crème brulée serviert werden, ist meine melancholische Stimmung verflogen, in die mich der Gedanke an Jamie gestürzt hat. Ja, ich gehe so in Damiens Geschichten auf, dass ich das dekadente kleine Spielzeug ganz vergessen habe – bis es ohne jede Vorwarnung anfängt, in mir zu vibrieren.

Ich führe gerade den Dessertlöffel zum Mund und stöhne leise, während meine Lippen darübergleiten. Der mir gegenübersitzende Damien lächelt mich unschuldig an. »Sie glühen wieder, Miss Fairchild. Liegt das an der Crème brulée? Oder gibt es da vielleicht noch einen anderen Grund?«

»Sie sind grausam, Mr. Stark. Ich glaube, Sie sollten die Rechnung verlangen.«

Wir sitzen bereits seit Stunden im Restaurant, und als wir gehen, liegt das Stadtzentrum dunkel und verlassen da. Sein Wagen steht nur wenige Blocks entfernt auf einem bewachten Parkplatz, und wir nehmen die Abkürzung durch eine schmale Gasse. Weit und breit ist niemand zu sehen, und ich zerre Damien an die Häuserwand. »Was ist?«, fragt er.

»Nichts, nur das hier.« Ich küsse ihn leidenschaftlich und lehne mich an die rauen Ziegel des Gebäudes. »Schalt es ein!«, fordere ich.

»Oh, Baby!«, sagt er, gehorcht aber.

Ich nehme seine Hand und schiebe sie unter meinen Rock, lege seine Finger direkt dorthin, wo ich sie haben will. Ich bin ganz feucht vor Verlangen.

»Meine Güte, Nikki, gehen wir zum Wagen!«

»Nein«, sage ich und öffne seinen Hosenschlitz. Schon steckt meine Hand in seiner Jeans und umfasst seinen stahlharten Schwanz. »Jetzt und hier, bitte!«

Er knurrt und ich weiß, dass er sich um Selbstbeherrschung bemüht.

»Jetzt!«, wiederhole ich. »Lass das Ding eingeschaltet. Und
nimm es nicht raus.«

Das gibt ihm den Rest, und er lässt die Jeans herunter,
drückt mich fest an die Hausmauer. Schwer atmend schlinge
ich ein Bein um ihn. »Bitte«, sage ich. »Bitte, Damien. Scheiß
auf die Vorfreude! Ich will dich jetzt.«

Ich nehme seinen Schwanz und führe ihn zwischen meine
Beine. Mein Rock fällt über uns, und zu spüren, wie uns der
Saum streift, erregt uns nur noch mehr. In mir vibriert alles,
und dieses Gefühl, gepaart mit seinen tiefen Stößen, genügt,
dass wir im Nu kommen.

»Heilige Scheiße!«, flüstert er und drückt mich an sich.
»Das war ganz schön heftig.«

»Hat's dir gefallen?«

»Du bist ja unersättlich.«

»Ich fürchte ja«, sage ich. »Hast du nicht gesagt, du magst
keinen Sex in der Öffentlichkeit?«

»So lautet eine meiner Regeln, ja«, pflichtet er mir bei.
»Und wenn sich jemand so anstrengt, mich zu einem Regel-
verstoß zu bewegen, muss das auch entsprechend bestraft
werden.«

Ich schlucke, und meine Brustwarzen werden ganz steif
beim Klang seiner Stimme. Sie ist tief und gebieterisch, und
ich zweifle nicht daran, dass mich eine köstliche Strafe erwartet.

»Kommen Sie, Miss Fairchild. Höchste Zeit, dass ich Sie
nach Hause bringe.«

396

26

Als wir vor meiner Wohnung halten, schmelze ich schon wieder dahin vor Verlangen. Damien hat mir erlaubt, das magische Vibrationsei zu entfernen, dafür hat er mir befohlen, mit weit gespreizten Beinen dazusitzen. In Kombination mit dem Brummen des Motors ist schon diese Position allein hocherotisch. Zu wissen, dass er noch eine Bestrafung für mich in petto hat, führt dazu, dass ich fast komme, wenn er nur auf die Bremse steigt oder den Motor aufheulen lässt.

Er parkt gekonnt ein und stellt den Motor ab. Aber er steigt nicht aus. Ich mustere ihn von der Seite und beiße mir auf die Unterlippe. »Kommst du noch mit rein?« Plötzlich habe ich Angst, die Strafe könnte darin bestehen, dass er mich nicht mehr anfasst.

Sein Blick flackert gefährlich. »Und ob ich mit reinkomme!«

Ich atme erleichtert auf und ziehe gleich darauf scharf die Luft ein, als er hinter sich nach einem dünnen Lederkoffer greift, der aussieht wie eine Aktentasche, nur kleiner. Er lächelt geheimnisvoll und steigt dann damit aus. Bevor ich herausgefunden habe, wo der Türgriff ist, steht er neben mir, hält mir den Wagenschlag auf und hilft mir beim Aussteigen. Er legt eine vollendete Höflichkeit an den Tag, die mich erst recht nervös macht.

Was hat er mit mir vor? Was ist in diesem verdammten Koffer?

Mit zitternden Fingern stecke ich meinen Schlüssel ins

Schloss. Damiens Nähe und seine Versprechungen machen mich völlig fertig. Ich glaube, so sehr war ich mir meines Körpers noch nie bewusst: Jede Faser ist vor Erregung, Nervosität und Vorfreude bis zum Zerreißen gespannt.

Kaum haben wir die Wohnung betreten, bleibe ich verlegen im Flur stehen, weil ich nicht weiß, was ich machen soll. Wenn man bedenkt, was wir schon alles miteinander getan haben, ist das ziemlich seltsam – mal ganz abgesehen davon, dass er die Wohnung bereits kennt. Aber ich komme mir vor wie ein junges Mädchen, das zum ersten Mal einen Freund mit nach Hause nimmt.

Jamie ist noch im Spa, also sind wir ungestört. Damien zögert keine Sekunde, er geht direkt zum Esstisch und legt den Koffer ab. Ich beobachte ihn, erwarte, dass er ihn öffnet. Aber das tut er nicht. Er sieht mich einfach nur an, und das dermaßen durchdringend, dass ich ganz zappelig werde.

Trotzdem zeige ich meine Nervosität nicht. Ich bleibe ruhig stehen und hebe das Kinn. Das gehört zum Spiel, und im Moment besteht meine Aufgabe darin zu warten.

Damien streicht sich wie ein Museumsbesucher, der ein klassisches Kunstwerk betrachtet, übers Kinn. Doch seine Worte sind absolut ungeeignet für ein Museum.

»Zieh deinen Rock aus!« Das ist unüberhörbar ein Befehl.

Ich schaue zu Boden, weil er nicht sehen soll, dass ich grinse.

Der Rock hat ein Bündchen mit Gummizug, also streife ich ihn einfach über die Hüften und lasse ihn zu Boden fallen. Ich steige hinaus, aber die Sandalen lasse ich an. Damien hat mich schließlich nicht aufgefordert, sie auszuziehen.

»Und jetzt die Bluse.«

Ich ziehe die weite Bluse über den Kopf und werfe sie auf den Tisch. Ich bin jetzt nackt und werde nur von der schwachen Lampe neben dem Bad beleuchtet.

Damien rührt sich nicht von der Stelle, aber ich höre, wie er tief einatmet. Vielleicht bilde ich mir das auch nur ein, aber die Luft zwischen uns scheint zu kochen. Ich weiß nur, dass mir auf einmal sehr, sehr heiß ist.

»Zieh die Schuhe aus und spreiz die Beine.«

Ich gehorche, bleibe breitbeinig stehen, während er um mich herumläuft wie um eine feilgebotene Sklavin. Er umkreist mich zweimal, dann bleibt er direkt hinter mir stehen. Er steckt seine Hand zwischen meine Beine und wölbt sie von hinten um meine Scham. Seine Fingerspitzen stimulieren meine Vulva, sodass sie in seinen Händen zuckt. Ich beiße mir auf die Unterlippe und schließe die Augen, um nicht laut aufzustöhnen. Ich muss mich schwer beherrschen, ruhig zu bleiben.

»Möchtest du mehr?«, fragt er, während seine Finger mich langsam liebkosen.

»Ja«, sage ich mit halb erstickter Stimme.

Behutsam nimmt er seine Hand weg und tritt vor mich. »Geh auf dein Zimmer und leg dich aufs Bett.« Beim Sprechen beugt er sich vor, und seine Lippen streifen mein Ohr. »Und du fasst dich nicht an! Das musst du mir versprechen, Nikki. Und diesmal darfst du die Regel nicht brechen!«

Ich nicke. »Versprochen.«

Er sieht mich an und hebt dann langsam eine Braue.

»Ich meinte natürlich, versprochen, *Sir*.« Ich möchte ihn fragen, wann er nachkommt, weiß es aber besser. Ich gehe, lege mich aufs Bett und warte, rechne damit, dass er jeden Moment mit diesem geheimnisvollen Koffer hereinkommt.

Ich bin halb wahnsinnig vor Verlangen und Vorfreude. Ich glühe, mir ist heiß, und ich bin prall vor Lust. Meine Brüste und meine Klitoris sind dermaßen empfindlich, dass ich fast komme, als die Klimaanlage anspringt. Ich möchte mich unbedingt berühren, denke aber an Damiens Worte. Ich habe alle Gliedmaßen gespreizt, damit ich ja nicht die Beine zusammenpresse, um mich zu befriedigen.

Doch diese Stellung verschafft mir auch keine Erlösung. Im Gegenteil, ich werde nur noch geiler davon. Es hat schon was Erregendes, sich Damien so völlig zu öffnen. Meine Brustwarzen sind so hart und steif, dass es fast schon wehtut. Ich sehne mich danach, seine Zähne daran zu spüren, seine Hand, die mich streichelt, und seinen Schwanz, der mich nimmt.

Verdammt, wo *steckt er nur?*

Und dann höre ich, wie der Fernseher angeschaltet wird.

Ich stöhne laut auf, und obwohl er im Nebenraum ist, bin ich mir sicher, dass Damien mich gehört hat – und grinst.

Ich bin allein, total aufgegeilt und kann nichts dagegen unternehmen. Und er ist nebenan und zappt in aller Ruhe durch die Kanäle.

Und genau das ist meine Strafe. Als er den Fernseher eine halbe Stunde später ausschaltet, komme ich fast um vor Verlangen.

Ich befürchte schon, er könnte sich verabschieden, als er auf der Schwelle erscheint und sich lässig gegen den Türrahmen lehnt. »Es gefällt mir, dich anzusehen«, sagt er.

»Ich fände es besser, du würdest mich berühren.« Er hat es doch glatt geschafft, mich zum Schmollen zu bringen. »Das war aber gar nicht nett.«

400

Er lacht. »Baby, das war noch gar nichts!«

Ich bekomme Herzklopfen, denn er beugt sich vor und greift nach dem Koffer. Den habe ich völlig vergessen, weil er außer Sichtweite am Fußende meines Bettes stand. Jetzt legt er ihn aufs Laken und öffnet ihn. Der Deckel ist mir zugewandt, sodass ich seinen Inhalt nicht sehen kann. Er spitzt die Lippen, so als dächte er über Unmengen von Möglichkeiten nach. Dann nimmt er ein Schmuckkästchen heraus und legt es aufs Bett.

Stirnrunzelnd frage ich mich, was wohl darin ist.

Der nächste Gegenstand lässt keine Fragen offen. Ich erkenne sofort, was das ist: eine Peitsche. Mehrere dünne Lederriemen sind an einem dicken Griff befestigt.

»Eine neunschwänzige Katze«, kommt mir Damien zu Hilfe.

»Aha, ähm.« Ich beiße mir auf die Unterlippe. Die vernünftige Nikki denkt *Autsch!*, aber meine Klitoris pocht schon vor Vorfreude.

Er legt die Peitsche beiseite und öffnet das Schmuckkästchen. Darin befinden sich zwei silberne Ringe, die in jeweils zwei Metallkugeln enden und durch eine Kette miteinander verbunden sind. Er nimmt einen der Ringe und zieht daran, sodass sich die Metallkugeln voneinander lösen, schiebt die Schmalseite des Schmuckkästchens dazwischen und lässt die Kugeln wieder los. Federnd schnappen sie zurück und klemmen am Rand des Kästchens.

Ich runzle verständnislos die Stirn.

Damien bemerkt meine Verwirrung, sagt aber nichts. Lächelnd legt er die Ringe mit dem Kettchen auf den Nachttisch. Er schließt den Koffer und stellt ihn auf den Boden, dann greift er zur neunschwänzigen Katze und lässt die Lederriemen durch seine Finger gleiten. Kurz darauf legt er die gewölbte Hand auf meine pralle Vulva. Ich bäume mich auf, flehe ihn stumm an, seine Finger in mich hineinzustecken, mich zu streicheln.

»Du warst sehr böse. Ich bin nicht der Ansicht, dass ich dir einen Orgasmus verschaffen sollte.«

»Ich glaube, da täuschst du dich«, bringe ich nur mühsam heraus und werde mit einem Lachen belohnt.

»Schließ die Augen. Schaffst du das, oder muss ich sie dir verbinden?«

»Ich halte sie geschlossen.«

»Ist das ein Versprechen?«

»Ja«, sage ich, ohne zu zögern. Ich habe bereits gelernt, dass die Strafe für Regelverstöße alles andere als eine Bestrafung ist. Trotzdem werde ich versuchen, Wort zu halten.

Ich spüre, wie er näher kommt, dann befiehlt er mir, die Hüften zu heben. Ich gehorche, und er schiebt ein Kissen darunter.

»Lass die Beine gespreizt«, sagt er. »Ja, genau so. Oh, Baby, du bist so schön! So schön offen. Für mich.«

Er berührt mich sanft, fährt mit einem Finger über meinen Unterbauch. Meine Haut zieht sich zusammen, und ich bäume mich lustvoll auf. Dann spüre ich nichts mehr, bis Leder über Brüste und Bauch gleitet. Die neunschwänzige Katze. Er lässt sie über meinen Körper gleiten. Und dann lässt er sie – *klatsch!* – sanft auf meine Brüste niedergehen.

Ich schreie auf, gleichermaßen überrascht von dieser neuen Empfindung und meiner Reaktion darauf. Ich spüre ein leichtes Brennen, eine wohltuende Hitze, die sich immer weiter ausbreitet. *Lust gepaart mit Schmerz.*

402

»Hat dir das gefallen?« Er fasst an meine Brüste, knetet sie, lässt sie schwerer und voller und überempfindlich werden.

Ich fahre mir mit den Zähnen über die Unterlippe, aber ich kann nicht lügen. Das verstößt gegen die Regeln. Außerdem möchte ich gar nicht dagegen verstoßen. Ich bin diesem Mann hörig, und jede seiner Berührungen ist wie ein Geschenk. »Ja«, sage ich. »Das hat mir gefallen.«

»Ich habe dir gesagt, dass es schmerzhaft werden kann – aber nur, um dir Lust zu bereiten.«

»Ich weiß. Ich ... ich will mehr davon.«

»Nikki, o Nikki, weißt du, was du da mit mir anstellst?«

»Wenn es auch nur im Entferntesten an das erinnert, was du mit mir anstellst, kann ich es mir ungefähr vorstellen.«

Sein tiefes Lachen ist heiser, erstirbt aber, als sein Mund meine Brust umschließt. Seine Zähne streifen meine Nippel, als er daran knabbert und saugt, bis meine ganze Brust in Flammen zu stehen scheint und von einer pochenden Perle gekrönt ist. Dann verschwindet sein Mund, und ich spüre etwas Kaltes und – »Oh!« – Festes, Hartes.

Ich reiße die Augen auf.

»Nein!«, sagt er, und ich schließe sie erneut.

Der anfängliche Schmerz verebbt rasch und lässt ein leichtes, lustvolles Druckempfinden zurück. Kurz darauf spüre ich denselben köstlichen Schmerz an meiner anderen Brust.

»Deine Brustwarzen sind so empfindlich«, flüstert er, und seine Hand wandert nach unten, um meine Vagina zu erkunden. »O ja«, sagt er. »Diesmal brauche ich gar nicht erst zu fragen, ob dir das gefällt.«

Ich kann mich nicht daran erinnern, meinen Körper jemals so wahrgenommen zu haben. Die ganze Atmosphäre ist so erotisch aufgeladen, dass mich schon der kleinste Lufthauch erbeben lässt.

Ich keuche, als sich der Druck auf meine Brüste erhöht. Erst ganz leicht und dann immer stärker. Er zieht an der Kette, die die beiden Ringe verbindet, zieht mich daran hoch. Mein Körpergewicht macht den Zug an meinen Brustwarzen noch köstlicher. Ich habe keine Schmerzen – jede Faser meines Körpers ist angespannt, erregt und bereit.

»Damien.« Sein Name ist eine Aufforderung, und er reagiert, indem er seinen Mund über meinen Lippen schließt. Sein Kuss ist brutal und gierig, und ich stoße ihm meine Zunge in den Mund, versuche verzweifelt, die Oberhand zu gewinnen. Er reagiert entsprechend leidenschaftlich, löst sich aber viel zu früh von mir und bettet mich wieder aufs Laken. »Lass die Augen geschlossen.«

Ich spüre die sanften Liebkosungen des Leders, als er die Peitsche langsam über meinen Bauch und über meine Beine zieht. Ich beginne, mich hin und her zu winden und halte erst inne, als er mir das barsche Kommando dazu erteilt.

Dann zieht er die Peitsche zwischen meinen Beinen hindurch. Meine Muskeln zucken vor Vorfreude, und es passiert: *Peng!* saust sie sanft auf meine Vulva nieder. Mir stockt der Atem. Nie hätte ich gedacht, solche Lust bei einem Schlag auf diese empfindliche Stelle verspüren zu können. Aber vielleicht ist das gar nicht so seltsam: Ich stelle mir vor, wie Damien in mich hineinstößt, mich so richtig hart rannimmt. Ja, dann kommt es mir eigentlich ganz natürlich vor.

Ich warte, bin nackt und bereit. Ich will es, sehne mich danach. Aber es gibt keinen zweiten Peitschenhieb.

»Noch einmal!«, flehe ich ihn an. »Bitte, Damien, bitte!«

Sein lustvolles Stöhnen spricht Bände – er hat gewartet, ob mir dieses neue Spiel gefällt. Und es gefällt mir – und wie es mir gefällt!

Wieder landen die Lederriemen sanft auf meiner empfindlichen Haut. Ich bäume mich auf, meine Klitoris fühlt sich prall und riesig an, und als er mich noch einmal peitscht, befürchte ich, die Lederriemen könnten direkt darauf niedergehen und mich vor Lust und Schmerz explodieren lassen.

»Damien«, sage ich, und mehr ist gar nicht nötig. Das Gefühl verändert sich, und diesmal ist es kein Leder, sondern sein Mund. Seine Hände liegen auf meinen Schenkeln, seine Zunge steckt in mir, und ich kann sein tiefes, lautes Stöhnen hören. Ich bin kurz davor, so kurz davor, kippe das Becken, dränge es ihm schamlos entgegen, während seine Bartstoppeln über meine empfindliche Haut kratzen.

Ich bin so weit, bin kurz davor –, als er sich von mir löst. Ich protestiere lautstark, aber mein Protest weicht einem Keuchen, als Damien in mich hineinstößt. Ich öffne die Augen. Er ist über mir und sieht mich direkt an, und zwar so durchdringend, dass ich einfach den Arm um seinen Hals legen und seine Lippen auf die meinen ziehen muss.

Wir küssen uns, genauso tief und leidenschaftlich, wie er mich nimmt, und ich bin so erregt, dass ich innerhalb von Sekunden komme. Es ist der beste Orgasmus meines Lebens. Er folgt mir bald und lässt sich dann neben mich auf die Matratze fallen, ohne dass sich unsere Körper voneinander lösen. Ich sehe die Peitsche auf dem Kissen und lächle. »Ich glaube, ich bin gerne ein böses Mädchen.«

Er gluckst in sich hinein. »Ich weiß.« Nach ein paar Minuten setzt er sich auf und löst sanft die Klemmen von meinen Brustwarzen. Sofort spüre ich, wie das Blut in sie zurückströmt. O Gott, ich könnte ihn gleich noch mal vögeln!

Er küsst mich auf die Nasenspitze. »Keine schlechte Idee, aber ich muss zurück ins Büro.«

»Wie machst du das? Wie schaffst du es, meine Gedanken zu lesen?«

Ein Lächeln ist die einzige Antwort, aber das spielt keine Rolle mehr. Ich weiß, wie er das macht, und es macht mir auch keine Angst: Damien Stark kann hinter meine Fassade schauen, weiß, was hinter der Maske steckt.

»Musst du wirklich weg? Es ist schon so spät.«

»Ich kann nicht länger bleiben, ich habe eine Telefonkonferenz mit Tokio. Leider muss ich vorher noch Akten aus meinem Büro holen.«

»Dann sehen wir uns morgen früh.«

Er schüttelt den Kopf. »Blaine ist nach wie vor in La Jolla. Er will unsere Sitzung auf morgen Abend verschieben. Wieso kommst du nicht gegen fünf vorbei? Ich mache früher Schluss, und wir nehmen vorher noch einen Drink.«

»Was, wenn ich keinen Durst habe?«, necke ich ihn.

»Irgendein Durst wird ganz bestimmt gestillt werden müssen.« Er streckt die Hand aus. »Los, komm, gehen wir duschen.«

Wir nehmen eine überwiegend keusche Dusche, bei der er mich einseift und abspült, mich sanft berührt, so als wäre ich zerbrechlich und kostbar. Zurück in meinem Zimmer ziehe ich ein Kleid an, während Damien wieder in Jeans und T-Shirt schlüpft. Er legt die Brustklemmen in das Schmuckkästchen und stellt es anschließend auf meinen Schreibtisch.

406

»Behalte sie!«, sagt er. »Vielleicht befehle ich dir eines Tages, sie unter deiner Kleidung zu tragen.«

Ich fahre mir mit der Zunge über die Lippen und nicke. Beim Abstellen des Kästchens stößt er gegen meinen Laptop. Der Bildschirmschoner erlischt und weicht dem Foto, das ich momentan als Hintergrundbild verwende – ein strahlender Damien Stark am Strand.

»Hm«, sagt er und mustert es mit einem merkwürdigen Gesichtsausdruck.

»Ich liebe dieses Bild!«, sage ich. »Du siehst so glücklich darauf aus.«

Er wendet sich kurz vom Computer ab, um mir einen Blick zuzuwerfen. »Ich fühle mich nackt.«

Ich lache. »Tatsächlich? Nackter als ich beim Modellstehen?«

Er hebt eine Braue. »Gut gekontert, Miss Fairchild.«

»Hier!«, sage ich, nehme die Kamera aus der Nachttischschublade, stelle sie auf den Schreibtisch und drücke auf den Selbstauslöser. Dann nehme ich Damiens Hand und ziehe ihn zu mir aufs Bett.

»Was hast du ...«

»Psst«, sage ich »*Cheese*!«

»Nikki ...« Aber der grelle Blitz und das Klicken des Auslösers lassen ihn verstummen.

Er legt den Kopf schräg und sieht mich gebieterisch an.

»Nein!«, sage ich, bevor er protestieren kann. »Ich werde es nicht löschen. Ich möchte ein Bild von uns haben, und damit musst du dich abfinden.«

Weil er mich so ansieht, befürchte ich schon, diesen Machtkampf zu verlieren. Aber dann nickt er und beugt sich vor, um mich auf die Nasenspitze zu küssen. »Meinetwegen«, sagt er, als er sich wieder aufrichtet. »Aber nur, wenn ich auch einen Abzug bekomme.«

Am nächsten Morgen schlafe ich aus, und als ich in die Küche gehe, um mir Kaffee zu machen, finde ich eine Nachricht von Damien auf dem Esstisch, direkt neben den Kleidungsstücken, die er für mich ausgesucht hat: *Zieh das bitte an. D. S.* Anscheinend hat er gestern nicht nur ferngesehen, sondern ist auch meinen Kleiderschrank durchgegangen. Er hat sich für einen kurzen Jeans-Rock und ein billiges Band-T-Shirt entschieden, das man wirklich nicht ohne BH tragen sollte. Nicht gerade eine preisverdächtige Garderobe, aber was soll's? Schließlich werde ich sie sowieso gleich wieder ausziehen, sobald ich sein Haus in Malibu betreten habe.

Ein Grinsen spielt um meine Mundwinkel. Dieser Mann überlässt wirklich nichts dem Zufall.

Nachdem ich Koffein getankt habe, gehe ich unter die Dusche und lasse mich vom kochend heißen Wasser wieder zum Leben erwecken. Ich bin ein Wrack, fühle mich aber verdammt gut. Der gestrige Abend war unglaublich – ein Feuerwerk der Sinne. Es war entspannend, erregend, leidenschaftlich, erotisch und sinnlich. Aber vor allem hat es Spaß gemacht.

Im Grunde ist das selbstverständlich, aber ich freue mich, wenn Damien glücklich ist. Und ich kann nicht leugnen, dass mich der Gedanke mit Stolz erfüllt, die dunklen Schatten nach dem Besuch bei seinem Vater verjagt zu haben.

Ich drücke etwas Shampoo in meine Hand und schäume mir damit die Haare ein, bin in Gedanken aber nach wie vor bei Damien und seinem Vater, bei ihrer kaputten Beziehung. Ich weiß das zwar nicht mit Sicherheit, weil Damien mir nichts darüber erzählt hat, aber ich kann mir denken, dass sie mindestens ebenso vergiftet ist wie meine zu meiner Mutter. Trotzdem, es muss schwer gewesen sein, den eigenen Vater zu entlassen, erst recht wenn man bedenkt, dass er damals noch ein Kind war.

Bei näherer Betrachtung kommt mir die Situation bekannt vor. Ich lege den Kopf in den Nacken und spüle mir die Haare aus. Ich weiß nicht genau, was es ist, aber irgendetwas nagt an mir – ein Gefühl, das ich auch nicht loswerde, als ich die Dusche verlasse und in mein Zimmer tapse. Ich schlüpfe gerade in den Rock, als es mir einfällt: *Kontrolle.* Nicht sein Bedürfnis danach, sondern der Grund für dieses Bedürfnis.

Mir fallen zahlreiche Kleinigkeiten ein, die jetzt scheinbar alle einen Sinn ergeben: sein Gesichtsausdruck, als er mir gesagt hat, dass er mit dem Tennisspielen aufhören wollte, sein Vater es ihm aber verboten hat. Sein Schweigen, nachdem er mir von dem neuen Trainer, diesem Arschloch, erzählt hat, und ich wissen wollte, ob es der Druck der ständigen Wettkämpfe war, der ihm das Spielen verleidet hat. Seine Stiftung, die Kindern hilft. Evelyns Bemerkung, dass er viel unter den Teppich gekehrt hätte.

Und dann immer wieder das Thema Kontrolle: Im Beruf. Im Privatleben. Im Bett.

Ich kann mich natürlich täuschen, aber ich bin mir eigentlich ziemlich sicher.

Damien wurde als Kind missbraucht.

Ich recherchiere noch etwas im Internet, finde aber nichts,

409

was meine Theorie untermauert. Trotzdem glaube ich richtig zu liegen. Ich weiß nicht, ob er von seinem Trainer, von seinem Vater oder von beiden missbraucht wurde. Aber ich vermute eher, dass es der Trainer war und dass ihn diese Schuld in den Selbstmord getrieben hat.

Das Bild, das ich gerade auf dem Bildschirm habe, zeigt den vierzehnjährigen Damien, nachdem er ein Regionalturnier gewonnen hat. Er lächelt und hält den Pokal hoch, aber sein Blick ist dunkel, ja undurchdringlich.

Ich muss die Wahrheit erfahren, kann aber unmöglich Evelyn danach fragen. So etwas möchte ich von Damien selbst hören.

Ich fahre mir mit den Fingern durchs Haar, frage mich, ob ich ihn direkt darauf ansprechen soll. Nein. Das muss er von sich aus tun. Denn es geht hier nicht nur um Damiens Bedürfnisse, sondern auch um meine. Ich muss wissen, ob der Mann, an den ich mein Herz verloren habe, bereit ist, mir seine Geheimnisse anzuvertrauen.

Aber bis es so weit ist, muss ich mich mit der Gewissheit zufriedengeben, dass ich den Mann etwas besser verstehe, der sich nach wie vor hinter seiner Maske versteckt.

Als ich um Viertel vor fünf bei ihm eintreffe, steht Damien draußen auf der Terrasse. Er hat mir den Rücken zugekehrt und schaut aufs Meer. Er ist noch nass vom Duschen und vollkommen nackt. Ich steige über den Klamottenhaufen auf dem Boden und bleibe dann in der Tür stehen. Ich möchte dort verharren und einfach nur den herrlichen Anblick genießen: Der Himmel wölbt sich über ihm, der riesige Ozean liegt ihm zu Füßen, und trotzdem beherrscht Damiens schöner, muskulöser Körper das Bild. Seine Schultern sind breit und kräftig, seine ganze Haltung strotzt vor Selbstbewusstsein. Ein starker Rücken, der so viel schultern muss.

Ein Mann, der weiß, was er will, und es sich nimmt.

Und er will mich, denke ich und spüre dann etwas, das nur Stolz sein kann.

»Du bist früh dran.« Er dreht sich nicht um, und ich frage nicht, woher er weiß, dass ich da bin. Auch ich habe die aufgeladene Atmosphäre zwischen uns gespürt. Auch ich muss ihn nicht sehen, um seine Nähe zu spüren.

»Wie könnte ich es auch nur eine Minute länger ohne dich aushalten?«

Er dreht sich zu mir um. »Ich bin froh, dass du da bist.«

Er lächelt, aber jetzt sehe ich, dass er am ganzen Körper verspannt ist.

»Damien, was ist?«

»Anwälte und andere Arschlöcher!«, sagt er und schüttelt dann den Kopf. »Tut mir leid, aber heute war kein guter Tag für mich.«

»Soll ich wieder gehen?«

»Kommt gar nicht infrage!« Er streckt die Hand aus, und ich gehe zu ihm. Er zieht mich an sich, und ich spüre seinen harten Schwanz an meinem Schenkel. »Nikki.« Er seufzt, hat den Mund in meinem Haar vergraben.

Ich will den Kopf heben, sehne mich nach einem Kuss, aber wir werden durch das laute Klingeln seines Telefons gestört, und er schiebt mich sanft von sich.

»Damit habe ich schon gerechnet«, sagt er anstelle einer Entschuldigung und nimmt das Telefon vom Tisch. »Ist die Angelegenheit erledigt?«, fragt er. »Gut. Ja, ich weiß, aber ich weiß auch, dass ich Sie für Ihren Rat gut bezahle. Trotzdem bin ich derjenige, der am Ende entscheidet. Ja, genau. Zwölf-sechs? Verdammt, ich würde auch mehr bezahlen, das wissen Sie! Ich bin mir absolut sicher, dass diese Entscheidung richtig war, sie darf auf keinen Fall in diesen Mist hineingezogen werden. Nein – nein, dafür ist es bereits zu spät. Ich habe kein Interesse daran, meine Entscheidung zu widerrufen. Alles verläuft wie geplant.«

Nach einer langen Pause sagt er, »Mist! Das wollte ich eigentlich nicht hören, Charles! Wofür bezahle ich Sie eigentlich, verdammt noch mal?«

Er spricht also mit Charles Maynard. Obwohl es mich nichts angehen sollte, spitze ich neugierig die Ohren und versuche aus Damiens Bemerkungen zu ergründen, worum es geht. Leicht ist das nicht.

»Gut, verstehe. Konnte Ihr Privatdetektiv den Mann ausfindig machen? Ach ja, tatsächlich? Das sind ja endlich mal gute Neuigkeiten! Ich kümmere mich gleich morgen früh darum.«

Ich habe keine Ahnung, wovon er redet. Ich beschließe, später darüber nachzudenken, und höre nur noch mit halbem Ohr zu, zumal dieser Anruf noch eine Ewigkeit zu dauern scheint.

»Was ist mit London? Alles geregelt? Nein, das lässt sich nicht ändern. Ich werde nächste Woche rüberfliegen. Wie bitte? Sie lässt mir ja keine andere Wahl.«

Er läuft seufzend auf und ab. »Und was ist mit dem San-Diego-Problem? Ich will, dass sich jemand darum kümmert. Wie bitte? Soll das vielleicht ein Witz sein? Scheiße, wo haben die denn das ausgegraben?«

Ich hebe Damiens Kleider auf und will sie für ihn aufhängen. Dabei kommt mir der unanständige Einfall, in seine Unterhose und sein Hemd zu schlüpfen. Es hat etwas unglaublich Sinnliches, Damiens Sachen zu tragen, auch wenn ich mit der Unterhose streng genommen gegen die Regeln verstoße.

Ich bin so mit seinen Hemdknöpfen beschäftigt, dass ich das Ende des Telefonats gar nicht mitbekomme. Ja, ich merke nicht mal, wie verstimmt Damien ist, bis ich höre, wie Plastik gegen die Ziegelwand über dem Kamin prallt.

Er hat sein Telefon von sich geschleudert.

»Damien?« Ich eile zu ihm. »Alles in Ordnung?«

Er mustert mich von Kopf bis Fuß, aber ich weiß nicht, ob er die Kleider überhaupt bemerkt, denn in Gedanken ist er immer noch bei dem Gespräch von vorhin.

»Damien?«

»Nein!«, erwidert er barsch. »Nichts ist in Ordnung. Ist denn bei dir alles – o Gott, Nikki!«

»Ich? Mir geht's gut. Ich ...« Er bringt mich mit einem brutalen Kuss zum Schweigen, unsere Zähne stoßen gegeneinander, und er packt mich an den Haaren, während er sich dermaßen über meinen Mund hermacht, dass meine Lippen aufzuplatzen drohen.

Er zieht mich mit sich und wirft mich dann aufs Bett, während seine Hand nach dem Bund seiner Unterhose greift. Sie ist mir zu groß, und er streift sie nach unten, sodass sie wie eine Fessel um meine Knöchel hängen bleibt.

Er drückt mir grob die Beine auseinander. Ich bin feucht, so was von feucht, als er sich rittlings auf mich setzt. Ehe ich weiß, wie mir geschieht, hat er seinen Schwanz tief in mich

413

hineingerammt. Er stößt schnell und brutal zu. Ich sehe ihm ins Gesicht, es ist das Gesicht eines Kämpfers in der Schlacht. Das Gesicht eines Kämpfers, der nicht aufgeben wird bis zum Sieg.

Ich strecke die Arme nach ihm aus, lasse sie aber instinktiv wieder fallen. Damien braucht das jetzt – er muss mich brutal ficken, mich richtig rannehmen.

Und ich will genommen werden.

Er stößt ein tiefes, lang anhaltendes Stöhnen aus, und ich spüre, wie er zuckend kommt. Er lässt sich auf mich fallen, aber nur ganz kurz. Dann richtet er sich wieder auf und sieht mich mit einem schmerzverzerrten Gesicht an.

»*Scheiße.*« Sein Fluch ist kaum mehr als ein Flüstern. Er zieht sich aus mir zurück und will den Raum verlassen. Am Kamin bleibt er stehen und dreht sich noch einmal zu mir um. Er hat den Mund bereits geöffnet, will etwas sagen, und in seinem Blick liegt nichts als Bedauern. Ich warte, aber er bringt kein Wort heraus.

Kurz darauf geht er.

Ich schleudere seine Unterhose von mir, damit ich mich wieder richtig bewegen kann, greife zum Laken, ziehe es hoch und überlege, was ich jetzt tun soll. Ich habe nicht die leiseste Ahnung, was das gerade war, aber es muss etwas mit dem Telefonat zu tun haben. Und obwohl er anscheinend allein sein will, lasse ich das nicht zu. Heute Abend ist er verzweifelt. Und wenn ich ihm schon nicht helfen kann, möchte ich ihn wenigstens in den Arm nehmen.

Ich schlüpfe aus seiner Kleidung und ziehe meinen rotseidenen Morgenmantel an, der wie immer neben Blaines Staffelei über einem Stuhl hängt.

Barfuß mache ich mich auf die Suche nach Damien.

Das ist gar nicht so leicht: Das Haus ist riesengroß. Durch die noch nicht fertiggestellten Bereiche hallen undefinierbare Geräusche, und ich weiß nicht genau, wohin ich mich wenden soll.

Da höre ich ein seltsames, rhythmisches Donnern und folge ihm ins Erdgeschoss. Ich finde Damien in einem riesigen, noch unfertigen Raum mit einem Laufband, einer Gymnastikmatte und einem Boxsack.

Das Donnern seiner Fäuste, mit denen er auf den Boxsack losgeht, hat mich hierhergeführt.

»Hey!«, sage ich. »Alles in Ordnung?«

Er schlägt ein letztes Mal zu und dreht sich dann zu mir um. Er trägt eine Unterhose, aber keine Boxhandschuhe. Seine Knöchel sind aufgeplatzt und bluten.

»Oh, Baby!«, sage ich. Ich sehe mich um und entdecke ein Handtuch und eine Wasserflasche, daneben die Handschuhe, die er eigentlich tragen sollte. Ich befeuchte das Handtuch und gehe zu ihm hinüber. »Das wird jetzt vielleicht etwas brennen.«

»Verdammt, Nikki!« Er nimmt mein Gesicht in beide Hände. Die finstere Entschlossenheit, die gerade noch in seinem Blick lag, ist verschwunden. Egal, welchen Dämon er bekämpft hat – er scheint ihn besiegt oder wenigstens k. o. geschlagen zu haben. »Geht's dir gut?«

»Natürlich.« Ich nehme erneut seine Hand und verarzte sanft seine aufgeplatzten Knöchel. »Aber um dich mache ich mir Sorgen!«

»Ich habe dir wehgetan.« In seiner Stimme schwingt so viel Schmerz mit, dass es mir beinahe das Herz bricht.

»Nein!«, sage ich. »Das stimmt nicht. Das hast du gebraucht. Ich will, dass du mich brauchst.« Ich lächle zu ihm auf, versuche, gelassen zu klingen. »Und ich glaube, wir wissen beide, dass ich ein klein wenig Schmerz vertragen kann.«

Seiner Miene entnehme ich, dass ihm meine Gelassenheit ganz und gar nicht gefällt.

»Aber doch nicht so!«, sagt er.

»Warum nicht?«

»Nikki, verdammt, ich habe versprochen, dir niemals wehzutun.«

Ich zucke die Achseln und sehe ihn mit schräg gelegtem Kopf an. »Du hast mir eine Tracht Prügel verpasst. Himmel, du hast mich sogar ausgepeitscht!«

»Das hat dich angemacht. Das war ein Spiel. Und ich habe es getan, weil ich scharf auf dich war und weil es dich auch scharfgemacht hat.«

Ich beiße mir auf die Lippen. Er hat völlig recht.

»Aber was ich da gerade getan habe ...« Er wendet sich ab, schlägt zweimal kurz in die Luft. »Verdammt noch mal, ich war sauer wegen etwas ganz anderem und habe dich aus Wut gefickt. Das darf nicht passieren.«

Ich trete neben ihn, bin fest entschlossen, endlich zu ihm durchzudringen. »Damien, es geht mir gut. Ich weiß nicht, worum es da vorhin ging, aber ich weiß, dass du vollkommen außer dir warst. Du bist zu mir gekommen, und genau das wollte ich.«

»Ich habe dich benutzt.«

»Ja.« Ich möchte das Wort am liebsten laut herausschreien. »Aber es ist mir egal. Meine Güte, Damien, du bist schließlich kein Wildfremder für mich. Du bist der Mann, den ich ...«

Nein, ich kann es nicht aussprechen. »Du bist der Mann, der alle meine Geheimnisse kennt. Der mein Bett und meinen Kopf ausfüllt. Und das ist etwas ganz anderes, verstehst du das nicht? Du kannst mich haben, wenn du mich brauchst. Du kannst mir deine Geheimnisse anvertrauen, ohne dass sich das Geringste zwischen uns ändert.«

Er sieht mich an. »Ach ja? Da wäre ich mir nicht so sicher.«

Seine Stimme klingt wie aus weiter Ferne und gleichzeitig sehr provozierend. Ich stehe da, weiß nicht, was ich sagen soll.

»Ich gebe Edward Bescheid. Er soll dich nach Hause bringen«, sagt er schließlich.

Ich finde meine Stimme wieder. »Nein.«

»Nikki, verdammt!«

»Ich habe Nein gesagt.« Ich gehe auf ihn zu. »Du hast mir nicht wehgetan.« Ich stelle mich auf die Zehenspitzen, damit ich ihm ins Ohr flüstern kann. »Du weißt genau, wie feucht ich war. Man kann also nicht gerade behaupten, dass du mich vergewaltigt hast.« Ich halte mich mit einer Hand an ihm fest, um nicht das Gleichgewicht zu verlieren. Mit der anderen fahre ich sanft über seine Brust und seinen Bauch, bis meine Finger das Bündchen seiner Unterhose erreicht haben.

»Nein«, sagt er, aber ich spüre, wie sein Herz rascher schlägt und sich sein Körper erwartungsvoll anspannt.

»Nein muss nicht unbedingt Nein heißen«, sage ich. Ich gehe auf die Knie und bin froh über die Gymnastikmatte. Sein Schwanz drückt gegen seine Hose, und ich ziehe ihn aus dem Schlitz.

»Nikki ...«

»Ich werde mich um dich kümmern.« Ich fahre mit der Zunge über seinen Penisschaft, der so hart und samten zugleich ist. Ich schmecke Salz. Ich schmecke mich. Und möchte ihn ganz tief in den Mund nehmen. »Sonnenuntergang«, sage ich. »Das kann auch dein Safeword sein.«

Doch bevor er etwas sagen kann, umkreise ich seine Eichel mit der Zunge, lecke an ihr, als wäre sie ein riesiger Lolli. Er wird immer steifer, und als ich merke, dass er kurz vor dem Orgasmus steht, nehme ich ihn ganz in den Mund, reibe und sauge an ihm, wobei auch ich immer erregter werde.

Ich spüre, wie sich etwas in seinem Körper verändert, merke, dass er kurz davor ist. Aber dann bewegt er sich abrupt, zieht sich aus meinem Mund zurück und mich zu ihm hoch, sodass ich eng an ihn geschmiegt bin. Er küsst mich, diesmal ganz sanft und liebevoll, und legt mich vorsichtig auf die Matte.

Ich öffne den Mund, will etwas sagen, doch er presst einen Finger auf meine Lippen. »Psst, nicht reden!«

Er öffnet meinen Morgenmantel und breitet ihn unter uns aus. Dann besteigt er mich. Ich spreize die Beine und ziehe die Knie an, schließe dann wohlig die Augen, als er in mich hineinstößt.

Er bewegt sich langsam und rhythmisch, ganz anders als vorhin. Das hier ist eindeutig liebevoller, und er sieht mir dabei unverwandt in die Augen. Er nimmt meine Hand und schiebt sie zwischen unsere Körper, und seine stumme Aufforderung ist nicht schwer zu verstehen. Ich bin so erregt, dass mein ganzer Körper prickelt, aber ich streichle meine Klitoris, werde immer geiler. Mein Rhythmus passt sich seinen Stößen an, bis er endlich kommt und ich kurz darauf ebenfalls.

Erschöpft liegt er neben mir auf dem Seidenstoff meines Morgenmantels.

»Es tut mir so leid«, sagt er, während seine Finger träge über meine Schulter streicheln. »Und ich bin so was von wütend!«

»Auf mich?«

»Nein. Auf mich.«

»Aber warum denn? Ich dachte, wir wären uns einig, dass das, was oben passiert ist, in Ordnung war.«

Er sieht mich voller Sehnsucht an. »Darum geht es nicht. Aber jetzt, wo ich dich habe, ist mir der Gedanke unerträglich, dich wieder zu verlieren.«

27

Trotz dieses Dramas geht der Abend weiter wie geplant: Blaine kommt, ich stehe erneut Modell, er malt, und Damien sitzt still in einem Stuhl und sieht uns vier geschlagene Stunden zu. Anschließend setzen wir uns zusammen, trinken Wein und betrachten den Mond über dem Meer. Damien bietet Blaine an, auf der Gymnastikmatte im Fitnessraum zu übernachten. Und so geht es gleich am nächsten Morgen weiter. Um neun Uhr ist die Sitzung beendet, weil Damien ins Büro muss.

Als ich gegen zehn nach Hause komme, finde ich einen Zettel von Jamie vor. Darauf steht, dass sie bei einem Vorsprechtermin ist. Ich drücke ihr die Daumen und stelle mich auf einen gemütlichen Vormittag ein. Damien hat bis mittags Besprechungen, und obwohl ich lieber in seinem Bett liegen würde, finde ich es auch prima, mich mit dem Fernseher, der Zeitung und Lady Miau-Miau zu entspannen.

Ich mache mir eine Riesenkanne Kaffee, schalte einen Sender ein, der alte Spielfilme zeigt, und überlege, eine Ladung Wäsche zu waschen.

Mein Mann Godfrey fängt gerade an, eine meiner liebsten Screwball-Komödien. Ich beschließe, dass die Wäsche warten kann.

Der Vorspann läuft noch, als das Telefon klingelt. Es ist Ollie. Ich gehe ran.

»Hast du Zeit für ein gemeinsames Mittagessen?«, fragt er. »Möglichst früh, denn um eins habe ich eine Besprechung.

So gegen elf vielleicht? Willst du zu mir ins Büro kommen? Ich sage meiner Sekretärin, dass sie uns Sandwiches holen soll.«

»Äh, klar. Warum die Eile?«

»Ich möchte dich einfach sehen. Muss es dafür einen Grund geben?«

Nein, das nicht, aber natürlich weiß ich, dass er nicht einfach so anruft. Ich befürchte, dass es um Courtney geht. Oder noch schlimmer – um Jamie. Ich verspreche ihm zu kommen und nehme den Film auf dem Festplattenrekorder auf, weil ich keine Zeit mehr habe, ihn ganz anzuschauen.

Als ich keine Stunde später Ollies Büro betrete, erwartet mich die Empfangsdame bereits. Sie führt mich in einen Besprechungsraum, in dem Ollie Mineralwasser und Subway-Sandwiches bereitgestellt hat. Nicht gerade ein erstklassiges Mittagsmahl, aber es muss genügen.

Er ist noch nicht da, also nippe ich an meiner Diät-Cola und reiße eine Tüte Chips auf, während ich mich ermahne, verständnisvoll zu sein. Wenn ich ihm jetzt eine Strafpredigt halte, hilft das auch niemandem weiter.

»Hey!«, sagt er und betritt mit einem Stapel Unterlagen den Besprechungsraum.

»Jetzt erzähl mir nicht, dass die für mich sind.«

Kurz sieht er mich verwirrt an, dann heitert sich seine Miene wieder auf. »Nein, nein. Die sind für meinen Termin nachher. Tut mir leid, die letzten Tage waren ziemlich heftig.«

»Was ist denn los?«, frage ich. Es muss was Ernstes sein, wenn er mich trotz seines gewaltigen Arbeitspensums herbestellt.

421

Er drückt auf einen Knopf, und die Jalousien vor den beiden Panoramafenstern, die eine ganze Wand des Besprechungsraums einnehmen, fahren herunter. Kurz darauf sind wir völlig ungestört.

»Was ich dir jetzt erzähle, wird dir ganz und gar nicht gefallen.«

Ich lehne mich irritiert zurück. »Verdammt, Ollie, geht es schon wieder um Damien? Kannst du bitte aufhören, den großen Bruder zu spielen? Ich bin erwachsen. Ich kann selbst auf mich aufpassen.«

Er verzieht keine Miene. Hat er mich überhaupt gehört? »Erinnerst du dich noch an Kurt Claymore?«

Ich schlucke. Der berüchtigte Kurt. Dass er jetzt ihn erwähnt, überrascht mich wirklich.

»Ja«, sage ich ausdruckslos. »Vage.«

»Er hat während der letzten fünf Jahre eine Fabrik in Houston geleitet.«

»Ja und?«

»Dein Freund Damien hat ihn heute Morgen feuern lassen.«

»Wie bitte?« Meine Fingernägel graben sich in die Stuhllehne. »Woher willst du das wissen?«

»Ich weiß es eben!«, sagt Ollie. »Ich habe zwar nie direkt für Stark gearbeitet, aber ich arbeite für Maynard. Ich habe den Detektiv engagiert, der Kurt aufspüren sollte. Es tut mir leid, Nikki.«

Mein Herz hämmert schmerzhaft gegen meinen Brustkorb, und mir bricht der Schweiß aus. Damien hat Kurt aufgespürt. Er hat ihn feuern lassen. Und er hat mich nicht einmal gefragt. Er hat kein Wort darüber verloren und es einfach getan.

422

»Er ist reich und arrogant. Er scheint zu glauben, dass ihm die ganze Welt gehört, und die soll sich gefälligst so verhalten, wie es ihm passt.«

»Nein«, widerspreche ich sofort. Meine Stimme ist leise, ich bin wie betäubt. »Damien ist nicht so. Er hat mich nur beschützt. Das war seine Art, mich zu beschützen.«

»Er hat dich beschützt? So wie er Sara Padgett beschützt hat?«

Ich sehe abrupt auf. »Wovon redest du?«

»Du weißt, wer Eric Padgett ist, oder?«

Mein Magen zieht sich schmerzhaft zusammen. Ich habe furchtbare Angst vor dem, was gleich kommt. »Ja«, krächze ich. »Natürlich weiß ich das! Das ist der Bruder der Toten.«

»Er droht immer noch damit, an die Medien zu gehen und zu verkünden, dass Stark seine Schwester umgebracht hat. Seit Wochen versuchen wir und Starks Leute mit aller Macht, dieses Arschloch zu stoppen. Er will sein Geld zurück, ansonsten würde er Stark fertigmachen. Der hätte nämlich noch mehr Dreck am Stecken als nur seine Schwester. Trotzdem klang das alles wenig überzeugend. Wie ich dir in Beverly Hills bereits sagte: Wir dachten, dass Eric Padgett nur ein weiteres Arschloch ist, das sich bereichern will.«

»Was ist passiert?«, frage ich mit tonloser Stimme. Ich möchte die schrecklichen Dinge, die er mir sagen will, endlich erfahren und dann sofort verschwinden. Ich möchte alleine sein, muss das verarbeiten.

»Stark hat ihm gestern Schweigegeld gezahlt. Ja, genau«, fügt Ollie hinzu, als ich ihn mit offenem Mund anstarre. »Derselbe Damien Stark, der den Kerl fertigmachen wollte, hat eine Kehrtwendung um 180 Grad hingelegt und dem

423

Mistkerl Schweigegeld gezahlt. Einfach so. Plötzlich war Schluss mit dem Gerede, er werde nicht nachgeben, er werde aufs Ganze gehen. Er ist einfach eingeknickt. Ganz plötzlich komplett eingeknickt.«

»Wie eingeknickt?«, frage ich so leise, dass Ollie mich kaum hören kann.

»So sehr, dass er zwölf Komma sechs Millionen Dollar abgedrückt hat.«

»O Gott«, platzt es aus mir heraus. Ich schlage mir die Hand vor den Mund und halte die Tränen zurück.

Ollie mustert mich, aber ich nehme ihn kaum noch wahr. Stattdessen sehe ich Damien auf der Terrasse vor mir. Ich sehe, wie er mit dem Telefon auf und ab läuft und mit Charles Maynard über etwas spricht, das ich nicht verstehe. Und über zwölf Komma sechs Millionen Dollar.

»O Gott!«, wiederhole ich.

Ollie sieht mich mitleidslos an. »Vielleicht hatte Stark einfach keine Lust mehr auf diesen Quatsch. Aber das glaube ich nicht. Ich glaube, dass er etwas zu verbergen hat. Wie ich bereits sagte: Er ist gefährlich, Nik, und das weißt du verdammt genau.«

Meine Gedanken überschlagen sich, als ich in meinem verbeulten Honda zu Damien nach Malibu fahre: Wut, Verlustangst, Furcht vor der Wahrheit, Hoffnung: Ich weiß nicht mehr, was ich denke, geschweige denn, was ich denken *soll*. Ich weiß nur, dass sich das alles gar nicht gut anhört.

Und dass es unbeschreiblich wehtut.

Es ist kurz nach zwölf, aber ich gehe fest davon aus, dass ich ihn hier antreffen werde. Ich habe von unterwegs aus bei ihm im Büro angerufen, und seine Sekretärin hat mir gesagt, dass er bereits auf dem Weg nach Hause ist.

Und mit ›nach Hause‹ ist unser Atelier im dritten Stock gemeint.

»Hey, Blondie!«, sagt Blaine, als ich vom Treppenhaus aus hereinkomme.

»Du bist noch hier?«

»Ich habe ein paar Farbstudien gemacht und versucht, den verdammten Himmel hinzukriegen.« Er schüttelt den Kopf. »Ich bin nah dran, aber noch nicht ganz zufrieden.« Dann mustert er mich genauer und runzelt besorgt die Stirn. »Okay, was ist los?«

Ich werfe einen Blick auf das Bild. Ich wurde auf die Leinwand gebannt, wirke aber noch unvollendet. Ich sehe roh aus, so als würde die oberste Hautschicht fehlen. In diesem Moment denke ich, dass Blaine mein wahres Ich eingefangen hat. Denn genauso fühle ich mich. So als hätte Damien mich gehäutet, um zu sehen, welche Geheimnisse ich vor ihm verborgen habe, nur um mich dann nackt und verletzlich zurückzulassen.

Damien kommt aus der Küche. »Nikki.« Ich höre die Freude in seiner Stimme, und wie sie sich verändert, als er mich genauer ansieht. »Was ist?«

»Ich geh dann mal lieber«, sagt Blaine.

Damien würdigt Blaine weder eines Blickes noch einer Antwort. Er hat nur Augen für mich.

Ich warte, bis die Tür hinter uns zufällt und hole dann tief Luft. Mein Herz schlägt so heftig, dass ich kaum ein Wort herausbringe. »Hast du sie auch so kontrolliert wie mich?«

Ich sehe Verwirrung in seinem Blick und werde wütend.

Ich konzentriere mich auf meine Wut, denn sie gibt mir Kraft. »Sara Padgett«, sage ich. »Verdammt noch mal, Damien, glaubst du etwa, ich weiß das nicht?«

»Was weißt du denn?« Seine Stimme ist eiskalt.

»Ich weiß, dass du immer alles kontrollieren musst. Dein Leben. Deine Firmen. Deine Frauen. Dein Sexualleben. Was ich sogar verstehen kann.« Eine Träne rollt meinen Nasenflügel hinunter, aber ich kann mich beherrschen. Im Moment bin ich die Selbstbeherrschung in Person. »Du bist missbraucht worden, nicht wahr? Und jetzt brauchst du die Kontrolle.«

Ich sehe ihm ins Gesicht, suche nach einer Bestätigung, aber da ist nichts. Sein Gesicht ist vollkommen ausdruckslos und undurchdringlich.

»Ich behalte gern die Kontrolle, Nikki. Und ich glaube, ich habe daraus nie ein Geheimnis gemacht.«

Nein, das stimmt. Aber es gibt so viele andere Geheimnisse. »Hat es als Spiel angefangen?«, frage ich. »Hast du sie auch gefesselt?« Ich gehe aufs Bett zu und nehme einen der Vorhänge in meine Hand. »Hast du das hier ganz sanft um ihre Arme geschlungen? Und dann um ihren Hals? Hast du ihr auch was von Schmerz und Lust erzählt?« Ich lasse meinen Tränen jetzt freien Lauf. »War es – war es ein Unfall?«, frage ich mit erstickter Stimme.

Seine Miene ist nicht länger ausdruckslos. Sie hat sich so verfinstert, als stünde ein Unwetter bevor. Ein gefährliches Unwetter. »Ich habe Sara Padgett nicht umgebracht.«

Ich schaffe es, ihm direkt in die Augen zu sehen. »Es gibt einen zwölf Komma sechs Millionen Dollar schweren Grund, das zu bezweifeln.«

Er wird leichenblass. *Es stimmt also.* Ich glaube, bis zu diesem Moment habe ich es nicht wirklich fassen können.

»Woher zum Teufel weißt du das?«

Ich bin schweißgebadet, mein Magen rebelliert. Ich habe das Gefühl, mich gleich übergeben zu müssen.

»Mit Sicherheit nicht von dir. Dieses Geheimnis wolltest du dann verständlicherweise doch nicht mit mir teilen, was?«

»Woher?«, wiederholt er.

»Ich habe dein Telefonat belauscht«, sage ich barsch. Den Rest verschweige ich.

Er fährt sich mit den Fingern durchs Haar. »Nikki ...«

Ich hebe abwehrend die Hand. »Nein«, sage ich. Ich möchte jetzt nur noch weg. Ich stecke die Hand in die Hosentasche und ziehe das Fußkettchen heraus. Dann hole ich tief Luft und lasse es aufs Bett fallen.

Ich bleibe noch so lange, dass ich einen letzten Blick auf das rohe, unfertige Bild werfen kann. Mit einem Kloß im Hals drehe ich mich um und eile die Treppe hinunter.

Damien folgt mir nicht.

Keine Ahnung, wie ich die nächsten beiden Tage überstehe. Ich bin wie benebelt und tröste mich mit Eiscreme, alten Spielfilmen und todtraurigen Countrysongs. Zweimal zwingt mich Jamie, mich am Pool zu sonnen: Das Vitamin D würde mir guttun. Aber es fühlt sich nicht gut an. Nichts fühlt sich gut an.

Mein Schlafrhythmus ist völlig durcheinander, und ich mache mir gar nicht erst die Mühe, ihn wieder in Ordnung zu bringen. Ich muss morgens sowieso nicht aus dem Bett, da ich keinen Job mehr habe: Gleich nachdem ich aus Damiens

Haus gestürmt bin, habe ich Bruce noch vom Auto aus angerufen und ihm gesagt, dass ich sein Angebot leider nicht wahrnehmen könne. Ich muss sämtliche Kontakte zu Damien Stark abbrechen, denn wenn nicht, verfange ich mich wieder in seinem Netz. Ich spüre, wie es mich zu ihm hinzieht, denn ich vermisse ihn einfach so.

Ich kann Tag und Nacht kaum auseinanderhalten, erfahre aber jede Menge über Teleshopping-Produkte. Deshalb weiß ich auch nicht, welchen Wochentag wir gerade haben, geschweige denn, wie spät es ist, als mich ein Klopfen an der Tür aus meinem Sofanickerchen reißt. Ich rufe Jamie zu, dass sie aufmachen soll, aber natürlich ist sie nicht zu Hause. Sie hatte zwei weitere Vorsprechtermine und ist bei einem sogar in die engere Auswahl gekommen. Obwohl ich mich für sie freue, fühle ich mich auch einsam und allein.

Das Klopfen reißt nicht ab. Stöhnend setze ich mich auf.

Als ich halbwegs wach bin, frage ich mich, wer bloß so hartnäckig ist. Damien? Wohl kaum. Ich habe seitdem kein Sterbenswörtchen gehört, weder eine Erklärung noch eine Entschuldigung.

Weil du die richtige Entscheidung getroffen hast. Er hat wirklich mit dir gespielt. Jetzt hat er wahrscheinlich schon eine andere.

Mist, jetzt fühle ich mich wieder beschissen.

Das Klopfen wird lauter. »Ist ja gut, ich komme schon, Moment!«

Ich stehe auf und blinzle. Ich spüre, dass mein Gesicht ganz verquollen ist. Meine fettigen Haare sind die reinste Katastrophe. Ich trage seit Tagen dieselbe Flanellschlafanzughose, und mein Tanktop ist mit Kaffeeflecken übersät.

428

Ich gebe ein furchtbares Bild ab, aber nichts könnte mir gleichgültiger sein.

In meinen dicken Socken tapse ich zur Tür, steige vorsichtig über Lady Miau-Miau, die sich über ein Lebenszeichen von mir zu freuen scheint.

Normalerweise mache ich mir gar nicht erst die Mühe, aber diesmal schaue ich durch den Spion, um mich zu vergewissern, dass es nicht Damien ist. Er soll mich nicht so sehen.

Aber er ist es nicht.

Es ist noch viel schlimmer.

Es ist meine Mutter.

28

»Mama!«, sage ich. »Was machst du denn hier?«

Sie drängt sich an mir vorbei und sieht sich dann naserümpfend um. Dann geht sie zum Esstisch und zieht mit spitzen Fingern einen Stuhl zu sich. Sie holt ein Taschentuch aus ihrer Handtasche, wischt die Sitzfläche ab, setzt sich kerzengerade hin und faltet die Hände auf dem Tisch.

Ich folge ihr und lasse mich auf den Stuhl gegenüber plumpsen. Ich stütze die Ellbogen auf und lege mein Kinn in die Hände.

Meine Mutter lächelt mich an. Mit demselben gekünstelten Lächeln, das sie für Kassiererinnen und Tankwarte reserviert hat.

Ich versuche es noch einmal. »Warum bist du in L. A.?«

»Das ist doch wohl offensichtlich«, sagt sie. »Um dir zu helfen natürlich.«

Da ich noch etwas verwirrt bin, verstehe ich nicht, was sie meint.

»Mit Damien Stark«, sagt sie, und mein Magen zieht sich schmerzhaft zusammen.

»Wovon redest du?«

»Ich habe das Foto gesehen. Und die Bildunterschrift gelesen. Warum du mir nicht erzählt hast, dass dir ein Mann wie Damien Stark den Hof macht, ist mir ein Rätsel. Das ist immerhin die erste gute Nachricht, seit du nach Los Angeles gezogen bist.«

Ich starre sie ausdruckslos an.

»Jetzt aber mal im Ernst, Liebling: Wenn du einen Mann wie Damien Stark heiraten willst, darfst du ihn auf keinen Fall enttäuschen. Sonst hat er im Nu eine andere.«

Ja, im Nu. Wahrscheinlich ist das schon längst passiert.

Mit zusammengepressten Lippen mustert sie mich von Kopf bis Fuß. »Da wartet jede Menge Arbeit auf uns.« Sie zieht ein Handy aus ihrer Chanel-Handtasche. »Was ist das beste Spa hier in der Nähe? Wir konzentrieren uns erst mal auf dein Make-up. Zum Glück hast du nach wie vor fantastisches Haar, auch wenn es ungewaschen ist. Die Spitzen werden wir natürlich schneiden lassen. Dann kaufen wir dir eine neue Garderobe und bringen dieses Apartment auf Vordermann. Sollte Jamie an ihren Möbeln hängen, kann sie sie ja einlagern lassen.«

»Ich habe mich von ihm getrennt.«

So wahr mir Gott helfe: Meine Mutter wird grün im Gesicht.

»Du hast *was?*« Sie klingt so, als hätte ich ihr gerade erzählt, dass ich nur noch vierundzwanzig Stunden zu leben hätte. »Warum um Himmels willen hast du denn so was Idiotisches getan?«

»Warum?« Ich mache den Mund auf, suche verzweifelt nach einer Erklärung. »Weil der Typ ein völlig gestörter Kontrollfreak ist. Kommt dir das vielleicht irgendwie bekannt vor?«

Sie erhebt sich in Zeitlupe, ganz formvollendet wie immer, wenn sie wütend ist. Eine Dame lässt sich ihre Gefühle nicht anmerken. »Du kleiner Schwachkopf«, sagt sie ganz ruhig und eiskalt. »Du hast dir schon immer selbst im Weg gestanden. Nur Nicole weiß, was für sie richtig ist. Nur Nicole weiß, was zu tun ist.«

»Nun, das stimmt auch: Denn nur Nicole weiß, was Nicole will.«

Ihre Züge sind dermaßen verkniffen, dass ihr Make-up bröckelt. »Du bist verwöhnt und undankbar. Ich kann es kaum fassen, dass ich mir extra die Mühe gemacht habe, hierher zu fliegen und dich zu besuchen. Ich werde in mein Hotel zurückkehren, und du denkst in der Zwischenzeit über dein Leben nach. Darüber, was du willst, wie du dir deine Zukunft vorstellst und was du alles wegwirfst. Sobald du wieder normal bist, komme ich wieder.«

Sie macht auf dem Absatz kehrt, geht zur Tür und verschwindet. Sie knallt sie nicht einmal hinter sich zu.

Ich bleibe wie betäubt sitzen. Ich weiß, dass ich mich bewegen sollte, aber es geht einfach nicht. Ich sitze einfach bloß da, starre vor mich hin und habe das Gefühl, meinen Körper zu verlassen.

Fünfzehn Minuten oder fünfzehn Stunden später – ich weiß es nicht genau – bekomme ich einen Wadenkrampf und muss mich zwangsläufig bewegen. Ich senke den Blick und merke, dass ich die Hand nach wie vor zur Faust geballt habe. Ich öffne sie langsam und sehe die Einkerbungen meiner Fingernägel in der Haut. Einige sind so tief, dass es fast blutet.

Ich starre auf meine Hand und stehe auf. Wie ferngesteuert gehe ich in die Küche und ziehe ein Schälmesser aus dem Messerblock. Ich drehe das Gas auf, denn obwohl ich völlig neben mir stehe, weiß ich trotzdem, dass ich die Klinge sterilisieren muss. Hier in der Küche ist kein Alkohol, und ich kann sie nicht verlassen, weil mir dann der Mut fehlen würde.

Ich ziehe das Messer mehrmals durch die Flamme und warte, bis es abkühlt. Ich presse die Klinge auf das weiche Fleisch meines Innenarms. Ein neuer Ort für einen neuen Schmerz. Ich beginne zu ritzen – und schleudere das Messer anschließend von mir. Es knallt gegen die Wand und hinterlässt eine Kerbe im Putz.

Alles verschwimmt vor meinen Augen. Jetzt erst bemerke ich, dass ich weine. Ich stehe auf und drehe eine Runde durch die Küche. Ich bin verloren, so was von verloren, und trotz allem sehne ich mich nur nach Damien. Danach, dass Damien die Arme um mich legt, mich festhält und tröstet.

Nein, verdammt noch mal, nein!

Ich reiße die Küchenschere aus dem Abtropfgitter, setze mich in die Ecke neben die Spülmaschine und schneide mir ohne nachzudenken eine dicke Strähne ab. Und dann noch eine und noch eine, bis sich die Haarbüschel um mich herum auftürmen.

Ich betrachte sie, fahre mir mit den Fingern durch das Haar, das meine Mutter so geliebt hat. Und Damien auch.

Ich ziehe die Knie an die Brust und umklammere sie. Dann stütze ich meinen Kopf darauf und schluchze.

Ich weiß nicht mehr, wann ich auf mein Zimmer gegangen bin. Ich weiß nicht mehr, wann ich ins Bett gegangen bin. Aber als ich die Augen aufschlage, ist Damien an meiner Seite. In seinem Blick liegen Trauer und Zärtlichkeit.

»Hey!«, sagt er.

Damien. Mir schwillt das Herz, und die dunkle Wolke über mir verschwindet.

Er streckt die Hand aus und streicht mir übers Haar.

Ich setze mich auf, denn in dem Moment fällt es mir wieder ein: *Meine Haare.*

»Da besteht noch Handlungsbedarf«, sagt er sanft. »Aber ich finde dich mit kurzen Haaren ziemlich niedlich.«

»Warum bist du hier? Woher wusstest du, dass ...«

»Jamie«, sagt er. »Ich rufe sie schon seit Tagen regelmäßig an und erkundige mich nach dir. Ich dachte, du brauchst etwas Zeit für dich. Aber dann ist auch noch deine Mutter gekommen ...«

Ich nicke, erinnere mich vage daran, dass Jamie mich ins Bett gebracht hat und ich ihr vom Besuch meiner Mutter erzählt habe. Beim Gedanken, sie wiedersehen zu müssen, wird mir ganz anders. »Sie ist immer noch hier«, sage ich. »Hier in der Stadt, meine ich.«

»Nein«, sagt er. »Ist sie nicht.«

Ich sehe ihn an.

»Ich habe sie in ihrem Hotel besucht und ihr gesagt, dass sie abreisen soll. Und dann habe ich sie in meinem Privatflugzeug nach Hause geschickt.« Belustigung flackert in seinen Augen auf. »Grayson konnte es kaum erwarten, sie auf einen Langstreckenflug mitzunehmen, es war also die ideale Lösung. Und deine Mutter war begeistert, mit einem Privatjet fliegen zu dürfen.«

Ich starre ihn ehrfürchtig an. »Danke!«

»Was immer du brauchst, Baby. Das habe ich dir doch versprochen.«

Ich schüttle den Kopf. »Nein, Damien, es tut mir leid. Ich – wir können nicht ...«

Er steht auf, und obwohl ich damit rechne, so etwas wie Wut in seinem Gesicht zu sehen, sehe ich nichts als Besorgnis. »Ist es wegen Sara?«

Ich vermeide es, ihn anzusehen.

»Ach, verdammt!«, flucht er und setzt sich dann wieder zu mir ans Bett. Er legt einen Finger unter mein Kinn und zwingt mich, ihn anzusehen. »Glaubst du wirklich, dass ich sie umgebracht habe?«

»Nein.« Das rutscht mir einfach so heraus, und es ist die reine Wahrheit. Eine Träne rollt über meine Wange. »Damien, es tut mir leid. Es tut mir so leid.«

»Psst.« Er wischt meine Tränen weg. »Ist schon gut. Du hast recht: Ich habe sie nicht getötet. Ich war in der betreffenden Nacht gar nicht bei ihr. Ich war in San Diego. Charles hat es endlich geschafft, die Bänder von der Sicherheitskamera des Hotels zu beschaffen. Ich habe fast den ganzen Abend an der Bar gesessen und mich mit dem Inhaber einer Firma unterhalten, die ich kaufen wollte. Deswegen war Charles auch so sauer, weil ich mich mit Eric geeinigt habe. Endlich hatten wir, was wir brauchten, um ihm das Maul zu stopfen, doch ich habe ihm Schweigegeld gezahlt.«

Ich richte mich kerzengerade auf. »Das verstehe ich nicht. Warum hast du ...«

»Aus zweierlei Gründen: Ich mag zwar nicht dabei gewesen sein, hätte das mit Sara aber beenden müssen, bevor es dermaßen außer Kontrolle geraten ist. Ich wollte ihre Firmenanteile und habe sie auch bekommen. Ich habe auch andere Anteilseigner aufgekauft, sodass ich die Aktienmehrheit hatte. Dann habe ich Eric aus der Firma gedrängt und Leute eingestellt, die sie wieder auf Vordermann gebracht haben. Ich habe rasch Gewinn gemacht, und die Aktien aller Anteilseigner sind gestiegen – auch die von Eric.«

Ich sehe ihn an, weiß nicht recht, worauf er hinauswill.

»Und die ganze Zeit über habe ich mich mit Sara getroffen. Ich habe normalerweise keine festen Freundinnen, und ich habe sie auch nicht geliebt. Aber ich hatte viel zu tun, und da war es praktisch, dass sie mehr als nur bereit war, mich im Bett zu verwöhnen. Sie hat sich an mich geklammert, und obwohl ich mir das damals nicht eingestehen wollte, gab es genügend Hinweise darauf, dass sie psychisch labil war. Ich wusste, dass ich die Sache beenden musste, war aber viel zu sehr mit einer dringenden Firmenfusion beschäftigt. Deshalb habe ich die Sache einfach laufen lassen. Nachdem der Deal über die Bühne war, habe ich die Beziehung beendet. Aber das hat ihr den Rest gegeben.« Er fährt sich mit den Fingern durchs Haar. »Ich hätte nie gedacht, dass sie sich umbringt – außerdem würde ich niemals eine Frau beim Sex würgen. Aber das ändert nichts daran, dass ich zu ihrem Tod beigetragen habe.«

»Aber es war nicht deine Schuld«, sage ich. »Eric erhebt ungerechtfertigte Anschuldigungen. Warum solltest du dem Mistkerl Schweigegeld zahlen?«

»Deinetwegen.«

Ich starre ihn mit offenem Mund an. »Wie bitte?«

»Ich war fest entschlossen, ihn zu bekämpfen, koste es, was es wolle. Aber das war, bevor er dich auf der Spendengala angesprochen hat. Ich werde nicht zulassen, dass er dich da mit hineinzieht, und erst recht nicht, dass er dir Angst einjagt.«

Ich lege die Arme um meinen Oberkörper. Ich bin schockiert, fühle mich tief in seiner Schuld. Damien hat aus Sorge um mich alle seine Pläne über den Haufen geworfen! »Ich ... aber Damien: Zwölf Millionen Dollar?«

436

»Das entspricht dem heutigen Wert der Anteile, die ich Sara und Eric abgekauft habe. Ich habe die Firma komplett übernommen, und das zu einem sehr attraktiven Preis. Das Geschäft läuft prächtig. Ich werde das Geld wieder reinverdienen.«

»Das hättest du doch nicht tun müssen! Ich kann mich selbst verteidigen.«

Er sieht mir in die Augen, und was ich in seinen sehe, ist so viel mehr als nur nackte Begierde. Ich sehe Sehnsucht und Verlangen. Vielleicht sogar Liebe. »Das kannst du durchaus«, sagt er nur. »Aber es war nicht dein Kampf.« Er nimmt meine Hand. »Nikki. Ich will dich einfach nicht verlieren.«

Ich möchte mich in seine Arme schmiegen, wende mich jedoch ab. »Das ist noch nicht alles, Damien.«

»Ich weiß«, sagt er, und ich drehe mich überrascht um.

»Was weißt du?«

»Jamie hat mir alles erzählt. Anscheinend weiß sie es von Ollie.«

»Ollie?« *Mist.*

Seine Mundwinkel wandern nach oben. »Mach dir keine Sorgen, ich werde ihn nicht bei Charles verpetzen. Wenn er sein Vertrauen missbraucht hat, dann nur deinetwegen. Der Mistkerl hat mich zur Weißglut getrieben, aber ich kann seine Motive verstehen. Ich hätte genau dasselbe getan.«

»Du hast Kurt feuern lassen«, sage ich.

»Allerdings!«

»Damien, so kannst du mit den Leuten doch nicht umspringen.«

»O doch. Er hat nämlich für eine meiner Firmen gearbeitet.«

437

»Aber ...« Ich verstumme. In Wahrheit interessiert es mich einen Scheiß, was mit Kurt passiert. Dass Damien den Kerl gefeuert hat, belastet mich nicht. Das ist nicht das Problem.

»Nikki?« Er sieht mich an, sein Gesicht wirkt offen und verletzlich.

Ich strecke den Arm aus und streiche ihm über die Wange, spüre seine kratzigen Bartstoppeln. Sofort ist die Atmosphäre wie elektrisch aufgeladen, und allein ihn berühren zu dürfen, erweckt mich zu neuem Leben. Er ist wie ein Teil von mir, wie der Sauerstoff, den ich zum Leben brauche. Und ich brauche ihn, brauche ihn so sehr. Aber ich weiß nicht, ob er mich auf dieselbe Art braucht. »Du hast dich in mir getäuscht.«

»Inwiefern?«

»Du hast gesagt, dass ich nicht schwach bin.« Ich fahre mir durchs Haar. »Aber das bin ich.«

»Ach, Baby. Komm her!« Ich lasse mich in seine Arme sinken, und es ist, als würde ich nach Hause kommen. Ich schmiege meinen Kopf an seine Brust und lausche dem Pochen seines Herzens. »Jeder von uns bricht mal zusammen. Aber deswegen bist du nicht schwach. Sondern nur verwundet. Und ich werde immer für dich da sein, dir dabei helfen, deine Wunden zu heilen.«

Zitternd atme ich aus und löse mich so weit von ihm, dass ich ihm ins Gesicht sehen kann. Ich kann mir nicht vorstellen, dass Damien jemals zusammengebrochen ist, aber aus irgendeinem Grund weiß ich, dass er aus Erfahrung spricht. *Jeder bricht mal zusammen.*

»Nikki«, sagt er. »Ist zwischen uns wieder alles in Ordnung, Baby?«

Ich denke an das, was meine Mutter gesagt hat: Dass ich immer alles wegwerfe. Ich frage mich, ob sie recht hat. Hatte meine Mutter zum ersten Mal in meinem Leben tatsächlich einen guten Rat für mich?

Ich schließe die Augen, weil ich sie aus meinen Gedanken vertreiben möchte. Als ich sie wieder aufschlage, sehe ich nur Damien. »Ich will, dass das mit uns funktioniert«, flüstere ich und sehe die Erleichterung in seinen Augen. Das ist Balsam für meine Seele. »Ist Jamie zu Hause?«, frage ich, denn plötzlich fällt mir wieder ein, wie dünn die Zwischenwände unserer Wohnung sind.

Ich sehe die Andeutung eines Stirnrunzelns. »Nein.« Er räuspert sich.

Verwirrt sehe ich ihn an. »Was ist denn?«

»Das ist vielleicht nicht der ideale Moment, aber ich muss dir ein Geständnis machen.«

Ich lege den Kopf schräg und warte.

»Jamie wird bald einen Anruf von ihrem Agenten erhalten.«

»Und woher weißt du das?«

»Weil es um eine Reihe von Werbespots geht. Für eine Firma, an der ich beteiligt bin.« Er mustert mich vorsichtig, so als könne ich jeden Moment in die Luft gehen.

»Das hast du für sie getan?«

»Eher für meine Firma. Die Werbeagentur hat uns drei mögliche Darstellerinnen vorgeschlagen, und Jamie war einfach die Beste.«

Ich strahle bis über beide Ohren.

Damien sieht mich verblüfft an. »Warum ist das jetzt in Ordnung, aber nicht, dass ich dir den Job bei *Innovative* besorgt habe?«

Ich verziehe das Gesicht zu einer Grimasse, weil er einen wunden Punkt getroffen hat. »Darum!«, sage ich und muss lachen.

Er stimmt mit ein und drückt mir einen flüchtigen Kuss auf die Lippen. »Nikki?«

»Ja?«

»Ich …« Er hält inne, aber ich habe die Zärtlichkeit in seiner Stimme gehört. Ich schließe die Augen, stelle mir vor, er hätte mir gesagt, dass er mich liebt. Das hört sich richtig an und kein bisschen einschüchternd.

»Du darfst mich nie wieder verlassen«, sagt er.

»Nein«, flüstere ich. »Wie auch? Ich gehöre dir.«

Er legt sich auf mich und küsst sich meinen Nacken hinunter. »Du hast behauptet, dass ich immer die Kontrolle haben muss.«

»Nun, das ist ja wohl nichts Neues, oder?«

Er gluckst. »Ich übergebe sie dir.«

»Was?«

»Die Kontrolle, Nikki. Sag mir, was du willst. Sag mir genau, was du willst.«

»Außer dir, meinst du?«

»Wo soll ich dich berühren? Wie langsam? Soll ich deine Brustwarze mit meinen Zähnen streifen? Soll ich dir ins Ohrläppchen beißen? Soll ich dir meine Zunge zwischen die Beine stecken? Sag es mir, Nikki. Sag mir, was du willst.«

»Ja«, sage ich und meine damit alles, was er soeben aufgezählt hat. »Aber für den Anfang kannst du mich küssen.«

Er gehorcht, drückt seine Lippen sanft auf die meinen und dann immer fester. Seine Zunge findet die meine, liebkost und neckt sie, und ich werde immer erregter, obwohl er nichts anderes tut: Er berührt mich nicht, streichelt mich nicht.

Verdammt, der Mann meint es ernst!

Sanft unterbreche ich unseren Kuss. »Streichle meine Brüste«, sage ich. »Und dann zwick mich in die Brustwarzen.« Ich glaube, ich habe noch nie jemandem Anweisungen gegeben, wie er mich zu lieben hat, aber Damien gegenüber habe ich keine Scheu. »Fester!«, sage ich und bäume mich auf, als er so fest hineinkneift, dass es beinahe wehtut. »Küss mich!«, sage ich. »Überall, bis hinunter zu meiner Muschi. Ich will deine Zunge dort spüren. Ich will, dass du deine Finger in mich hineinsteckst.«

Er grinst zu mir hoch. »Ja, Ma'am«, sagt er und fängt dann an, sich quälend langsam nach unten vorzuarbeiten. Ich zittere vor Verlangen. Die leiseste Berührung des Lakens auf meiner Haut bringt mich kurz vor den Orgasmus. Es ist, als wäre mein ganzer Körper eine einzige erogene Zone. Und ich will ihn, ich will ihn überall spüren.

Doch als mir klar wird, was ich heute Nacht wirklich will, stockt mir der Atem. Und obwohl sich seine Zunge einfach nur herrlich auf meiner Klitoris anfühlt, ziehe ich seinen Kopf nach oben, damit er mich auf den Mund küssen kann. Ich drehe mich auf die Seite, sodass wir in Löffelchenstellung liegen, und nehme dann seine Hand und führe sie zu meinem Po. »Nimm mich hier!«, flüstere ich.

Ich spüre, wie sich sein Körper anspannt, wie seine Leidenschaft noch mehr auflodert. »Bist du sicher?«

»Ich will dir gehören«, sage ich. »Ich will dir ganz gehören.«

»O Baby.« Er dreht mich so, dass ich auf allen vieren auf

dem Bett knie. Er streichelt mich zwischen den Beinen, bis seine Finger triefnass sind, und steckt mir dann einen davon in den Anus. Es verschlägt mir den Atem.

»Sag Bescheid, wenn ich aufhören soll.«

»Nein, nein, das fühlt sich gut an!«

Und das ist die Wahrheit. Seine Berührung sorgt dafür, dass Wellen der Lust meinen ganzen Körper erfassen.

»Hast du schon mal ...?«

»Nein«, sage ich. »Nur du.«

Ich höre, wie er tief und lustvoll aufstöhnt. »Hast du Gleitgel da?«

»In der Schublade«, sage ich. Er streckt den Arm nach dem Nachttisch aus, zieht eine Schublade auf und holt ein Fläschchen heraus. Er gibt etwas Gel auf seine Finger und streichelt mich. Ich stöhne vor Lust. »Ganz langsam, okay?«, sagt er.

Sein Mund liebkost meinen Rücken. Seine Finger spielen mit meiner Klitoris. Sein Schwanz neckt meinen Po, und ich spüre, wie ein Finger in mich hineingleitet. Zuerst verkrampfe ich mich, entspanne mich dann aber wieder und bin ganz überwältigt von diesem neuen Gefühl.

»Gut so?«

»Ja, bitte nicht aufhören!« Ich werde halb wahnsinnig vor Lust, von dem Bewusstsein, mich ihm so weit zu öffnen, ihm etwas zu geben, das ich noch niemandem gegeben habe. »Mehr«, flüstere ich. »Ich bin bereit, aber bitte mach langsam!«

Dann ist sein Penis hinter mir. Ich spüre, wie hart und steif er ist, und hebe ohne nachzudenken die Hüften. »Baby« murmelt er. »O Baby.« Sanft gleitet er in mich hinein. Ich keuche und flehe ihn an weiterzumachen.

»Langsam«, sagt er, »ganz langsam. Meine Güte, Nikki, du fühlst dich so gut an.« Er ist jetzt in mir, bewegt sich in einem sanften Rhythmus. Das Gefühl, dass er mich vollkommen ausfüllt, ist überwältigend, und ich könnte allein davon kommen.

»Meine Klitoris!«, sage ich, weil er die Hand weggenommen hat. Er gehorcht, beschreibt sanfte Kreise, die zum Rhythmus seiner Stöße passen. Damien und ich sind so innig miteinander verbunden wie nie zuvor. Er bewegt sich langsam, achtet darauf, mir nicht wehzutun. Er hat den Arm um meine Hüfte gelegt, seine Hand streichelt meine Klitoris, und gemeinsam nähern wir uns dem Höhepunkt.

»Ich stehe kurz davor, Nikki«, flüstert er. »Baby, ich komme.«

Er spritzt heftig ab, kommt in mir, während er seine Hand gegen meine Klitoris presst und mich der zusätzliche Druck ebenfalls kommen lässt. Erschöpft erschlaffen wir beide, und er küsst meine Schulter, meinen Rücken, hält mich fest, bis sich unsere Atmung wieder beruhigt hat. »Du gehörst mir«, sagt er.

»Ich weiß«, erwidere ich und meine es genau so, wie ich es sage.

Keine Ahnung, welche Beziehungen Damien spielen lassen musste – auf jeden Fall verschafft er mir noch am selben Abend einen Termin in einem der besten Friseursalons von Beverly Hills. Und so kommt es, dass ich einen neuen, hinreißenden Haarschnitt habe: schulterlange Locken, die beim Gehen wippen, weil sie nicht mehr von ihrem eigenen Gewicht heruntergezogen werden.

Ich bin frisch geduscht, rasiert und wohlriechend. Das Abendessen war köstlich, und die Schokoladentarte ist fast so gut wie ein Orgasmus.

Aber das Tollste ist, dass Damien bei mir ist.

Das Leben ist wieder lebenswert.

Ich nippe an meinem White-Chocolate-Martini und küsse ihn auf die Nasenspitze. »Ich muss mal wohin«, sage ich. »Es dauert nicht lange.« Ich will gehen, aber er hält mich zurück und küsst mich so intensiv, dass ich beinahe im Restaurant dahinschmelze.

»Beeil dich! Ich will nach Hause. Ich habe noch so einiges mit dir vor.«

»Lass die Rechnung kommen!«, sage ich.

»Bist du fertig mit deinem Dessert?«

Langsam lasse ich den Blick über ihn schweifen. »Fertig? Ich habe noch nicht mal angefangen!«

Das Funkeln in seinen Augen ist Belohnung genug, und ich schenke ihm ein keusches Lächeln, bevor ich mich umdrehe und den hinteren Teil des Lokals aufsuche. Dabei wackle ich betont mit den Hüften. Mein Lächeln erstirbt, als ich den schmalen Flur erreiche und sehe, wie Carl auf mich zukommt.

»Na, wenn das nicht Nikki Fairchild ist! Hallo, Prinzessin. Ficken Sie nach wie vor Damien Stark? Stellen Sie sich vor: ich auch!«

Ich will mich an ihm vorbeischieben, aber diese Bemerkung lässt mich innehalten. »Wovon reden Sie?«

»Von Leichen«, sagt er. »Von Leichen, die in Kellern liegen.«

»Ich habe keine Ahnung, was Sie meinen.« Es ist mir auch tatsächlich egal.

»Ich denke nur daran, wie groß und mächtig unser Mr. Stark ist. Eine Landung von so weit oben kann ziemlich schmerzhaft sein.«

»Verdammt, Carl, was wollen Sie von mir?«

»Von Ihnen? Nicht das Geringste. Aber richten Sie Ihrem Loverboy aus, dass ich mich schon bald melden werde.«

Mit diesen Worten lässt er mich stehen. Ich beschließe, den Toilettengang ausfallen zu lassen und zu Damien zurückzukehren. Ich schildere ihm unser Gespräch und sehe, wie sich seine Züge verhärten.

»Weißt du, was er gemeint hat?«, frage ich und denke an den Missbrauch, von dem er mir immer noch nichts erzählt hat.

»Nein«, sagt er. Er klingt ruhig und gelassen, aber etwas verdunkelt seinen Blick. Dieselbe Kälte erfasst auch mich, und ich habe Angst, er könnte sich wieder abkapseln, mich außen vor lassen. Aber dann holt er tief Luft und zieht mich an sich. »Wahrscheinlich irgendein Mist, der mit meinem Vater zu tun hat. Mach dir deswegen keine Sorgen. Weder mein Vater noch Carl Rosenfeld werden diesen Abend ruinieren.«

Er zieht mich an sich und küsst mich leidenschaftlich, und ich nicke zustimmend. Im Moment möchte ich keinesfalls, dass einer von beiden zwischen uns steht.

In seinem Haus in Malibu lieben wir uns langsam und zärtlich, und ich verliere mich in Damiens Berührungen, lasse zu, dass er mir sämtliche Ängste und Sorgen nimmt. Unter der Dusche seift er mich ein und duscht uns dann beide ab, bis wir uns wieder frisch und sauber fühlen. Er hüllt mich in ein Handtuch und führt mich zurück zum Bett, schlüpft dann mit mir unter die Laken.

Er liegt auf der Seite und sieht mich an, während ein rätselhaftes Lächeln seine Lippen kräuselt. Ich spiele mit seinem Haar, halte ihn fest, sorge dafür, dass er nur Augen für mich hat. »Du gehörst mir auch, weißt du«, flüstere ich. Und erst, als er *Ja* sagt, lockere ich meinen Griff und ziehe seinen Mund auf den meinen.

Ich spüre, wie sich seine Atmung verändert, als er eng an mich geschmiegt einschläft. Ich denke an die Leichen im Keller, an die Gespenster aus Damiens Vergangenheit. Ich denke an Eric Padgetts Worte. *Geheimnisse*, hat er gesagt, und ich bekomme Gänsehaut, habe Angst, dass Damien sich dieser Dunkelheit stellen muss. Aber wenn, werde ich ihm beistehen, gemeinsam werden wir es mit dieser Dunkelheit aufnehmen.

Ich kann das. Denn wenn Damien bei mir ist, fürchte ich mich nicht mehr vor der Dunkelheit.